姓司武的都得死 THE CLAN MUST DIE

Copyright ⓒ 2023 by 譚劍 Albert Tam
Korean edition published in agreement with Gaea Books Co., Ltd. c/o The Grayhawk Agency in association with Danny Hong Agency.
Korean translation copyright ⓒ 2025 by Munhakdongne Publishing Corp.

이 책의 한국어판 저작권은 대니홍 에이전시와 The Grayhawk Agency를 통해 Gaea Books Co., Ltd.와 독점 계약한 '엘릭시르, ㈜문학동네'에 있습니다. 저작권법에 의해 한국 내에서 보호를 받는 저작물이므로 무단전재와 복제를 금합니다.

쓰우씨는 다 죽어야 한다

차례

한국 독자들께 전하는 말   7

제1부

서장		19
제1장	연회 이 주 전	27
제2장	연회 일주일 전	66
제3장	연회 당일	74
제4장	연회 다음날	82
제5장	연회 이틀 뒤	112
제6장	연회 닷새 뒤	160
제7장	연회 엿새 뒤	179
제8장	연회 일주일 뒤	188
제9장	연회 이 주 뒤	254

제2부	제10장	291
	제11장	300
	제12장	365
	제13장	393
	제14장	411
	제15장	435
	제16장	477
	작가 후기	495
	역자 후기	507

한국 독자들께 전하는 말

한국 독자 여러분, 안녕하세요. 탐킴이라고 합니다. 제 소설이 한국에서 출간될 수 있게 되어 무척 기쁩니다.

제게 한국은 결코 낯선 나라가 아닙니다.

1980년대, 홍콩 뉴스에서는 평범한 대학생(특히 한양대 학생)이 경찰을 향해 화염병을 던지는 모습과 함께 한국 소식을 전하곤 했습니다. 당시 소년이었던 저는 왜 그런 일이 일어나는지 잘 알지 못했습니다. 1990년대 초, 클래식 음악을 듣기 시작하면서, 바이올리니스트 정경화, 그의 남동생인 지휘자 정명훈, 그리고 그의 언니인 첼리스트 정명화를 포함해 한국이 배출한 많은 음악가를 알게 되었습니다. 동시에 한국의 클래식 음악 수준이 아주 높다는 사실을 깨달았습니다. 1990년대 말, 아시아 금융 위기가 발발했을 때 갖고 있던 금은보석을 국가에 기부하는 한국인들의 모습은 제게 큰 충격을 주었습니다. 인터넷에 돌아다니던 정보가 아직은 충분하지 않았던 그 시절, 뉴스를 통해서는 한국의 온전한 면모를 다 확인할 수 없었습니다. 한국은 제게 무척 신비로운 나라였습니다.

21세기에 접어든 어느 날, 저는 놀라운 한국 영화 한 편을 보게 되었습니다. 박찬욱 감독의 〈공동경비구역 JSA〉였습니다. 미스터리와 추리, 정치, 역사가 뒤섞인 영화는 많이 보지도 못했을뿐더러, 아주 거대하고 숭고한 주제를 다룬 이야기였음에도 조금도 숨김없이 감정을 표현했다는 점이 더 놀라웠습니다. 〈공동경비구역 JSA〉를 보자마자 저는 한국 영화가 무척 재미있다고 생각했고, 습관대로 같은 감독의 다른 작품을 찾아서 보기 시작했습니다. 박찬욱 감독의 다음 작품 〈올드보이〉에 혀를 내두른 저는 그때부터 한국 영화의 팬이 되었습니다.

뒤이어 강제규 감독의 〈태극기 휘날리며〉, 이창동 감독의 〈박하사탕〉, 김지훈 감독의 〈화려한 휴가〉, 강형철 감독의 〈써니〉 등을 잇달아 보면서(제가 본 순서와 개봉 순서는 일치하지 않습니다), 한국 영화의 명쾌한 리듬, 할말은 하는 솔직함, 정치적인 이야기를 회피하지 않는 특징을 사랑하게 되었습니다(심지어 코미디 영화인 〈써니〉에도 시위 진압 묘사가 나오는데, 영화 전체에서 가장 빛나는 장면입니다. 이 영화에는 남자인 저도 감동한 부분이 정말 많았습니다). 영화를 통해 한국의 근대사를, 특히 5·18광주민주화운동을 이해할 수 있었고, 자유와 민주주의를 향해서라면 희생을 두려워하지 않는 한국인들의 정신을 높이 사게 되었습니다.

영화 외에도 최근 몇 년 사이 저는 김영하 작가의 『빛의 제국』, 김언수 작가의 『설계자들』, 윤고은 작가의 『밤의 여행자들』을 포함한 한국 작가들의 뛰어난 소설을 계속해서 읽어나가고 있습니다. 이야기에 정치를 녹여내거나 사회적 비판이 드러나는, 무척이나 한국적이면서도 제 취향에 딱 들어맞는 작품들입니다.

이런 이야기를 하다보니, 십여 년 전 서울에 여행을 갔다가 아주 특별한 경험을 했던 게 떠오릅니다. 저는 한 나라를 이해하려면 반드시 그 역사를 이해해야 한다고 생각합니다. 그래서 한국 여행의 둘째 날 일정으로 전쟁기념관에 방문하기로 하고, 서두르다시피 그곳을 찾아갔습니다. 전쟁기념관은 전시물의 양과 규모 면에서 제 상상을 초월하는 곳이었습니다. 참관자가 많지 않았던 그날, 한 어르신이 전사자 명비 앞에 똑바로 서서 어떤 이름을 뚫어지게 바라보시더니 손수건을 꺼내 눈물을 훔치셨습니다. 더는 한국 역사에 무지한 소년이 아니었기에, 저는 그 모습을 바라보며 지난 수십 년 동안 한국이 밟아온 역사를 직시하게 되었습니다. 〈공동경비구역 JSA〉와 〈태극기 휘날리며〉의 결말에서 우정을 위해, 혈육을 위해 한국인들이 자신을 희생하던 장면이 떠오르기도 했습니다. 귓가에 장엄한 음악이 울려퍼진 듯 저는 영문을 알 수 없는 감동에 사로잡혔습니다. 이 이야기는 여기서 끝나지 않았습니다. 밖으로 나가 기념비를 사진에 담고 있는데, 그 어르신이 걸어오시더니 기념사진을 찍어주겠노라고 먼저 제안하셨습니다. 그렇게 전쟁기념관에서 한국전쟁에 참전한 노병이 찍어준 기념사진을 갖게 되었습니다. 제게는 평생 잊지 못할 기억입니다.

  한국 문화는 제게 막대한 영향을 끼쳤습니다. 이 작품의 후기에도 썼듯, 이 장편소설은 팬데믹 기간 중 본 영화 〈82년생 김지영〉과, 그보다 나중에 읽은 조남주 작가의 원작 소설에서 비롯되었습니다. 그리고 이 작품을 포함한 저의 '복수 3부작'은 박찬욱 감독의 '복수 3부작'에서 따온 것입니다.

그렇기에 제 책을 한국에서 출간할 수 있게 된 것을 깊은 영광으로 생각합니다. 이 자리를 빌려, 타이완에서 이 작품을 출간해준 가이아문화, 판권을 책임진 타이완의 그레이호크 에이전시와 한국의 대니홍 에이전시, 문학동네와 엘릭시르 편집부, 역자 우디 선생님께 감사드립니다. 역자가 번역에 공을 들이고 또 들이는 모습이 무척이나 인상적이었습니다. 저는 한글을 모르지만, 이 작품을 읽는 한국의 독자 여러분께서 역자의 멋진 번역문과 만나게 되리라 믿습니다.

이 책은 제가 한국에서 처음으로 출간하는 작품입니다. 작품이 마음에 드신다면 다른 독자들도 이 책의 존재를 알 수 있도록, 그래서 '복수 3부작'의 두번째 작품인 『복수 여신의 정의復仇女神的正義』나 '셰익스피어莎士比亞' 시리즈도 한국에서 출간될 기회를 얻을 수 있도록 SNS와 온라인 서점에 아낌없이 서평을 써주시면 좋겠습니다. 감사합니다!

2025년 5월 30일
홍콩 란터우섬에서
탐킴

성명

이 이야기는 순전히 허구이며,
현실과는 어떤 관련도 없습니다.
'쓰우'라는 성씨도, '사이위'라는 지명도,
'록깅완'이라는 동네도 다 허구입니다.
사이위 경찰서는 존재하지 않습니다.
경찰에 대한 모든 이야기는 극화되었고,
현실과 무관합니다.

정권에 관하여·

'정권丁權'은 홍콩 신계 지역의 소형 주택 정책으로, 흔히 '정옥 정책丁屋政策'*이라 부른다. 이 정책에 따라, 신계 지역 원주민 중 만으로 18세가 된 남성에게만 인가된 개인 토지 면적 안에서 최고 3층 높이상한 8.22미터까지 가옥을 지을 수 있는 신청 자격이 한 번 주어진다. 모든 층의 면적은 700제곱피트약 65제곱미터, 약 20평를 넘을 수 없으며, 정부에 토지 가격을 지불하지 않아도 된다. 이 정책은 홍콩이 영국의 식민지였던 1972년에 시행되어 지금에 이르고 있다.

1973년 제정된 '차향 조례差餉條例'는 정옥을 포함한 농촌 가옥만 차향, 즉 토지세를 면제받을 수 있다고 규정한다.

· 출처: 위키피디아
* 여기서 '정'은 '성인 남성'을 의미한다.

아, 범인凡人의 자손들이여!
내게 너희의 생명은 아무것도 아니다.
누가, 누구의 행복이
눈앞에서 순식간에 사라져버리는
그림자 하나가 아니란 말인가?

아, 불행한 오이디푸스여,
너의 운명이, 너의 운명이 내게 경고하누나.
그 어떤 범인에게도 '행복한 사람'이라 부르지 말라고.

―소포클레스, 『오이디푸스왕』

모든 일이 끝난 뒤, 쓰우즈신은 생각했다.
사건이 발생하고 이 주 안에 진상을 알아낸 사람이 있다면
그는 분명 심각한 범죄 성향을 가졌을 거라고.

일러두기
1. 고유명사 표기는 국립국어원 외래어표기법을 따랐다.
2. 홍콩 내 지명은 홍콩 광둥어 발음 또는 영어 명칭으로 표기하는 것을 기본으로 하되, 경우에 따라 한국식 한자음으로 표기했다.
3. 인명 및 지명을 제외한 홍콩식 표현, 은어와 고유명사는 필요할 경우 한국식 한자음이나 광둥어 발음을 기준으로 표기했다.
4. 본문의 각주 중 원주는 •로, 옮긴이주는 *로 표기했다.

서장

아둥阿東*은 묘지에서 일 이야기하는 걸 싫어한다. 이 묘지에 들어선 순간부터 발바닥에 굳은살이 박이기 시작했다. 무척 으슥하고 조용한 곳이기는 하지만, 톱니처럼 높이 솟았다가 가파르게 떨어지는 묘비들이 사방에 늘어선 채 무언가 경계하고 있는 것만 같았다. 이 업계에서는 조심성 없이 함부로 나대서도 안 되고, 실수를 저질러서도 안 된다. 그러지 않았다가는 다른 사람 손에 뒈지거나 제 발로 황천길에 오르기 마련이다.

19세기에 조성된 이곳 해피밸리 묘지는 홍콩 개항 초기에 설립된 묘지 중 하나로, 개항 이후 홍콩에 살던 각양각색의 인물들이

---

* 중국어권에서는 상대방을 친근하게 부를 때 성이나 이름의 한 글자 앞에 '아阿'를 붙인다.

묻혀 있다. 식민지를 개척한 유럽 병사들의 묘비는 멀쩡한 게 없다. 전도사의 묘비 꼭대기에는 십자가가 있다. 메이지 시대 일본 상인과 기녀들의 묘비 옆에는 반쯤 시들어버린 벚나무가 한 그루씩 심겨 있다. 청나라 말기 혁명가들의 묘비에는 이름이 없다. 중국인 거상과 정치인의 묘비는 디자인이 정교하다. 제2차세계대전 당시 일본군에 저항한 영국군의 묘비에는 그 용맹함을 찬양하는 글이 새겨져 있다. 이 공원묘지의 입주자 중에는 영국에 저항한 애국지사들, 텔레비전 드라마와 영화의 감독과 배우들 그리고 사회의 여러 엘리트들도 있다. 식민지 시기 무대에 올랐던 이들은 이제 흙속에 묻혀 있다. 살아서 신분이 어떠했든, 인간은 죽고 나면 두 종류로 나뉜다. 누군가 제사를 지내러 오는 사람과 잊힌 사람으로. 아둥이 늘 향하는 구역에 잠들어 있는 이들은 모두 후자에 속한다. 묘비에는 하나같이 이끼가 잔뜩 끼었고 잡초가 무성히 자라 있다. 돌보는 이 하나 없이, 고인이 세상에 존재했었음을 증명하는 기능만 남아 있을 뿐이다. 아둥은 속으로 생각했다. 사람들에게 잊히는 게 나쁜 것만은 아니라고, 자기 같은 일을 하는 사람들에게는 기억되는 것이야말로 좆같고 골치 아픈 일이라고.

햇빛 찬란한 9월의 오후, 바람 한 점 없는 공원묘지는 산 사람도 말라비틀어져 뼈만 남게 될 수도 있겠다 싶을 만큼 무더웠다. 나무 아래에서 시원한 바람을 쐬며 담배를 태우고 있는 청소부 둘을 빼면, 시야가 닿는 범위 안에는 햇빛을 등진 채 그를 향해 걸어오고 있는 중개인 미스 둥董과 몇천 개의 묘비, 그리고 또 몇천의 귀신들뿐이었다. 거래 내용을 듣는다 한들 소문 한 자락 낼 수 없는 귀신들 말이다. 마흔이 넘은 미스 둥은 항상 하얀색 윗옷과 검은색 바지 차림을 하고 숙연한 표정을 짓고 있다. 솔직히 말하면 우아한 자태를 보이는, 아둥이 좋아하는 스타일이다. 빈손으로 오는 아둥과 달리 미스 둥은 늘 국화를 손에 들고 와서 이 묘비 저 묘비 앞에 놓는다. 조상이 이곳에 묻혀 있기라도 한가 싶지만 한 번도 물어본 적은 없다. 말할 생각이 있다면 미스 둥이 알아서 입을 열 테니, 둘 사이의 대화는 오로지 일 이야기로만 국한된다. 상대방의 안부를 묻는 한담조차 나누지 않는다.

아둥은 이런 냉담함이, 그리고 유리된 느낌이 주는 마음의 평온이 좋다. 불필요하게 감정에 구속될 일이 없다. 아둥과 미스 둥은 복잡하게 뒤엉킨 관계도 아니거니와, 설사 아둥이 일방적으로 미스 둥을 좋아한다 해도, 감정이 개입된다면 미스 둥과의 협력 관계에 영향을 끼칠 수밖에 없을 것이다. 그리고 미스 둥에 대한 아둥의 판단에도 영향을 미칠 것이다. 외모는 뛰어나지만 배경이 복잡한 여자와 엮이면 복은 고사하고 끝도 좋지 못하리라. 아둥은 조용히 미스 둥을 바라보았다. 미스 둥은 손에 들고 있던 꽃을 다 나눠놓고는 바로 본론으로 들어갔다.

"쓰우司武 씨는 다 죽어야 한다, 이게 고객의 요구 사항입니다."

아둥은 '쓰우'라는 성씨를 들어본 적이 없지만 중국의 여러 대표적인 성씨에 관한 상식은 좀 있다. 뿌리를 캐다보면 춘추전국시대까지 올라가게 되는 성씨가 많이 있는데, 옛사람들의 성姓과 씨

氏는 서로 개념이 달랐다. 성은 어머니를 따르는 모계사회의 산물이다. 때문에 희姬, 사姒, 규嬀, 요姚, 강姜, 영嬴 등 고대 성씨에는 모두 여성을 뜻하는 '女'가 들어가 있다. 씨는 아버지를 따랐다. 성과 씨는 나중에 하나로 합쳐졌는데, 조趙나 주周처럼 지명에서 비롯된 것들이 있는가 하면 공을 세워 황제로부터 하사받은 것,˙ 관직에서 나온 것도 있으며,˙˙ 죽음을 피해 도피한 뒤 바뀐 경우˙˙˙도 있다.

아무리 희귀한 성이라 해도 천 년이 넘게 이어져왔으면 그 성을 쓰는 사람의 수가 그렇게 적지도 않을 텐데, 어떻게 모조리 죽인단 말인가? 아무래도 무리한 의뢰다. 하지만 이런 생각을 내비치지는 않았다. 그건 본인의 무능함만 드러내는 꼴이었다.

"'다'라는 게 대체 몇 명입니까?"

"쓰우는 본관이 란터우섬 사이위西嶼의 한 마을입니다. 사람 수도 적고 자손이 많지 않아요. 결혼해서 나간 여성들을 더하고, 전 세계에 네 살부터 일흔여덟 살 사이에 있는 후손들을 다 합쳐 오십 명이 좀 넘는 수준입니다."

그 정도 수라면 그건 그나마 말이 된다.

"세계 각지에 흩어져 있다면 일의 규모가……"

- ˙   이(李), 조(趙), 주(朱).
- ˙˙ 사(史), 사마(司馬).
- ˙˙˙ 담(譚)이 담(覃)으로 바뀐 경우.

"쓰우 집안에서는 삼 년에 한 번씩 가족 제사를 지냅니다. 때가 되면 해외에 사는 모든 가족 구성원들이 홍콩으로 돌아오죠. 하지만 코로나 바이러스 유행으로 가족 제사와 춘추이제*가 취소된 지 이 년째입니다. 정부의 입국자 격리 정책만 해제되면, 다음 가족 제사는 한 달 안에 열릴 겁니다."

"가족 제사를 지낸다는 건 연회가 열린다는 뜻인데, 맞죠?"

"네. 때가 되면 알려드리겠습니다."

"결혼해서 나간 여자의 후손은 쓰우 성을 쓰지 않을 텐데, 그쪽도 다 손봐야 합니까?"

"물론이죠. 여자 구성원의 자식도 가문의 유전자를 물려받았으니까요."

함까찬冚家剷. '이 집구석 다 뒈져버려라'라는 뜻의 욕설을 입에 달고 살았지만, 정말 이런 요구를 하는 사람이 있으리라고는 한 번도 생각해본 적 없었다.

하지만 고객이 만족스러운 금액을 지급한다면야 이 업계에서 불합리한 요구란 없다.

묘지 밖에서 귀를 찌르는 경적이 돌연 울려퍼지고, 나무에 앉은 새 수십 마리가 동시에 날아올라 나무를 빙빙 돌며 지저귀었다. 이번 일이 세상을 뒤흔들어놓으리라고 암시라도 하는 듯이.

---

* 홍콩 신계 지역의 전통 제사 의식. 매년 춘분과 추분에 장삼 차림을 하고 사당이나 조상의 묘 앞에서 향을 피워 제사 음식을 올린 뒤 축문을 읽으며 조상을 기린다.

유튜버도 아니고 조회 수 같은 건 필요없다. 몸은 낮출수록 안전한 법. 원만하게 성공하기를, 일이 끝나면 아무 탈 없이 빠져나갈 수 있기를 바랄 뿐이었다.

제1부

제1장
연회 이 주 전

1

오후 1시 25분, 나이 예순일곱의 정진창 사장이 류머티즘을 앓고 있는 다리로 액셀을 밟았다. 자동차는 속도를 높이며 퉁청을 떠나 안내 표지판을 따라 고속도로에 들어선 뒤, 란터우섬 서남쪽 가장 끝에 자리한 사이위로 향했다. 창밖으로 보이는 벌거숭이산은 산세가 험준하고, 해변은 적막했다. 산과 바다가 끝없이 펼쳐진 곳에서 내달리고 있으니 세상의 끝을 향해 가고 있는 듯했다.

란터우섬은 홍콩특별행정구에서 가장 큰 섬으로, 면적은 홍콩 정치경제의 중심인 홍콩섬의 두 배에 가깝다. 란터우섬 북부에 퉁청신도시, 홍콩국제공항, 디즈니랜드가 자리하고는 있지만, 전체 면적의 70퍼센트에 달하는 교외 공원 구역은 환경보호와 휴식을 위한 용도로만 쓰이도록 규제가 걸려 있다.

과거 란터우섬 서남쪽의 사이위는 대중교통이 전혀 닿지 않는 지역이었지만, 공공아파트 단지가 지어지고 나서는 드물게나마 버스가 오가고 있다. 정진창 사장은 유튜브에서 사이위촌邨을 찍은 영상을 본 적이 있었다. 상점도 드물고 편의시설도 부족해서, 도시 생활에 익숙하고 운전도 할 줄 모르는 대부분의 홍콩 사람이라면 귀양살이가 아닌 이상 이사갈 생각조차 하지 않을 곳이었다.

사실 정진창 사장은 멀리 사이위까지 가야 하는 이번 일이 싫었다. 이십여 년 전, 처음으로 쓰우 가문의 연회를 준비할 때 이곳 사이위는 너무 외지고 황량한 곳이라고, 평생 다시 올 일은 없으리라 생각했다. 그런데 이 주 전 뜻밖에도 쓰우 가문에서 집안 연회 준비를 한번 더 맡아달라는 연락을 받았다. 하필 코로나 사태로 장사에 극심한 타격을 입고 만신창이가 된데다, 은행 계좌에 다섯 자릿수의 참담한 잔액만 남아 있을 때였다. 쓰우 가문, 이 잠재적 고객이 머나먼 달나라에 있다 한들 가야만 한다는 의미였다.

정진창 사장은 사이위촌을 지나 이십 분이 더 흐른 뒤에야 쓰우 가문의 오랜 본거지에 도착했다. 가는 길 내내 다른 차량은 보이지 않았고, 도로 위의 안내판과 차량은 갈수록 점점 줄어들었다. 그는 '금지 구역/통행증 소지자만 통행 가능'이라는 문구가 적힌 표지판을 지나치자 속력을 늦췄다. 쓰우 가문의 비서 아더阿德가 '란터우섬 폐쇄 도로 통행 허가증'이 없어도 상관없다고, 경찰이 막아서서 캐물어도 쓰우 가문을 찾아왔다고 하면 통과할 수 있을 거라고 미리 귀띔해줬다. 경찰이 믿지 않으면, 비서 아더에게 전화해보라고 전하라면서.

쓰우 저택의 입구에는 '노남지일'*이라 쓰인 편액扁額이 걸려 있고, 그뒤에는 백 년이 넘는 역사를 자랑하는 건물 세 채가 자리하고 있었다. 이 셋을 제외한 다른 건물들은 모두 네모반듯하고 개성이라고는 조금도 없이 평범한 외관의 3층짜리 시골 가옥이었는데, 마치 바람 한 점 통하지 않는 빽빽한 새장을 보는 듯했다. 지붕 위에는 생선 뼈 모양으로 생긴 안테나가 꽂혀 있었는데, 다른 시골 지역의 가옥과 다른 점이 있다면 불법으로 증축한 노천 옥상 공간이 없다는 것이다. 법을 아주 잘 지키고 있었다.

원래대로라면 마음이 푹 놓여야 했지만, 정진창 사장은 이십여 년이 지났음에도 여전히 사방이 황량한 이 괴이한 동네가 마음에 들지 않았다. 일 이야기만 끝나면 얼른 떠나고 싶은 생각뿐이었다.

2

쓰우원후司武文虎는 창가에 앉아 파란 하늘과 공중을 빙빙 돌고 있는 솔개를 똑바로 쳐다보았다. 녀석들은 하늘을 빙빙 돌며 제멋대로 장난을 치고 있었다. 솔개를 보고 있으면 마음이 편해져서 온종일 봐도 질리지 않았다. 이거라도 하지 않았으면 자유를 잃은 이 년여의 팬데믹 시기를 견디기 어려웠을 것이다.

* 輅南指一. '부유한 귀족 일가가 수레를 타고 남쪽으로 내려왔다'는 뜻이다.

코로나 사태는 아무런 예고도 없이 닥쳤고, 전 지구에 영향을 끼쳤다. 백신이 등장하자 서구 국가들은 일상이 원래대로 되돌아가고 경제가 부흥하기를 바라면서 '위드 코로나' 정책을 펼쳤다. 그들은 도시 봉쇄를 중단하고, 마스크 착용 지침을 해제하는 등 시민을 대상으로 한 각종 규제를 풀었다.

홍콩 당국은 중국 정부의 '제로 코로나' 방역 정책을 바짝 뒤따라갔다. 마스크 착용 명령을 고수한 것 외에도, 시민들은 식당과 지정 장소에 들어갈 때마다 반드시 '리브 홈 세이프'* 애플리케이션으로 QR 코드를 찍어 행적을 남겨야 했다. 대외적으로 홍콩은 반 봉쇄 상태에 놓여 있었다. 홍콩을 찾은 이는 홍콩인이든 외국인이든 누구나 호텔에서 장기간 격리되어야 했으며, 끊임없이 코로나 검사를 받아야 했다.

이 년 반 동안의 엄격한 입국 통제 기간을 지나, 홍콩 정부가 드디어 입국시 격리 조치를 해제하겠다고 선포했다. 쓰우 가문의 가족 제사도 중단된 지 이 년 만에 다시 지낼 수 있게 되었다.

4시 오 분 전, 흰색 도요타 한 대가 쓰우 가문의 대저택 앞 빈터로 들어왔다. 아더가 운전자에게 손을 흔들어 차를 지정된 위치에 세우도록 안내하고, 예순일곱의 노인이 차에서 내릴 수 있도록 문을 열어주었다. 그리고 본관 접견실로 그를 안내했다.

- 홍콩 정부가 2020년 11월 내놓은 바이러스 위험 통지 애플리케이션으로, 2023년 1월 운영이 중단되었다.

정진창 사장은 홍콩에 다섯 개도 남지 않은 연회 전문 업체의 사장이다. 사양길로 접어들 대로 접어든 이 업계의 베테랑이지만, 인터뷰를 할 때면 자신을 '베테랑'이 아니라 이 업계의 '쓸모없는 늙은이'로 소개한다.

쓰우원후는 가사도우미에게 손님에게 드릴 차를 준비하라고 일렀다. 연회 전문 업체 입장에서는 쓰우 가문이 고객이지만, 원후 입장에서는 뭘 훔치러 들어온 도둑이 아닌 바에야 이 집에 발을 들이는 모든 이가 그에게 손님이었다.

정진창 사장의 손을 잡으니, 노인의 손에 박인 굳은살과 흉터가 느껴졌다.

"쓰우 선생, 이십여 년 전에 뵌 적이 있습니다. 장대비가 내린 그날도 이 접견실에서 뵀지요. 이십대였던 선생이 아버님을 모시고 나와 가족 연회 메뉴를 논의하셨지요. 그날 젖은 머리에 빨간색 신발끈을 맨 검은색 운동화를 신고 계셨습니다."

정진창 사장이 입을 열자마자 뱉은 첫마디는 쓰우원후에게 무척이나 뜻밖이었다. 그는 무의식적으로 본인의 가죽구두를 흘끔 내려다보았다. 신고 걸으려고 하면 뛰고 싶은 충동이 일었던 에어쿠션 운동화 한 켤레가 기억났다.

"이미지 기억력이 비범하시군요."

"뭐시기 기억력이라는 게 뭔지는 모르겠습니다만."

정진창 사장은 쓰우원후의 말을 그러려니 하고 넘겼다.

"한 시간이 넘도록 차를 몰아 이곳 사이위까지 오르니 기억이 안 날 수가 없더군요. 맛과 향기를 기억해야 하는 것은 물론이거니와 다른 요리사들이 그릇에 올린 음식 모양까지 기억해야 하는 게 제 일이기도 하고 말입니다."

"뛰어난 요리사라면 당연히 선생님 같아야죠. 기억에는 색과 향과 맛, 모든 것이 포함되어 있으니까요."

"아니, 이건 그냥 직업병입니다. 예전에는 집이 열 채도 안 되는 곳이었는데, 지금 보니 적어도 배는 늘어나서 아예 마을이 되었더군요."

"지금은 열일곱 채입니다. 전부 여든 명 좀 넘게 살고 있는데, 그중 십분의 일은 외국인입니다. 코로나 이전에는 외국인이 삼분의 일이었고요. 하지만 사람이 아무리 많아봤자 사이위는 예나 지금이나 외진 동네죠. 사실 일부러 차를 몰고 여기까지 오실 필요 없이, 전화로 논의하거나 줌 같은 화상 미팅 프로그램을 사용해도 될 일이었습니다."

정진창 사장이 고개를 내저었다.

"저 같은 '쓸모없는 늙은이'는 일 이야기를 얼굴 맞대고 전통적인 방식으로 한답니다."

"어째서 늘 본인을 '쓸모없는 늙은이'라고 하십니까?"

"저보다 한 살 위였던 환 형님이 반년 전에 코로나로 세상을 떴습니다. 그 형님이 살아 있었다면 쓰우 가문의 일이 제게 오지도 않았겠지요."

정진창 사장이 잠시 말을 멈췄다가 다시 이었다.

"배운 게 없고 거친 사람이라, 그냥 솔직히 말할 테니 양해해주십쇼. 환 형님이 준비해둔 이 댁 연회 메뉴를 보고 있으려니 참으로 곤혹스럽더군요. 연초부터 각종 식자재 가격이 크게 올랐고, 직원들 급여도 인상됐습니다. 일 년 전만 해도 같은 값이면 적게나마 10퍼센트는 벌 수 있었는데, 이제는 10퍼센트를 밑지게 생겼습니다. 가격을 10퍼센트 더 올리면 밑지지는 않겠지만 그렇다고 남기지도 못하니, 본전치기 수준이라 남는 게 얼마 없을 수밖에요. 가격을 20퍼센트는 더 올려야 저도, 또 같이 일하는 이들도 불황을 넘기며 먹고살 수 있습니다."

쓰우원후가 고개를 끄덕였다. 정진창 사장이 환생해서 쓰우 가문에 태어난다면, 분명 저 영민함과 재기로 아주 성공적인 인생을 살게 되리라. 이번 생에 그 출신으로는 기껏해야 요리사밖에 될 수 없고, 게다가 코로나로 막대한 타격을 입을 수밖에 없으니 유감이었다. 일명이운삼풍수*란 옛말이 틀린 게 하나도 없었.

"요즘 경제가 어렵다보니, 저희 가족처럼 임대료 같은 불로소득에 의존하는 집들도 코로나 때문에 이만저만 타격을 입은 게 아닙니다. 가겟세든 사무실 임대료든 코로나 이전 수준으로는 돌아가지도 못하고 있죠. 어떤 가게 자리는 심지어 일 년 넘게 비어 있습

---

* 중국에는 예부터 '일명이운삼풍수사적음덕오독서(一命二運三風水四積陰德五讀書)'라는 말이 있는데, 한 인간의 성공에 첫째로 타고난 명, 둘째로 운, 셋째로 풍수, 넷째로 덕행 쌓기, 다섯째로 공부 순으로 영향을 끼친다는 뜻이다.

니다. 그래도 삼 년에 한 번 여는 가족 연회인데, 하려면 제대로 해야 하지 않겠습니까. 이번에는 몇 년을 미룬 끝에 열게 됐으니, 성대하게 치러야죠. 가격을 세 배로 쳐드리면 어떤 메뉴를 준비해주실 수 있겠습니까?"

"정말 세 배를 주시겠다고요?" 정진창 사장의 두 눈이 빛났다.

"예. 그냥 직접적으로 드리는 말씀이니 양해해주시기 바랍니다. 어려운 시기에는 다 같이 허리띠를 졸라맬 게 아니라 저희처럼 운 좋게 주머니 사정이 좀 여유로운 사람들이 그렇지 않은 분들께 도움의 손길을 뻗어야 하지 않겠습니까. 생전에 저희 할아버님께서 제게 평생 쓸모가 있을 이치라며 가르쳐주신 말이 있습니다. 적선지가, 필유여경*이라고요."

"쓰우 선생께서 인품이 참으로 훌륭하시군요."

정진창 사장이 자리에서 일어서더니, 양손으로 쓰우원후의 손을 뜨겁게 맞잡았다.

"저희 쪽에 대형 호텔 수준의 유명 요리를 내놓을 수 있는 주방장이 여럿 있습니다."

"정말 잘되었군요. 준비하시는 데 얼마나 걸릴까요?"

"다들 눈치 빠르고 손도 무척 빠른 사람들이라 준비는 일주일 안에도 가능합니다. 홍콩에서 이런 연회를 열 때 제일 어려운 점

---

* 『주역』에 나오는 말로 '덕을 쌓은 집안은 복이 자손에게까지 미친다'는 뜻이다.

은 식자재 수급이 아니라 장소이지요. 여기는 적어도 테이블 열 개는 깔 수 있겠군요."

"저희는 다섯 개면 됩니다만, 여섯 개를 깔면, 사장님께서 같이 일할 사람을 적어도 한 명 더 부르실 수 있겠군요. 그렇지요?"

"그렇지요. 테이블을 하나 더 놓으면 좀더 여유롭게 앉을 수도 있고요. 그렇지만 저는 고객의 생각을 존중합니다. 테이블 하나당 앉는 사람이 많으면 분위기가 더 벅적벅적하고 왁자지껄하기는 하지요."

"아닙니다. 여유롭게 앉는 편이 낫습니다. 여섯으로 하시죠!"

정진창 사장이 힘있는 목소리로 감사 인사를 한 뒤, 배낭에서 종이와 펜을 꺼내 메뉴를 적어내려갔다. 펜으로 쓴 그 글씨는 고아하면서도 힘이 넘쳤다.

"제가 초등학교도 졸업 못한 부엌데기라는 걸 아무도 모른답니다."

그는 인터뷰를 할 때면 그렇게 자조적으로, 또 무척 자랑스럽게 말하곤 했다.

정진창 사장은 돈 계산을 하면서 메뉴를 적었다. 업계에서 평가가 아주 좋은 그는 고객이 지급한 돈이 남는다고 제 주머니에 넣지 않는다. 고객 입으로 들어가는 식재료와 고객이 낸 돈이 정비례한다.

정진창 사장은 준비한 메뉴를 거침없이 설명해나갔다. 부용계로 시작해서, 팔보두부로 갔다가, 뒤이어 불도장과 앵도육이 나왔다.* 쓰우윈후는 듣기만 해도 군침이 돌았다.

"가족분들께서 뱀도 드시나요?" 정진창 사장이 물었다.

"먹지요!"

"그럼, 태사오사갱**도 넣겠습니다."

"다만 뱀이 한계입니다. 그보다 더한 식재료는 안 되겠습니다."

"안심하십쇼. 저도 사향고양이나 천산갑 같은 것은 요리하지 않습니다. 양저우식으로 오리 세 마리를 넣고 찐 삼투압은 어떠십니까? 홍콩에서 이 요리를 하는 곳이 몇 없습니다."

"아주 오래전에 먹어본 것 같기는 한데, 어떤 음식인지는 기억이 나지 않는군요."

"살이 오른 실한 오리 세 마리를 잡아 하나는 그대로 뼈를 발라내고, 다른 한 마리는 소금에 절여 납작하게 건조해 마찬가지로 뼈를 제거합니다. 그리고 이 두 오리를, 살이 오른 또다른 오리의 배 안에 넣어서 찝니다. 아주 고급스러운 요리입지요. 원래 고급 음식점에서나 제공하는 요리인데, 그런 곳에서 일하던 유명 주방장들이 실직한 뒤 저희 쪽으로 와서 용병처럼 일하고 있답니다."

쓰우윈후가 눈썹을 추켜세웠다. "좋네요. 식구들 입맛에 딱 맞

---

*   부용계는 계란과 닭고기를 주재료로 한 산둥 요리, 팔보두부는 뭉개서 볶은 두부와 여덟 가지 재료를 넣어 함께 볶은 항저우의 전통 요리, 불도장은 전복과 해삼, 상어 입술 등을 넣어 약한 불로 끓여낸 푸젠 요리, 앵도육은 돼지고기를 앵두 크기로 썰어 튀긴 뒤 케첩을 넣어서 붉은 소스에 볶은 쑤저우 요리다.

** 뱀을 주재료로 하여 닭, 전복, 버섯 등을 넣고 끓여 만드는 광둥 요리.

겠군요."

"미리 말씀드려야 할 것이 있는데, 오리고기가 또다른 오리 뱃속에 들어 있는 모습 때문에 테이블에 올라온 요리를 보고 징그러워하는 분들도 계십니다. 괜찮으시겠습니까?"

"저희 쓰우 집안사람들은 뭐든 잘 먹고, 적응도 잘하는 편입니다. 세심하게 신경써주셔서 감사합니다."

정진창 사장은 이어서 음식을 하나하나 소개했다. 원후는 반대하는 법 없이 매번 고개를 끄덕였지만, 마지막 요리의 이름을 듣고는 돌연 잠시 멈춰달라고 했다.

"금룡토주는 튀긴 복어인데, 관심 있으십니까?"

"복어를 다룰 줄 아는 요리사가 있습니까?" 원후가 고개를 들며 물었다.

"없습니다. 그렇지만 쓰우 선생, 세상이 달라졌답니다." 정진창 사장이 웃으며 설명을 이어갔다. "바다에 사는 복어는 뭐든 다 먹다보니 간과 난소에 독소가 쌓이지요. 그래서 독이 있는 겁니다. 인공으로 양식한 복어는 독이 없는 환경에 격리되어 있어서 안전하게 먹을 수 있습니다. '죽기를 무릅쓰고 복어를 먹는다'[*]는 속담은 의미를 잃은 지 오래입지요."

"그렇군요. 제가 정말 촌놈은 촌놈인가 봅니다." 원후가 어색하게 웃으며 말했다.

---

[*] '죽음의 위협을 무릅쓰고 어떤 일을 한다'는 뜻으로 쓰이는 중국 속담.

"금룡토주는 저희 주방장 중 하나가 아주 잘하기로 유명합니다. 가족분들께서 다 드시기를 기다렸다가, 방금 먹은 게 사실 복어였다고 알려주면서 깜짝 놀래켜보십쇼."

◆

쓰우원후는 가로수길을 따라 유유히 멀어지는 차를 눈으로 배웅했다. 얼마 지나지 않아 집으로 돌아온 쓰우즈후이司武志慧가 곧장 방으로 직행했다. 일하는 사람들이 대신 가방을 들어줄 필요도 없었다.

이는 쓰우셰우이司武謝舞儀가 만든 규칙이었다. 셰우이는 일곱 살 난 아이라 해도 뭐든 다른 사람에게 의지해서는 안 된다고 생각했고, 아이가 어릴 때부터 자기 일을 스스로 할 수 있는 능력을 키워주었다.

이날 셰우이는 검은색과 흰색이 섞인 꽃무늬 원피스에 갈색 외투를 걸쳤다. 아무리 봐도 마흔둘이 된 사람처럼 보이지는 않았다. 원후는 아내가 노화를 막겠답시고 인위적인 방법을 쓰는 건 허락하지 않았다. 그랬다가는 나이들어 미모를 잃은 뒤 죽은 사람처럼 밀랍 인형 같은 얼굴을 이고 사는 여자 연예인들 꼴이 날 터였다.

"아더가 와츠앱 가족 채팅방에 띄운 공지 봤어. 드디어 길일을 정했다니, 축하해." 말로는 축하한다고 하면서도, 셰우이의 얼굴에서는 그에 상응하는 기색이 느껴지지 않았다.

"날짜만 겨우 잡은 셈이야. 삼 년 만에 여는 가족 연회인데, 얼마나 참석할지는 그날 가봐야 알 수 있겠지."

둘은 이야기를 나누면서 저택으로 들어갔다. 셰우이는 현관 옆 의자에 앉아서 구두를 벗다가 고개를 들었다.

"내가 결혼해서 쓰우 가문에 들어와 산 지 십이 년이야. 이 집에 발을 들인 첫날이 아니라고. 당신 친척 중에 까탈스러운 작자들이 한둘도 아니고, 코로나가 터졌다고 상황이 변하는 것도 아니잖아. 사내 정치와 똑같아. 원수 같은 직장 동료가 휴가를 길게 내고 집에 갔다고 해서 나랑 악수하고 화해할 일은 일어나지 않는다는 거지."

"다행히 내가 직장생활을 해본 적이 없어서." 원후가 고소해하는 표정을 지었다.

"직장 동료보다 백배는 더 상대하기 까다로운 게 친척이나 친구야. 동료야 마음에 안 들면 회사 그만두고 피해버리면 그만이라고. 멀찍감치 도망쳤는데도 살다보니 다른 회사에서 또다시 마주치게 되는 불운이 찾아오지 않는 한 말이지. 그런데 친척은 가족이라는 족쇄가 채워져 있잖아. 당신 집안은 더 최악이야. 대다수가 이 동네에 사니 도망치고 싶어도 그럴 수가 있어야지."

"쓰우 가문은 워낙 손이 귀한 집안이라 서로 도와야 해. 결혼해서 나간 친척들과는 삼 년 넘게 얼굴도 못 봤으니, 제대로 모여 앉아 같이 식사하면서 정도 나눠야 하고."

"나는 늘 당신 집안 가족 연회의 핵심은 돼지고기 나누기*와 빨간 돈봉투 나눠 받기라고 생각해왔어. 쓰우 집안 남자들은 그런 의식을 통해 남자로서의 존엄을 찾지."

셰우이의 말에 박힌 가시가 느껴졌다. 원망이 담겨 있지만, 그렇다고 연회를 반대하지는 않을 것이다.

"걔도 부를 거야?" 셰우이가 물었다.

"둘이 아니라 한 사람을 말하는 건가?"

"내가 즈아이를 좋아하는 건 아니지만, 딱히 미워하지도 않아."

말은 그렇게 했지만 셰우이의 얼굴에는 싫은 티가 역력했다. 그건 사실 즈아이를 미워하기는 하지만, 나타나도 참아줄 수는 있다는 의미였다.

"오케이. 여자들 사이의 관계는 모르겠지만, 즈이는 매달 쓰우 가문에서 나오는 생활비를 받는 쓰우 가문의 구성원이야. 가족 연회에 불참하는 일은 있을 수 없어."

셰우이가 일어나서 두 손을 허리에 올렸다.

"난 그 자식이 싫어. 여자 바꿔가며 데리고 오는 건 굳이 말하지 않겠어. 안 본 셈 치면 되니까. 하지만 너무 시끄러워. 말은 또 얼

---

* 홍콩의 전통문화 중 하나로 매년 춘추이제, 즉 청명절과 중양절에 사당이나 조상의 무덤 앞에서 가족 중 덕망이 높은 어른이 만 60세 이하의 남성과 직전 해에 태어난 사내아이에게 돼지고기를 나눠주는 의식이다. 조상이 자손들에게 복을 나눠주고 그들을 보호해준다는 의미인데, 남자에게만 나눠주게 되어 있어서 홍콩 전통문화에 깃든 남존여비 사상을 잘 보여주는 사례로 꼽힌다.

마나 거칠고 상스럽게 하는데. 즈후이가 못된 걸 보고 배우게 생겼다고. 난 그 자식 목소리만 들려도 싫어."

"알아." 원후가 두 손을 셰우이의 어깨에 얹으며 애써 아내를 달랬다. "특별히 테이블 하나를 더 만들었어. 즈이는 당신 눈에 띄지 않도록 우리와 제일 먼 자리에 등지고 앉게 할게. 하지만 누구든 가문 구성원을 가족 연회에 빠지게 할 수는 없어. 아무리 못된 자손이라 해도 우리 집안사람이잖아. 인내심을 갖고 잘 타일러서 바른길로 이끌어줘야지. 그게 할아버지가 내게 가르쳐주신 것이기도 하고. 그리고 당신은 제대로 만나본 적 없겠지만, 일찌감치 집안에서 제멋대로 나가버린 즈신도 이번에 부르려고 해."

셰우이가 그의 손을 뿌리치더니 핸드백을 들고 계단을 올랐다. "마음대로 하셔."

셰우이는 하고 싶은 말이 있었지만, 입 밖으로 나오지 않아서 이도 저도 아닌 뜨뜻미지근한 말만 한마디 툭 내뱉을 수밖에 없었다. 원후는 아내의 속이 훤히 들여다보였다. 집안 여자들은 늘 저랬다.

3

눈앞에는 인터넷 인플루언서로 인기 있을 법한 미모의 여성이 앉아 있었다. 여성은 프랜차이즈 카페 안을 오가는 손님들은 물론이고, 사방에서 돌아가는 에스프레소 머신 소리나 다른 이들의 대화 소리는 아랑곳하지 않은 채 눈물로 하소연했다. 눈물 자국 탓에 고운 화장이 다 지워질 지경이었다.

"……저희 집 개 좀 찾아주실 수 있을까요?"

쓰우즈신司武志信은 이 말이 답답한 공기 속에서 연기처럼 사라지기를 기다렸다가, 휴대전화 화면에 머물러 있던 눈을 치떴다. 화장이 지워진 여자를 보고 있자니, 예전에 기자로 일하던 시절 학교폭력으로 온갖 고통을 겪은 중학생을 보았던 일이 떠올랐다.

"보수는 1만 홍콩달러, 일은 돈 들어오면 시작합니다."

순간 여자는 반응을 하지 못했다.

"듣기로는 아주 싼값에 일을 맡을 때도 있으시다던데요. 따분해도 돈은 제법 벌 수 있는 일을 다섯 건 정도 맡으면, 돈이 안 돼도 구미 당기는 일을 그냥 받아주기도 하신다면서요. 보수가 얼마든 따지지 않을 때도 있다던데, 왜 저한테는 이렇게 비싸게 구시죠?"

꽤 예의를 갖춰서 한 말이었지만 비판의 뉘앙스가 있었다.

"아가씨, 아가씨가 의뢰한 사건이 바로 따분한 일이에요. 아가씨 같은 행운을 거머쥐고 태어나지 못한 사람들이 의뢰한 사건에 아가씨 돈을 보태는 거거든."

"왜죠?" 여자가 말투를 바꿨다. "개가 주인을 잃어버린 상황이 가엾지도 않나요?"

즈신은 모자를 쓴 채 옆 테이블에 앉아 있는 여자의 얼굴로 시선을 옮겼다가 순식간에 되돌렸다.

"개와는 무관합니다. 아가씨도 저에 관해 찾아봤겠지만, 저도 당신에 관해 찾아봤거든요. 내게 알려준 성과 이름은 다 가짜더군요. 인터넷에서 그쪽 인터뷰 기사를 본 적 있습니다. 글도 있고 영상도 있더라고요. 나에게는 평범한 사무직 여성이라고 밝혔지만 실은 테크 기업 공동창업자에, 현재는 일류 마케팅 관리 임원이던데요."

여자가 본인의 표정과 기분을 정리하는 데는 시간이 좀 걸렸다. "날 어떻게 알아본 거죠?" 방금 전의 그 울음 섞인 목소리는 온데간데없었다.

"과학기술 산업계에 그쪽처럼 외모가 뛰어난 여성이 많지는 않다보니 인상이 아주 깊게 남았답니다. 맞아요. 당신 인터뷰 기사를 처음 봤을 때, 그쪽 매력에 찌릿찌릿 전기가 오르더라고요. 미국에서 대학 졸업 후 이 년 정도 일을 하다가 홍콩으로 돌아왔고, 친구 두 명과 함께 창업하고. 처음부터 성공한 건 아니었지만, 세 번째로 창업한 회사가 업계에 안정적으로 자리잡아서, 정부 부처 몇 곳을 고객으로 확보했고."

"정부 입찰 공고는 '저가 입찰자'에게 낙찰되는 방식이라 저희는 얼마 벌지도 못했어요. 그냥 회사 프로필이 좀 그럴듯해진 게 다예요."

여자는 업계에서 뒹굴면서 갈고닦은 명확한 발음과 분명한 어투로 태도를 바꾸더니, 이성적인 힘까지 실어가며 말했다.

"본인 인스타그램에 홍콩 필하모닉 오케스트라 일 년 정기권 사진을 올리고는 가장 비싼 입장권을 사서 가장 좋은 자리에 앉는다고 말씀하셨던데. 가끔 음악회 참석차 유럽에 갈 때마다 미슐랭 레스토랑에서 성찬도 즐기고 오시고. 저는 음악도 집에서 스트리밍 서비스로 듣고, 끼니도 36홍콩달러만 내면 밥에 반찬 두서너 가지를 담아주는 저렴한 포장 도시락으로 주로 해결하거든요. 저는 물론이거니와 대부분의 홍콩 사람보다 훨씬 많이 버시는 분이 저한테 보수를 좀더 챙겨주시면, 저도 좀 벌 수 있고, 직접 비용을 대줄 능력은 없지만 도움이 필요한 다른 사람들을 도울 수도 있으니, 이게 사회정의 아니겠습니까?"

모자를 쓴 채 옆 테이블에 앉아 있던 여자가 웃음을 터뜨렸다.

"들켜버렸네요. 페닌슐라 호텔에서 선생님께 식사를 대접할까 하는데, 괜찮으시겠어요?" 마주앉아 있던 여자는 얼른 전술을 바꿔 남자를 유혹할 때나 쓰는 표정으로 갈아탔다. "좀 도와주세요. 제가 그쪽의 트랙 레코드*가 되어드릴 테니."

쓰우즈신은 고개를 내저었다.

얼굴 예쁘고 학력 좋고, 심지어 경쟁이 치열한 사회에서 두각을 나타낼 정도의 능력까지 갖춘 사람은 보통 응대하기 쉽지 않다. 외모, 재능 혹은 학식, 재산, 공감 능력, 이 네 가지는 서로 충돌하기 마련이다. 한 사람이 많이 가지고 있어봤자 최대 세 개 정도이고, 네 가지를 다 가진 사람은 절대 존재하지 않는다. 혹시 이 네 가지를 다 가진 실력자가 있다면 가면을 오래 쓰고 있다보니 너무

---

* '실적' '성과'를 의미하는 비지니스 용어.

편해서 벗는 걸 잊어버렸거나, 가면을 아직 다른 사람에게 들키지 않은 것이다. 즈신은 이날의 경험을 통해 또다시 이를 입증해 보였다.

여자의 몸에서 나는 향이 그에게 밀려들었다. 저 명품 향수가 대체 얼마짜리인지 모르겠네?

"내가 그쪽 매력에 찌릿찌릿 전기가 오르기는 했는데, 전기가 밥은 아니잖아요. 그거로는 휴대전화 충전도 못하는데. 그쪽이 아무리 미인이어도, 이 사건과 당신이라는 사람 자체가 아주 따분하다는 사실은 바뀌지 않는단 말이지. 그쪽이 몸담은 회사가 자선 활동에 후원을 하긴 했지만, 그거야 단체 사진 좀 박고 인맥 좀 만드는 게 목적이지 정말 사회적 약자들을 도우려 한 것도 아니고. 밥 한 끼에 1천 홍콩달러도 아무렇지 않게 쓰시는 분이 어째서 보수를 합리적으로 지급하는 일은 곧 죽기라도 할 것처럼 힘들어하실까? 그게 공평하다고 생각하시나? 그쪽이 내민 조건을 받아들이면 내가 굶어죽는 건 물론이고, 나한테 금전적 보탬이 되지는 못하는 사람들도 도움받을 길이 영영 사라질 텐데요."

"이거 정말 개자식이네. 시간만 낭비했어." 여자가 자리에서 일어서며 욕지거리를 내뱉었다. 날카롭게 살을 에는 살얼음같이 차가운 기운이 깃든 목소리로, 카페 안 모든 사람의 시선을 끌 정도로 커다랗게. "당신한테 날 도울 기회를 주려고 한 거야."

늘 성격 하나는 참 좋다고 자부하는 쓰우즈신도 이때는 참지 못하고 폭발해버렸다. 자리에서 일어난 즈신은, 본래 175센티미터 정도겠지만 하이힐을 신어 자신과 눈높이가 엇비슷해진 여자를 바라보며 그에게만 들릴 정도로 읊조렸다.

"밖으로 드러내지 못할 구린 비밀 같은 게 조금이라도 있으면 말이야, 내가 다 파헤칠 수 있거든." 그는 게거품을 뿜으며 말을 이었다. "오 초 안에 여기서 꺼지지 않으면 내가 실종자 수색하듯 악착같이 당신 비밀 캐내러 다닐 줄 알아."

이 말이 효과를 발휘했다. 여자는 곧장 1만 홍콩달러가 넘는 진피 명품 핸드백(로고는 없지만 알아볼 수는 있었다)을 집어들더니 다급한 걸음으로 자리를 떴고, 그러다 노트북에 연결된 전선에 걸려 넘어질 뻔했다. 쓰우즈신은 아쉬움에 탄식했다. 휴대전화로 찍어둘 수도 있었는데.

카페에서 나온 뒤에도 즈신의 코끝에서는 희미하게나마 여자의 향수 향이 맴돌았지만 아쉽지는 않았다. 그는 근처 호텔로 들어가, 중앙 홀 소파에 앉았다. 일 분 뒤, 모자를 쓴 채 카페 옆 테이블에 앉아 있던 여자가 나타났다. 쓰우즈신은 그 여자를 미행하는 사람이 없음을 확인한 뒤, 함께 엘리베이터로 들어갔다.

"당신, 방금 말을 해도 너무 심하게 하더라!" 여자가 벽에 걸린 전신 거울을 보며 모자를 정리했다.

"그 여자처럼 제 이익만 좇고 연줄이나 찾아다니는 인간들이 많아도 너무 많으니까 저소득층이 위로 올라가지 못하고, 빈부격차와 사회적 모순이 빚어지는 거야."

"사서 고생한 것 아니야? 전화나 줌으로 이야기하면 될 걸 뭐 하러 나가서 직접 만나?"

"미녀와 커피나 마시면서, 숨이 턱 막히는 업무에 MSG를 좀 치고 싶었다고나 할까." 그는 방금 벌어진 충돌을 대수롭지 않게 여기며 가볍게 이야기했다.

엘리베이터 문이 열리고, 두 사람이 걸어나왔다. 길고 긴 복도에는 사람 하나 없었다. 쓰우즈신은 누군가에게 발각이라도 될까 봐 걱정스러운 듯 사방을 살폈다.

"내가 MSG라는 거야?" 앞서가던 여자가 카드키로 2019호 방문을 열었다.

"당신은 MSG가 아니라 삶의 필수품이지."

빅토리아 공원을 향한 통유리로 들어오는 햇볕이 방안에 가득했다. 그는 다른 사람의 아내와 밀애를 즐기려면 이런 곳에는 오지 말아야 한다고, 둘이 마치 떳떳하게 호캉스를 즐기려고 온 부부 같지 않은가 생각했다. 하지만 누가 자기 아내를 놔두고 지구 반대편에 가 있으라고 했나?

침대 옆에 선 여자가 무릎 아래까지 오는 롱코트 단추를 하나하나 풀었다. 마침내 코트가 미끄러져 떨어지고, 빨간 미니스커트 아래 늘씬하고 아름다운 다리가 드러났다.

여자가 모자를 벗고, 거의 어깨까지 내려오는 머리칼을 헝클어뜨렸다. 머리카락이 갈래갈래 손가락 사이를 지나갔다.

여자의 앞태는 물론 긴 거울에 비친 뒷모습까지도 쓰우즈신의 시야를 채웠다. 여자에게 시선을 빼앗긴 즈신은 사냥꾼이라도 된

듯, 자신이 위험한 상황에 처했다는 사실을 모르는 먹잇감을 염탐했다. 그리고 결국 내면의 충동을 억누르지 못하고 여자를 새하얀 침대 시트 위로 밀어 넘어뜨렸다.

"커튼 쳐. 나 공연하러 온 거 아니야." 여자가 일어나고 싶어했지만, 그는 여자를 단단히 제압했다.

"보는 사람 없어. 하지만 난 당신을 똑똑히 봐야겠어." 그가 목소리를 낮추며 말했다. 여자의 머리칼과 목덜미에서 나는 향기가 숨을 쉴 때마다 코를 찔렀다.

"미워 죽겠어!" 여자는 키득거리며 웃음을 터뜨렸고, 더는 발버둥치지 않았다. "휴대전화 좀 꺼둬야지. 알짱알짱 걸리적거리는 광고 전화에 방해받지 않으려면."

4

대학 구내식당에서 밥을 먹고 있는데 갑자기 와츠앱 가족 채팅방에 가족 연회 알림 메시지가 떴다. 그 바람에 샌드위치와 샐러드가 반 정도 남았는데도 입맛이 뚝 떨어졌다.

결국 이날이 오고야 말았다.

쓰우즈아이司武志愛는 강제로 집에 돌아가서 밥을 먹기 싫었다. 모든 비밀을 다 알아내고야 말겠다는 듯 어른들이 자신을 위아래로 훑어보는 것도 싫었다.

친척들과 밥을 먹으면서 포근함이나 친절함을 느낀 적은 한 번도 없었다. 테이블 위에는 하나같이 꼴 보기 싫은 낯짝들뿐이었다. "남자친구는 언제 사귈 거니?" "결혼은 언제 하려고?" "여자애가 석사과정은 밟아서 뭐하게?"

스물네 살 먹은 즈아이는 친척들 눈에 여전히 말 안 듣고 철모르는 여자아이일 뿐이었다.

그들은 즈아이가 관심 없는 화제로만 말을 걸었다. "나 초밥의 신이 운영한다는 '스키야바시 지로'*에 다녀왔어." "나는 휴가로 지중해 크루즈 여행 갔다 왔어." "난 북유럽에 가서 오로라도 보고 고래고기도 먹고 왔는데."

하나같이 '나'로 시작되는 모든 대화는 즈아이의 삶과는 무관할 뿐 아니라, 홍콩인들의 삶과도 무관한 내용들이었다. 그들의 몸은 홍콩에 살고 있었으나, 마음은 홍콩에 있지 않았다.

─안 가면 안 돼?

즈아이가 엄마에게 메시지로 구조 신호를 보냈다. 몇 분 뒤, 한치의 예상도 벗어나지 않은 답변이 돌아왔다.

─네가 매달 받는 돈, 가문에서 나오는 돈이야. 집안에서 금전적으로 지원해주지 않으면 네가 아무런 걱정 없이 사회복지 석사 과정이니 뭐니 밟을 수 있을 것 같아?

어린 시절 즈아이는 모든 아이들이 다 자신이 받는 만큼의 금액

---

* 초밥 장인 오노 지로가 운영하는, 미슐랭 가이드 역사상 최초로 스리 스타를 받은 초밥 레스토랑.

을 용돈으로 매달 받으면서, 본인처럼 운전기사가 태워주는 자가용을 타고 다니고, 돈은 쓰고 또 써도 남아돌고, 매년 겨울방학이면 해외여행을 다니며 사는 줄 알았다.

중학교에 가고 나서야 자신이 학교 친구들과는 다른 삶을 살고 있다는 사실을 깨달았다. 홍콩 대부분의 지명을 대지도 못했던 즈아이는 식구들을 속인 채 몰래 학교 친구들에게 부탁해서 버스, 카페리, 전차, 지하철과 같은 대중교통 수단을 이용해봤다. 차찬텡*에서 낯선 사람들과 같은 테이블에 합석해보기도 하고, 공공체육관에서 배드민턴도 쳐보았다. 처음 공공도서관에 갔을 때는 세상이 다 다르게 보일 정도였지만, 가족들에게 들키기라도 할까봐 책을 빌려 오지는 않았다.

"너희 집은 그렇게 돈이 많은데 왜 널 국제학교에 보내지 않아?" 한번은 학교 친구가 이렇게 물었는데, 즈아이는 대학에 입학하고 나서야 그 답이 떠올랐다.

가족들은 즈아이가 서구식 교육의 영향을 받아서 더는 쓰우 가문의 각종 규율이나 예법에 복종하지 않고 자유를 누리고 싶어할까봐, 용감하게 자아를 추구한답시고 더는 자신들의 말을 듣지 않을까봐, 대가족의 온갖 전통적 가치관에 의문을 품을까봐 우려했다.

그들은 즈아이가 독립적으로 살면 더는 이 집에 의존하지 않게

---

* 간단한 홍콩식 차와 디저트를 즐길 수 있고, 식사도 할 수 있는 대중음식점.

될 것이고, 심지어 집안을 비판할 거라고 근심했다.

대학에 입학한 즈아이는 자신이 가장 기본적인 음식도 조리할 줄 모른다는 사실을 깨달았다. 인스턴트 라면도 끓일 줄 몰라서 학교 친구들이 가르쳐줬고, 그 과정을 찍은 영상이 학교 친구들 사이에 돌아다닐 정도였다. 앞에서 대놓고 떠들어대는 친구들은 없었지만, 즈아이는 스스로가 돈 많은 집에서 자라서 아무것도 할 줄 모르는 쓸모없는 인간으로 느껴졌다.

그래서 즈아이는 남들과는 다른 성장 과정을 거쳤다. 자아를 탐색하는 것은 물론이고 학교 친구들과 자신의 차이도 이해해야 했고, 그러다보니 대학에서도 자연스럽게 사회학을 전공하게 되었다. 석사논문 주제도 '중국 사회의 가정 구조 탐구'로 정했다. 즈아이는 논문의 주제를 설명하기 위해 스페인 화가 프란시스코 고야의 〈자식을 잡아먹는 사투르누스〉를 속표지에 끼워넣을 생각이었다.

가족들은 사회복지와 사회학의 차이를 정확히 알지 못했고, 즈아이가 사회복지를 전공한다고 생각했다. 즈아이도 바로잡기 귀찮았다. 어차피 그들은 21세기를 살면서도 여전히 여자는 재능이 없는 게 복이고 공부는 해봤자 소용이 없으며, 공부를 아무리 많이 해도, 아무리 일을 해도 가족이 임대료로 벌어들이는 수입만큼 풍족하지도, 삶이 수월해지지도 않는다고 여겼다.

―그리고 너, 가족 연회에 즈신이 오게 할 방법이나 생각해봐.

엄마가 또다른 메시지를 보냈다.

―즈신 오빠는 애가 아니잖아. 다 자기 생각이 있다고.

즈아이는 집안 어른들이 자기보다 항렬이 낮은 사람을 무조건 어린애 취급을 하고, 그들이 어른 말을 들어야 하며 어른을 존경해야 한다는 구태의연한 생각에서 벗어나지 못하고 있다고 늘 생각했다. 진심으로 엄마에게 일깨워주고 싶었다. 즈신은 이미 서른다섯 살이라고, 자기 생각이 있을 뿐 아니라 고집도 너무 세서, 태풍이 불어도 그 고집을 흔들 수 없다고.

어른들은 즈아이에게 집안에서 돈을 대준 덕에 일할 필요 없이 계속 공부를 할 수 있었던 것이니, 집에 돌아오면 어른들 말을 들어야 한다고 끊임없이 일깨웠다. 그들은 즈아이에게 외모에 신경을 쓰라고, 화장을 제대로 배우라고, 치마를 입으라고, 머리를 기르라고, 말할 때 소리를 낮추라고 요구했다. 욕을 하는 건 허락하지 않았으며, 남자들이 쫓아다니고 보호해주고 돌봐주고 싶은 숙녀가 되라고 했다.

즈아이는 숙녀가 되는 게 싫은 게 아니었다. 다른 사람이 자신에게 이래라저래라 가르치려들고, 자기 인생을 결정하려드는 게 싫었다.

즈아이는 선택해야만 했다.

쓰우 가문은 거대한 철제 우리와도 같았다. '쓰우'라는 성을 달고 태어난 그날부터 즈아이는 그 철제 우리에 갇혀 있었다.

즈신처럼 철제 우리에서 벗어나려면, 자신에게는 없는 능력과 용기가 필요했다.

5

쓰우즈신과 팡위칭은 목욕 가운 차림으로 호텔 침대에 앉아 3단 트레이로 제공되는 영국식 애프터눈티 세트를 즐겼다.

쓰우즈신은 반 정도 먹다 멈췄다. 배가 불러서가 아니라 건강을 위해서였다. 하지만 팡위칭은 계속 먹어댔다.

"어떻게 그렇게 먹는데도 살이 안 찌냐. 부러워하는 여자들이 수두룩할 거야."

팡위칭은 시원하게 대답했다. "왜냐하면 내가 운동하는 걸 좋아하니까."

"특히 침대 위에서 하는……" 즈신이 말을 뒤받아치는데, 뜻밖에도 그의 휴대전화에서 메시지 도착 알림음이 울렸다.

그는 휴대전화를 확인했다. 쓰우즈아이에게서 온 메시지였다.

─이야기가 긴데, 통화 좀 할 수 있을까?

방해받고 싶지는 않았지만, 즈아이가 통화를 원하는 건 흔치 않은 일이었다.

즈신은 쓰우 집안의 단체 채팅방에서 일찌감치 나온 게 아니라, 아예 그 채팅방에 들어간 적도 없었다. 친척 중 유일하게 사촌 여동생 쓰우즈아이하고만 연락을 하고 지냈다.

즈신은 자기보다 열 살 어린 이종사촌 여동생 즈아이를 좋아하지 않을 수 없었다. 쓰우 집안 저택에서 살던 시절, 집에서 키우던 잡종개 지짜이를 그저 단순히 집이나 지켜주는 동물이 아닌, 같이 노는 친구로 여긴 건 두 사람뿐이었다. 지짜이가 무지개다리를 건넜을 때, 다른 사람들처럼 "그냥 개 한 마리 죽은 것 가지고"라고 하지 않고 슬픔에 북받쳐 부둥켜안고 통곡한 것도 두 사람뿐이었다. 그래서 우애가 아주 돈독했다.

쓰우즈신은 예전부터 쓰우 집안이 싫었다. 괴상한 그 성씨도 싫었다. 심지어 부모님도 이 집안을 싫어했다. 십여 년 전, 부모님은 집안 친척들과 싸운 뒤 일본 도호쿠 지방으로 여행을 떠났다가 불행히도 3·11 동일본 대지진을 맞닥뜨렸다. 그들은 센다이시에 있는 호텔에서 즈신과 인터넷 전화로 통화하고 몇 시간 뒤에 행방불명됐다.

그후 즈신은 쓰우 집안이 더 싫어졌고 집안사람들과의 왕래도 끊어버렸다. 즈아이는 쓰우원후가 몇 년 전 박사학위를 돈 주고 사왔다는 둥, 명함을 새로 찍더니만 다른 사람들에게 자신을 박사라고 불러달라고 한다는 둥 쓰우 가문에 잠복한 간첩 노릇을 하며 그에게 집안의 대소사를 전해주었다. 또 몇 주 전에는 쓰우원후의 아들인 즈후이가 선생님의 권유로 유전자 검사를 받아봤다고 했다. 본래는 그냥 괜찮은 교육 활동의 일환이었는데 쓰우 집안사람들은 무슨 신대륙이라도 발견한 것처럼 앞다투어 따분한 유전자 검사에 나섰다고 한다. 사실 같은 집안사람들 유전자야 다 엇비슷하니 전부 몰려가서 해볼 필요도 없었다. 제일 웃긴 부분은 그 유전자분석 보고서를 의학용으로는 쓸 수 없다는 사실이었다. 게다가 유전자로 성격을 분석한다니, 과학기술로 포장된 점성술과 다를 게 없다. 모호하게 얼버무린 내용이 맞는지 틀렸는지 증명할 방법도 없고. 다행히 집안의 어른인 쓰우원후는 정신이 멀쩡해서 유전자분석인지 뭔지를 하지는 않았다고 했다.

그렇지만 아무리 집안이 꼴 보기 싫어도 자기 핏속에 쓰우 유전자가 들어 있다는 사실은 부정할 수 없었다. 쓰우원후의 아버지가 암으로 돌아가신데다 당뇨병과 심장병 가족력이 있어서, 즈신 본인도 몇 년 전부터 당분이 들어간 음료나 건강하지 않은 음식을 끊어버렸다. 즈신도 결코 유전자 검사를 거부하는 쪽이 아니었고 집안에 또 어떤 유전병 인자가 있는지 찾아낼 수 있으면 좋겠다는 마음도 들었지만, 가족들의 유전자분석 결과가 나오기를 기다렸다가 즈아이에게 전해듣는 정도면 충분했다.

"나 전화 좀 해야겠어." 즈신이 꽝위칭에게 말했다. 동의를 구하는 말투가 아니었다.

"딴 여자한테?" 꽝위칭이 물었다.

"사촌 여동생한테."

"당신은 사촌 여동생이 몇 명이야?" 질문의 의도가 불순했다.

"얘는 정말로 혈육이야."

화장실로 들어가서 전화를 걸자, 곧 상대가 받았다.

"원후 오빠 말이, 다음주 토요일에 가족 연회가 열릴 예정이라는데, 올 거야?" 즈아이가 물었다.

"농담하냐? 내가 말한 적 있지. 굶어죽는다 해도 다시는 돌아가지 않을 거라고. 기억해둬. 엄밀하게 말하면 나는 이미 쓰우 집안

사람이 아니야."

"하지만 쓰우 성을 쓰잖아."

"너나 나나 똑같아. 쓰우는 아버지 쪽 유전자가 아니라 어머니 쪽 유전자라고. 아버지가 데릴사위로 들어오면서 쓰우 성을 쓰게 된 거잖아."

"아버지 쪽이든 어머니 쪽이든, 우리 핏속에는 다 쓰우 집안의 유전자가 들어 있다고."

"말은 맞지만, 난 안 돌아가. 아무튼 난 쓰우라는 성이 싫어."

"그러면서 신분증에 있는 성은 왜 안 바꿔?"

"그런 거 바꿀 시간 없어."

쓰우즈신의 아버지가 데릴사위로 들어오기 전에 쓰던 성은 류劉였다. '류'라는 성은 너무 평범해서 행인 1, 2, 3과 마찬가지인 천, 리, 장, 황, 허 같은 흔한 성씨처럼 전혀 개성이 없었다. 즈신은 '쓰우'라는 성은 싫었지만, 그러면서도 이 독특한 성을 유지하고 싶은 욕심은 있었다. '흔치 않을수록 귀한 법'이라는 말을 성씨에 적용할 수 있다면 '쓰우'라는 성은 존귀한 귀족의 성씨와 다를 바 없었다.

쓰우즈신은 사실 이 성에 애증을 동시에 느꼈다. 이런 생각을 하고 있으면, 자기 자신이 꼴 보기 싫어질 지경이었다.

집안을 떠난 뒤로, 더이상 매월 몇만 홍콩달러에 이르는 생활비를 받을 수 없었다. 독립을 추구하면, 강압적인 가족들은 온갖 수단을 동원해 자유의지에 어긋나는 행동을 하라고 강요했다. 복종하라고 몰아붙이고, 악한 세력에게 고개를 숙이라고 요구했다.

이모들은 "너는 쓰우 집안사람으로 태어났으니 죽어서도 쓰우 집안의 귀신이 되어야 해" "집을 나간다는 건 효도를 않겠다는 것이니, 조상님들께 죄송한 짓이야"와 같은 정서적 협박을 일삼았다. 하지만 그를 굴복시킬 수는 없었다.

"만일 네 목숨이 위태로워 장기 기증이 필요하다고 해도 우리는 절대 도움의 손길을 주지 않을 거다." 큰이모가 마지막 일격을 가했다.

"만약 친척들로부터 도움을 받아야만 살 수 있는 날이 오면, 차라리 빅토리아 항구에서 투신하겠습니다." 그가 독하게 대답했다.

말한 대로 돌려받는다더니, 그 부메랑은 무서울 정도로 빠르게 돌아왔다. 석 달 뒤, 큰이모는 혈액암 진단을 받았다. 골수이식을 받아야 살 수 있는 처지가 되었으나 쓰우 집안에는 항원이 일치하는 사람이 단 하나도 없었다. 때문에 큰이모가 죽어가는 모습을 손놓고 지켜볼 수밖에 없었다.

즈신은 이모의 장례식에 참석하지 않았다. 이모가 화장되기 전에 관에서 기어나오기라도 할까봐 두려워서가 아니라, 죽어서든 살아서든 다시는 만나고 싶지 않았기 때문이다.

"원후 오빠가 전해달래. 즈신 오빠가 오면, 가족들과 오해도 풀고 오빠가 다시 조상과 가족의 곁으로 돌아온다는 의미가 될 거라고……" 즈아이가 아주 흔치 않은 기계적인 말투로 다시 말했다.

이 말에 즈신은 속이 다 뒤틀리고 뒤집어지는 것 같았다.

즈아이가 왜 저렇게 말하는지 즈신도 이해는 했다.

"그만해. 정말 지긋지긋하다." 즈신은 거의 고함치듯 말했다. "쓰우라는 성이 두려운 게 아니야. 내가 정말 끔찍해하는 건 집안 어른들이라고. 대가족이라는 이름으로 자손들에게 무조건적인 복종을 강요하잖아. 대가족의 번잡스러운 규율도 끔찍해. 가족 제사 때 집안 어르신들 앞에서 무릎 꿇으라고 하지를 않나. 세상에! 지금은 21세기야. 누가 보면 청나라 왕조시대인 줄 알겠다. 뒤통수에 변발 달린 줄 알겠다고. 지금 '쓰우' 성 쓰는 사람이 스무 명도 안 되는데, 결혼한 여자들 쪽 식구들까지 끌고 와서는 머릿수 채워서 만든 오륙십 명으로 대가족 타령을 해대다니, 웃기지 않니?"

중국 사회에서 남자는 대를 이어야 한다는 압박을 견뎌야 한다. 뿐만 아니라 남자가 자신의 존엄을 내려놓고, 본인의 성을 포기하고 데릴사위로 들어가 아내의 성을 자녀들에게 물려주는 것도 쉽지 않다. 비록 쓰우 집안의 데릴사위가 매달 받는 생활비는 웬만한 직장인 월급보다 훨씬 더 많지만 집안 규율이 번잡스러워 여자들 대부분은 평생 독신으로 산다. 데릴사위라 하더라도 아이는 하나 아니면 둘 정도에서 끝내므로, 가족 구성원 수를 대폭 늘릴 방법도 없다.

쓰우즈신의 외할아버지 대에 이르러 데릴사위를 들인다는 원칙을 더는 고집하지 않게 되면서 쓰우 집안의 여자들은 쉽게 결혼할 수 있게 되었다. 지금의 가족 연회는 결혼해서 출가한 쓰우 집안의 여자들이 새로 생긴 가족까지 끌어들여서 체면치레를 하고 있지만 그 수가 많지는 않다. 그들은 평상시에는 집안 규율이 넘쳐나는 쓰우 집안과 왕래를 하지 않다가, 삼 년에 한 번 열리는 가족 연회 때나 얼굴을 내비친다. 쓰우라는 성을 쓰는 것도 아니고, 이들 핏속의 쓰우 집안 유전자도 갈수록 줄어들어 희석되고 있다.

이런 사정을 떠올릴 때마다, 쓰우즈신은 외아들이었던 아버지가 데릴사위가 되었다니 줏대가 없었던 것 같다는 생각이 들었다. 하지만 다시 생각해보면, 아버지는 어머니와 함께하기 위해 인생에서 큰 희생을 한 것이기도 했다.

어쩌면 즈신처럼 부모와 일찌감치 이별한 사람만이 자기 운명을 자유롭게 결정할 수 있는 것인지도 모른다.

"방금 한 말들, 다 엄마가 전하라고 해서 한 거야. 엄마 방금 자리 뜨셨어." 즈아이가 말투를 누그러뜨리더니 한참 뒤 다시 말을 이었다. "오빠가 없으면 나 혼자서 그 아줌마들을 상대해야 한다고. 얼마나 성가신 사람들인지 알잖아."

즈신은 즈아이의 말에 잠시 마음이 약해졌다. 친척들은 늘 시끄럽게 잔소리를 늘어놓는다. 즈아이 혼자서 그 여자들을 상대하게 해서는 안 되겠지만, 십수 년 만에 다시 얼굴을 드러내면 자신의 평온한 삶만 피곤해질 것이다.

"즈이는 가? 걔가 가면 되겠네."

즈이를 못 본 지 최소 십 년은 되었지만 그 껄렁껄렁한 자식이야 불에 타서 재가 된다 해도 알아볼 수 있을 것이다. 즈이는 쓰우 집안에서 제일 사랑받지 못하는 인물로, 태도가 경박하기 짝이 없는, 대가족의 전통적 가치관과는 도무지 맞지 않는 존재다.

"못 본 지 엄청나게 오래됐지만 보고 싶지는 않아." 즈아이가 대답했다. "쓰우 집안에 즈이 오빠 좋아하는 사람이 어디 있다고."

쓰우즈신도 동의하는 바였지만, 속이 넓은 건지 낯짝이 벽보다 두꺼운 건지, 즈이는 사람들이 자기를 좋아하든 말든 신경쓰지 않았다.

"왜들 그렇게 즈이를 싫어하는데? 쓰우 집안의 빼놓을 수 없는 구성원이고, 몸에 쓰우 집안의 피가 흐르잖아. 집안사람들은 툭하면 피는 물보다 진하다고 떠들지 않아?"

쓰우 집안사람들이 툭하면 입에 올리는 '피는 물보다 진하다'는 말은 중국의 고전이나 전통적인 지혜에서 비롯된 게 아니라, 영국 속담 'Blood is thicker than water'에서 나온 말이다. 집안사람들이 이런 이유를 들어가며 가족의 응집력을 유지하면서도 한편으론 가족 안에 잘 섞이지 못하는 즈이를 냉대하는 게 황당하고도 우습기 짝이 없었다.

즈아이가 갑자기 전화를 끊어버렸다. 아마 즈신을 향해 저주를 퍼붓고 있을 것이다.

즈신이 화장실 문을 열어젖히자, 문 앞에 서 있던 팡위칭이 나가려는 즈신을 가로막았다.

"류 선생님, 원래 성은 쓰우였군요. 아주 독특한 성이네요."

팡위칭에게 진짜 성을 알려줄 생각은 없었는데. 팡위칭이 즈아이와의 대화를 엿듣고 있었을 줄이야.

"독특해도 너무 독특하지. 이 업계에서 일하는 사람은 이름이든 외모든 너무 인상적이면 안 되니까, 명함에는 가명을 넣은 거야."

쓰우즈신은 당황한 기색을 감추려고 일부러 별거 아니라는 듯 대답했다. 팡위칭이 자신의 가정환경에 대해 알게 되는 걸 원치 않았다.

"합법적인 거야?" 팡위칭이 즈신을 따라 침대 옆에 와서 앉았다.

"당연히 합법이지. 스타들이 예명 쓰는 것과 같은 거야. 당신과 내 관계도 그렇잖아. 당신 남편이야 불쾌하겠지만, 그렇다고 우리가 법을 어기고 있는 건 아니잖아."

쓰우즈신이 팡위칭의 주의를 돌리기 위해 화제를 바꿨다.

"내 남편이 밖에서 여자 끼고 사는 것도 그렇고."

쓰우즈신이 샴페인이 가득 담긴 와인잔을 들어올렸다. "그렇지. 지금 어떤 여자의 침대에서 뒹굴고 계실지 알 수 없는 우리 차 선생님을 위해, 건배."

6

남자는 문자메시지 내용을 흘끗 확인한 뒤, 침대 협탁 위에 일렬로 놓인 듀렉스 콘돔과 러브젤 옆에 휴대전화를 올려놓았다.

호텔이 침사추이 번화가에 자리잡고 있기는 하지만, 호캉스를 즐기기에 안성맞춤이었다. 오후 1시 반이 되었지만, 밤낮이 바뀐 채 사는 그는 다섯 시간밖에 못 잔 탓에 더 자고 싶었다.

아마 옆에 누워 있는, 본명이 뭔지도 모르는 여자도 똑같을 것이다. 둘 다 어젯밤 격렬한 운동으로 적잖은 열량을 소모했다. 여자의 침대 위 기술이 얼마나 대단했는지 남자가 당해낼 재간이 없을 정도였다. 그런 걸 어디서 배워왔는지 모를 일이었다. 요즘 여자들, 정말 만만하게 보면 안 된다.

남자의 기척에 여자가 잠에서 깼다. 여자는 얼른 여름용 이불을 끌어올려 자신의 알몸을 가렸다.

"내가 휴대전화로 불법촬영이라도 할까봐 겁나냐?" 남자가 웃으며 물었다.

"장난하나, 어떤 여자가 겁이 안 나겠니?" 여자의 연약한 주먹이 남자의 명치를 쳤다. "허튼짓하기만 해봐. 네 거시기가 네 몸에 붙어 있게 둘 것 같아?"

"뭘 그렇게 험악하게 굴어? 그냥 집에서 밥 먹으러 오라고 연락 온 것뿐인데. 확인해볼래?"

"당연하지."

남자가 휴대전화를 여자에게 건넸다. 콘택트렌즈를 끼지 않아서 화면을 똑똑히 보려면 코앞으로 가져가는 수밖에 없었다. 여자가 휴대전화를 다시 남자에게 돌려주었다.

"잘됐네. 난 집에 가족들 보러 간 지 오래됐는데."

"나도. 우리 가족이야 내가 돌아오는 걸 원치 않지만."

"왜?"

"말하자면 길어. 네가 나한테 너희 집에 대해 얘기 안 하는 것처럼, 나도 너한테 우리집 얘기는 안 할래." 남자가 여자의 뺨을 톡톡 두드렸다. "하지만 가족들이 날 보고 싶어하지 않으니까, 그러면 또 나타나줘야지!"

여자는 얼굴에 의혹이 차올랐지만, 곧바로 웃는 얼굴로 바뀌었다. "엄청 재미있을 것 같은데. 나도 데려가면 안 돼?"

"되지. 갈 때 부를게!"

"사기치면 안 돼!"

"그야 당연하지. 그런데 같이 밥 먹으러 가기 전에 '파란 고양이'니 뭐니 그런 거 말고 네 본명은 가르쳐줘야 하지 않을까?" 남자가 재빨리 얇은 이불을 들추더니 여자의 알몸을 뚫어지게 바라봤다. "몸에 파란 데라고는 하나도 없으신데."

여자가 순식간에 남자의 손에서 얇은 이불을 뺏어서는 몸을 가렸다. "팔뚝에 파란 빛깔 고양이 문신 하나 새기려고."

"내가 가족들한테 너를 '파란 빛깔 고양이'라고 소개하게 할 셈이야?"

"너랑 난 그냥 NSA*일 뿐인데, 가족들한테 날 소개할 필요가 있을까?"

---

* No Strings Attached. 아무런 조건이나 부담 없이, 필요할 때만 편하고 가볍게 만나는 남녀 사이.

"이름이 있어야 참석 신청이 가능하거든. 영어 이름도 괜찮아."

여자는 잠시 생각에 잠겼다.

"에인절Angel. 넌?"

"저스티스Justice."

남자는 웃음기를 거뒀지만, 여자는 웃음을 터뜨렸다.

"너 판사야?"

"신분증에 찍혀 있는 내 정식 영어 이름이야. 정말 떨빵한 이름이지."

"그렇게 지은 이유가 있어?"

"우리집에 족보라는 게 있는데, 난 '즈'자 항렬에 속해. 그리고 우리집 대빵이 가톨릭 학교를 나온 사람이라, 우리 세대는 이름의 세번째 글자에 신信, 이義,* 아이愛, 즈智, 왕望 같은 가톨릭교에서 따온 글자를 써."

"그렇게 중국어와 영어를 막 섞어서 이름을 지어도 돼?" 여자는 저도 모르게 웃음을 터뜨렸다. "난 처음 들어봐."

"이름을 엉망진창으로 지었다는 건 그 사람들 생각 자체가 엉망진창이라는 걸 보여주지. 어떤 때는 엉망진창으로 사는 것도 유전인가 싶다니까."

남자가 돌연 몸을 뒤집더니, 여자의 몸을 아래 깔고 압박했다.

---

* 즈이의 이름에 들어가는 글자로, 즈이의 영어 이름이 뜻하는 '정의'와 상응한다.

"뭐하는 거야? 훤한 대낮에?"

"어젯밤에 네 덕에 죽다 살아났으니, 이젠 네가 죽다 살아날 차례지!"

남자의 양손이 여자의 몸 곳곳에 불을 붙였다. 여자도 약한 척하는 법 없이, 손으로 맹렬한 반격에 나섰다.

둘의 전장은 순식간에 욕실로, 샤워 부스에서 욕조까지 옮겨갔다. 둘은 더이상 가족과의 식사 자리 이야기는 꺼내지도 않았다.

제2장
연회 일주일 전

7

몇 개월 전, 쓰우즈신은 건물 아래 공원에서 달리기를 하던 중 퍼그 한 마리를 봤다. 녀석은 멀리서 짧은 네 다리로 그에게 재빠르게 달려와서는 냄새를 맡아댔다. "리오, 집에 가서 밥 먹자!" 녀석을 데리고 산책을 나온 도우미가 큰 소리로 외치는 소리를 듣고 나서야 녀석은 순순히 뛰어서 돌아갔다.

나중에 다시 몇 번인가 리오를 만났고, 머리도 쓰다듬어줬다. 아이들이 리오를 둘러싼 채 먹을 것을 주면, 리오도 거절하는 법 없이 전부 먹어치우는 모습을 자주 봤다. 다리는 넷이지만 리오도 동네 주민 중 하나였다.

그러던 어느 날, 아파트 페이스북 그룹에서 주민 한 사람이 이제 두 살 반이 된 리오를 입양할 분을 찾는다는 글, 즉 리오를 파양할 거라는 글을 보았다.

젊은 견주는 혼자 영국으로 이민을 가게 되었는데, 얼굴이 납작한 품종의 개는 고공에서 돌연사할 수 있어 많은 항공사가 비행기 탑승을 금하고 있다고 주장했다. 고통스럽지만 파양할 수밖에 없는 상황이라며, 아파트 페이스북 그룹에서 도움을 청했다. 원하는 사람이 없으면, 홍콩동물보호협회SPCA에 보낼 예정이라고 했다.

이민 붐이 일면서 홍콩동물보호협회는 일찌감치 개가 차고 넘치는 지경에 이르렀기에, 아마도 리오는 안락사라는 결말을 맞이할 가능성이 컸다.

'머리를 어루만져봤으면 친구 사이'라는 말을 믿는 쓰우즈신은 친구가 생죽음에 내몰리는 걸 받아들일 수 없어 리오를 입양하고 싶다는 메시지를 보냈다.

◆

쓰우즈이司武志義는 의자에 기대 누운 에인절을 바라보고 있었다. 양손이 문신으로 가득한 타투이스트가 에인절의 팔뚝에 한 획 한 획 파란 고양이 문신을 새기고 있었다.

윙윙 돌아가는 타투 기계 소리가 그렇게 귀에 거슬리는 편은 아니었다. 하지만 즈이는 파란 고양이면 파란 고양이지, '파란 빛깔 고양이'라니, 왜 그렇게 번거롭게 부르는 건지 이해되지 않았다. 두 글자 더 추가된다고 고양이가 더 파래지는 것도 아니고 그런다고 문학적인 멋이 더해지는 것도 아닌데.

그렇지만 그런 생각을 입 밖에 내지는 않았다. 그냥 에인절의 요구대로, 휴대전화로 문신을 새기는 과정을 찍기만 했다. 에인절은 편집을 거친 뒤 유튜브와 틱톡에 올려서 팔로워들에게 공유할 거라고 말했다. 말투에서 채널 구독자가 십만 명은 된다는 뉘앙스가 은근히 느껴졌다. 그러나 저우싱츠*가 "단역배우들도 배우입니다"**라고 말했듯, 구독자가 열 명이 채 안 된다 해도 에인절은 자칭 유튜버랍시고 뻔뻔하게 큰소리를 칠 것이다.

약 삼십 분 뒤, 문신이 완성되었다. 결과물이 무척이나 마음에 든 에인절은 거울로 타투이스트의 작품을 자세히 살펴보고는 그와 함께 사진도 찍었다. 그리고 즈이에게도 문신을 하나 새겨보라고 여러 차례 권했다. 꼭 고양이를 새겨야 하는 건 아니라면서.

즈이는 고개를 내젓더니, 거리낌없이 솔직하게 말했다. "여자들이 나한테 동물 문신 하나 새기라고 할 때마다 승낙했으면, 내 몸뚱이는 일찌감치 동물원이 되었을걸. 어쩌면 똘똘이에도 자리가 없을지 몰라."

에인절과 타투이스트가 동시에 폭소를 터뜨렸다. 타투이스트가 담배를 한 모금 태우더니 하하 웃으며 말했다. "손님 똘똘이에 문신을 새겨본 적은 없는데요. 관심이 있으시면 공짜로 서비스해

---

* 홍콩의 영화배우이자 감독, 각본가. 한국에는 '주성치(周星馳)'라는 이름으로 잘 알려져 있다.
** 저우싱츠가 감독과 주연을 맡은 〈희극지왕〉의 명대사.

드리죠."

즈이는 진지한 사람이 싫다. 그런 사람이 입을 열면 질식할 것만 같다. 에인절과 타투이스트처럼 입이 험한 사람과 코드가 맞는다. 부담이 없고 편하다.

"저한테 똘똘이가 하나 더 있으면 찾아올게요."

◆

즈아이가 샤워실로 들어가 손을 뻗어 노즐을 돌리자, 따뜻한 물줄기가 몸을 깨끗이 씻어내렸다. 그런데 하체를 씻으려고 할 즈음, 앨프리드가 들어왔다. 앨프리드는 즈아이의 머리칼 사이를 손가락으로 헤집었고, 그 손이 서서히 아래쪽으로 내려가 결국 음부에 닿았다. 놀란 즈아이가 헉하고 숨을 들이쉬며 양손으로 앨프리드의 어깨를 잡고 몸을 기댔다. 즈아이의 하체가 앨프리드의 손가락 리듬을 따라 부드러우면서도 견고하게, 리드미컬하게 움직였다.

즈아이는 가늘게 실눈을 뜨곤 따뜻한 물줄기와 앨프리드의 손바닥 온도가 뒤섞이는 걸 느꼈다. 햇빛 아래서 부드럽게 포옹하는 듯한 느낌이었다. 성적 쾌락을 행복과 맞바꿀 수 있다면, 정말이지 지금 이 순간이야말로 이번 생의 절정이었다.

홍콩인들이 영화 〈역고력고신년재〉를 통해 '마작 패를 다루는 매너가 뛰어난 사람은 자연히 인품도 뛰어난 법'이라는 진리를 배운다지만, 즈아이는 '침대 매너가 뛰어난 사람은 자연히 인품도 뛰어난 법'이라고 생각했다. 섹스라는 건 일방적인 요구가 아닌 쌍방이 함께 누리는 쾌락이어야 한다. 가령 즈아이보다 두 살 어린 후배 앨프리드는 성 경험이 풍부하지 못한데다 삼 분도 못 버티는 토끼지만, 적어도 장점을 셋이나 갖고 있다. 첫째, 입이 싸지 않다. 둘째, 배우려는 자세가 되어 있다. 셋째, 서비스 정신으로 충만해서 여성의 오르가슴도 똑같이 중요하다고 생각한다. 여자를 안고 있어도 아무렇지 않은 초연한 상태가 찾아와도, 손가락과 혀로 즈아이가 만족할 때까지 서비스해준다.

성적 쾌락 없이, 행복은 무슨 행복?

즈아이가 샤워실에서 나오자, 앨프리드는 이미 깔끔하게 옷을 차려입고 침대 옆에 앉아 있었다.

"가족 연회에 참석하려는 거라면, 내가 같이 가줄 수도 있어요."

FWB*가 아닌 남자친구가 하는 말 같았다.

즈아이가 고개를 내저었다. "싫어. 첫째, 너 후회할 거야. 둘째, 분명히 우리 친척들과 싸움이 붙을 거고. 셋째, 네가 같이 있으면 틀림없이 귀찮은 일이 생길 거야."

앨프리드는 한참 뒤에야 반응을 보였다. "밥 한 끼 먹는 건데 뭐가 그렇게 심각하겠어요?"

즈아이가 쓴웃음을 지었다. "이봐! 뭘 모르는 소리를 하네! 우리

---

*   Friends with benefits. 성관계를 갖는 친구 사이.

집 사람들은 영혼이 지난 세기에 갇혀 있어서, 섹스도 대를 잇기 위한 수단일 뿐이라고 생각한다고. 여자는 남자처럼 섹스의 기쁨을 누려서는 안 돼. 그건 풍류가 아니라 음탕하고 상스럽고 더러운 거야. 내가 너와 침대 시트 위에서 뒹굴었다는 사실을 우리 부모님이 아시기라도 하면 넌 석 달 안에 나랑 결혼해야 할걸."

앨프리드가 잠시 멍해지더니 웃으며 말했다. "그거 정말 잘됐네요. 평생 주거 때문에 머리 아플 일도 없을 거 아녜요."

"그래. 평생 그 외진 사이위 산골에서 살게 되겠지. 게다가 외동아들인 넌 우리 아버지처럼 원래 성씨를 버리고 쓰우 가문의 데릴사위가 되어야 할 테고." 즈아이가 베개를 집어 앨프리드에게 던졌다. "나는 일 년 안에 첫애를 낳아야 할 거고, 삼 년 안에는 둘을 낳아야 할 거야. 세상에, 내가 무슨 애 낳는 기계도 아니고!"

◆

쓰우즈신이 개 목줄, 사료 반 봉지, 밥그릇, 반려견 캐리어와 수건이 들어 있는 에코백을 건네받았다. 리오는 늘 그렇듯 즈신의 신발을 쿵쿵거리더니 고개를 들어 그를 쳐다봤다. 온통 기대감으로 가득한 눈빛이었다.

자신의 파양을 알리는 페이스북 글에 댓글을 단 사람이 쓰우즈신 하나뿐이었다는 사실을 리오가 알 리 없었다. 리오의 목숨은 생사의 갈림길에서 열두 시간을 배회한 참이었다.

"인식표는 있나요?" 즈신이 물었다.

"없는데요." 서른 살도 되지 않은 아주 젊은 견주였다.

"광견병 예방주사는 맞았나요, 개심장사상충 약은요?" 리오의 입양을 결정하기 전 미리 예습해둔 내용이었다.

"예방주사 맞은 적 없고, 약도 먹은 적 없어요. 리오는 사람의 개입 없이 자연적으로 태어나서 자연스럽게 길러졌거든요. 지금도 아주 건강하답니다."

견주는 무척 자랑스럽게 이야기했지만, 즈신은 더 들어줄 수가 없었다.

"정성을 다해 키울 마음도 없고 같이 이민을 갈 수도 없는 반려동물이라면, 다시는 키우지 마시기 바랍니다."

"리오를 막 키우기 시작했을 때는 홍콩을 떠나 영국으로 이민을 가게 될 줄 몰랐어요." 견주는 BBC*로, 광둥어가 유창하기는 했지만 완벽하진 않았다. 더구나 명품으로 도배한 무척 트렌디한 옷차림을 하고 있었다.

"누굴 속이시려고. 영국 브리스틀에서 태어났고 가족은 여전히 현지에 거주중이던데. 홍콩에 있는 투자은행에서 일했고, 영국으로 이민 가는 게 아니라 싱가포르로 직장을 옮기는 거고. 인스타그램에 앞으로의 계획을 아주 자세히도 써놓으셨던데."

과시하기 좋아하는 견주는 웃음기를 거두고 순식간에 도끼눈

* British-born Chinese. 영국에서 태어난 중국계 영국인을 가리킨다.

을 뗐다. 하지만 저 말을 부인하지는 않았다.

"무슨 차이가 있죠? 퍼그는 비행기에 탈 수 없단 말입니다!"

"개인 비행기는 가능하지. 링크드인*에 한 달 수입이 12만 홍콩달러라고 써놨던데. 5만 홍콩달러가 넘는 플로어 스피커도 산 적이 있으시더군."

견주는 즈신의 말에 대답하지 않고 가운뎃손가락을 치켜세우더니, 고개를 돌리고는 가버렸다.

"저 인간이 널 버린 게 아니라, 네가 저 인간을 버린 거야." 즈신이 리오를 데리고 새집으로 가며 말했다. "매일 밤 내가 밖에 데리고 나가서 달리게 해줄게. 너 달리기 좋아하잖아. 그렇지?"

즈신이 속도를 올리자 리오도 함께 질주했다. 새로운 삶의 출발점을 향해.

---

*   구인 구직과 동종 업계 정보 등을 파악할 수 있는 세계 최대의 비즈니스 전문 SNS.

제3장
연회 당일

8

연회는 6시는 되어야 시작할 테지만, 정진창 사장과 스무 명에 달하는 그의 팀원들은 이미 오후 2시경에 쓰우 가문의 대저택 바깥쪽 공터에 도착해 세팅을 시작했다. 연회를 의미하는 '연석'에서 '연筵'은 '음식'을, '석席'은 '의자와 식기'를 의미한다. 손님은 값을 지불하면, 다른 잡다한 일에 신경쓸 필요 없이 맛있는 음식을 즐기는 데만 집중하면 되는 것이다.

비록 임시 일꾼들로 꾸린 비정규군이기는 했지만, 정진창 사장은 함께 일하는 이들의 몸가짐을 중시하는 편이라 연회 장소에서는 담배도 태우지 못하게 하고, 술도 못 마시게 한다. 예전에 아구이라는 직원이 고객의 가사도우미와 싸움이 붙어 결국 육두문자를 퍼붓고 두 사람 사이에 주먹질까지 오갔다. 현장에 있던 업계의 큰 형님이 일을 공정하게 처리해주지 않았으면, 정진창 사장은 그날 땡전 한 푼도 건지지 못했을 것이다. 주먹은 날랬는지 몰라도, 아구이는 그날 이후 정진창 사장의 블랙리스트에 이름을 올렸다.

"비정규군이라고 규율이 없으면 안 되지."

정진창 사장은 시시각각 동료들을 감독하고 재촉했다. 손수 음식을 하는 건 아니고 가장 선두에서 지휘만 하는 정도였지만, 그는 테이블을 너무 빽빽하게 배치한 건 아닌지, 바닥의 잡동사니를 줍지 않은 건 아닌지 등등을 꼼꼼히 확인했다. 그렇게 동료들이 합격점을 받을 만한 수준으로 일하고 있는지 시시때때로 살피면서 비가 오지 않도록 도와주십사 하늘에 간청했다.

예순두 명이 먹을 저녁 만찬을 준비하려면 요리사가 셋은 동원되어야 한다. 음식마다 필요한 시간이 저마다 다른데, 가스버너 수량이 충분하더라도 사전에 준비 작업을 하려면 상당한 인력과 시간이 소요된다. 대부분의 음식은 미리 만들어오기 때문에 현장에서는 데워서 그릇에 담아내기만 하면 된다.

요리사 중 하나인 삼십대 초반의 룽사오*는 팬데믹 이전에는 '일월루'에서 조리장으로 일했다. 인생 최대 목표가 미슐랭 요리

---

* '리사오룽(李少榮)'이란 본명의 마지막 글자에 '사오(少)'를 붙인 호칭으로, 이렇게 부르면 '부잣집 도련님, 귀한 집 아들, 기질이 남다르거나 거만하고 제멋대로인 젊은 남자'를 의미한다. 진지한 의미가 담겨 있다기보다는 우스갯소리 삼아 부르는 호칭이다.

사가 되는 것이어서 그는 늘 거금을 주고 사들인 최상의 식재료로 끊임없이 새로운 요리를 개발하는 등 도전을 멈추지 않았다. 정진창 사장은 그가 언젠가는 유명 요리사가 되리라 생각했지만, 저렇게 살다 보니 룽사오의 가정생활은 다시 어떻게 해 볼 수도 없는 지경에 이르렀다. 설사 룽사오의 요리 솜씨에 매력을 느끼는 여자를 만난다 해도, 룽사오가 침실이 아닌 주방에 있는 시간을 더 사랑하기 때문에 아마도 결국엔 이혼하게 될 것이다. '금룡토주'는 그런 룽사오가 처음 개발한 요리로, 고객에게 큰 인기를 끌어서 홍콩의 적잖은 요릿집과 일식집에서 그 메뉴에 착안해 이름과 조리법이 다른 복어튀김을 잇달아 내놓은 참이었다.

연회가 시작되기 전, 쓰우원후가 준비한 특별 프로그램인 불꽃놀이가 오 분간 이어졌다. 홍콩 정부가 1982년부터 시작해 매해 열리는 새해맞이 불꽃놀이 공연은 매번 이십삼 분 정도 소요되는데, 10월 1일 국경일에 열릴 때도 있지만, 대체로 설 다음날에 열린다. 2019년 설 이후, 정부가 팬데믹을 이유로 새해맞이 불꽃놀이를 취소한 지 올해로 삼 년째다.

정부는 민간에서 벌이는 불꽃놀이를 금지하고 있지만 산이 높으면 황제가 멀다*고, 사이위에서 누가 쓰우 가문을 통제할 수 있

---

* '궁벽한 곳에는 아무리 높은 사람이라 해도 그 힘이 미치지 못한다'는 뜻의 중국 속담.

겠나?

공중으로 치솟은 폭죽이 고막을 터뜨릴 듯한 굉음을 내며 사방을 물들였다. 정진창 사장은 '팡팡' 울려퍼지는 굉음이 싫지는 않았지만, 음식의 향을 다 덮어버리는 화약 냄새는 싫었다. 아랫사람은 불러서 말을 듣게끔 할 수 있지만, 고객은 통제할 도리가 없다. 고객의 말이라면 맞춰줄 수밖에. 심지어 음식 나가는 순서도 다 바꿨다. 정진창 사장은 외국에서 지내느라 중국 음식을 많이 먹어보지 못했을 아이들을 달래줄 겸, 첫번째 음식으로 바삭바삭하고 맛있는 금룡토주를 내놓자고 했지만 쓰우원후가 반대했다.

"기름에 튀긴 느끼한 음식을 너무 일찍 내놓으면, 그다음에 나오는 다른 요리를 먹을 식욕이 사라지죠."

정진창 사장은 이러쿵저러쿵 따지지 않았다. 언젠가 고객이 그날 생일을 맞은 주인공에게 뜻밖의 즐거움을 선사하고 싶다며, 갑자기 요리사에게 조리를 잠깐 멈추라고 했다. 그러더니 화려하게 차려입은 여자 몇 명을 무대로 불러올려 춤과 노래를 감상한 적도 있다. 이런 융통성은 직원들을 퇴근시켜야 하고, 전기세며 가스비, 수도세까지 아껴야 하는 요릿집에서는 영원히 꿈도 못 꾼다. 이런 것도 안 된다면, 고객들이 요릿집에 가서 편히 앉아 있지 뭐하러 연회 전문 업체를 부르겠는가?

정진창 사장은 어떻게 음식을 즐길지 결정할 자유는 고객에게 있다고 생각하지만, 동시에 너무 자유로우면 요리사의 피땀이 헛되이 버려진다고도 생각했다.

지금은 밥을 먹기 전에 다들 사진부터 찍어대는, 진심으로 음식을 감상하는 사람이 더는 없는 시대이다.

연회 전문 업체 사장인 그는 처음부터 잘 알고 있었다. 고객들은 요리 솜씨를 높게 평가해서가 아니라, 편리한 걸 좇아 자신을 찾아온다는 사실을.

쓰우원후는 밤새 제대로 앉아 있지도 못했다. 계속 이리저리 돌아다니면서 오랫동안 보지 못한 친척들과 잔을 부딪치느라, 줄곧 서서 밤새도록 술을 마셨다. 다들 원후가 모처럼 술에 취했다고 한마디씩 거들자, 그는 상관없다고 대꾸했다. 어차피 집에서 연회가 열리고 있으니, 자신을 침대로 옮겨야 한다 한들 식은 죽 먹기 아니겠느냐면서.

세번째 음식은 금룡토주였다.

쓰우셰우이는 얼마 전부터 목이 아프다는 즈후이에게 튀긴 음식을 먹지 못하게 했다. 셰우이 본인도 튀김에 손대지 않고 같은 테이블에 앉은 친척들이 맛있게 먹어치우는 모습만 아쉽게 바라봤다. 그들 중 몇 명이 조금 맛만 보는 건 괜찮지 않으냐고 권했다. 가족 연회에 어떻게 이런 기름진 음식을 내놓을 수 있느냐고 따지면서도 젓가락을 뻗어 튀김 한 조각을 자기 그릇으로 가져가는 친척도 한 사람 있었다.

예상대로 큰 인기를 끈 금룡토주는 상에 오른 지 삼 분도 지나지 않아 다 사라졌다.

쓰우즈아이는 가족 연회에 나타난 순간부터 친척들 등쌀에 짜증이 나 죽을 지경이었다.
"우리 즈아이 점점 더 예뻐지네? 남자친구는 있니? 몇 명이나 사귀어봤어? 얼른 결혼해서 쓰우 집안 자손 좀 많이 보게 해줘야지."
대답하기 싫어하는 즈아이대신 즈아이의 엄마가 대답했다. "즈아이가 애를 낳아도 걔는 쓰우 성을 못 쓰죠!"
"남편한테 데릴사위로 들어오라고 하면 되지. 아무것도 안 해도 한 달에 십여만 홍콩달러를 받을 수 있는데, 어디 가서 그런 일을 구해?"
즈아이는 두 이모부처럼 아무 말도 하지 않았다. 그분들이 활짝 웃거나 어떤 화제에 관해 당당하고 솔직하게 말하는 모습을 단 한 번도 본 적이 없었다. 그들은 어쩌다가 한번 입을 열고 한두 마디나 하는 장식품 신세가 된 지 오래였다. 식탁 앞에 앉아서 음식을 먹거나 고개를 끄덕이기만 했다.

디저트가 테이블에 오를 무렵, 선홍색 테슬라 모델3 한 대가 들어왔다. 차가 멈추자 쓰우즈이가 먼저 차에서 내렸고, 반대편에서 빨간색 옷차림에 부유한 사교계 명사처럼 꾸민 젊은 여성이 나왔다.
즈이가 그 여자의 손을 잡고 한 테이블, 한 테이블 지나오더니 과장된 말투로 크게 물었다. "아니, 어떻게 나 먹을 건 조금도 남겨두지 않았대?"

다들 즈이를 거들떠보지도 않았다. 쓰우윈후만 반쯤 취한 목소리로 말했다. "너무 늦게 왔어. 금룡토주를 못 먹다니 아쉬운걸. 그래도 다른 사람들이 다 먹지 못한 음식을 십시일반으로 모아서 줄 수는 있겠다."

"제기랄, 결국 먹다 남은 찌꺼기 먹으라는 거 아냐?"

즈이가 입을 열자마자 욕지거리를 내뱉는데도 사람들은 그러려니 했다. 아무도 그가 욕을 한다고 생각하지 않았다. 오히려 웃음을 터뜨리며, 그 핑계로 즈이와 말을 하지 않으려 했다. 쓰우셰우이만 눈살을 찌푸리며, 두 손으로 즈후이의 귀를 막아버렸다.

즈아이가 쓰우 집안사람 중에서 제일 꼴 보기 싫어하는 인간이 바로 즈이였다. 일을 하지 않는 남자야 쓰우 집안에 흔했지만, 즈이는 그중에서도 최고였다.

어렸을 때는 즈이가 즈신과 함께 즈아이를 챙겼고, 셋은 친형제자매라 해도 과언이 아닐 정도로 무척 친하고 사이가 좋았다. 하지만 영국에서 컴퓨터 공학 학사학위와 석사학위를 따고 홍콩으로 돌아온 즈이는 제대로 된 직장을 찾아보기는커녕, 온종일 빈둥빈둥 놀고먹으며 펍과 클럽에 죽치고 살았다. 심지어는 가문 저택으로 여자를 데리고 와 밤을 보내기도 했다. 나중에는 여자들을 차로 데려다주는 게 너무 귀찮다면서, 아예 밖에 있는 호텔에서 장기 투숙을 하며 지냈다.

가족에게 무수히 민폐를 끼친데다 쓰우 집안사람 누구도 나타나기를 바라지 않는 구성원이었다. 하지만 매달 열리는 가족회의에 참석하기만 하면, 가족 기금에서 생활비를 받아갈 수 있는 기본 권리를 박탈하거나 집안에서 쫓아낼 방법은 없었다.

그건 쓰우즈신이 맞이한 결말이었다.

제4장
연회 다음날

9

매일 아침 7시 반이면 리오가 침대 옆에서 앞다리를 올려 즈신을 깨운다. 즈신의 머리가 침대 가장자리에 가까이 놓여 있을 때면 따뜻하고 촉촉한 리오의 감촉이 느껴진다. 그런데 이날은 더 심해서, 리오는 축축한 혓바닥으로 즈신의 뺨을 할짝할짝 핥으며 그의 입가에 따스하게 입을 맞추었다.

즈신은 리오를 야단칠 수 없었다. 그게 개가 사랑을 표현하는 방식이니까. 그는 둥그런 리오의 머리를 어루만져주고 격하게 몸을 주물러주면서, 리오에게서 끝없는 사랑과 활력을 빨아들이고 새로운 하루를 시작했다.

예전에는 8시에 일어나던 즈신은 이제 강제로 반시간 일찍 일어난다. 화장실에 들어가면 리오도 따라 들어와, 변기에 앉아 휴대전화를 들여다보는 즈신의 앞에 앉아 고개를 들고 그를 쳐다본다. 다시 리오의 머리를 어루만지는데, 즈신의 시야에 팡위칭이 보낸 문자메시지가 들어왔다.

— 쓰우 가문에서 일어난 일 당신과 관련있는 거야?

질문이 너무 밑도 끝도 없어서 즈신은 이 문자메시지를 건너뛰고 다른 메시지를 몇 개 들여다봤다. 즈아이가 보낸 문자메시지가 있었다.

— 사이워 경찰서의 류서劉sir*가 말하길, 오늘 정오까지 경찰서에 출두해서 수사에 협조해야 한대. 안 오면 오빠한테 지명수배령 내릴 거래.

— 가족들 다 죽었어. 모두 질식사했어.

— 우리 엄마도 돌아가셨어.

— 뉴스에 우리집 나와.

— 집단 식중독으로 다들 병원에 이송됐어. 환자가 너무 많아서 각각 다른 병원에 나눠서 이송됐고. 난 우리 엄마 모시고 병원으로 갔어. 지금 집안이 온통 난리야.

예전에 신문사에서 일하면서 온갖 기괴한 뉴스란 뉴스는 다 접해봤지만, 그렇다고 이런 일과 자기 가족을 연결짓는 건 불가능했다.

---

* 홍콩 사람들이 일상적으로 쓰는 언어에는 영국 식민지 시절의 흔적이 남아 있는데, 그중 하나가 영어식 존칭인 '서(sir)'를 붙여 부르는 표현이다. 남성인 경찰, 교사, 소방대원, 의사 등을 친근하게 부를 때 '아(阿)서'라고 부르거나, 그의 성씨에 '서'를 붙여 부르곤 한다.

즈아이에게 전화를 걸었더니 바로 연결됐다.

"너 어디야? 다들 어떻게 된 거야?"

"나 집이야. 어젯밤에 뉴스 안 봤어?"

"안 봤어. 나 방금 일어났어."

어제 오후 즈신은 팡위칭과 함께 리오를 데리고 한나절이나 걸려서 록징완樂景灣 산 전망대에 올랐고, 저녁을 먹고 집에 돌아온 뒤에는 너무 피곤해서 그대로 침대에 쓰러져 곯아떨어졌다. 하지만 이런 이야기까지 즈아이에게 할 필요는 없다.

"넌 괜찮아?"

"어제 가족 연회 때 복어가 나왔어. 난 안 먹었어." 즈아이의 목소리는 알아들을 수 없을 정도로 달라져 있었다.

"어쩌자고 목숨 걸고 복어를 먹은 건데?" 그는 도무지 이해가 가지 않았다.

"인공으로 양식해서 독이 없는 복어였어."

"독이 없는 복어였는데, 어떻게 중독돼?"

"몰라. 맞다. 사이워 경찰서의 류서가 경찰서로 오래. 안 오면 오빠한테 지명수배령 내릴 거래." 즈아이가 상기했다.

"오케이." 즈신은 전화를 끊은 뒤 문자메시지를 다시 살펴봤다. 중요하지 않은 비즈니스 관련 문자메시지 외에는 모두 그가 괜찮은지 묻는 친구들의 연락이었지만, 답신을 보낼 시간이 없었다.

남은 네 시간이 앞으로 이틀 동안 유일하게 자유로운 시간이 될 가능성이 컸다. 경찰은 틀림없이 구속 가능한 마흔여덟 시간 내내 그를 심문할 것이다.

아침을 먹어야겠다는 생각이 들지는 않았지만, 그래도 제대로 한 끼 챙겨 먹어야 했다. 즈신은 점심으로 먹을 양까지 먹어치운 다음, 도움을 줄 수 있는 변호사 친구에게 전화를 걸어 전문적인 의견을 물었다.

쌓인 잡일을 바삐 처리하고 나서야 제시간에 처리하기 힘들지도 모를 일이 하나 있다는 게 생각났다. 즈신은 황급히 옷을 갈아입으면서 팡위칭에게 전화를 걸었다.

"당신 말이 맞았어. 우리집에 일이 터졌어. 두 시간 안에 사이위 경찰서에 가야 하는데 언제 돌아올 수 있을지 몰라."

"대신 리오 좀 봐줄까?"

참 똑똑하고 이해심 많은 여자다. 십 년 전에 만났다면, 즈신과 이 여자의 인생 모두 크게 달라졌으리라. 아껴줄 남자를 만날 가치가 있는 여자다.

"응. 귀찮으면 애견 호텔 하나 찾아서 맡겨줘. 경찰서에서 나오면 내가 데리러 갈게. 록킹완 쪽 애견 호텔은 다 찼을 테니까 퉁청 쪽으로 보내야 할 거야. 그쪽도 다 찼으면……"

"어떻게 나하고 애견 호텔을 비교해? 나 당신 집에 좀 있어도 돼?"

집에 재물이랄 것도 없고 현금도 많지 않다. 아니, 이 여자에 대해서는 좀 알아봤다. 깨끗했다. 믿을 만한 여자였다.

"집에 퀸 사이즈 침대 있어. 다른 남자만 데려오지 않으면 돼. 음식은 마음대로 챙겨 먹고."

"냉장고가 텅 비어 있지는 않길 바라."

"당연히 아니지. 보조 열쇠는 문밖 카펫 아래에 뒀어. 집 주소, 중앙 현관 비밀번호, 와이파이 로그인 정보는 조금 뒤에 보내줄게."

"안심하고 가봐. 내가 더 도와줄 거 있어?"

"일단은 됐어. 고마워."

잠에서 깨어난 뒤의 세상은 초현실적으로 변해 있었다. 인생이 단칼에 두 동강 나버린 것 같았다. 전반부에서는 성가신 친척들이 차고 넘치더니, 후반부에서는 거의 다 말끔하게 죽어버렸다.

즈신은 깊은숨을 몇 번 들이쉬며 냉정을 되찾은 뒤, 곁에서 꼬물거리는 리오를 끌어안았다.

"착하지. 오늘은 이모가 와서 돌봐줄 거야. 돌아오면 같이 공놀이하자." 리오는 말을 알아듣기라도 한 것처럼 왈왈 짖더니, 혓바닥으로 주인의 손등을 연신 핥아댔다.

즈신은 리오를 힘껏 안아준 뒤, 문밖을 나섰다. 교통 문제로 지각했다가 지명수배령을 때려 맞고 싶지는 않았다.

10

"쓰우윈후 씨, 어째서 본인이 주문한 복요리를 먹지 않았습니까?"

"친척들과 술잔을 부딪치느라 정신이 없어서 밤새 뭘 제대로 먹지 못했습니다."

"저녁 만찬 참석자 명단은 누가 작성한 겁니까?"

"접니다."

"복요리를 메뉴에 넣은 것도?"

"그렇습니다. 그렇지만 복요리는 연회 업체 사장인 정진창 씨가 추천해준 메뉴였습니다. 믿기지 않으면 그분께 물어보시죠."

"하지만 복요리를 먹는 데 동의한 건 쓰우원후 씨죠."

"그렇습니다. 그러니 저도 책임을 면할 수 없습니다."

"쓰우 가문에 원한을 품은 사람이 있습니까?"

"가족들 모두 선한 사람들이었습니다. 저희 집안에 원한을 품은 사람이 있으리라 생각하지 않습니다."

"쓰우 집안의 가장이신데, 만일 예기치 못한 사고가 일어나면 누가 쓰우원후 씨의 뒤를 잇게 됩니까?"

"쓰우즈이입니다."

"두 분 사이는 어떻습니까?"

"괜찮은 편입니다. 즈이는 매달 회의에 참석하고 있고, 이의를 내비친 적도 없습니다."

"쓰우 가문에 채무 문제는 없습니까?"

"그럴 리가 있겠습니까? 그건 저희 집 회계사에게 물어보시면 됩니다."

"도박을 하는 사람은요?"

"그런 이야기는 들어보지 못했습니다."

◆

"쓰우 부인, 부인께서는 왜 복어를 먹지 않았습니까?"

"아들이 기침을 해서 못 먹게 했고, 아이 곁에 있던 저도 먹지 않았어요."

"연회 당시 이상한 일은 없었나요?"

"없었어요."

"가족 중에 사이가 좋지 않은 분은 없었습니까?"

"늘 화목한 가족이었어요."

"채무 문제를 겪는 사람이 있다는 이야기는 들어보셨습니까?"

"쓰우 집안사람에게 어떻게 빚이 있을 수가 있죠?"

"이 사건에서 누가 가장 의심스러우신가요?"

"이런 일을 저지를 만한 사람이 있다고 생각하지 않아요."

◆

"쓰우즈아이 씨, 왜 복어를 먹지 않았죠?"

"입맛이 없어서요."

"그건 아닌 것 같던데요. 참석자 중 한 분의 인스타그램 영상을 보니 아주 즐겁게 음식을 즐기고 있던데."

"전 튀김은 먹지 않아요."

"하지만 즈아이 씨 인스타그램을 보니, 바로 며칠 전에 학교 친구들과 패스트푸드점에서 감자튀김을 먹었던데요."

"실은 기름에 튀긴 음식이 싫다기보다는 그 튀긴 복어를 먹을 엄두가 나지 않았어요."

"독이 들어 있다는 걸 알았습니까?"

"아뇨. 그게 아니라. 솔직히 말씀드릴게요. 엄마가 식사중에 우리 집안과 어울리는 집안의 남자를 소개해주겠다고 잔소리를 하셨어요. 그러더니 '룡주'를, 저희 엄마는 복어튀김을 이렇게 부르셨는데, 한 점 집어서 제 그릇에 넣어주셨어요. 그걸 먹으면 엄마가 정해준 걸 모두 묵묵히 받아들이겠다는 의미가 된다는 생각이 들어 건드리지도 않았어요. 제 말뜻 이해하시겠어요?"

◆

"쓰우즈이 씨, 그날은 왜 늦으셨나요?"

"같이 간 여자가 좀 봐줄 만하게 화장을 해야 한다더니, 어떻게 된 게 화장을 하면 할수록 이상해지더라고요. 미련하기는!"

"'클럽 킹덤'의 단골이신데, 듣기로는 척진 사람이 한둘이 아니라더군요."

"안티 말씀하시는 겁니까? 요즘이야 누구나 그런 애들 몇 명씩은 다 있죠! 인기가 많을수록 안티도 많아지는 거 아닌가요. 그러려니 한 지 오래됐어요."

"말로 협박하거나 욕한 사람은 없었습니까?"

"원래 킹덤에 오는 사람끼리 욕을 주고받는 건 흔한 일인데요."

"현재 재무 상황은 어떠십니까?"

"아주 좋습니다. 저야 뭐 평생 주택대출금 갚을 필요도 없고, 매달 용돈으로 십여만 홍콩달러를 꼬박꼬박 받고 있으니 이 많은 돈을 어떻게 다 쓰나 싶을 정도인데요. 뉴스를 보니까 빚지고 사는 경찰이 한둘이 아니더라고요. 갚을 능력이 없어서 가까운 동료에게 빌리기도 하고, 심지어 경찰서에서 입에 권총 넣고 방아쇠 당겨 자살까지 하니까, 경찰에서 '재무 고민 상담 전화'를 개설해서 경찰들의 채무 문제를 처리한다면서요. 경관님이나 사이위 경찰서 내 다른 경찰분들, 혹시 재무적으로 곤란한데 대출이 힘든 상황이면 저한테 연락하셔도 돼요. 비밀 보장해드리죠."

"지금 도발하는 겁니까?"

"그야 당연히 아니죠. 저는 그냥 경찰과 시민의 관계를 개선하고 싶을 뿐인걸요."

"밖에서 돈놀이라도 하시나요?"

"아뇨."

"방금 경찰을 상대로 돈놀이하겠다고 하셨잖습니까."

"그냥 농담한 건데요."

"지금 정신은 맑은 상태이신가요? 코카인, 케타민, 필로폰 같은 마약 복용하십니까?"

"물론 아니죠."

"믿기 어렵네요. 조금 있다가 소변검사를 받으시도록 준비해두겠습니다."

◆

"쉬원링 씨, 쓰우즈이 씨와 알고 지낸 지는 오래되셨습니까?"
"네, 아주 오래됐는데요."
"얼마나 오래되셨죠?"
"삼 개월이요."
"삼 개월이 아주 오래된 건가요?"
"한 남자와 한 달 이상 관계를 지속해본 적이 없거든요."
"관계란 남녀 사이의 연인 관계를 말씀하시는 건지요?"
"아뇨. NSA요. 보아하니 못 알아들으시는 것 같은데, 'No Strings Attached'의 약자예요."
"무슨 뜻이죠?"
"섹스 파트너요."
"쓰우즈이 씨 이전에 섹스 파트너가 얼마나 있었나요?"
"엄청 많았죠. 셀 수 없을 정도로. 이런 관계야 이지 컴, 이지 고 easy come, easy go 니까요."
"쓰우즈이 씨가 어떤 사람이라고 생각합니까?"
"좋은 사람이요."
"쉬원링 씨에게 폭력을 행사하나요?"
"아뇨."

"쓰우즈이 씨는 어떤 사람들에게 폭력을 행사하나요?"

"그런 이야기는 한 번도 들어본 적 없는데요."

"쓰우즈이 씨는 어떤 마약을 복용하나요?"

"약 안 해요."

"조폭들과 어울리나요?"

"들어본 적도 없는데요."

"쉬원링 씨는 '킹덤'에서 인기가 많습니까?"

"물론이죠."

"쉬원링 씨와 쓰우즈이 씨가 사귀는 걸 눈에 거슬려하는 사람은 없나요?"

"당연히 있죠!"

"이름을 압니까?"

"몰라요."

"왜 모르죠?"

"그거야 제가 그쪽 이름을 모르니까요, 경관님."

11

쓰우즈신은 자신이 반년 전에 란터우섬으로 이사갔고, 현재 록깅완에 거주하고 있다고 즈아이에게 말한 적이 없다. 만에 하나 즈아이가 실수로 가족들에게 말을 흘리는 날에는 귀찮아질 것이므로.

즈신은 친척들이 그가 내심 집안이 신경쓰여 란터우섬에 사는 거라고 오해하지 않기를 바랐다. 자신은 그저 땅은 좁은데 사람은 많고, 거기다 차도 많아서 사람과 차가 동시에 길을 놓고 경쟁해야 하는 상황, 뭐든 빠른 걸 선호하는 홍콩인의 스트레스 넘치는 일상이 지겨웠던 것뿐이었다. 란터우섬에 살면서 즈신은 신선한 공기를 들이마실 수 있게 된 것은 물론, 도심에서는 일찌감치 잃어버린 지평선도 고개만 들면 저 멀리에서 찾아볼 수 있게 되었다.

경찰이 말하는 수사 협조란 그저 듣기 좋은 말에 불과하다. 이런 사건이 벌어지면 경찰은 일단 복어 독에 중독되지 않은 사람, 늦게 온 사람, 일찍 자리를 뜬 사람, 그리고 즈신처럼 아예 얼굴도 내비치지 않은 사람 등 가족부터 의심할 수밖에 없다.

즈신은 내내 쓰우 집안의 괴짜였다. 친척들과 서로 돕고 지내지도 그들에게 관심을 베풀지도 않았으며, 살인 동기 또한 절대 부족하지 않다. 경찰은 그를 동정심이라고는 없는 소시오패스나 사이코패스라고 생각할 것이다. 그가 현장에 없었다 해도 상관없다. 아무리 멍청한 바보라도, 이렇게 큰 사건의 주범이라면 당연히 다른 사람을 시켜서 일을 진행했으리라는 것 정도는 유추할 수 있다. 누군가에게 동기가 있어 보이면, 경찰은 관련된 증거를 수집하기만 하면 된다. 그 사람이 현장에 없었다고 해서 혐의가 없는 게 아니다.

차에 탄 다음 즈신은 라디오 뉴스를 들었다.

"……이미 일가족 중 사망자가 쉰 명을 넘어섰습니다. 행정장관은 이 사건을 주시하고 있으며, 사건 수사 과정을 엄중히 지켜보겠다고 밝혔습니다……"

"……홍콩식품안전센터는 시민들에게 복어를 섭취하지 말라고 호소하고 있으며, 각 음식점 역시 자체적으로 복어가 들어간 메뉴를 일시 판매 중단했습니다……"

"경찰은 현재, 오랫동안 연락이 끊겼던 가족 구성원에게 연락을 취해 수사에 협조할 것을 요청하고 있습니다……"

'오랫동안 연락이 끊겼다'는 건 또 뭐지? 즈신이 즈아이와 연락하고 지낸다는 건 온 가족이 다 알고 있는 사실이었는데, 아니면 즈아이가 즈신을 속인 건가?

즈신은 사이위춘 주차장에 차를 세워놓았다. 주차비도 비싸지 않고, 차량 절도도 걱정할 필요가 없었다.

주차장에서 경찰서까지는 십 분이면 걸어갈 수 있는 거리라 즈신은 일부러 발걸음을 늦췄다. 꼭 여름방학이 끝나기를 바라지 않는 중학생이나 결혼을 앞두고 자유를 잃을까봐 두려워하는 남자가 된 듯한 기분이었다.

행인들이 한가로이 거리를 지나갔다. 잡종 개 한 마리가 한 노인 뒤를 쫓아갔고, 노인은 휴대전화를 보고 있었다. 혹시 쓰우 집안 관련 뉴스를 보고 있는 걸까?

아니었다. 노인은 영상통화를 하는 중이었다.

쓰우 집안 뉴스는 많은 사람의 시선을 끄는 소식이 아니었다.

즈신에게는 분명히 집안에서 일어난 큰일이었지만, 다른 사람에게는 그냥 뉴스의 한 꼭지일 뿐이었다. 길어봤자 머릿속에 삼십 초쯤 머물렀다가 방역 정책, 우크라이나 전쟁 등과 관련된 뉴스에 파묻혀버릴 소식.

코로나 유행 탓에 경찰서 건물 밖에 기자들이 모여 있지는 않았지만, 즈신은 오늘이야말로 사이위 경찰서가 문을 연 이래 가장 바쁜 하루가 될 것이라고 생각했다. 사건 접수실로 들어서니, 앉아서 휴대전화를 보고 있는 사람, 초조하게 왔다갔다 걸어다니는 사람 등 사람이 많아도 너무 많았다. 다들 얼굴에 근심 걱정이 어려 있거나 막막한 기색이 역력했다.

당직 근무중인 두 경찰도 더 나을 바가 없었다. 눈빛과 발소리, 어조와 말투에서 긴장이 느껴졌다. 사건 접수실을 찾은 한 시민은 쓰우 집안에서 일어난 사건을 놓고 쑤군쑤군 연신 떠들어댔다.

차례가 돌아오자, 즈신은 접수를 담당하는 경찰 앞에 앉아 말했다.

"쓰우즈신이라고 합니다. 류서를 찾아왔습니다."

사건 접수실이 순간 정적에 휩싸였다. 현장에 있는 모든 사람의 시선이 자신의 몸에 날아와 꽂히는 게 느껴졌다.

즈신은 그들에게 알리고 싶었다. '정말로 내가 일을 저질렀다면, 즈아이와 즈후이 외에 단 한 사람도 살려두지 않았을 겁니다'라고.

12

사이위는 예전부터 치안이 괜찮은 지역이라, 사이위 경찰서는 퇴직을 앞둔 경찰에게 안성맞춤이라고 경찰 조직 내에서 인정받는 곳이었다. 이곳 경찰의 일상 업무라고 해봤자, 순찰과 소방대원을 도와 등산하다 길을 잃은 사람을 구조하는 정도였다. 마흔이 넘은 경찰 중 이곳으로 발령나길 바라는 경찰이 적지 않아서, 사이위 경찰서 내 경찰 평균 연령은 홍콩 전역에서 가장 높을 정도였다.

그러나 누군가의 천국은 다른 누군가에게는 지옥이 될 수도 있다. 위로 올라가고 싶은 포부가 큰 경찰이 사이위로 발령이 나면, 그건 지옥 탈출은 영원히 불가능하다는 선고가 내려진 것과 다를 바 없다.

류커친劉克勤 경위는 서른네 살에 사이위로 발령받았다. 당시 경찰 조직에서 이제 더는 올라갈 수 있는 자리가 없다는 걸 깨달은 그는 불만에 휩싸인 채, 아내와 두 살 난 아들을 데리고 란터우섬으로 이사했다. 십 년이 지난 지금, 더는 젊지 않은 그의 눈에 지옥은 오히려 천국으로 보인다. 홍콩섬을 떠나 평온한 일상을 보낼 수 있어 다행이었고, 십 년 정도만 더 일하고 퇴직하면 오래도록 연금도 탈 수 있다.

류커친은 단 한 번도, 대량의 사망자가 발생해 홍콩 전역을 떠들썩하게 할 큰 사건을 처리해야 하는 상황을 사이위 경찰서가 맞이하게 될 거라고 생각해본 적이 없었다. 지난 십여 년 동안 받은 스트레스를 다 합친 것보다도 더 큰 스트레스가 오늘 하루에 다 몰려왔다. 천국은 하루아침에 지옥이 되어버렸다.

쓰우 집안에 관해서는 대략 알고 있었다. 사이위 지역 서쪽, 그중에서도 맨 끝에 있는 황량한 허허벌판에 자리잡은 대지주 집안이었지만 자신들의 부를 내세우지 않는 사람들이었다. 말썽을 일으킨 적도 없었다. 경찰서에서도 이 일가의 가계도를 정리해놓지 않아 누가 가장인지도 몰랐다. 아는 것이라고는 이 집안도 어김없이 텔레비전 드라마에나 나올 법한 복잡다단한 가족관계로 가득 채워져 있다는 사실뿐이었다.

경찰은 인원을 파견해 쓰우 집안의 대저택 몇 채를 수색했고, 휴대전화로 당일 촬영된 사진과 영상을 살펴봤다. 사망자의 휴대전화 비밀번호도 풀기는 했는데, 들여다본 결과는 허탕이었다.

복어 독은 해독할 방법이 없다. 살아남았다면 그 이유는 오직 하나, 섭취량이 아주 적어서다. 그게 아니면 중독 후 여섯 시간에서 여덟 시간을 고통 속에 보내다가 죽는다.

불행히도 똑같은 일이 본인에게 일어난다면, 류커친은 차라리 권총을 입에 넣고 방아쇠를 당겨 자살할 것이다.

쓰우 집안에서 이미 쉰여섯 명이 넘는 사망자가 나왔다. 사망자 수가 얼마나 많은지 국제 뉴스에 다 나올 지경이었다. 가장인 쓰우원후와 그의 아내, 아들을 제외하고 일가족 중 무사한 사람은 쓰우원후의 고종사촌 여동생 쓰우즈아이, 연회에 늦게 나타난 고종사촌 남동생 쓰우즈이, 연회에 참석하지 않은 고종사촌 남동생 쓰우즈신뿐. 생존자는 이렇게 단 여섯 명이다.

류커친이 직접 신문할 대상에는 쓰우 집안의 구성원 외에도 이 가족 연회에 참석한 다른 인사들, 이를테면 연회 전문 업체의 책임자와 요리사 등이 포함되어 있었다.

13

"정진창 씨, 이 '금룡토주'라는 음식은 이번에 처음 선보인 겁니까?"

"지난 일 년간 적어도 서른 번은 넘게 낸 음식입니다. 사고가 난 적이 없으니 계속 만들었지요."

"쓰우원후 씨가 만들어달라고 요구했습니까?"

"아닙니다. 제가 권했습니다. 저희 요리사인 룽사오가 가장 자신 있어하는 요리입죠."

"쓰우원후 씨는 그 요리를 먹어본 적이 있었답니까?"

"없었을 겁니다. 제가 금룡토주를 소개했더니, 복어면 독이 있는 것 아니냐고 묻던 걸요?"

"그날 가족 연회 때 나온 음식 중 금룡토주 말고 쓰우원후 씨가 먹고 싶다고 지정한 음식에는 어떤 게 있었습니까?"

"쓰우원후 씨가 지정한 음식은 없었습니다. 전부 제가 추천했습니다."

◆

"리사오룽 씨, 복어 조리기능사 자격증을 갖고 계십니까?"
"그런 자격증은 일본에서나 쓸모가 있습니다. 게다가 스승 밑에서 십 년은 배워야 딸 수 있고요. 홍콩에서는 그럴 필요 없이 독이 없는 복어로 조리하면 됩니다. 요리할 생선이 깨끗하게 처리되었는지는 제가 일일이 점검합니다."
"예전에는 어디에서 근무했습니까?"
"일월루에서 조리장으로 일했습니다."
"몇 년 일하셨습니까?"
"칠 년 일했습니다."
"언제부터 복요리를 시작했죠?"
"오 년 전부터 시작했습니다. 복어를 공급해줄 해산물 도매상과 막 안면을 튼 시점이었죠."
"독이 있는 복어를 취급하는 곳이었습니까?"
"독이 없는 복어를 취급하는 곳이었습니다."
"매번 같은 업체에서 공급받은 복어를 씁니까?"
"그렇습니다. '자지'라는 업체에서 공급받습니다."

◆

"저희 '자지'는 일본에서 온 독 없는 복어만 판매합니다. 생산지

증명서도 갖고 있고요. 독이 없는 복어지만 일본의 장인들이 간과 난소를 제거합니다. 그러면 저희도 달리 신경쓸 필요 없고, 고객들도 구입 후 따로 처리할 필요 없이 보통 생선처럼 손질하면 됩니다."

"이번 복어에 독이 있었던 건 어떻게 설명하시겠습니까?"

"제가 그걸 어떻게 알겠습니까?"

"생산지증명서가 있기는 하지만, 고객에게 공급한 어류가 전부 일본에서 온 건 아니고 홍콩 수역에서 잡은 것도 있더군요. 그러니 독이 있었겠지요."

"홍콩에서 잡히는 건 야생 복어인데, 그건 상대적으로 몸집이 작아요. 일본산 양식 복어는 좀 커서 한눈에 차이를 알아볼 수 있습니다. 저는 말할 것도 없고, 복어를 손질해본 요리사라면 누구든 금세 알아볼 수 있어요."

◆

"리사오룽 씨, 그날 사용한 복어가 일본산이라는 건 어떻게 알았습니까?"

"그걸 어떻게 모를 수 있나요? 일본산 복어가 몸집이 좀 큽니다."

"자지에서 파는 독 없는 일본산 복어가 리사오룽 씨를 거치고 어떻게 독 있는 복어가 되었을까요? 본인의 혐의가 가장 크다는 건 알고 계십니까?"

"저는 조리만 책임집니다. 조리한 복요리는 정진창 사장님네 두었다가 이튿날 바로 쓰우 집안으로 보내졌습니다. 그날 밤 무슨 일이 일어났는지 제가 어떻게 알겠습니까? 누가 살짝 훔쳐서 바꿔치기했을지도 모를 일이죠."

◆

"맞습니다. 모든 음식은 윈롱에 있는 저희 시설에서 조리되었고, 다 만든 뒤 쓰우 집안으로 보내서 데우기만 했습니다."
"조리 시설 열쇠는 누가 갖고 있습니까?"
"모든 요리사가요. 모두 제가 믿는 동료들입니다."
"시설에 CCTV가 있습니까?"
"당연히 없지요. 거기에 현금이 있는 것도 아니고 값비싼 식재료가 많은 것도 아닌데, 훔칠 게 뭐가 있겠습니까? 제가 이 업계에서만 몇십 년을 일했는데 조리 시설에서 식재료를 도둑맞았다는 이야기는 들어본 적이 없습니다. 홍콩 사람들이 그 정도로 가난하지는 않잖아요! 게다가 아주 센 불로 데워야 하는 음식들도 있는데, 일반 가정에는 아예 그런 설비가 없고요."
"그럼 자지에서 판매한 독 없는 복어가 어떻게 정진창 씨 시설에서 독 있는 복어로 변했을까요?"
"경관님, 경찰들이 수사 좀 하라고 납세자들이 세금을 내는 거 아닙니까! 제가 그 이유를 알면 주걱이 아니라 총을 들었겠지요!"

14

이름을 댄 쓰우즈신이 사건접수실에서 족히 삼십 분은 기다리고 나서야, 한 중년 경찰이 그를 데리고 들어갔다. 성은 류였고, 별 두 개에 작대기 하나짜리 견장을 단 경위였다.

마스크 위쪽으로 보이는 류커친 경위의 눈빛은 아주 매서웠고, 목소리는 우렁차다못해 듣고 있으면 귀가 다 아플 정도였다. 입을 열면 상대방에게 상당한 압박감을 주는 스타일이어서, 폭력배들도 그를 마주치면 길을 돌아갈 듯했다. 잡아먹힐 것 같아서 식당에서 합석도 하고 싶지 않을, 돈을 준다고 해도 합석할 생각은 조금도 들지 않을 사람이었다.

쓰우즈신을 데려간 취조실 안에는 그가 테이블 아래에서 어떻게 움직이는지 편하게 볼 수 있도록 감시카메라와 단방향 거울이 갖추어져 있었고, 상판이 삼각형 모양인 테이블도 놓여 있었다.

기억하는 것과 다른 점이 있다면, 식당에서처럼 투명 칸막이를 설치해 테이블을 둘로 나누어놓았다는 점이었다.

즈신이 자리에 앉자 류서가 마스크를 벗으라고 지시했다. "얼굴을 제대로 봐야 해서 그렇습니다. 변호사 필요하십니까?"

"필요했으면 함께 왔겠죠."

"어제는 왜 가족 연회에 참석하지 않으셨나요?"

"가든 말든 그건 개인의 자유죠. 어제저녁에는 키우는 개를 데리고 높은 곳에 올라갔었습니다. 믿기지 않으신다면, 제 인스타그램에 들어가서 살펴보시죠."

즈신은 유부녀와 놀러 다닌 사실이 발각될까봐 팡위칭과는 절대로 사진을 함께 찍지 않았다. 즈신이 나온 사진은 다 본인이 직접 찍은 사진이었다.

그렇게 했으니 다행이지, 아니었으면 팡위칭의 존재를 말해야 했을 것이다. 그랬으면 팡위칭도 즈신도 골치 아파졌으리라.

"키우는 개와는 함께 시간을 보내도 가족 식사 자리에는 가고 싶지 않았다는 겁니까?"

"가족이라는 정의가 결코 사람에만 국한되는 게 아니죠. 함께 살면서 마음을 나누면 그게 가족이죠. 제가 키우는 개야말로 당연히 제 가족입니다. 쓰우 성씨를 쓰는 사람들보다 저와 훨씬 더 가깝기도 하고요."

"그렇다면 당신이 이번 살인 사건을 저질렀겠군요."

"집에 있었던 제가 어떻게 일을 저질렀단 말씀이죠?"

"도와줄 사람을 찾을 수 있지 않습니까. 늘 친척들을 없애고 싶어했잖아요. 현장에 없었다고 해서 혐의가 없다고 착각하지 마십시오. 경찰은 당신이 범인임을 가리키는 유력한 증거를 반드시 찾아낼 겁니다."

"전 십여 년 전에 쓰우 가문을 떠났고 지금은 생활비도 받지 않습니다. 확실하지는 않지만, 쓰우 가문 사람들이 전부 죽어도 제가 받을 수 있는 유산이나 생활비는 없을 겁니다."

"그들이 죽어도 얻을 게 없으니 마음속으로 계속 증오심을 키우고 있었겠군요."

"그건 터무니없는 생각이고요. 저희 집안에 유전병이 적지 않습니다. 가까운 친척에게 장기를 이식받아야 할 일이 생길 수도 있는데, 그 사람들을 싹 다 죽이면 제 손으로 탈출로를 끊어버리는 셈 아니겠습니까?"

즈신은 뻔뻔하게도 큰이모가 했던 말을 그대로 내뱉었다. 어차피 큰이모는 듣지도 못하실 테니.

두 눈을 부릅뜬 류커친이 즈신의 얼굴을 열심히 뜯어보았다. 눈초리, 입가, 얼굴 근육의 움직임을 관찰해 그가 거짓말을 하는 건 아닌지 알아내려 했다.

류커친은 말과 행동의 아주 세밀한 부분을 통해 사람을 파악할 줄 아는 대단한 경찰이었다. 하나같이 의심이 몸에 배어 있는 회의론자들에게 경찰 일은 천직이다.

즈신은 류커친이 믿지 않을까봐 말을 덧붙였다. "저와 그 사람들의 관계를 보면 말입니다. 그 사람들에게 일이 생기면 저만 골치 아파진다고요."

"그건 다 그쪽이 의혹에서 벗어나기 위해 일찌감치 준비해둔 핑계겠죠. 우리를 속일 수 있다고 착각하지 마십시오."

전직 기자였던 즈신이 아주 정확히 알고 있는 한 가지가 있다. 실질적인 증거를 내밀지 못하는 한 경찰의 추론은 그게 무엇이든 다 성립할 수 없으며, 자신을 법정에 보낼 수도 없다. 저들이 '사나운' 척 허세를 떠는 것 외에 다른 어떤 수단도 갖고 있지 않다는 뜻이다.

류커친은 즈신을 다른 방으로 들여보냈다. 테이블과 의자가 있기는 했지만, 실은 구금실이었다.

친척 수십 명이 비명횡사한 일보다 더 견디기 힘든 일이 있을까? 그건 바로 경찰에게 용의자 취급을 당하는 것이었다.

15

"천더웨이陳德偉 씨, 쓰우 가문에서 몇 년이나 일하셨습니까?"

"팔 년 일했습니다. 저희 아버님께서 쓰우 집안의 초대 비서로 일하셨지요. 아버님이 돌아가신 뒤 제가 물려받았습니다."

"비서의 책무는 무엇입니까?"

"사실 잔심부름입니다. 다른 고용인을 관리하고, 가족회의를 기록하고, 쓰우원후 님의 일정도 관리합니다. 원후 님을 모시고 업무 회의에 출석하고, 각 가족 구성원의 대소사도 챙깁니다. 아이의 진학, 학원 출석, 여행 일정 잡기, 항공권과 호텔 예약처럼 가족의 지출과 관련된 일도 모두 제가 맡아서 처리합니다."

"쓰우원후 씨는 평상시에 어떤 사람들을 만납니까?"

"대개 다른 유지들을 만나시는데, 사실상 친목을 위한 모임이 많습니다."

"사업 이야기는 하지 않나요?"

"쓰우 가문은 임대업으로 얻는 안정적인 수입으로 윤택한 생활을 할 수 있기 때문에 사업을 확장해야 할 필요가 없습니다."

"전혀요?"

"가족 회계사에게 물어보십시오. 쓰우 가문의 재정 상황이야 그분이 제일 잘 알고 계시니까요."

"천더웨이 씨가 쓰우원후 씨의 모든 대외 활동에 함께합니까?"

"사적인 일정에는 제가 갈 필요가 없죠."

"그렇지만 지난 일 년 동안 쓰우 선생이 누굴 만났는지는 기록하셨다는 거죠?"

"그렇습니다."

"그 자료를 가져와서 참고해야겠군요. 기록하지 않은 특별한 인물은 없습니까?"

"예를 들면?"

"이를테면 쓰우원후 씨의 아내분이 모르는 여자라든가? 부인께는 비밀로 할 테니 말씀해주셔도 됩니다."

"쓰우원후 님은 언제나 언행에 신중하신 분입니다. 떳떳하지 못한 남녀관계 같은 건 맺으신 적 없죠. 설사 여자들이 나오는 장소에 가신다 해도 함부로 행동하지 않으십니다."

"'여자들'이라는 게 무슨 뜻이죠?"

"가령 연회에 참석하면 옆에서 술시중을 들고 같이 식사도 하고 잠자리도 하면서 돈을 벌어 생활하는 여자들이 동석할 때가 있습니다만, 쓰우원후 님은 그런 여성들과 왕래하는 경우가 없습니다. 이야기를 나눈다 한들 그저 예의상 하는 정도이고요."

"어제 이야기로 돌아가보죠. 천더웨이 씨는 왜 복어를 드시지 않았습니까?"

"전 가족 연회 총진행자이자 오락 프로그램 사회자이기도 했습니다. 연회 진행과 불꽃놀이를 지휘해야 했죠. 경품 추첨 행사도 있었고요. 그래서 연회가 시작되기 전에 정진창 사장님이 저를 위해 특별히 준비해주신 볶음밥을 먹었습니다."

16

"훙 변호사님은 서른셋밖에 안 된 젊은 분인데, 쓰우 가문에서 어떻게 변호사님을 집안 변호사 겸 회계사로 선택했을까요?"

"저는 그저 아버지의 자리를 물려받은 것뿐입니다. 저희 아버지 대부터 시작해, 저희 부자가 삼십육 년 동안 쓰우 집안의 업무를 봐왔습니다."

"그렇게 오래된 인연인데 어째서 쓰우 가문의 가족 연회에는 초대받지 못했습니까?"

"제가 쓰우 가문만 전담하는 건 아닙니다. 전체 고객이 134명인데, 사무소 내 직원이라고 해봤자 저를 포함해 겨우 열여섯 명 정도입니다. 고객 한 분 한 분의 가족 연회에 모두 참석하려면 감당이 안 되죠. 이런 중요한 행사는 보통 길일을 골라서 열게 마련이다보니 날짜가 겹칠 때도 많습니다. 어느 집 연회에는 가고 어느 집 연회에는 안 갔다가는, 여기서 얻은 인심을 저기서는 잃기 십상이라 차라리 전부 가지 않게 되었습니다."

"쓰우 가문의 재산은 어떻게 분배합니까?"

"분배하지 않습니다. 쓰우 가문의 구성원들은 매월 생활비를 받습니다. 쓰우 집안의 유전자를 물려받은 성인 남성은 19만 홍콩달러, 다른 사람들은 일률적으로 9만 5천 홍콩달러*를 받습니다. 금액은 매년 인플레이션과 쓰우 집안의 임대 수입에 따라 조정합니다."

"코로나 바이러스 유행이 쓰우 집안의 전체 수입에 영향을 끼쳤습니까?"

"물론입니다. 지난 10분기 동안 임대 수입이 80퍼센트 떨어졌으니까요. 변동이 무척 심했습니다만, 쓰우 집안의 가족 기금이 넉넉해서 생활비를 하향 조정하지는 않았습니다. 홍콩 정부의 입국 제한 조치가 해제되고 나면 임대 수입이 점차 반등해서, 늦어도 삼 년 안에는 코로나 이전 수준으로 돌아갈 것으로 저희는 예측합니다."

"쓰우 가문 구성원들은 오로지 지급받는 생활비로만 생활합니까?"

"물론 그렇지는 않습니다. 학비와 입원비를 포함한 의료비는 가족 기금에서 부담합니다. 쓰우 집안의 남성이 자기 집을 지을 때

---

* 2025년 기준으로 19만 홍콩달러는 한화로 약 3천 570만 원, 9만 5천 홍콩달러는 1천 700만 원 정도다.

도 마찬가지입니다. 크게 돈이 나가는 중요한 일이 있으면, 그 지출은 쓰우 집안의 가족 위원회에서 결정합니다."

"위원회는 어떤 사람들로 구성됩니까?"

"현재는 쓰우 집안의 유전자를 물려받은 성인 남성들로 구성되어 있습니다. 쓰우원후 씨와 쓰우즈이 씨, 두 분이죠."

"다른 구성원은요?"

"다른 분들은 현재로서는 아직 자격이 없습니다."

"어째서입니까?"

"쓰우 집안의 유전자를 물려받은 남성 구성원이 사망해야, 여성 구성원이 위원회에 들어올 수 있으니까요."

"만일 남성 구성원이 한 사람만 남으면, 그 사람이 전권을 휘두르게 되는 것 아닙니까?"

"글쎄요. 오히려 한 사람이 전권을 행사해서 결정을 내릴 때의 장점도 있죠."

"그러니 쓰우원후 씨와 쓰우즈이 씨 모두 권력 다툼을 위해 상대를 죽일 가능성이 있었겠군요?"

"쓰우 가문의 가족회의 기록을 읽어보셨으면 아실 텐데, 쓰우원후 씨가 제기한 안건에 관해 쓰우즈이 씨가 반대한 적은 단 한 번도 없습니다."

"알겠습니다. 그럼, 반대로 쓰우즈이 씨가 제기한 안건에 대해서는 어떻습니까?"

"제 기억으로는 쓰우즈이 씨는 안건을 제기한 적이 한 번도 없습니다."

"만일 두 남성 구성원이 모두 사망하면 어떻게 됩니까?"

"쓰우 가문의 유전자를 물려받은 남성 구성원이 성인이 될 때까지 기다려야 합니다."

"여성 구성원들은요?"

"여성들에게는 자격이 없습니다. 남성 구성원이 모두 다 죽어야 자격에 부합하게 됩니다. 저한테 열 번을 더 물어보셔도 제 대답은 똑같습니다."

"만약 쓰우 가문의 구성원이 전부 사망하면요?"

"그 경우는 더 간단합니다. 모든 재산이 자선단체에 기부됩니다. 서른 개가 넘는 단체의 명단이 저희 쪽에 있습니다."

"쓰우즈신 씨는 어떤 상황이 되어야 상속을 받을 수 있습니까?"

"불가능합니다. 그분은 이미 쓰우 가문의 구성원이 아닙니다. 위원회에서 돌아오도록 허락해준다면 모르겠지만, 그럴 가능성은 없습니다."

"천더웨이라는 그 비서는 어떤 상황이 되어야 이득을 볼 수 있습니까?"

"영원히 불가능한 일입니다. 그는 쓰우 가문 사람이 아니니까요. 쓰우 가문 사람들이 모두 사망하면 그 사람도 저희처럼 고객을 잃게 되는 거죠. 다른 점이 있다면, 그래도 저희한테는 다른 고객이 133명 있지만 그는 유일한 고객을 잃게 된다는 것, 그러니까 실직하게 된다는 거죠. 근속 연수에 따른 해고 수당이 있기는 합니다만, 현재 기준으로는 십여만 홍콩달러밖에 되지 않습니다."

"지금 하신 말씀이 기록으로 남아 있습니까?"

"물론입니다."

홍 변호사가 검은색 서류 가방 안에서 세월의 흔적이 남아 있는 고급스러운 검은색 가죽 장정의 장부를 꺼냈다.

"사본 없이 딱 이것뿐입니다. 경찰이 제 고객 가운데 한 분의 장부를 복사하다가 '부주의하게' 옆에 있던 파쇄기에 떨어뜨린 적이 있는데, 이번만큼은 그러지 않으시길 바랍니다."

제 5 장
연회 이틀 뒤

17

휴대전화도 없고 인터넷도 연결되지 않는 방에 혼자 앉아서, 쓰우즈신은 리오와 팡위칭부터 떠올렸다. 그는 리오가 팡위칭의 품에 안긴 채 달콤한 잠에 빠져 있는 모습을, 팡위칭이 리오의 털을 쓰다듬는 모습을 상상했다. 팡위칭은 리오를 아들처럼 살뜰히 보살펴줄 것이고, 리오도 외로운 팡위칭에게 사랑을 되돌려줄 것이다. 한 사람과 개 한 마리가 지금 그의 집에서 푹 자고 있다. 걱정할 필요 없다.

이어서 아직은 어리숙한 아이였던 시절에 생각이 미쳤다. 어른들은 즈신을 예뻐하며 보살펴주었고 즈신도 어른들을 무척 공경했다. 그 시절의 대가족 생활은 따뜻하고 화기애애했다. 즈신은 앞날을 걱정할 필요가 없었고, 앞으로의 삶도 분명히 행복하고 희망으로 가득할 것이라 생각했다.

열두세 살 무렵, 사춘기에 접어들면서 이 모든 것에 돌이킬 수 없는 변화가 나타나기 시작했다. 어른들의 뜻을 항상 따르던 그의 태도가 달라졌고, 그는 자기 주관을 갖고 싶어졌다. 처음에는 말을 듣지 않다가 나중에는 어른들에게 대들었고, 급기야 서로에게 악담을 퍼붓는 사이가 됐다. 즈신은 그들이 고지식하고 융통성이 없다고 매도했고, 어른들은 그가 제멋대로 행동하고, 전통을 존중하지 않으며 불효막심하다고 힐난했다. 즈신은 점점 집안어른들과 멀어졌고, 결국 더는 교류하지 않게 되었다.

그들이 독살당해 세상을 떠난 지금, 그는 마음이 홀가분하지도, 속이 후련하지도 않았다.

즈신은 십여 년의 기자 생활로 자신이 감정에 얽매이지 않는 사람이 된 건 아닐까 짐작했다. 베테랑 기자들 중에는 사건 하나에 과하다 싶을 정도로 엄청난 감정을 쏟아붓는 사람들이 있다. 그게 꼭 나쁜 건 아니다. 다만 비극적 사건과 거대한 자연재해에서 자기 자신을 분리할 줄 모르면 결국에는 자기 영혼까지 제 손으로 파묻게 될 뿐이다. 팔 년이고 십 년이고 현장에서 분투한 끝에 외상후스트레스장애로 언론계를 떠날 수밖에 없었던 이들이 한둘이 아니다.

즈신은 가끔 자신도 그들과 다를 바 없는 건 아닌지 의심한다. 자신은 그저 귀속감을 느낄 수 없었던 쓰우 집안을 떠났을 뿐이다.

즈신은 경찰서에서 쉽지 않은 하룻밤을 보내고, 형편없는 아침

식사와 마찬가지로 맛대가리 없는 점심과 저녁을 먹은 후 11시 반에 석방되었다.

류커친 경위가 그의 어깨를 두드리며 친절하게 말했다. "필요하면, 수사 협조차 다시 모시겠습니다."

경찰측이 휴대전화를 방전된 상태로 돌려주는 바람에 보조배터리로 충전을 한 뒤에야 사용할 수 있었다.

그는 자신의 휴대전화를 한참 동안 뚫어지게 바라보았다. 이스라엘 테크 기업의 기술을 도입한 홍콩 경찰은 어떤 기종이든 스파이웨어를 깔아서 휴대전화 소유주가 어떤 사이트에 접속했는지, 어디에 갔었는지, 누굴 만났는지, 어디에 전화를 걸고 문자메시지를 보냈는지, 그 메시지의 글자 하나하나까지 다 엿보고 기록할 수 있다.

이 휴대전화는 이제 밀착형 감시 장치이자 도청 장치로 변해버렸다. 초기화해도 소용없으니 폐기 처분된 것이나 다름없다. 집에 보조 휴대전화가 있기는 하지만, 경찰은 통신회사를 이용해 지속적으로 그를 감시해나갈 수 있을 것이다. 경찰에 인력만 충분하다면 아예 뒤를 밟으라고 사람을 보낼 수도 있을 테고. 그렇다면 즈신이 쇼핑몰 화장실의 어느 칸에 들어갔는지, 물은 몇 번이나 내렸는지까지 똑똑히 알 수 있을 것이다.

지금은 전자 장치를 갖고 다니지 않는 게 안전하다. 누가 잡아가거나 총으로 쏘아 떨어뜨리지 않는다면, 아마도 비둘기를 이용해 소식을 전하는 가장 오래된 통신 방식이 가장 안전한 방법일 것이다. 하지만 요즘 같은 시대에, 누가 비둘기를 이용하겠나?

입구에 서 있던 중년 경관이 경찰서를 떠나려는 즈신에게 눈짓을 하더니, 말 한마디 건네지 않고 안으로 들어가버렸다.

◆

즈신은 피곤한 탓에 차를 몰 엄두가 나지 않아, 어쩔 수 없이 우버 택시를 불러 록킹완으로 돌아갔다.

곧장 즈아이를 찾아가고 싶은 마음이 굴뚝같았지만, 스물네 시간 가까이 잠도 못 자고 쉬지도 못했다. 아무리 철인이라 해도 쉬면서 충전을 해야 했다.

열쇠로 문을 열고 들어가기도 전인데, 벌써 리오가 문 뒤에서 짖어대기 시작했다. 문이 열리자, 리오는 즈신을 넘어뜨리고 싶기라도 한지, 힘껏 즈신의 발 위로 뛰어올랐다.

팡위칭은 마침 부엌 식탁에서 노트북으로 온라인 회의에 참석 중이었다. 상반신은 검은 출근복 차림에, 하반신은 집에서 입는 반바지 차림이었다. 즈신과 달리 팡위칭은 집에서 일을 할 수 있는 영상편집자였다. 팡위칭은 계속 노트북을 주시하면서, 다른 회의 참석자들에게 이웃집 개가 짖는 걸 좋아한다며 미안하다고 사과했고, 그 와중에 카메라 밖으로 왼손을 들어올려 즈신에게 인사를 건넸다.

거실에는 팡위칭이 호텔에서 가져온 빨간색 여행용 가방이 놓여 있었다.

즈신은 방, 주방, 화장실 등 집안 구석구석을 살펴보았다. 침대 시트는 고르게 정돈됐고, 부엌 쓰레기통은 비워진 채였으며, 리오의 밥그릇에는 적당한 선까지 물이 채워져 있었다. 방금까지 짖어대느라 목이 말랐는지, 차분해진 리오가 즈신의 발을 넘어 물을 마시러 갔다.

팡위칭은 여기저기 들추며 즈신의 잡동사니를 헤집지 않은 듯했다. 혹은 이미 수없이 뒤졌는데, 흔적을 잘 숨겼거나.

팡위칭과 리오는 위화감 없이 그의 집에 스며들어 있었다. 마치 오랫동안 함께 산, 진작부터 서로의 생활 습관과 리듬에 호흡을 맞춰온 한 지붕 세 식구처럼.

즈신이 샤워를 마치고 나왔을 때도 팡위칭은 고객과 자막의 크기와 색을 놓고 회의중이었다. 머리가 너무 무거워진 즈신은 팡위칭을 더는 기다리지 못하고, 곧장 쓰러져 곯아떨어지고 말았다.

18

류커친은 파상공격을 퍼붓듯 연속해서 십여 명을 신문한 뒤 마침내 일단락을 지었다. 이 사건을 맡고 이미 마흔여덟 시간이 지난 뒤여서, 몸에서 나는 땀과 담배 냄새에 본인도 구역질이 날 지경이었다.

상대는 릴레이 마라톤을 뛰는데, 본인은 혼자서 전 코스를 다

돈 셈이다. 그사이 집에 가서 잠시 눈도 좀 붙였고, 옥상에 올라가서 니코틴을 얼마나 흡수했는지도 알 수 없을 정도로 담배도 태웠지만, 그는 당장이라도 곯아떨어지고 싶을 만큼 여전히 지쳐 있었다. 이 사건을 맡은 동료들 다 마찬가지였다.

과거 홍콩 전역을 뒤흔들었던 살인 사건들이 있다. 필름 현상소 직원의 뒤늦은 제보로 살인 사건임이 판명된 '비 내리는 밤의 연쇄살인 사건', 반년이 다 되도록 수사 방향조차 잡지 못한 채 헤매다가 한참 뒤에야 시민의 제보가 확보돼 경찰이 범인을 체포하기까지 오랜 시간이 걸린 '브레이마 힐 살인 사건'과 '튄문 강간 살인 사건',* 모두 범죄 조직과 관련이 없다보니 단서가 적었고, 때문에 시민들로부터 제보를 받은 끝에야 진범을 잡을 수 있었다.

쓰우 가문 사건도 마찬가지일 듯했다. 관련자가 많기는 해도, 쓰우 집안에 원한을 품은 사람이 없었고, 이 집안이 조직폭력배들과 분쟁이 있었던 것도 아니었다. 범인이 CCTV가 없는 조리 시설에서 복요리를 바꿔치기했다면, 앞으로 두 번 다시 범행을 저지르지 않는 한, 틀림없이 미제 사건이 될 터였다.

윗선에 이걸 어떻게 보고한다?

사이위 경찰서를 통틀어서 바쁘지 않은 사람은 딱 한 명뿐. 치서戚sir, 즉 치서우런戚守仁 경사였다. 그는 사이위 경찰서에서 독특

---

* 모두 1980년대 영국 식민지 시절 홍콩에서 실제로 일어난 유명 강력 사건이다.

한 존재였다. 바깥이야 아무리 정신없이 바빠도 치서우런은 바빴던 적이 없었고, 출동할 필요도 없었다. 평행 우주에 살고 있기라도 한 듯, 사이위 경찰서 안에 경찰서가 또 있는 것만 같았다. 치서우런이 바로 그 경찰서 안 경찰서의 유일한 구성원이었다.

류커친은 한가한 치서우런이 부럽지 않았다. 질투하려야 할 수가 없었다. 그 어떤 경찰에게도 그를 질투할 자격이 없었다.

1980년대 초에서 1990년대 중반까지, 중국 전역에서 당시 고속 발전의 황금기를 누리던 홍콩으로 넘어와 범죄를 저지른 자들은 '대권방'이라 불렸다. 이 망명객들은 공격용 소총 AK-47처럼 경찰이 지닌 것보다 화력이 월등히 뛰어난 총기를 소지한 채 대낮에 번화가에 있는 은행이나 귀금속상을 털었고, 행인의 목숨도 아랑곳하지 않고 경찰과 교전을 벌였다. 길거리가 전장이 되어버리면서 경찰도 화력을 강화해 대응해야만 했다.

그 시절 경찰 업무가 얼마나 위험한지 가족들에게 얘기할 엄두도 내지 못하고, 심지어 사비를 털어 품질이 뛰어난 방탄복을 사 입고 출근하면서 매일 안전하게 집으로 돌아갈 수 있기만을 바란 경찰은 한둘이 아니었다. '즐겁게 출근하고, 평안히 퇴근하자'는 문장을 문에 걸어둔 경찰서도 적지 않았다.

1990년대 초 어느 귀금속상 강도 사건에서, 경찰은 범죄자들과 한차례 격렬한 총격전을 벌였다. 당시 경사였던 치서우런은 총알을 다 소진한 채 포위되어 있던 동료들을 구하기 위해 목숨을 걸고 방탄복 차림으로 앞에 나섰다. 홍콩으로 넘어온 중국 출신 범죄자들과 격전을 치르다 탄알 하나가 그의 왼쪽 눈에 명중했고, 치서우런은 시력을 잃고 말았다.

그후 치서우런은 지휘관의 전략에 실수가 있었다고 고발했다. 하극상이었음에도 불구하고 많은 동료 경찰이 암암리에 그를 지지했다. 그가 탄알을 막아서지 않았다면, 겹겹이 포위되어 있던 경찰 동료들은 몰살당했을 것임이 분명했다. 치서우런은 한쪽 눈을 여섯 명의 목숨과 맞바꾼 사람이었고, 무능한 지휘관 탓에 목숨을 잃고 싶은 사람은 없었다.

치서우런의 판단에 동의하지 않았던 지휘관은 고발을 취소하지 않으면 원하는 결과를 얻는다 해도 평생 경사에 머무르다 끝날 거라며 그를 위협했다.

일 년 넘게 이어지던 이 사건은 영국 식민지 시절 최고법원이 판결을 내리기 직전에, 치서우런이 소송을 철회하고 지휘관이 조기 퇴직 후 영국으로 돌아가면서 마무리되었다.

그 시절, 치서우런의 업적을 모르는 사람이 없었기에 그는 어딜 가든 사인을 요청받았고 사진 촬영을 부탁하는 시민들에게 붙들렸다. 하지만 그는 이런 스타 대우를 무척이나 싫어해서 예외 없이 모두 거절해버렸다. 치서우런은 자신이 스타가 아니라 경찰이라 생각했고, 사람들이 자신을 알아보는 게 오히려 사복 차림으로 수사를 하러 다닐 때 방해가 된다고 생각했다. 자신의 이야기를 영화로 찍겠다는 제안도 거절했다. 그러나 영화 제작사는 고집을 꺾지 않고 촬영에 들어갔다.

"홍콩에는 언론의 자유와 창작의 자유가 있소. 당신이 그걸 막아설 법리는 존재하지 않아." 법학 학위를 소지한 한 외국 국적의 경정이 경찰회관 내 수영장 옆에 자리잡은 바비큐장에서 그에게 말했다. "레이디 보스*도 영화에서 웃음거리로 삼는 판에, 별 볼 일 없는 경사 하나가 뭐라고?"

영화 〈애꾸눈 명수사관獨眼神探〉이 상영된 뒤, 치서우런은 거절하려 해도 거절할 수 없는 스타 경찰이 되었다. 그러나 눈이 하나밖에 남지 않은 치서우런은 일선에서 임무를 맡을 수 없었음에도 사무직인 형사정보과로의 보직을 거부했다. 경찰 내 고위층으로서는 이 스타 경찰을 강제로 강력수사팀에서 내보낼 방법이 없어 그가 더는 그 어떤 작전에도 참여할 수 없게 조치하는 게 최선이었다. 때문에 부하 하나 없이 강력수사팀 내에서 혼자 한가하게 버티고 있는 이 인물이 사태를 파악하고 전보 발령을 받아들이기만을 바랐다. 하지만 그는 바위처럼 고집을 꺾지 않았다.

일부 동료들은 그가 한직으로 보내져 손가락이나 빠는 신세가 되었다고 떠들었다. 그와 반대로 치서우런이 다달이 월급은 한 푼도 빠짐없이 타 가는데 업무 스트레스는 전무하고, 병원 입원비에 수술비까지 전액 면제받고 있으니 그야말로 신선놀음을 하고 있

---

* 홍콩인들이 여성 상사를 부를 때 쓰는 표현이자, 영국 식민지 시절 홍콩의 공무원들이 엘리자베스 2세를 지칭하는 말. 특별히 부정적인 뉘앙스는 없다.

다고 말하는 눈 밝은 동료들도 있었다.

홀가분해진 치서우런은 직접 미제 사건 파일을 찾아 검토하기 시작했다. 과거 함께 죽음을 넘나들었던 동료들은 고위층으로 승진한 뒤에도 이 '애꾸눈 명수사관'를 잊지 않고 그에게 매우 높은 등급의 파일을 열람할 수 있는 권한을 주었다. 십여 년 전에 일어난 여러 사건에서 새로운 단서들이 발견되고, 그사이 첨단 과학기술도 발전을 거듭하면서 이 일인 수사팀은 미제 사건을 하나하나 해결해나갔다. 여러 해가 흘러 진범이 이미 다른 사건으로 일찌감치 감옥에 잡혀 들어갔거나 사망한 경우도 있었지만, 어쨌거나 사망한 피해자들을 위해 정의를 실현한 셈이었다.

젊었을 때 그랬듯, 치서우런은 자기를 드러내려 하지 않았다. 포기하지 않고 혼자 끝까지 파헤쳐서 찾아낸 단서를 관련 부서에 넘겼다. 그렇게 이루어진 수사 끝에 해결된 미제 사건이 한둘이 아니었다.

쉰이 되자, 윗선에서는 그가 쉰다섯 살까지 편히 있다가 퇴직하기를 바라며 범죄율이 낮은 사이위로 전근시켰다. 그런데 뜻밖에도 이번 주 목요일 사이위에서 홍콩 개항 이래 최대의 중독 사건이 터지고 말았다. 심지어 사망자 수는 지금도 계속 증가하고 있었다.

치서우런 혼자 움직이는 이 독립 수사팀에도 나름의 수사 범위와 리듬이라는 것이 있었다. 설마 치서우런을 이번 사건 담당 수사팀으로 발령낼 거라고는 류커친조차 윗선으로부터 듣지 못한 이야기였다.

저녁 8시 반, 류커친은 더는 참지 못하고 여전히 불이 환하게 켜져 있는 치서우런의 사무실로 다가가 문을 두드렸다.
"류서인가? 들어와!"
문을 열고 들어가자 짙은 담배 연기가 코를 찔렀다. 연기로 가득한 사무실 안은 흡사 독가스실처럼 뿌옜다. 연기를 헤치고 나니 그제야 시야가 조금 또렷해졌다.

치서우런의 책상에는 서류가 잔뜩 쌓여 있었는데, 대부분 십 년도 더 된 낡은 파일들이었다. 서류의 양은 정년을 삼 년 남겨둔 경찰이 퇴직하는 그날까지도 다 읽지 못할 정도로 방대했고, 이 지독한 니코틴 냄새가 밴 채로 사무실을 빠져나가게 될 터였다.

치서우런은 신발을 벗고 발을 책상 위에 올린 채 노이즈캔슬링 헤드셋을 목에 걸고 있었다. 그의 커브드 모니터에는 무엇인지 알 수 없는 영상의 정지 화면이 떠 있었다.

직급상 자신이 우위에 있기는 하지만 치서우런은 이거*도 체면을 세워주는 중요 인물이다. 치서우런 뒤로, 그가 과거 이십 년도 더 전에 생사를 넘나든 동료들과 함께 찍은 단체 사진이 하나 보였다. 사진 속 인물 중 반 이상이 지금은 경정급 혹은 그 이상의 경

---

* 一哥. 홍콩 경무처 처장을 가리키는 말로, 처장의 차번호가 1번인 데서 유래했다.

찰 고위층이었다.

류커친은 치서우런이 앉으라고 하기 전에 감히 앉을 엄두도 낼 수 없었다.

"치서, 문을 두드린 사람이 저라는 건 어떻게 아셨습니까?"

"지금 이 시각에, 류서 말고 또 누가 내 방문을 두드리겠나?" 치서우런이 류커친에게 담배를 한 대 건넸다. "앉지. 위에서 자네에게 시간은 얼마나 주던가?"

류커친이 말을 이어받았다. "이 주입니다."

"그게 가능해? 지금 인력은 많이 붙었나?"

"임시로 차출된 인력은 길어봤자 사흘 정도 유지할 수 있습니다. 지금 경찰 인력난이 심하다보니."

지난 이틀 동안 용의자와 증인 들이 말한 내용을 정리해 이야기하면서, 류커친은 치서우런의 왼쪽 뺨으로 시선이 가지 않도록 주의했다. 총을 맞은 뒤 의안을 착용한 왼쪽 눈은 죽은 사람처럼 생기가 없고, 움직임도 없었다.

"그 가족들 재무 상태는 어떤가?"

"아주 좋습니다. 쓰우 가문의 모든 구성원이 최소 일곱 자릿수는 되는 저축액을 보유하고 있습니다. 쓰우즈신만 빼고요."

"빚 독촉을 당하다 끝내 살해당했을 가능성은 배제해도 되겠지만, 쓰우 가문 중 누군가 외부인에게 돈을 빌려줬다가 거액의 빚을 갚지 못한 상대방이 반대로 채권자를 죽였을 가능성은 남겨둬야겠군. 한 건 한 건 들춰봐야 할 텐데, 없는 사람들 들쑤시는 건

쉬워도 있는 사람 들쑤시는 건 어려운 법이야. 이 대가족 구성원 전체의 현금 흐름을 파악하려면, 시간이 최소 한 달은 필요해. 현장 사진이나 영상은 뒤져봤나?"

"다 찾아봤습니다만, 쓸데없이 주방에 접근한 사람은 없었습니다. 주방장들이 직접 독을 풀 정도로 어리석은 것도 아니고요."

"물론이지. 하지만 독을 푼 자를 찾는다 해도, 그자는 누군가의 지시를 받았을 뿐, 누가 오더를 내렸는지는 모를 거야." 치서우런이 담배 연기를 내뿜었다. "내가 한 열 살만 젊었으면 거절 않고 이번 수사에 뛰어들었을 텐데, 머리가 예전만큼 안 돌아가. 이제는 왕자웨이*가 영화 찍는 것만큼이나 수사하는 데 시간이 너무 오래 걸려."

왕자웨이의 영화를 이해하지 못하는 류커친과 달리, 왕자웨이의 충성스러운 팬인 치서우런은 어떤 작품이든 리마스터링되면 성지 순례하듯 꼭 영화관을 찾아가 응원했다.

"갤런트 가든 묘비 훼손 사건**처럼 영구 미제 사건이 될 것 같아 무척 우려됩니다."

갤런트 가든은 홍콩의 순직 공무원 전용 묘지이다. 십여 년 전, 스물아홉 개의 묘비가 악의적으로 훼손되었으나 부근에 CCTV가 없어 단서가 남지 않았고 사건은 지금까지 미제로 남아 있다.

---

*   왕가위(王家衛). 홍콩의 영화감독.
** 2006년 8월 12일에 일어난 실제 사건이다.

치서우런이 손으로 책상 위에 있던 파일을 가볍게 두드렸다.
"모든 사건을 다 해결할 수 있는 건 아니야. 모든 사람의 희망도 다 이루어지는 게 아니고. 인생에는 늘 후회가 남기 마련이지."
"윗선에 그렇게 철학적으로 보고할 수는 없지 않겠습니까?"
치서우런이 책상 위의 발을 내리더니 소지품을 챙겼다.
"내 말 들어. 일단 집에 가서 밥 좀 챙겨 먹고, 씻고 잠 좀 자. 해결 못하면 까짓것 내가 하는 일 물려받으면 되지."
"편하고 좋은 자리인데요. 부러워하는 동료들이 한둘이 아닙니다."
"그렇긴 하지. 하지만 사건 해결 못하는 게 뭐 어때서? 홍콩에 여기보다 더 조용한 데가 어디 있다고?"
"조용한 데 있는 건 상관없는데, PDU•로 발령날까봐 두렵습니다. 제가 개를 엄청나게 무서워한다는 거 잘 아시잖아요."

19

쓰우즈신이 잠에서 깼을 때, 창밖은 칠흑같이 깜깜했고 사방은 쥐죽은듯 고요했다.
쓰우 가문에서 일어난 중독 사건이 그냥 한바탕의 꿈이라면 얼마나 좋을까. 그 꼴 보기 싫던 사람들, 귀찮게나 하지 말고 본인들

• 경찰견 부대(Police Dog Unit)의 공식 영어 약칭.

이나 잘 살았으면 됐을 것을.

시곗바늘은 새벽 3시를 가리키고, 옆자리에는 팡위칭이 누워 있었다. 즈신은 그녀의 맨 어깨에 입을 맞추고 싶었으나 팡위칭이 깰까봐 욕망을 억눌렀다.

원래 즈신 쪽 바닥에서 자던 리오가 지금은 그림자도 보이지 않았다. 팡위칭 쪽으로 옮겨갔을 가능성이 컸다. 팡위칭이 돌봐준 지 만 하루도 되지 않았는데 팡위칭에게 길들여졌다니. 즈신은 개의 충성심에 의심이 가기 시작했다.

즈신은 슬리퍼를 신지 않은 채 가벼운 발걸음으로 복도로 나섰고, 부엌으로 들어가 냉장고를 열었다. 팡위칭은 즈신이 가져다둔 음식은 건드리지도 않았고, 오히려 즈신이 좋아하는 냉동 딤섬을 사다 놓았다. 팡위칭은 돈을 받지 않을 것이다. 하지만 즈신은 여자가 자기 대신 돈을 쓰는 게 싫었다.

거실로 가서 휴대전화를 찾다가, 어제 집에 돌아온 뒤 깜빡 잊고 충전을 하지 않았다는 사실을 깨달았다. 그런데 지금 보니 휴대전화는 충전 케이블에 연결되어 있었고 배터리도 충분했다. 이것도 팡위칭의 공이 분명했다. 묵묵히 온갖 일을 처리해주는 이런 현모양처를 버리고 이십대 초반의 여자와 바람이 났다는 그 남편은 멍청하기 짝이 없는 자다. 그렇지만 즈신은 그러다가 업보를 치르게 될 거라는 등의 설교를 할 생각은 없었다. 애초에 그 멍청이가 팡위칭을 버리지 않았으면, 팡위칭이 이 집에 올 일도 없었을 테니.

그는 소파에 앉아 오랫동안 쌓인 문자메시지를 확인했다.

이미 외국으로 이주한 오랜 친구 셋을 포함해, 그의 본명을 아는 몇 안 되는 친구들이 다들 답을 하지 않아도 된다는 배려의 말과 함께 안부를 물어왔다. 즈신은 재빨리 문자를 한번 훑어본 뒤, 모두에게 "신경써줘서 고맙다!"고 답했다.

그다음은 즈아이 차례였다. 즈아이는 즈신에게 문자를 보내온 이후, 계속 입을 다물고 있었다. 가족들의 뒷일을 처리하고 마음을 추스르느라 정신없이 바쁠 것이 분명했다.

─너 어떻게 된 거야? 난 거의 하루종일 신문을 받았어.

즈신이 즈아이에게 메시지를 보내 물었다.

그러고 나니 더는 없었다, 연락해야 할 상대가. 가장 연락하고 싶은 팡위칭은 즈신 본인의 집에 있으니. 그 사실에 즈신은 무척 안심이 되었다. 다른 사람들이 보기에는 황당하기 그지없겠지만, 남들은 둘 사이가 어떻게 얽혀 있는지 모를뿐더러 두 사람과는 아무 상관도 없다.

뉴스에서는 병원에 입원한 쓰우 집안사람들 모두가 중독으로 사망했으며, 홍콩 역사상 가장 많은 사망자가 나온 집단 중독 사건이라고 보도했다.

경찰측 대변인은 인물들의 신원을 발표했고, 방송사에서는 가계도를 제작했다. 그러나 쓰우즈신의 머릿속에서 그것들은 하나하나 누군가의 이름이었고, 한 사람 한 사람의 얼굴이었다. 그에게 악담을 퍼붓던 가족들의 입이 돌연 다 같이 닫혀버린 지금, '응당 치러야 할 업보였다'는 생각은 들지 않았다. 크나큰 사랑으로 그들을 용서한 건 절대 아니었다. 그러나 마음씨가 좋지 않은 사람들이었다 해도 악독하고 악랄하다못해 다른 사람 목숨을 파리 목숨 보듯 하는, 세상을 어지럽히고 재앙을 불러일으키는 악질들과는 하늘과 땅 차이였다. 이렇게 처참한 방식으로 비명횡사하는 건 절대 합당하지 않았다. 그의 가족에게 닥친 이런 죽음의 방식이 합리적인 징벌이라면, 인간성을 상실한 악인들은 어떤 징벌을 받아야 하겠는가.

쓰우즈신의 세계에서 죽음은 징벌이 아니었다. 중병을 앓는 사람이 온갖 고비를 겪고 고통을 겪다가 안락사를 통해 해방되기를 바라듯, 그저 인생의 필수 코스일 뿐이었다. 죽음의 방식도 징벌은 아니다. 악인이 암으로 죽고 고통을 당하는 게 인과응보라고 말해서도 안 된다. 그렇게 되면 피골이 상접할 정도로 뺨이 야윈 채, 고통 속에 죽어간 모든 암 환자들이 다 벌을 받은 게 된다.

경찰측 대변인은 이렇게 말했다. "경찰이 현재 온 힘을 다해 수사를 벌이고 있는 만큼, 당분간 이 사건은 언급하지 않겠습니다."

연회 업체 사장은 이렇게 말했다. "드릴 말씀이 없습니다. 지금 모든 고객이 다 주문을 취소한 상황입니다."

해산물 도매 업체 사장은 이렇게 말했다. "이미 시장에 풀린 복어를 전부 수거했습니다. 구매한 시민이 계시다면 저희에게 연락하시면 됩니다."

전문가들은 복어 외에 파란고리문어처럼 복어를 잡아먹는 다른 어류도 잠재적인 위험이 있다며, 시장에서 해산물을 사거나 직접 낚시를 할 때 본인 손에 어떤 게 들어왔는지 똑똑히 확인해야 한다고 시민들에게 호소했다. 뭔지도 모르는 해산물을 먹지 말라는 것이었다. 파란고리문어는 독성이 사이안화물의 천 배에 달하는 죽음의 사자라는 사실을 모르는 사람이 수두룩했다.

즈신은 부엌 서랍에서 양초를 하나 꺼내 불을 붙인 뒤 창문턱에 올려놓았다.

철저한 무신론자인 그에게는 종교적인 의미가 없는, 그러나 명복을 빌어보는 있는 행위였다. 촛불이 유리창에 비치면서 그림자가 하나하나 솟아오르자, 마치 그들이 여전히 살아 있는 것만 같았다.

동쪽 하늘이 서서히 밝아올 무렵, 리오가 방에서 나왔다. 리오의 뜻을 알아차린 그는 곧바로 리오를 데리고 아침 운동을 나섰다. 넓디넓은 풀밭에서 달리고 뛰며 하룻밤 동안 묵혀두었던 대소변도 다 보게 한 뒤 다시 집으로 돌아와 아침을 먹었다. 그다음 즈신은 아침 첫 버스를 잡아타고 사이위촌으로 가서 주차장에 세워두었던 차를 몰고 집으로 돌아왔다.

이렇게 오가는 데 대략 한 시간이 걸렸다. 현관문을 열고 들어가니, 팡위칭이 실내복 차림으로 식탁에 앉아 노트북을 사용하는 중이었다. 그 모습이 꼭 이곳의 여주인 같았다. 팡위칭의 발 옆에 붙어 있던 껌딱지 리오가 뛰어나와 집에 돌아온 그를 신나게 반겨주었다.

"어제는 고맙다는 말을 못했어!"

팡위칭이 리오를 뒤따라나왔다. "별거 아닌데 뭐."

누구에게 다가가야 할지 감을 잡지 못한 리오가 두 사람 사이를 이리저리 왔다갔다했다.

"아침에 회의나 해야 할 일 있어?"

"둘 다 없어."

"그럼 얼른 옷 입어. 내가 아침 살게. 그리고 집에 데려다주지."

"난 여기서 며칠은 더 지낼 수 있을 줄 알았는데."

팡위칭이 뜻밖의 대답을 내놓았다.

"집에 안 가려고?"

"내 결혼생활이 이미 파경을 맞았다는 건 나보다 더 잘 알 거고. 하지만 암 진단을 받고도 인생을 포기하지 않은 〈브레이킹 배드〉의 주인공 월터 화이트처럼, 난 버림받았지만 지지는 않을 거야. 당신만 반겨준다면, 여기 살면서 집세, 수도 요금, 가스 요금 모두 나눠 낼 수도 있어."

쓰우즈신은 팡위칭이 좋은 아내인지 아닌지는 가타부타 말하지 않았지만, 쉽게 포기하지 않는 그 성격은 마음에 들었다.

"함께 살면서 지출을 분담하겠다니 환영이야. 당신 사건을 맡았다가 당신까지 집으로 데려오게 될 줄은 몰랐군."

"침대로도 데리고 가셨지." 팡위칭이 놀리듯 말했다.

"모든 여성 고객이 다 당신처럼 예쁜 건 아니거든. 나 꽤 까다로

130

운 사람이야." 쓰우즈신은 '당신이 나와 섹스를 한 유일한 여성 고객이야'라고 솔직하게 말하지 않았다. 사기꾼처럼 들릴까봐 겁이 났다.

팡위칭은 놀리듯 쓰우즈신을 바라보았다. 그 기다란 속눈썹이 가볍게 흔들렸다. 팡위칭이 다가오자, 싱그러운 향수 냄새가 그를 뒤덮었고 빨간 입술이 그의 뺨에 와닿았다.

"당신 후회해?"

리오가 팡위칭의 발 옆에서 충성스럽게 팡위칭을 지켜보고 있었다. 쓰우즈신이 허리를 숙여 리오의 머리를 가볍게 쓰다듬자, 리오가 꼬리를 높이 쳐들고는 살랑살랑 흔들었다.

"아니. 당신이 여기 남겠다고 하니 리오가 좋아하잖아. 그렇지, 리오?"

리오가 빙그레 웃더니 혓바닥을 쭉 내밀었다. 꼬리를 얼마나 세차고 빠르게 흔드는지 끊어질 것만 같았다.

"미안한 일이 하나 있어." 팡위칭이 즈신과 리오의 행복한 순간을 깨뜨렸다. "책상에서 당신 명함을 봤어. 당신이 《홍콩시보香港時報》 기자였다는 사실을 알게 됐고. 마침 거기서 기자 생활을 했던 친구를 하나 알고 있거든. 그 친구 말이 당신 연예부 파파라치였다고, 업계에서 아주 유명했다고 하더라."

쓰우즈신이 돌연 입을 닫았다. 그는 한참 뒤에야 리오를 끌어안은 채 소파에 앉았다.

"유명한 게 아니라 악명이 쫙 퍼져 있었지." 무언가 기억을 떠올린 듯 즈신이 한숨을 쉬었다. "하지만 그것도 다 십여 년 전 일이야. 삼 년에 한 번은 물갈이가 되는 업계여서 지금 날 기억하는 기자는 없어. 그 친구 이름이 뭔데?"

"당신은 모르는 애야. 어떻게 대학 졸업하고 파파라치가 됐어?"

"그 일이 마음에 들었어." 즈신은 가타부타 말없이 웃더니, 설명을 덧붙였다. "아이돌 가수가 노래는 못하고 얼굴만 반반한 거야 그러려니 하지만, 사생활도 난잡하면서 사랑꾼인 척 여성 팬들 꾀어다가 침대로 끌어들이거나, 인간쓰레기인 주제에 아주 훌륭한 청년인 척하는 걸 받아들일 수 없더라고. 아니면 인생 경험이 풍부한 것도 아니고, 그냥 운좋게 금수저 물고 태어나서 부모덕으로 데뷔한 주제에, 자기야말로 노력이라는 걸 해본 경험도 없으면서 팬들한테는 더 분발해서 위로 올라가라고 가르쳐대는 꼴이 정말 낯짝이 두껍다 싶었지. 세상을 속여서 명예를 훔치는 그런 인간들의 가면을 찢어버리는 일이 아주 마음에 들었어. 남자든 여자든 봐주지 않았지."

팡위칭이 빙그레 웃었다. "사설탐정 일은 홍콩 내에서 탐사보도를 하던 기자들이 하는 건 줄 알았는데."

"나도 했다니까! 파파라치는 2014년까지만 했다고. 그해에 센트럴 점령 운동*이 발발하면서, 홍콩의 모든 매체가 갖고 있는 자

---

* 2014년 9월 홍콩에서 일어난 '우산 혁명'의 일부. 정식 명칭은 '사랑과 평화의 센트럴 점령(讓愛與和平佔領中環, Occupy Central with Love and Peace)'으로, 2011년 미국 월가 점령 시위에서 영향을 받은 비폭력 시위였다.

원을 총동원해서 보도했어. 문화부 기자든 연예부 기자든 다 마찬가지였고. 경마나 유흥 기사를 쓰던 동료들도 예외가 아니었다고 하더군. 그렇게 몇 달이 지나고 나니까, 연예부로 돌아가고 싶은 생각이 안 드는 거야. 그래서 계속 홍콩 뉴스 쪽에 남기는 했는데, 거기서도 오래 있지는 못했어. 센트럴 점령 운동 이후, 신문은 시대를 쫓아가지 못했지. 실시간 속보가 올라와도 스마트폰만 있으면 누구나 기자인 셈이니까. 전문성이 떨어져도 상관없어. 대부분의 독자가 요구하는 건 깊이가 아니라 실시간 속보와 공짜 뉴스야. 《홍콩시보》가 업계 1, 2위를 다투는 매체라 해도 시류를 이길 수는 없다고. 사람이든 기관이든 다 역사적 임무가 있게 마련이고, 임무를 완수하면 허리 숙여 인사하고 무대 아래로 내려가야 하는 법이니까."

광위칭은 잠시 말없이 잠잠히 있다가, 손가락으로 천천히 리오의 털을 쓰다듬었다. "이해했어."

"정말 이해했어?"

광위칭이 고개를 끄덕였다. "사랑에도 역사적 임무가 있지. 나와 상대가 모두 서로를 필요로 하지 않게 되면, 헤어져야 해. 그러지 않으면 양쪽 다 고통스러울 뿐이야."

20

쓰우셰우이가 무너지듯 차 안에 주저앉았다. 관자놀이가 쉬지도 않고 제멋대로 뛰었다.

경찰 신문을 받고 나니 집에 어떻게 돌아가야 할지 골치가 아팠다. 사이위는 택시도 들어갈 수 없는 곳이었다. 쓰우윈후와 아더 모두 뒷일을 처리하느라 정신이 없어 몸이 열 개라도 부족할 판이었다. 쓰우셰우이는 집에 어떻게 가야 할지 몰랐다.

다행히 류서가 쓰우셰우이를 집에 태워다주라며 여자 경찰에게 경찰 마크가 없는 개인 승용차를 한 대 붙여줬다. 경찰은 가는 내내 뭐라도 알아보려고 말을 빙빙 돌리며 이것저것 묻는 법도 없이 끝까지 입을 다물었고, 셰우이를 집에 데려다준 뒤 떠났다. 어쩌면 이 사건이 지긋지긋해졌는지도, 그래서 개인 승용차로 셰우이를 집에 데려다주는 이 시간이 그 경찰에게는 숨을 돌릴 유일한 기회였는지도 모른다.

사이위로 돌아오니, 연회 업체에서 사용한 가스레인지, 테이블과 의자가 사건 당시의 모습 그대로 놓여 있었다. 파란색과 흰색이 섞인 경찰통제선이 둘러쳐진 모습이, 꼴 보기 싫었던 친척들이 다시는 눈앞에 나타나지 않으리라는 사실과 더불어 이곳에서 일어난 참극을 일깨워주었다.

윈후는 이제 곧 친척들의 유품을 정리하는 일로 골머리를 썩게 될 것이다. 하지만 더 골치가 아픈 건 배상금이다. 고용인들에게 줄 금액은 계산하기 쉽지만, 친척들에게 돌아갈 배상금 액수를 정하려면 끝도 없는 금액 조율 과정을 거치게 될 수밖에 없으리라. 다행히 쓰우셰우이 본인이 이런 일을 직접 처리할 필요는 없었다.

원후는 지금은 쓰우 저택에 남아 있는 게 그다지 안전하지 않다며 즈후이를 셰우이의 여동생에게 보내버렸다. 하지만 셰우이는 그러면 즈후이가 너무 불편해할 거라고 생각했다. 어려서부터 3층짜리 단독주택 생활에 익숙해진 아이가 16평 조금 넘는 코딱지만한 집에 적응할 수 있을 리 없었다. 게다가 셰우이는 아들을 옆에 데리고 있어야만 마음이 놓였다. 그래서 방금 집에 돌아오는 길에, 원후가 반대하든 말든 곧장 차를 몰고 여동생 집에 가서 저녁을 먹은 다음 즈후이를 데리고 오겠다고 마음먹었다.

셰우이는 집안 여기저기를 다 살펴본 뒤, 지금은 집에 자신뿐이라는 사실을 확인하고는 침실로 돌아갔다. 그리고 메이크업 박스 안 비밀 서랍에서 보조 휴대전화를 하나 꺼냈다. 원후는 존재를 모르는 휴대전화였다. 셰우이는 또다른 비밀 서랍에 있던 심 카드를 꽂은 다음, 비밀번호가 설정된 메시지를 K에게 보냈다.

—방금 경찰서에서 집으로 돌아왔어.

—의심받지는 않았어?

K가 바로 대답했다.

셰우이는 쓰우 집안에서 내내 그 누구에게도 해를 끼치지 않는 척 연기를 해왔다. 그는 쓰우 집안의 배경색 속으로 철저하게 녹아들어 다른 이들의 의견에 맞추면서, 단 한 번도 얼굴에 본심을 드러낸 적이 없었다. 그저 원후에게 불평 몇 마디 하는 게 전부였다.

—그런 건 못 느꼈어.

셰우이가 대답했다.

―잘됐네.

―뭐가 잘됐다는 거야? 이거 당신이 벌인 짓 아니야?

셰우이는 묻지 않을 수 없었다. 관자놀이가 또 한바탕 쿡쿡 쑤셨다.

―아니야.

K는 단호하게 부인했지만, 셰우이는 당연히 믿지 않았다. 원래는 딱 한 사람을 목표로, 사고로 위장해서 일어나야 했을 일이었다. 지금처럼 엄청난 후폭풍이 일지 않도록, 다른 가족들은 다치지 않게 해야 했다. 어느 지점에서 사고가 터진 건지는 알 수 없지만, 그 결과 쓰우 집안의 거의 모든 사람이 죽고 말았다. 즈후이가 복어튀김을 먹지 못하는 상황이 아니었다면, 셰우이와 즈후이 모자도 목숨을 잃었을 것이다.

이런 난장판이 펼쳐졌는데, 누구 하나 책임을 인정하는 사람이 없었다.

―당신이 벌인 짓 아니야?

셰우이는 K가 단 한 마디라도 실토하기를 바라는 마음으로 다시 물었다.

―정말 아니라니까. 내가 했으면, 아주 깔끔하게 처리했겠지. 당신 나랑 일 처음 하는 것도 아니고, 발각된 적 한 번도 없잖아.

K가 단호하게 부인하고 나서면, 셰우이도 K가 벌인 짓이라고 입증할 증거는 없다. 하지만 경찰은 포기하지 않을 것이고, 반드시 진상을 밝혀낼 것이다. 셰우이는 본인이 시한폭탄 위에 앉아

있다고 생각했다. 아직 폭발하지는 않았지만, 이미 놀랄 대로 놀란 셰우이는 혼이 다 나갈 지경이었다.

K는 사실대로 말하지 않을 것이다. 본인과 즈후이만 해결되면 이 비밀의 내막을 아는 사람은 하나 줄고, 가장 중요한 증거 역시 흔적도 없이 사라진다.

—그때 당신과 협력했던 일, 갈수록 후회막심이야.

—헛소리하지 마. 그때 협조해준 덕에 쓰우 가문 내에서 당신 입지도 탄탄해졌잖아. 최근에 이런 일만 안 일어났으면 전혀 위험하지 않았을 거라고. 우리 선까지 수사하지 않게 해달라고 하느님한테 기도나 해.

경찰은 속수무책인 것 같았다. 인터넷 여론은 공금이나 낭비하는 폐물들이라며 경찰을 싸잡아 공격했다. 그렇지만 비밀리에 수사하고 있을지도 모른다. 1990년대 튄문 강간 살인 사건의 범인을 포위 검거할 당시, 무능한 척했던 경찰이 사실 비밀리에 여경을 미끼로 함정수사를 펼치고 있었던 것처럼.

발각되면, 쓰우셰우이가 직접적으로 가담한 것은 아니라도 공모 혹은 살인 교사라는 죄명으로 체포될 것이다.

애당초 생각했던 것과는 너무도 멀어져버린 현 상황. 이젠 돌이킬 수도 없다.

혹시나 자신도 독으로 사망했다면 모든 게 깔끔하게 끝날 수 있었을지도 모른다. 만약 그랬다면 지금 이런 곤경에 빠지지는 않았을까?

어쩌면 처음부터, 그저 기쁨에 취해 쓰우 집안으로 시집온 게 일평생 최대의 실수인지도 모른다.

21

'셰우이'라는 이름은 점쟁이가 고쳐준 이름이다. 광둥어로 '舞'와 '母'의 발음이 같기 때문에, '우이舞儀'가 '모의천하母儀天下'*라는 뜻이 담긴 이름이 되어버렸지만 가족들도 셰우이 자신도 거기까지 생각하지는 않았다.

셰우이의 집안은 남존여비 사상이 지배하는 차오저우**출신이었다. 부모님은 셰우이가 연애 같은 건 하지 않고, 교회에서 운영하는 여학교나 얌전히 다니기를 바랐다.

한번은 아버지가 엄하게 말씀하시기도 했다. "남자가 무서운 존재란 건 아니지만, 사랑은 홍수와 같고 맹수와도 같은 것이라 여자아이의 청춘을 망가뜨린다. 연애는 대학에 들어간 다음에 하거라."

셰우이는 아버지 말씀을 어길 엄두가 나지 않았다. 대학에서는 남녀 학생 수가 반반인 회계학과를 다녔지만, 같은 과 남학생들은 투자와 숫자에만 관심을 보였다. 한 번도 남자와 사귈 일이 없었던 셰우이는 대학에서는 연애 경험을 쌓지 못했다. 졸업 후 순조

---

* 　황후 혹은 재위에 오른 군주의 어머니가 어머니처럼 자애로운 태도로 천하의 백성들을 품고 교화한다는 뜻.
** 　광둥성 동부 지방의 도시.

롭게 회계사 사무소에 취업했지만, 동료들은 하나같이 일중독인 데다 회계사 시험에 합격해서 자격증을 따고 공동경영자가 되는 게 인생 목표인 사람들이었다. 여자에 대한 태도 역시 노골적이어서, 젊고 예쁜 여자가 없다고 노심초사할 일 없고, 돈만 있으면 여자들이 알아서 달려든다는 식이었다.

삼 년 뒤, 셰우이는 회계사 자격증을 땄고 은행 저축액도 일곱 자릿수로 늘어났다. 그러나 이건 매주 엿새를 아침 9시에 출근해서 밤 9시에 퇴근한 대가였고, 동시에 연애 경험치는 꾸준히 0인 상태였다.

이 년 뒤, 셰우이의 고객 중 영화광인 중년 여성이 과거 할리우드에서 영화배급 일을 하던 친구와 공동출자해 영화배급사를 차렸다. 이들은 유럽 영화를 들여와 홍콩에서 상영할 계획이었다. 회사는 영화사와 관계를 트고, 영화를 사들이고, 계약 사항을 처리할 출자자 두 명 외에, 홍콩 현지에서 배급과 마케팅을 책임질 동료가 필요했다.

"이 업계에 있다보면 아주 재미있는 사람들을 많이 만나게 될 거야." 고객은 셰우이가 일이 뜻대로 되지 않아 퇴사할 생각을 하고 있다는 사실을 알고는, 자기 회사에 합류하라며 대놓고 설득했다. "좀 다른 일을 해보는 것도 괜찮잖아."

셰우이와 두 사람 모두 영어로 수업이 진행되는, 전통 있는 명문 여학교 출신이었다. 동문은 나이 차가 얼마나 나든 대가족처럼 서로서로 도움을 주고받았다. 물설고 낯선 외국 땅으로 이주해도 현지 동문이 도움의 손길을 뻗었고, 혼자 사는 동문이 타향에서 세상을 떠나면 뒷일을 도맡아 처리해주기도 했다.

한시라도 빨리 인생의 경로를 바꿔 삶의 변화를 꾀하고 싶었던 셰우이는 수입이 반토막이 나는데도 이것저것 재지 않고 퇴사했고, 이 회사로 옮겨와 일을 도왔다.

외주를 주는 일도 있었지만, 회사 전체를 통틀어 여자만 셋이었고, 예고편 편집, 자막 번역 같은 일도 내부에서 처리했다. 해외 감독과 배우를 홍콩 프리미어 상영 및 홍보 행사에 초청할 때도 있다보니 성대한 행사가 자주 열렸다. 그러나 '꿈의 공장'이라 불리는 영화 업계에 대한 아름다운 환상이 깨지는 동시에 이 업계의 명암을 똑똑히 볼 수 있었다.

많은 남자 감독, 남자 배우들이 셰우이를 대놓고 자기 호텔방으로 초대하거나, 셰우이에게 여자를 물색해달라고 요구했다. 여배우들이라고 해서 더 나을 것도 없었다. 여배우와 어시스턴트, 매니저 들은 썩은 표정을 지으며 속에서 쌍욕이 나오게 만들었다. 아니면 거의 일 분마다 최근에 어느 명품 매장에 갔었는지, 어떤 미슐랭 레스토랑에 갔었는지, 자기들보다 유명한 사람 누구와 만났는지 자랑을 해댔다.

그래도 이 일이 회계사 사무소의 업무보다는 훨씬 흥미진진했다. 인맥과 시야를 넓혀주었을 뿐 아니라, 남자를 가까이 접하게 되면서 본인에게 어떤 부류가 필요한지 명확히 알게 되었다.

셰우이는 밤낮없이 일만 하는 직장인은 원하지 않았다. 눈에 보이는 거라고는 돈밖에 없는 회계사도 필요 없고, 남녀관계가 복잡한 바람둥이도 필요 없었다. 세상이 온통 영화로만 가득한 영화평론가도 싫었다.

그러다 나중에, 셰우이는 여섯 명이 모이는 한 저녁식사 모임에 참석하게 되었다. 남녀 회원 모두 배경 심사를 받아야 하고, 학력과 수입도 확실해야 하는 모임이었다. 남자들은 외모가 좀 별로이거나 나이가 살짝 많을지언정, 전문직 종사자이거나 중소기업 대표이거나, 분명히 남다른 데가 있었다. 설령 이혼을 했고 아이가 있더라도 경제적으로는 자유로운 사람들이었다.

"저는 쓰우라는 성을 씁니다." 그 남자는 입을 열자마자 놀라운 이야기를 했다. "쓰레기의 쓰, 우삼겹의 우, 흔치 않은 성이죠."

성姓과 성性의 발음이 같다보니 앉아 있던 남녀 모두가 웃음을 터뜨렸다.

그는 유머와 센스로 모두의 시선을 끈 뒤, 쓰우 가문의 역사부터 이야기하기 시작했다.

쓰우 가문은 홍콩의 원주민으로 일찍이 송나라 때부터 란터우섬 사이위 일대에 자리를 잡았는데, 당시 다른 주민들과 함께 사염私鹽을 만들었다가 조정의 금기를 건드렸다.* 이에 조정에서 사

---

*   과거에는 국가가 소금의 독점 판매권을 갖고 있어서, 민간에서 허가를 받지 않고 몰래 소금을 만들어 파는 것이 금지됐다.

람을 보내 소금 상인을 체포하고 모든 사염과 염전을 국가에 귀속시키려 하자, 상인들은 단체로 저항했다. 결국 조정은 관군을 보내 불화살을 쏘며 제압에 나섰고, 수적으로 상대가 되지 않았던 주민들은 급기야 도륙당하고 말았다.

1197년에 일어난 이 대형 사건이 역사에는 '대해산염민기의'라고 기록되어 있다.*

"송나라 군대가 들이닥치기 전에 란터우섬을 떠난 덕에, 우리 쓰우 가문의 조상들은 살아남을 수 있었죠."

수십 년 뒤 몽골 대군이 남쪽으로 이동해 송나라를 공격하자, 송 황제 시*는 남쪽으로 도망치다 홍콩에 도착했다. 그는 란터우섬에 잠시 머무르기도 했지만, 결국 죽음을 면할 수는 없었다. "송왕대宋王臺가 바로 송 황제 시와 송 황제 병을 기리는 공원으로, 금 부인 묘**도 이곳에 있습니다. 송 황실은 말기에 이르러 홍콩에 발자취를 남겼습니다. 송 황제가 도피 끝에 홍콩 신계 지역의 성곽 마을에 도착했을 때, 그곳 주민들이 황제께서 왕림해주셨다고 환대하며 커다란 대야에 음식을 담아 한 접시 한 접시 황제에게 대

* 송대에는 지금의 란터우섬과 홍콩섬을 함께 묶어 '대해산'이라고 불렀다. '대해산염민기의(大奚山鹽民起義)'는 당시 실제로 일어난 사건이다.
• 열 살이 되기도 전에 즉위한, 남송의 8대 황제 단종(1269~1278)을 가리킨다.
** 송 황제 시가 홍콩으로 피신해 있었을 때, 그의 여동생인 진국공주가 물에 빠져 죽고 말았다. 그러나 공주의 시신은 찾을 수 없었고, 대신 금으로 주조한 시신을 만들어 묻었다고 한다. 그 묘를 '금 부인 묘'라고 부른다.

접했는데, 반채盤菜가 이렇게 탄생한 겁니다."*

역사 지식이 풍부하지 않다보니 셰우이가 아는 것이라고는 '신계'라는 명칭이 영국이 홍콩을 식민 지배하던 시절에 비롯되었다는 사실뿐이었다. 청나라가 영국에게 연이어 패배하면서, 난징조약과 베이징조약을 맺고 홍콩섬과 카오룽반도를 잇달아 영국에 할양했다. 그뒤, 홍콩을 지키기 위해 인근 토지에 대한 통제권을 확보해 완충지대를 만들어야 하는 상황에 처하자, 영국 정부는 다시 청나라 정부와 홍콩영토확장조약을 맺어 카오룽반도의 바운더리 스트리트와 그 북쪽의 섬들을 99년 동안 빌리기로 하고, 이곳에 '신계'라는 이름을 붙였다.

대다수 홍콩인의 조상이 홍콩에 밀입국한 데 반해, 쓰우라는 성을 쓰는 이 남자네 집안은 여러 대에 걸쳐 홍콩에서 살아온 원주민이었다. 남자는 익살맞고 유머러스한 사람이었지만, 일대일로 대할 때는 다른 여성들의 호감을 사지 못했다. 나이 마흔이 넘은 성공한 사업가처럼 보였지만, 다른 남성 참가자들처럼 지폐를 한 장 한 장 꿰매어 만든 금루옥의**를 몸에 걸친, 온몸을 명품으로 휘감은 인사가 아니었다는 게 주된 이유였다.

피곤한 얼굴로 혼자서 썰렁한 테이블을 마주하고 있던 남자는

---

* 이후 홍콩 신계 지역 사람들에게는 큰 명절이면 대야 형태의 그릇에 다양한 음식을 담아 먹는 전통이 생겼다.
** 한나라 때 귀족이 사망하면 입히던 수의. '금루옥의(金縷玉衣)'란 수천 개의 옥 조각을 금실로 이어붙여 만든 옷이라는 뜻이다.

셰우이가 맞은편에 앉자, 곧바로 온화하고 예의바른 미소를 지어 보였다.

"쓰우라는 성을 쓰는 사람이 있다는 이야기는 들어보지 못했어요." 셰우이가 손을 내밀어 그와 악수했다.

"놀랍지는 않습니다. 풍수에 문제가 있는 건지, 저희 집안이 늘 남자가 많지 않았거든요." 남자가 실눈에 웃음을 띤 채 말했다. "멸종위기종인 거죠. 이런 종에 관심을 가져주시니 감사할 따름입니다."

"제가 《내셔널 지오그래픽》을 좋아해서, 온갖 진귀하고 기이한 동물들의 삶에도 관심이 아주 많거든요."

둘은 동시에 웃음을 터뜨렸다.

셰우이는 신분을 제대로 확인해두기 위해 세번째 데이트 때 남자의 집에 가보고 싶다고 했다. 남자는 호쾌하게 승낙했고, 셰우이를 사이위로 데려갔다.

쓰우원후의 말은 거짓이 아니었다. 단독주택에 사는 그는 평범한 직장인은 꿈도 꾸지 못할 몸값의 남자였다.

셰우이가 차에서 내리자, 사방에서 새소리와 매미 울음소리가 어우러지며 자연교향악이 울려퍼졌다. 눈앞에는 온통 녹음이 우거진 높은 산이 가득했고, 산허리에는 은빛 폭포가 흘러내리고 있었다. 그 은빛 물줄기는 셰우이의 눈에 마치 줄줄이 이어진 은괴로 보였다. 그런 셰우이에게 남자는 3킬로미터에 달하는 산길을 걷는 게 겁나지만 않는다면, 같이 놀러가자고 했다.

남자가 아니었다면, 셰우이는 홍콩에 이런 별천지가 있을 거라고는 상상도 못했을 것이다. 안주인이 될 마음만 먹으면 이런 곳에서 살아갈 수 있을 터였다.

"이곳의 유일한 단점이 바로 교통입니다. 교통이 불편하면, 도시 사람들은 관심이 없죠." 남자가 한숨을 쉬더니, 가문의 발전사를 설명해줬다.

1970년대, 쓰우 가문은 부동산 개발업자가 사이위의 다른 농민들의 땅을 사들이는 일에 협조한 대가로 거액의 돈을 벌어들였다. 개발업자는 사이위에 대형 리조트 단지를 건설할 계획이었고, 주민들이 센트럴까지 오갈 수 있도록 고속선 운영까지 고려했다. 그런데 아쉽게도 길을 깔자마자 동남아시아에 투자한 건이 손해를 보면서 자금 회전에 차질이 생겼고, 공사는 무기한 보류되었다.

역으로, 그후 십 년 동안 개인 주택, 상업용 부동산, 산업용 빌딩을 포함한 부동산에 대거 투자한 쓰우 가문은 마침 홍콩 부동산이 상승기에 접어들면서, 매달 받던 임대 수익이 몇십만에서 몇백만 홍콩달러로, 그리고 다시 수백만 홍콩달러까지 급증했다. 보유한 부동산 가치가 수십 배 뛴 덕에 쓰우 가문은 급기야 예전에 부동산 개발업자에게 팔았던 땅 중 몇 곳을 다시 사들여 직접 개발하기에 이르렀다.

그가 셰우이를 데리고 저택을 둘러보러 다니면서 덧붙인 바에 따르면, 쓰우 집안의 가장 큰 단독주택은 쓰우원후의 할아버지가 생전에 거주하던 저택으로, 역사가 칠십 년도 되지 않았지만 쓰우 집안에서는 거의 조상의 생가에 맞먹는 신성한 지위를 누리고 있다고 했다. 세월이 오래 지나 망가지더라도 이 저택은 돈을 들여서 수리해야지, 할아버지가 그러셨듯이 오래된 건물이라고 철거해버려서는 안 된다는 공감대가 가족들 사이에 형성되어 있다고도 했다.

할아버지가 돌아가신 뒤 이 집에 들어와서 산 사람은 없었지만, 그렇다고 비어 있는 채로 내버려두지는 않았다. 쓰우원후는 거실을 접견실로 개조했고, 아버지가 쓰시던 침실만 남겨두었다. 이 대저택 옆에 원후 본인의 대저택이 있었는데, 할아버지 댁과 똑같은 3층짜리 주택이었지만 조부에 대한 존중의 의미로 더 낮게, 면적도 더 작게 지었다. 사이위에서는 주택에 옥상을 짓는 것이 불법인데, 본인은 법을 지키려던 게 아니라 할아버지에 대한 존중의 의미였다고 했다.

"우리 가족에게 쓰고 또 써도 마르지 않는 화수분 같은 돈이 있나보다, 그런 오해는 하지 말아주십쇼." 원후가 세우이와 함께 거실에 앉아 가사도우미가 쟁반에 받쳐들고 온 다과를 먹으며 말했다.

"할아버님은 집안 재산을 나눠주지 않고 돌아가셨습니다. 그전에 가족 구성원들이 매달 생활비를 탈 수 있도록 신탁 기금을 만들어두셨는데, 그 덕에 가족들이 돈을 물 쓰듯 쓰지만 않으면 평생 걱정 없이 살 수 있게 되었죠. 할아버님께서는 자손들에게 사람은 겸손해야 한다고, 돈 있는 티를 내면 안 된다고 가르치셨습니다."

셰우이는 이렇게 으스대지 않는 태도를 높이 샀다.

"그쪽이 제가 이곳에 처음 데려온 여성 지인은 아닙니다만, 앞에 데려온 몇 명과는 흐지부지 끝나고 말았습니다. 솔직히 말하면, 그들은 대가족을 너무 성가셔했어요. 당신은 마음의 준비를 해주면 좋겠습니다."

22

땅은 좁은데 땅값은 천정부지로 뛰어오르는 부유한 도시 홍콩, 그런데 홍콩에 사는 시민들에게는 퇴직금이 없다. 길거리에서 나이든 노인이 허리를 굽히고 등을 구부린 채 쓰레기통과 분리수거함에서 폐품 줍는 모습을 흔히 볼 수 있다. 돈이 될 만한 물건을 찾아다가 현금으로 바꾸어 생활하는 것이다.

나이들어 하층민이 되지 않기 위해, 인생의 목표를 아주 현실적으로 잡는 사람들이 무척 많다. 집안이 부유해서 뒷일 걱정하지 않고 살 수 있는 형편이라면 모를까, 이상을 쫓아가며 살 수 있는 사람은 없다.

이런 제도하에서, 남자의 매력이란 인품도 성격도 관심사도 아닌 그의 재산과 수입이다.

중고등학교 동창이든 대학 동창이든 그 누구도 셰우이가 결혼 상대로 쓰우원후를 택하는 걸 반대하지 않았다.

"그 남자 집에 돈이 그렇게 많다니, 그 사람한테 시집가면 먹고 살 걱정은 안 해도 되겠네."

"넌 더 일 안 해도 되겠다."

"더는 집 사고 주택 대출금 갚느라 골치 아플 일 없겠구나."

가장 절친한 친구 아화만 조용히 속엣말을 했다.

"그 남자가 너보다 열몇 살은 더 먹었다는 건 제쳐놓더라도 문제가 또 있어. 너무 먼 벽지에 산다는 거야. 결혼 후에도 자기 고향 집에서 살자고 할 텐데, 그러면 넌 평생 사이위에서 살아야 해."

"기사가 자가용으로 데려다줄 거야." 셰우이는 이미 쓰우 집안에 시집이라도 간 것처럼 시원하게 대답했다. 단정한 제복 차림의 운전기사가 식당 밖에서 셰우이를 기다리고 있다가, 차문도 대신 열어줄 것이다.

"왔다갔다하느라 피곤한 건 말할 것도 없고, 세상과 단절된 대가족이라는 게 가족 기업과 다를 바가 없어. 구시대적이고 기괴한 전통 같은 게 수두룩할 거고, 시대와 동떨어지게 될 거라고. 네가 세상을 몰라서 그래. 그게 얼마나 끔찍한 건 줄 아니?"

아화는 한때 어느 가족이 운영하는 중소기업에서 제품 개발자로 일한 적이 있었다. 회사에서 친인척을 데려와 쓰리라는 건 예상했던 바였다. 경험도 능력도 부족한 2세들이 관리직을 맡고 최종 결정권을 거머쥐었다. 생존하고 싶은 직원들은 고대 궁궐의 궁녀처럼 황제와 황후마마, 태후마마를 비롯한 황제 일가를 모시는 법을 익혀야 했다. 직장생활이 궁중 사극을 배경으로 삼은 리얼리

티 쇼와 다를 게 없었다. 이 별세계에서 일에만 몰두하는 사람은 아첨꾼들을 이겨낼 수 없었다. 회사 전체에 아마추어들이 베테랑을 이끄는 분위기가 넘쳐흘렀지만, 위에서는 이를 세대교체 과정에서 필연적으로 일어날 수밖에 없는 문제로만 여겼다. 그들은 열악한 기업 문화 유전자가 끊임없는 전략 오류를 초래한다는 사실을 인정하지 않았고, 그러다보니 정말 실력 있는 인재들은 떠나갔다.

아화한테는 매일 출근하는 일이 〈인간 관찰 버라이어티 모니터링〉*에 출연해 인간 행위에 관한 연구를 진행하는 것과 다를 바 없이 느껴졌다. 아화는 사 년을 버틴 끝에 MBA를 따자마자 퇴사해버렸다. 아화의 논문 제목은 『중국인 기업 거버넌스의 감정 충돌: 한 가족 기업을 사례로』였다.

"기업에 열악한 문화 유전자가 있으면, 끝날 날이 얼마 남지 않은 거야. 가족도 마찬가지야." 아화는 셰우이가 홍등가에 들어가 몸이라도 팔까봐 걱정하는 사람처럼, 셰우이에게 정신 차리고 다시 생각해보라고 입이 닳도록 충고했다. "일도 하지 않고 바깥 사회와도 단절되어 있긴 하지만, 그렇다고 여자 만날 시간이 없는 건 아니었을 테니, 성격이 음침할지도 모른다니까. 만약 그 남자가 정말 조건 좋은 독신남이라면 어떻게 너한테까지 차례가 왔겠니?"

---

* 일본 TBS 방송사에서 방영중인 버라이어티 예능 프로그램. 다양하게 설정된 상황 속에서 사람들의 반응을 보여준다.

"그렇게 말하는 건 옳지 않아. 설마 남자든 여자든 혼기가 찼는데도 아직 결혼하지 않은 사람은 다 문제가 있다는 거야?"

"내 말은, 일도 하지 않는데 손만 까딱하면 집에서 돈이 나오는 사람이라는 게 문제라는 거야. 그 남자한테 취업해서 자기 힘으로 살아보라고 해봐. 내가 장담하는데, 엑셀도 다룰 줄 모를걸."

"어떻게 엑셀 하나로 사람 능력을 판단할 수 있어? 사장 중에도 엑셀로 재무제표나 볼 줄 알지, 피벗 테이블도 만들 줄 모르는 사람이 수두룩한데. 죽도록 일만 하면서 착취당해봐야, 못하는 게 없는 팔방미인이나 되는 거잖아."

회계사 사무소에서 일하던 시절에는 분업이 아주 촘촘하게 이루어져서 고객 데이터베이스 정리처럼 단순하면서도 까다로운 업무는 박사학위를 가진 사람에게 맡기기도 했지만, 인력이 부족한 영화배급사에서는 홀로 여러 가지 일을 해야 했다.

"너한테도 다 생각이 있겠지만, 난 이해가 안 가. 우리 학교에서는 늘 여자도 남자에 기대지 않고 성공할 수 있고, 자신의 운명을 결정할 수 있다고 가르쳤어. 내키지도 않으면서 왜 억지로 그런 대가족으로 시집을 가겠다는 거야?"

"내가 내키지도 않는데 억지로 결혼하려 한다고 누가 그래? 난 뛰어난 능력을 발휘하면서 평생 독신으로 살다가 나이든 다른 동문처럼 되고 싶지 않아. 내가 한부모가정 출신이다보니 온전한 가정을 꾸리고 싶어진 것뿐이야."

아화는 마지못해 미소를 지으며 잔을 들었다. "둘이 백년해로하길, 영원히 한마음으로 묶여 있길 바랄 뿐이야!"

23

셰우이는 학생 시절 절대 포기하지 않는 '할 수 있다 정신'을 배웠다. 목표가 세워지고 결심만 서면 반드시 해냈고, 그것도 최고로 잘 해냈다. 두 명의 동문과 함께 설립한 영화배급사에서 배급한 유럽 영화가 이미 열 편을 넘어선 상황이었다. 수익이 많이 나지는 않았지만, 배급한 영화마다 세 사람의 예상을 넘어설 정도로 상당한 반향을 불러일으켰다.

셰우이는 쓰우원후와 만난 지 반년도 되지 않아 배급사를 그만두었고, 일 년 뒤 둘은 결혼했다.

쓰우원후와 셰우이는 성대한 결혼식을 올렸다. 장소는 5성급 호텔이 아닌 산간벽지 사이위였다. 관광버스가 아닌 고급 세단을 배치해 많은 하객을 왕복으로 실어날랐는데, 셰우이는 똑똑히 알고 있었다. 하객들은 셰우이의 행복한 순간을 함께 나누거나 셰우이가 인생의 또다른 단계로 들어서는 모습을 지켜보기 위해서가 아니라, 어디 구경이나 해보자는 생각으로 결혼식에 참석했다는 것을.

'어떤 괴상한 곳으로 시집가는지 구경이나 해보자니까!'

셰우이는 뒤에서 자기 욕을 해댔을 여자들의 모습이 눈앞에 그려져서 원후에게 털어놓았지만, 원후는 생각이 달랐다.

"너무 옹졸하게 생각하지 마. 나 쓰우원후, 무슨 일이든 했다 하면 다 뒤집어놓는 사람이야. 절대로 당신 망신시킬 일 없어." 그는 자신만만하게 말했다.

피로연 음식을 5성급 호텔 조리팀에게 맡긴 덕에, 농어구이, 와규, 랍스터 등 내온 음식들 수준이 흠잡을 데가 없었다. 거금을 들여 초빙한 실내악단의 공연도 예상한 그대로였다. 가장 뜻밖이었던 건 불꽃놀이 공연이었다. 겨우 십 분간 진행되었지만 끝없이 이어진 폭발음과 마지막 일 분간 동시에 터지며 밤하늘을 밝게 빛낸 형형색색의 불꽃에 하객 수백 명이 혀를 내둘렀다.

쓰우셰우이는 웃음이 터져나왔다. 저 불꽃들은 밤하늘만 밝힌 것이 아니라, 다른 여자들이 셰우이에 대해 말하지 않고 속으로 비밀스럽게 품고 있었던 호기심, 비웃음, 가십과 소문 이 모든 것들을 부숴 가루로 만들어버린 참이었다.

"불꽃놀이를 성공적으로 보여드릴 수 있었던 비결은 굳이 묻지 말아주시고요." 결혼식 사회를 맡은 비서 아더가 무대 중앙을 향해 걸어가면서 웃으며 말했다. "어쨌거나 다들 좋아하시면 좋겠습니다."

결혼식이 끝난 후, 원후는 십 분 동안의 불꽃놀이를 위해 3백만 홍콩달러를 썼다고 말했다.

24

쓰우원후와 삼 개월에 달하는 신혼여행을 다녀온 쓰우셰우이는 정식으로 며느리 역할을 하기 시작했고 가족들과 부대끼며 맞춰가는 단계에 들어섰다.

남자 구성원들은 각자 자기 집을 갖고 있었지만, 다른 여자 구성원들과 이들의 남편들은 낡은 대저택에 함께 살고 있었다. 쓰우셰우이는 이 여자들의 눈빛과 말투에서 자신을 향해 노골적으로 드러내는 질투심을 느낄 수 있었다.

당시 셰우이는 가족 구성원 모두가 매달 6만 홍콩달러의 생활비를 타는 줄로만 알고 있었는데, 놀랍게도 쓰우 가문의 유전자를 물려받은 남자들은 그 두 배를 받고 있었다.

이 가족 안에서 '남녀에 대한 대우가 다르다'는 말은 예의상 순화한 표현이었고, 제대로 된 표현은 '여성을 차별한다'였다. 여성들은 속으로 공정하지 않다고 느꼈지만, 그 누구도 권익을 쟁취하기 위해 뭔가 하려고 하지 않았다. 오히려 돈을 타기 위해 입을 닫았고, 이 불공평한 제도의 방조자가 되었다.

불만을 드러낸 건 오직 즈아이뿐이었다. 하지만 즈아이는 말로 불만을 표현하는 대신 학원에 간다는 둥 학교 친구네 집에서 복습하고 숙제를 하고 오겠다는 둥 온갖 이유를 대가며 이 집안과 거리를 두었고, 대학에 들어간 뒤에는 아예 당당하게 기숙사에 들어갔다.

일을 할 필요는 없었지만, 세우이는 크고 작은 사교 모임에 나가야 했다. 옷차림도 원후의 허락을 받아야 했다. 도발적으로 꾸미는 것도, 소매가 없는 윗옷을 입는 것도 허락되지 않았다. '적당한 노출'조차 할 수 없었다.

"당신은 쓰우 가문을 대표해서 가는 거니까 가문의 체면을 지켜 줘야지. 가문을 민망하게 해서는 안 돼." 원후가 세우이에게 일러주었다. "연회에 참석할 때는 당신이 '남자를 찾으러' 나오거나 '에스코트*하러 나온 여자가 아니라 귀부인이라는 사실을 다들 알아채게 해야 해."

그의 유머 감각은 변함이 없었지만 세우이는 원후의 말투가 점차 변하고 있음을, 명령조로 바뀌어가고 있음을 알아차렸다.

결혼하기 전에는 남녀 모두 가면을 쓰고 있다가 결혼 후에 가면을 하나하나 벗어던져 서로의 진면목이 드러나게 된다고, 학교 친구가 말했었다.

원후의 경우는, 그가 속한 계층의 모임에 자주, 적어도 매주 한 번은 참석해야 한다는 것이었다. 모임은 하나같이 휘황찬란한 연회장에서 열렸고, 세련된 샹들리에가 사람들이 걸친 유명 디자이너의 고급스럽고 화려한 옷을 비추고 있었다. 풍성하게 차려진 고급 음식의 향취가 코를 찔렀고, 웨이터는 손에 금잔과 은잔을 든 채 그 사이를 누비고 다녔다.

* 성매매를 가리키는 은어.

연회에 참석한 남자들은 부유하거나 지위가 높았지만, 여자들은 이런저런 이들이 복잡하게 뒤섞여 있었다. 누군가의 아내이거나 여자친구인 경우 말고도 정부나 사교계의 꽃도—사교계의 꽃이란 표현은 홍콩 미디어에서는 이미 보기 어려워졌지만, 이 여성들 무리에서 여전히 이 표현이 유행하고 있다는 사실은 이들이 시대와 동떨어진 평행 우주에 살고 있음을 보여준다—포함되어 있었다. 아리땁게 화장을 하고 한껏 꾸미고선 매번 다른 남자를 대동하고 나타나는 여성도 있었는데, 그렇다고 놀라는 사람은 하나도 없었다.

이런 연회는 홍콩식 고급 요릿집과 고급 호텔, 사적인 장소 등에서 열렸다. 갓 데뷔한 가수를 초청해 공연을 할 때도 있었지만, 사실 귀빈 대부분이 누가 노래를 부르든 신경쓰지 않았다. 이들은 하나같이 미식가인 양, 세상의 모든 생선을 먹어보기라도 한 것처럼, 한 품종의 생선을 요리하는 십만 가지 요리법을 모두 알고 있는 듯 떠들었다.

이들은 경마에 관해서도 떠들었지만, 셰우이는 이 사람들이 정말로 말을 사랑한다고는 생각하지 않았다. 수많은 홍콩 사람이 소를 사랑한다고 떠들지만, 사실 그것은 비프스테이크를 좋아한다는 뜻이다. 동물을 살아 숨쉬는 생명이 아닌 음식으로만 본다는 의미인 것이다. 경기중 사고가 나거나 은퇴한 대부분의 경주마는 해외 농장으로 보내져 편안히 노년을 보내는 게 아니라, 안락사당한 뒤 쓰레기 매립장으로 보내지거나 외국의 도살장으로 보내진 뒤 식육으로 포장되어 사람이나 동물 먹이로 팔려나간다. 한때 주인에게 상금을 안겨준 우승마도 예외가 아니다.

셰우이는 사람이 말을 대하는 방식을 보면 그가 친구를 어떻게 대하는지 알 수 있다고 생각했다. 하지만 '여자는 남자보다 못하다'라는 관념을 떠받드는 세계에서 이는 너무나도 유치한 생각임을 순식간에 깨달았다.

그랬다. 이런 연회가 마무리되고 나면 남자들은 또다른 대형 홀에서 2차를 이어간 반면, 여자들은 시사나 다른 이슈를 두고 의견을 피력할 능력이 없기라도 하다는 듯 작은 홀로 가서 영양가라고는 없는 화제를 놓고 대화를 나누곤 했다.

이 여성들 사이에서 오르내리는 이야깃거리에 셰우이는 눈이 휘둥그레졌다. 첫 만남의 첫머리에 주고받은, 그나마 좀 그럴싸한 말들을 빼면 해묵은 원한을 파헤치거나 누가 모년 모월에 한 행동, 혹은 모년 모월에 한 화장이나 옷차림을 비판하는 등 전부 공허하기 짝이 없는 말들뿐이었다. 그녀는 어서 집으로 돌아가고만 싶었다.

이런 모임에 처음 참석했을 때는 신선하기도 했고 문화적 충격도 작지 않았다. 하지만 시간이 갈수록 장소만 다를 뿐 만나는 사람들이 늘 같은 사람들이거나 비슷한 부류의 사람들이라는 사실을 깨달았다. 앞으로 계속해서 이런 여자들과 빈번하게 어울려야 한다고 생각하니 피로와 짜증이 밀려오기 시작했다. 쓰우 가문과 이들로 이루어진 사교계는 거대한 타락의 장이었고, 그 안에서 셰우이가 혼자 고상하게 있기는 힘들었다.

세우이가 방으로 돌아와 드레스를 벗다가, 양복을 갈아입고 있던 원후를 바라보며 물었다. "앞으로 난 안 가면 안 돼?"

"안 돼." 그가 고개를 내저었다. "독신남이 나타나면, 게이라고 소문나. 유부남이 혼자 나타나면, 결혼생활에 문제가 생겼다는 소문이 나지. 당신도 분명히 한두 번 들어본 게 아닐 거야. 그런 소문은 남자한테 엄청난 타격을 준다고."

결혼이 두 사람만의 일이라고 착각할 정도로 순진했던 적은 단 한 번도 없었다. 쓰우 가문 사람들이야 본인이 알아서 상대할 수 있다고 생각했다. 하지만 부부 동반으로 각종 모임에 자주 나가는 건, 남편의 인맥 안에 발을 들여놓는 것이라기보다는 자신의 평온한 삶을 침해받는 일이었다. 쓰우세우이는 사람 사귀는 걸 좋아하지 않는 내성적인 성격이었다. 영화배급사에서 일할 때는 그 활달한 가면에 수많은 사람이 속아넘어갔지만, 지금은 그저 가면을 벗어던지고 원래 자신으로 돌아가고만 싶었다. 그게 아니었다면, 왜 계속 일을 하지 않았겠는가?

쓰우원후의 아내가 되면 이런 예상 밖의 임무를 수행해야 한다고 처음부터 말해줬더라면, 틀림없이 이 결혼을 해야 할지 여러 번 심사숙고했을 것이다.

누구에게 불평을 늘어놓아야 할지 알 수 없었다. 중고등학교 동창들과 대학 동창들 모두 비웃을 터였다.

'우린 네가 이런 우스운 꼴을 보일 날을 학수고대하고 있었어.'

다들 뒤에서 이렇게 조롱할 게 분명했다. '결혼식에서 폭죽을 터트리더니만, 그거 혹시 네 결혼생활이 불꽃처럼 짧디짧을 거라고 예고한 거였니?'

'난 일찌감치 경고했어.' 아화의 말투가 머릿속에 그려졌다. '인기 상품이 왜 임자가 없었겠니?'

쓰우즈아이도 집안에 불만을 품고 있었지만, 그 소녀는 셰우이를 못마땅하게 여기는 것 같았다.

원후는 묵묵히 견디라고 했다. 셰우이가 가풍에 동화되길, 변하길 바랐다. 셰우이는 본인이 원치 않는 모습으로 변하고 싶지 않았고, 스스로가 혐오하는 부류의 사람이 되는 게 혐오스러웠다. 이러쿵저러쿵 낭설이나 퍼뜨리는 일에 가담하는 게 끔찍했고, 본인이 이야깃거리의 주인공이 되는 건 더 끔찍했다.

셰우이는 결혼 전부터 쓰우 가문의 아이를 낳아 키워야겠다고 생각했다. 엄마가 되면 떳떳하게 사교 모임 참석도 줄이고 집에서 아이를 돌볼 수 있을 텐데. 스트레스 탓인지 확실하지는 않지만, 결혼한 지 삼 년이 넘도록 여전히 아이가 생기지 않았.

원후가 원치 않아서 둘 다 혼전 검사를 받지 않았는데, 원후는 이제 와서 단호하게 본인에게는 문제가 없으니 "당신이나 가서 검사를 받아봐"라고 했다.

"언제든 임신하실 수 있는, 아주 건강한 상태입니다." 중년의 여성 산부인과 의사 셋이 이구동성으로 말했다.

원후는 시험관아기 같은 방법은 너무 허무맹랑하다며 거부했다. 셰우이는 그제야 남편이 본인보다 겨우 열 살 더 많은 사십대이지만, 사고방식은 자신보다 두 배는 나이든 노인과 다를 바 없는 수준임을 깊이 실감했다.

그렇지만 원후는 대를 이어야 한다는 스트레스를 받고 있었다. 진짜로 쓰우 가문의 유전자를 물려받은 남자는 원후와 즈신, 즈이 셋뿐이었다. 즈신은 일찌감치 가족과 왕래를 끊었고, 셰우이와 원후가 결혼할 때도 나타나지 않았다. 즈이는 영국에서 대학을 졸업한 뒤 홍콩으로 돌아왔지만 온종일 빈둥거리기만 했고 일해서 돈을 벌 생각은 조금도 하지 않았다. 가족들도 즈이에게 기대를 접은 상황에서, 대를 이을 책임은 원후와 셰우이에게 떨어지고 말았다.

제 6 장
연회 닷새 뒤

25

리오는 쓰우즈신의 집에 온 지 두 주도 되지 않아, 아주 빠른 속도로 이 집에 녹아들었다.

아침에 잠에서 깨어나면 꼬리를 살랑살랑 흔들며 방금 꿈나라에서 돌아온 즈신을 반겼다. 엘리베이터에서 이웃 주민이나 그들의 반려동물과 마주치면, 즈신에게서 보고 배운 그대로 인사를 건네는 등 아이처럼 굴었다. 말을 하지는 못했지만 '새로 이사온 리오라고 해요. 앞으로 잘 부탁드립니다!'라고 표현하는 듯했다.

한편 팡위칭은 여전히 다른 사람의 아내였고, 그 이상한 신분 탓에 다른 사람에게 인사를 건네고 싶어하지 않았다. 엘리베이터 안에서도 즈신과는 모르는 사이인 척했다.

내내 독신으로 살아온 쓰우즈신은 이 이상한 한 지붕 세 식구

생활을 시작했다. 아침에 잠에서 깨 곁에 누운 팡위칭을 보면, 그녀가 진짜로 자신의 아내인 것 같은 착각에 빠질 때도 있었다. 하지만 이건 그저 허상일 뿐이라고, 이내 자신을 일깨웠다. 엉망으로 망가진 결혼생활을 정리하고 나면 팡위칭도 자신의 미래를 진지하게 생각하게 될 것이다. 팡위칭에게 즈신과 이 집은 그저 인생에서 거쳐가는 정류장일 뿐이었다.

이날도 리오와 즈신은 아침을 먹은 뒤 산책하러 나갔다. 그리고 기억하지 못할 정도로 많은 개들과 인사를 나눈 뒤 집에 돌아왔다. 팡위칭이 그에게 뉴스를 눈여겨보라고 했다.

"경찰이 수사중인 쓰우 가문 집단 중독 사건에 새로운 진전이 있었습니다. 지난 새벽, 요리사 중 한 명인 '리 모 주방장'이 체포되었는데, 그의 은행 계좌에서 출처가 설명되지 않는 세 건의 현금 이체 거래가 확인되었으며, 총 거래 금액이 10만 홍콩달러에 달한다고 합니다."

쓰우즈신은 주방장이 거주지에서 경찰서로 압송되는 장면을 보며 반어적으로 말했다. "우리 쓰우 가문 사람들 목숨이 저렇게 돈이 되는 줄은 몰랐네."

팡위칭이 리오를 안아 무릎에 앉혔다. "당신이 쓰우 가문 사람이라고 인정하는 모습은 처음 보는걸."

"내가 인정하지 않아도 사람들이 날 쓰우 집안사람으로 취급하겠지." 즈신이 한숨을 쉬었다.

"내가 여기 살면 위험하려나?" 팡위칭이 걱정하는 눈치였다.

즈신이 고개를 내저었다. "위험할 일은 거의 없을 거야. 당신이 이 동네 사는 거 아는 사람도 없고, 있다 한들 당신과 내 관계는 모를 테니까."

"리오 데리고 산책하러 나가면 나한테 말을 걸고 싶어하는 사람들이 있어. 그 사람들이 날 기억할 거야."

"아마 개 산책 아르바이트하러 온 사람이라고 생각하겠지. 록킹완에 그런 아르바이트하는 사람들은 아주 많으니까. 우리 둘이 같이 외출하지만 않으면 엮어서 생각할 사람은 없어."

"말이 되는 것 같기는 하네." 팡위칭이 키득키득 웃었다. "어떻게 된 게 기숙사에 몰래 숨어살던 대학 시절로 돌아간 것만 같지?"

"외도가 이렇게 긴장감이 넘치고 자극적이니까 그토록 많은 사람들이 푹 빠져 있는 거야. 그래도 본인 신분은 기억하시길 바랍니다, 차씨 부인."

즈신은 본인을 업계로 끌어들인 선배의 말을 기억하고 있었다. 탐정이라는 직업의 가장 큰 금기는 여성 고객이나 고객의 아내 혹은 딸과 엮이는 등 수사 과정에서 그 사건에 너무 깊이 빠져드는 거라고.

"제가 여자를 밝히지 않는다고는 말 못하겠지만, 절대로 막 나가지는 않습니다." 쓰우즈신은 진지하게 말했다.

"이건 여자를 밝히는 것과는 아무 상관이 없어." 선배가 흥미진진하게 말을 이어나갔다. "버림받고 기댈 곳을 잃은 여자들은 다음 대상을 찾아나서기 마련이야. 아주 자연스러운 일이지. 수사하면서 이 여자들에게 동정심이 생긴다. 그러면 아주 쉽게 사랑에 빠지게 되는 거야. 우리 일을 하려면 동정과 사랑을 명확히 구분할 줄 알아야 해."

하지만 동정과 사랑을 구분한다 해도 그대로 실천하기는 매우 어렵다. 사람에게는 감정이라는 게 있으니까. 고객은 도움을 청할 곳이 없을 때 사설탐정을 찾는다. 이 여성들에게는 채워야 할 정서적 욕구가 있다. 업계 베테랑들 다수가 성가신 일이라도 생길까 봐 '감정을 쏟아부어 수사해야 하는' 사건은 의뢰받지 않는다. 물론 반대로 흔쾌히 이런 종류의 의뢰를 받아들이는 베테랑들도 많다. 공짜로 즐겨보자는 심산이다. 이들의 말을 들어보면, 버림받은 여자들이 보통 성관계로 남편이나 남자친구의 환심을 사고 싶은 마음에 자기 같은 사람들은 테크닉 연마 대상으로 본다고. 그러다 보니 침대에서 무척 화끈하고 거칠 것이 없다고 한다.

여성 고객과 바람이 난 건 이번이 처음이었지만, 즈신은 이게 마지막이 될 거라고는 자신할 수 없었다.

◆

쓰우즈아이는 사건 발생 다음날 아침, 지도 교수가 보낸 문자메시지를 받았다.

영어로 썼지만 형식적이지 않은, 아주 친절한 내용이었다.

―너희 집에서 일어난 사건에 대해 듣고 믿을 수가 없었어. 무척 가슴이 아프구나.

―졸업을 연기하고 싶다면 내게 말하렴.

―답신을 보내고 싶지 않으면, 억지로 보내지 않아도 된다.

―신의 가호가 너희 가족과 함께하기를!

즈아이는 곧장 '전 괜찮습니다. 신경써주셔서 감사합니다' 같은 답신을 보내지는 않았다. 빤한 답을 하기 싫어서가 아니라, 마음에도 없는 말을 하고 싶지 않기 때문이었다.

즈아이는 본인이 부모와 딱히 좋은 관계도 아니었고, '효도'라는 말과도 거리가 멀었다고 생각했다. 부모님이 돌아가신 그날은 그저 슬프기만 했을 뿐, 눈물 한 방울 흘리지 않았다. 며칠 뒤 즈아이는 학교 기숙사로 돌아갔다. 온 세상이 정적에 휩싸인 밤이 찾아오자, 더는 부모님이 보내는 문자를 받을 수 없을 거라는 사실, 부모님의 목소리를 들을 수 없을 거라는 사실에 생각이 미쳤고, 그제야 슬픔이 북받쳐올라와 밤새 목놓아 울었다.

아버지뻘인 지도 교수는 삼십여 년 전에 영국에서 건너온 분으로, 광둥어를 유창하게 구사했지만 중국 글자를 읽고 쓰지는 못했다. 학생들과 아주 가까이 지내며 그들을 종종 연구실로 불러 커피를 내주었고, 그 김에 인생 경험도 나누곤 했다. 그러다 작년에 대장암 3기 확진을 받았다. 이미 암세포가 직장의 가장 바깥층까지 퍼진데다 그 부근에 있는 네 개의 림프샘으로까지 암이 번졌지만, 지금까지도 계속해서 강의를 했다. 가르치는 학생들이 졸업하면 그때 퇴직하겠노라고 공언한 상태다.

"그러니 다들 얼른 졸업 좀 하렴." 교수는 계속 살이 빠지고 있다며, 하느님을 만나러 가는 우주선에 탑승했고 이제 마지막 단계에 진입했다는 사실을 인정했다.

그래서 졸업을 연기할지 생각해보라는 제안을 받았을 때, 즈아이는 저도 모르게 눈물이 솟고 말았다.

그가 비록 천주교에서 용납하지 않는 동성애자이기는 했지만, 친아버지보다 더 아버지 역할에 적임자라고 생각한 적도 있었다. 누가 동성애자는 부성애를 베풀 줄 모른다고 하던가?

마음을 정리하느라 며칠을 보내고 나서, 즈아이는 드디어 답 문자를 보냈다.

―교수님 신경써주셔서 감사합니다! 빨리 학교로 돌아가겠습니다.

―그래도 되겠니? 네 안전이 걱정되지 않아?

―왜 제 안전을 걱정해야 하죠?

―누군가 일부러 쓰우 가문을 겨냥한 거라면, 생존자인 너를 건드릴 게다.

―하지만 제가 쓰우 가문과 가까운 편이 아니라는 사실을 아는 사람이 학교에 수두룩한데요.

―네가 가문과 가깝지 않은 척하는 거라고 생각할 수도 있지. 어쨌든 넌 쓰우라는 성을 쓰고 있고, 그 가문의 유전자를 갖고 있으니 말이다. 널 겨냥한 사람은 네가 가문과 가까운지 아닌지는

상관하지 않을 거야. 그게 제일 걱정스럽구나.

즈아이는 마지막 줄을 보고 또 눈물을 흘렸다. 교수님은 늘 학생들을 걱정하면서도 본인 걱정은 거의 하지 않았다. 그는 의사에게 '왜 내가 암에 걸려 고통받아야 합니까'라고 묻지 않았다. 도리어 이 극악한 병을 하느님이 내려주신 선물로 여겼고, 그에 따른 고통 역시 삶이라는 여정에서 시고 달고 쓰고 매운 맛을 충분히 경험하게 해주는, 인생을 더 완벽하게 해주는 독특한 체험으로 받아들였다.

교수의 그 말은 즈아이에게 커다란 충격이 되었고, 자신의 인생을 다른 시각으로 돌아볼 수 있도록 일깨워주었다.

이와 반대로 부모님은 즈아이가 너무 노출이 심한 옷을 입는다고, 어른을 공경하지 않는다고, 말버릇이 없다고 걱정하기만 했다. 즈아이의 감정보다는 본인들의 존엄을 지키려 할 때가 더 많았다.

그래서 쓰우 가문 사람들이 그렇게 많이 죽었는데도, 즈아이는 한편으로는 슬퍼하면서도 다른 한편으로는 부모님을 포함한 그들이 죽지 않고 살아남았다 한들 좀비나 다름없었을 거라고, 돈을 쓰는 것 외에는 사회에 그 어떤 공헌도 하지 못했으리라고 생각했다. 즈아이는 그 사람들처럼 되지 않으려고 최선을 다해 자기 자신을 변화시켰고, 열심히 공부했고, 언젠가는 사회를 위해 뭐라도 할 수 있기를 희망했다.

앨프리드라고 더 나을 것도 없었다. 짧은 메시지로 안부를 물어오기는 했지만, 자기 집에서 잠시 있다 가라고 부르지도 않았고,

즈아이를 찾아오겠다는 말도 하지 않았다. 즈아이는 알고 있었다. 앨프리드가 즈아이의 일에 말려들었다가 누가 자기 음식에도 독을 탈까봐 두려워하고 있다는 사실을. 만일 그날 즈아이와 함께 쓰우 가문의 가족 연회에 갔다면 지금쯤 앨프리드의 영정사진이 고향집 거실에 놓여 있었을 것이다. 그리고 그의 부모님은 즈아이라는 이 돈 많은 여자에게 저주를 퍼붓고 있었겠지.

연인 사이라고 할 수도 없는, 그저 단순히 넷플릭스 앤드 칠•을 즐기는 사이에 문자라도 보내주었으니 해야 할 도리는 다한 셈이었다.

26

중국인과 외국인이 뒤섞여 사는 홍콩에서는 클럽이 고객의 배경에 따라 외국인 전용 '구이鬼* 클럽'과 홍콩인 전용 '로컬Local 클럽', 내외국인 모두 받는 '런구이人鬼 클럽', 이렇게 세 종류로 나뉜다. 하지만 종류와 상관없이, 팬데믹 사태가 초래한 모임 금지, 영업시간 제한 조치의 충격으로 클럽은 거의 만신창이가 되어버렸다.

'킹덤'은 센트럴 란콰이퐁에 우뚝 솟은 한 비즈니스 빌딩의 꼭

• Netflix and chill. 성행위를 암시하는 은어.
* 19세기 중엽 이후 서구 열강의 침략이 거세지자 중국, 한국 등지에서는 서양인을 '양귀자(洋鬼子)', 즉 '서양 귀신'이라는 멸칭으로 불렀다. 이때부터 중국어권에서 서양인을 지칭할 때 귀(鬼)자를 종종 쓰게 되었다.

대기 세 개 층에 자리를 잡고 있다. 고객들은 통유리창 너머로 홍콩의 야경과 중생들을 내려다볼 수 있는데, 팬데믹 사태가 불러온 최악의 시기를 버텨내기는 했지만 킹덤은 결국 꼭대기 두 개 층을 빼고 말았다. 두 층은 이 년이 넘도록 세입자가 들어오지 않은 채 비어 있었다. 킹덤은 개장 당시 영어와 광둥어, 중국어를 뒤섞어 사용하던 런구이 클럽에서 시작해, 광둥어를 주로 쓰고 그다음으로 영어를 많이 쓰는, 홍콩인이 외국인보다 많은 런구이 클럽을 거쳐 이제는 광둥어만 사용하는 로컬 클럽이 되었다.

밤 11시 반, 쓰우즈이는 랜드마크 홍콩*에 차를 세운 다음 썰렁한 거리를 따라 란콰이퐁으로 올라갔고, 네팔 출신의 안전요원과 눈빛을 주고받은 뒤 전용 엘리베이터를 타고 올라갔다.

엘리베이터 안의 푸른색 등이 점차 어두워지면 손님은 킹덤의 어두컴컴한 환경, 그리고 젠Zen과 힙합이라는 주제가 뒤섞인 포스트모던디자인에 금세 적응하게 된다. 이곳에서는 귀를 찢을 듯한 음악에 적응할 필요가 없다. 쓰우즈이는 리듬감 있는 저음에 둘러싸이는 게 마음에 들어 킹덤을 찾는다. 엘리베이터가 거리의 사람들을 전부 빨아들이는 파이프라도 된 것처럼, 이곳의 시끌벅적한 열기와 썰렁한 거리가 강렬한 대비를 이룬다.

그는 플로어에서 멀찍이 떨어진 자리를 예약해두었다. 파란 빛깔 고양이와 그녀의 두 친구가 쓰우즈이를 향해 손짓했다. 단골들

---

* 홍콩 최대의 고급 명품 쇼핑몰 중 하나.

은 다 파란 빛깔 고양이와 그의 관계를 알고 있고, 그와 쓰우 가문의 관계도 알고 있기에 거리를 유지했다. 처음 이곳을 찾은 손님들도 테이블 위의 '아르망 드 브리냐크 브뤼 골드'* 네 병을 발견한 순간 이 여자들에게 말을 걸거나 술을 권하지 않았다. 심지어 이게 어떤 술인지조차 모르는 초짜 손님들은 계산서를 받아들고 '수업료'를 낼 때쯤이 되어서야, 프랑스어로 된 그 상표명을 영원히 기억하게 되었다.

즈이가 자리에 앉아 단숨에 반병을 들이켜자 부드러운 음악이 깔리기 시작했고, 디제이 딕 킹이 목에 헤드폰을 건 채로 걸어왔다. 검은색 티셔츠에는 하얀 글자로 이런 영어 문장이 쓰여 있었다. '나 믹싱중이니까, 씨발 귀찮게 좀 하지 마.'

"드디어 만났군. 킹덤으로 돌아온 걸 환영한다." 그는 늘 그랬듯 쉰 목소리로 즈이에게 말했다. "무법천지 우리 킹덤에 드디어 또 다시 '정의'가 찾아왔군. 좀 어때?"

"대학살의 생존자가 되었지. 정치적으로 올바르지 않은 표현인가?"

"오늘밤엔 염병할 정치적 올바름인지 뭔지는 빅토리아 항구에 갖다 버려. 그 대학살이 벌어진 수용소에서 네가 뒈진 줄 알고 얼마나 걱정했는데." 그가 잠시 멈췄다가 진지한 말투로 말했다. "뭐 도와줄 일이라도 있냐? 빼지 말고 나한테 말해."

---

* 세계적으로 가장 비싼 샴페인 중 하나.

"없어."

디제이 딕 킹은 같은 테이블에 앉아 있는 여자들을 향해 문신이 잔뜩 새겨진 오른손을 들어올려 '자리를 떠나달라'고 손짓했다. 파란 빛깔 고양이가 말 한마디 없이 눈치껏 자리를 떴다. 파란 빛깔 고양이가 일주일에 사흘은 즈이와 같이 자는 사이라지만, 클럽이라는 곳에서 남녀의 감정은 물처럼 흘러간다. 이런 곳에서 깊은 우정은 오로지 남자들 사이에나 존재한다.

디제이 딕 킹은 커다란 엉덩이 셋과 긴 다리 여섯이 자리를 뜨는 모습을 뚫어지게 지켜봤다. "너희 집에서 일어난 일, 정말 사고냐? 바비랑 너 사이에 있었던 불화 때문에 그 녀석이 손을 썼을지도 모른다는 생각은 안 해봤어?"

"농담해? 설사 나랑 악감정이 있다고 해도 업자를 고용해서 일가족을 다 담가버릴 필요는 없잖아."

"일가족을 다 담가버려야 누굴 겨냥한 짓인지 알 수가 없다, 인터넷에 있는 방구석 '코난'들은 다 이렇게 떠들던데."

"코난 같은 소리하고 자빠졌네! 그 인간들이 나와 바비 사이의 일을 어떻게 알아?"

"그게 아니라, 막후의 검은손이 겨냥한 건 너희 일가 중 딱 한 사람이었는데 눈속임용으로 다른 사람들도 같이 담가버렸다는 거야."

즈이가 사방을 둘러보았다. "그게 말이 된다면, 이 클럽에서 나와 붙어본 인간은 다 가능성이 있어. 너도 예외가 아니라고."

즈이가 손가락으로 디제이 딕 킹을 가리키자마자, 디제이 딕 킹이 그 손가락을 곧장 손으로 덮어버렸다.

"내가 손을 썼다면, 틀림없이 죽은 인간들을 햄버거로 만들어서 원 플러스 원으로 팔아먹었을걸. 아니면 넌 차사오바오*라도 되고 싶냐?"

"방부제랑 첨가제만 없으면, 오케이."

디제이 딕 킹이 웃음을 터뜨렸다. "너희 집 일 터진 뒤에 바비가 안 나타나는데, 쫄려서 그러는 거 아니야?"

"쓸데없는 생각 좀 그만해. 중고등학교 때부터 알고 지낸 자식이야. 주둥이 거칠고 쌍욕이나 퍼부을 줄 알지, 큰일은 저지르지도 못할 놈이야."

"너 바비 우습게 보지 마. 그 자식 네가 알던 바비가 아닌 지 오래됐어. 내가 몇 번을 이야기했냐. 너야 생계 걱정 안 하고 살지만, 그 자식 깡패에, 약도 파는 새끼야. 그런 놈이 악랄하지 않으면 어떻게 큰일을 저지를 수 있겠냐?"

"경찰이 와서 물어보고 갔냐?"

"아니. 하지만 너 당분간은 여기 오지 않는 게 좋겠어. 호텔도 옮기는 게 최선이고."

"호텔은 이미 옮겼어. 나 요즘 사흘에 한 번씩 옮겨. 이러다가 순식간에 홍콩 전역의 호텔이란 호텔은 다 묵게 생겼어. 결국엔, 몇

---

*   중국 광동 지방의 찐빵. 짭짤하고 단맛이 도는 돼지고기 소를 넣어 만든다.

군데 대형 호텔*만 빼고는 다 가보게 생겼다니까."

"내가 열여덟 살에 디제이 일을 시작해서 다른 도시에서도 디제 잉을 해봤는데, 서로 다른 손님들과 어울려야 하고, 현장 분위기 도 느껴봐야 하고, 상황에 따라 즉흥적으로 믹싱을 해야 하다 보 니까, 대화 한번 해보면 그 인간의 분위기 같은 게 딱 느껴지는 훈 련이 일찌감치 됐다고."

즈이가 웃음을 거두고 진지한 말투로 물었다. "개인의 생각을 알 수 있다, 이거야?"

"아니, 진실한 인간인지 위선적인 인간인지, 낙관주의자인지 비 관주의자인지, 종교가 있는지 아니면 무신론자인지 느껴진다는 거야. 백발백중이라니까."

즈이가 몸을 앞으로 기울였다. "나한테는 뭐가 느껴지는데?"

디제이 딕 킹이 즈이의 귓가에 대고 말했다. "넌 좀 이상한 놈이 야. 숨겨둔 비밀이 한둘이 아니라는 게 느껴져."

"무슨 비밀?"

디제이 딕 킹이 자리를 뜨려고 막 일어난 손님 몇 명을 향해 손 을 흔들더니 말을 이어나갔다. "본인이 말을 안 하는데 내가 어떻 게 아냐? 나를 네 모든 비밀을 털어놓을 대나무숲 취급하는 건 원 하지 않아. 그랬다가는 나만 성가셔지겠지. 하지만 밝히지 못할 비밀이 그렇게 많으면 엄청나게 힘들 거다. 본인 기분을 잘 다스

---

* 홍콩에서는 '대형 호텔'이 '장례식장'을 뜻하는 표현으로 쓰이기도 한다.

리서. 난 네가 겉으로 보이는 것처럼 가족들에게 그렇게 냉담한 놈이라고는 생각하지 않아."

즈이가 테이블 위에 올려둔 디제이 딕 킹의 손을 툭툭 쳤다. "쓸데없는 생각 좀 그만해라."

"정말 대나무숲이 필요하면, 날 찾아와. 무슨 얘기든 다 여자한테 털어놓지 말고. 여자들은 대가리가 젖통이랑 궁둥짝보다 작아. 우리 남자들이나 대가리가 좆보다 크지." 디제이 딕 킹은 즈이의 손을 쥔 채 놓아주지 않았다. "몇 개월 뒤에 널 보내러 가고 싶지는 않다…… 무슨 뜻인지 알 거야."

27

평일이기는 했지만 서니베이 산책로에는 개와 산책하고 소풍을 즐기러 나온 사람들이 적지 않았다. 테이블마다 음식물과 음료가 놓여 있었다. 선베드 옆에 긴 줄로 묶여 있던 개 한 마리가 달려나가는 어린 주인을 따라 선베드를 끌고 가는 바람에 아이의 엄마까지 그뒤를 쫓기도 했다.

쓰우원후는 이렇게 많은 사람이 마스크를 벗은 공공장소에 온 것이 참 오랜만이었다. 꼭 코로나 바이러스 유행이 끝난 것만 같았다.

백신을 접종하지 않고 버티고 있는 시민들 다수가 식당, 극장, 쇼핑몰 등의 장소에 출입할 수 없다보니, 이렇게 개방된 공간에서

만 자유를 누릴 수 있었다.

운전기사가 사망한 뒤, 원후는 새로운 사람을 고용해 빈자리를 메우는 대신 운전도 아더에게 맡겼다.

"저 앞 나무 아래 검은색 미니밴 옆에 세워줘." 원후가 아더에게 말했다.

뚱보 '밍사오'는 미니밴 밖에 서 있고, 멀리서 남녀 한 쌍이 소풍을 즐기고 있었다. 바짓가랑이가 바닷바람을 따라 나풀거리는데 제 버릇 개 줄까, 밍사오가 반바지 차림을 한 여자들을 뚫어지게 바라보고 있었다.

쓰우원후와 밍사오가 학교, 요릿집, 호텔, 모임장, 골프장 이외의 장소에서 만난 건 이번이 처음이었다. 십 년 전, 원후와 밍사오는 친구가 소개해준 골프장에서 재회했다. 만나지 못한 세월이 이십 년이 넘었고 모자까지 쓰고 있었지만 이름만 듣고도 한눈에 상대를 알아보았다.

둘은 중학교 동창이었다. '밍사오鳴少'는 저우사오밍周少鳴의 중학생 때 별명으로, '사오밍'이라는 이름을 뒤집어서 돈도 없는 중학생 처지를 장난삼아 비꼰 것이었다.* 그러다가 정말로 큰돈을 벌면서 '밍사오'는 드디어 그에게 딱 들어맞는 별명이 되었다.

밍사오의 출세 방식은 남달랐다. 본인의 말에 따르면, 1990년대 홍콩의 황금기에 가족과 함께 온갖 투기로 돈을 번 뒤 캐나다

---

*   75쪽 옮긴이주 참고.

로 이민을 떠났다고 한다. 그렇게 1997년 금융 위기를 피해갔고, 자유롭게 홍콩을 오갈 수 있게 된 뒤에는 모국으로 돌아와 드러그 스토어를 열어서 분유와 화장품을 팔아 떼돈을 벌었다. 한마디로, 돈이 몰리는 곳으로 달려든 것이었다.

짧은 기간에 횡재한 이야기는 원후도 숱하게 많이 들어봤지만 대개는 꾸며낸 이야기였다. 밍사오와 그 가족은 어떻게 십 년도 되지 않아 아파트 살이를 끝내고 캐나다로 이민을 떠날 종잣돈을 벌 수 있었을까? 원후는 캐묻지 않았다. 그런 자금의 출처란 떳떳하지 못한 경우가 많아서 보통은 자수성가한 거라며 눈가림을 했으니까.

원후는 밍사오를 따라 미니밴 안으로 들어가 그의 맞은편에 앉았다. 차문이 닫히자, 나들이 나온 사람들의 웃음소리가 멀어지고, 가벼웠던 분위기도 흔적 없이 사라져버렸다.

자리에 앉으니 밍사오의 불룩 나온 배가 더는 감춰지지 않았다. 그런데 얼굴은 또 어찌나 숙연해 보이는지, 친척 수십 명을 잃은 사람이 원후가 아니라 밍사오인 것 같았다.

"우리 어렸을 때 같이 어울리던 양아치 새끼들이 감방에서 나왔거나 보석으로 풀려나왔을 가능성은 없나? 연회 전문 업체에 사람을 들여보내서 음식을 바꿔치는 경우가 있다고 누가 그러지 않았냐? 그놈들이 저지른 짓일지도 몰라."

원후가 고개를 내저었다. "그건 그냥 인터넷에 퍼진 소문이고. 몇 십 년이나 감방살이를 하고 나와서 어떻게 날 찾아와 귀찮게 해?"

"나야 감방에 안 가봤으니 그놈들 생각은 모르겠지만, 세월이 오래 흘렀으니 다들 서로 알아보지도 못할 거 아냐. 그놈들이 이름만 고치면 너야 직접 보고도 못 알아볼 텐데. 반대로 쓰우 성을 쓰는 사람은 홍콩 전체만이 아니라 지구 전체에 너희 가족밖에 없으니, 찾아내는 거야 식은 죽 먹기지. 내가 찾아보니까, 페이룽은 이십여 년 전에 마약 과다 복용으로 죽었다더라. 구쑤이창은 감방 단골이라, 최근 몇 개월 내내 거기 있다고 하고. 아구이는 감방에 오래 있다가 몇 년 전에 나왔는데 어디서 죽었는지도 모르겠고."

밍사오가 이름들을 거론하자 적잖은 기억이 밀려들었지만, 그 녀석들의 생김새는 떠오르지 않았다.

"아구이도 죽었어?"

"아니, 경찰에 있는 친구한테 물어봤는데 그 자식이 어디로 갔는지 아무도 모르더라고."

"너, 내 일에 아주 열과 성을 다하고 있구나!"

"널 위해서만은 아니야. 날 위해서이기도 해. 동창들 중에 출세한 건 너랑 나뿐이잖아. 널 건드렸으면 그다음은 내가 될지도 모르니까."

"그러면 그렇지." 이놈이 얼마나 구린내 나는 놈인지 원후는 잘 알고 있었다. 저한테 좋을 게 없는 일은 절대 하지 않고, 저한테 득될 게 없는 인간과는 거리를 두는 놈이었다.

"어제 사설탐정한테 아구이의 행방을 알아봐달라고 했어. 찾아내면 교통사고로 위장해서 죽일지, 마약 과다 복용으로 위장해서 죽일지 생각해보려고."

원후는 밍사오의 말이 뜻밖으로 들리지 않았다. 두 사람은 양지와 음지 양편에 친구를 적잖이 알고 있었다.

"그건 내 스타일은 아닌데."

"그놈들 다 인간쓰레기들이야." 밍사오가 저도 모르게 목소리를 높였다. "선수 치는 쪽이 유리해. 그게 상책이라고. 너그럽게 굴었다가는 결국 너와 네 가족들이 끝장날 거야. 경호원이나 좀 알아봐. 내가 소개해주랴?"

"아더가 있으니 됐어."

원후는 차창 밖으로 꼿꼿하게 서 있는 아더를 몰래 훔쳐봤다. 아더는 사냥개처럼 경계를 유지하면서 부근의 동정을 주의깊게 살피고 있었다.

밍사오가 원후의 시선을 따라 밖을 보았다. "아더로 충분해?"

"아더, 자기방어 기술 훈련도 받은 적 있어."

"방탄복이랑 권총 필요하냐?"

"여기 홍콩이야. 너무 과한 거 아냐?"

"홍콩이니까 더 대비를 잘해야지. 내가 그 업계 친구한테 들어보니까, 코로나 탓에 장사 접은 가게들이 어마어마하게 많다더라고. 보호비 명목으로 받던 수입이 확 줄었으니 당연히 조폭들의 손실도 참담할 정도고. 팬데믹 조치 좀 풀리자마자 다급하게 자기들이 잃어버린 지역을 되찾고 근거지 쟁탈전을 벌인다고 정신이 없다는 거야. 다들 각지에서 한바탕해보겠다고 단단히 벼르고 있고, 조폭들 사이에 전쟁이 벌어져서 총칼을 휘둘렀다는 뉴스도 많이 나오고. 지금 경찰 인력이 부족한 틈을 타서 홍콩 범죄 황금기가 다시 오기를 학수고대하고 있다니까. 대수롭지 않게 볼 상황이 아니라고!"

밍사오는 중학생 시절부터 말하면서 삿대질을 하는, 예의와는 거리가 먼 습관이 있었는데, 쉰 살이 넘은 지금까지도 고치지 못하고 있었다. 쓰우원후는 예전부터 밍사오의 이런 습관이 마음에 들지 않았다. 원후가 차문을 열고 나가려는데, 밍사오가 그를 저지했다.

"날 감금이라도 하시게?" 원후가 매몰차게 말했다.

"넌 큰형님 노릇을 너무 오래했어. 남들은 기꺼이 도와주면서, 네 일은 무엇이든 혼자 대응할 수 있다고 생각하고 다른 사람한테 도움을 청하는 법이 없잖아. 넌 조만간 그 성격 탓에 죽어 나자빠지고 말 거다."

제7장
연회 엿새 뒤

28

쓰우즈아이는 이번에 난생처음으로 가문 월례 회의에 참석했다.

즈아이는 서재에 들어서자마자 자신이 20세기 가구와 유물들에 둘러싸여 있음을 깨달았다. 가구는 오래된 목재 특유의 향을 내뿜었다. 벽에는 조상들의 초상이 나란히 걸려 있었는데, 흑백사진은 별로 많지 않고 대부분 컬러사진이었지만 이미 색이 바래버린 것도 몇몇 있었다.

차가운 얼굴들이 방 전체에 불어넣은 음산한 분위기에 마음이 불안해진 즈아이는 어서 회의가 끝나기를 바랐다.

자리에 앉아 정신을 차린 즈아이는 불안의 이유를 깨달았다. 벽에 남성들의 얼굴만 걸려 있으니, 이 집안에 여성 구성원이라고는 없는 것 같았기 때문이다.

즈아이는 무의식적으로 이 사진이 암시하고 있는 무언가가 두려워졌다.

현장에는 쓰우윈후와 즈아이, 비서 아더, 홍 변호사 외에 쓰우셰우이와 즈후이도 자리했다. 다들 예외 없이 검은 옷차림이었고, 방안은 슬픔에 휩싸여 있었다. 세상 모든 일을 우습게 보는 냉소적인 성격의 즈이도 평소답지 않게 차분해 보였다.

월례 가족회의라기보다는 세상을 떠난 이들을 위한 추도식에 가까웠다.

이번 주에 뜻밖에 세상을 떠난 이들이든 수십 년 전에 세상을 뜬 이들이든, 죽은 가족들이 한 사람 한 사람 긴 탁자 옆을 에워싼 채 서서 함께 묵념을 하고 있는 것만 같다고, 쓰우즈아이는 생각했다.

쓰우윈후가 조상들의 사진과 가장 가까운 의장석에 앉았다. 그는 자리에 모인 사람들을 쭉 둘러본 뒤, 급하지도 느리지도 않은 빠르기로 말문을 열었다. "이번 회의의 의제는 두 가지다. 첫째는 장례식 형식에 관한 것인데, 코로나가 유행중이기는 하지만 장례식도 간소하게 치러야 할 정도로 쓰우 가문이 궁색할 순 없지. 성대하게 장례식을 치를 길일은 이미 법사님과 함께 골라두었다. 장례식은 내년에 치를 예정이다."

"내년에 치른다고요?" 즈아이가 윈후의 말을 끊었다.

"그래." 윈후가 즈아이를 노려보았다.

부모님이 아직 영안실의 냉동고에 누워 있다. 불효녀가 부모님을 위해 할 수 있는 일은 딱 하나밖에 없다.

"아직 코로나 유행이 완전히 끝난 건 아니지만, 장례는 최대한 간소하고 조용하게 치렀으면 해요. 돌아가신 분들이 하루라도 빨리 안식을 찾으실 수 있도록 안장해서 모시면 좋겠어요."

"이미 내가 결정한 일이야. 무슨 문제 있니?"

즈아이는 원후가 그럴듯한 이유 하나 대지 않고 고압적으로 복종을 요구할 줄은 몰랐다.

"이미 결정된 일이라면, 회의는 왜 연 거죠?"

"내게서 통보 사항을 들어야 하니까." 원후가 당당하게 대답했다.

"어떻게 이럴 수 있어요?" 즈아이가 불만을 억누르며 말했다. "이런 게 '논의'가 아니라는 건 초등학생도 알겠네요."

"즈아이, 알려줄 게 있는데, 사실 너는 그냥 참관자에 불과해. 네게는 발언 자격이 없단다." 원후가 즈아이의 말을 바로잡고 나섰다.

"뭔가 착각한 거 아녜요? 저도 쓰우 집안사람인데 어째서 자격이 없다는 거죠?" 즈아이가 항의했다.

"이게 쓰우 가문의 회의 방식이야. 발언권은 초대를 받은 남성에게만 주어진다."

두 사람이 한 마디씩 주고받으며 말싸움을 시작하려는 순간, 쓰우즈이가 힘껏 탁자를 내려쳤다. 그의 우렁차고 낮게 깔린 목소리에 모든 사람의 이목이 쏠렸다.

"즈아이는 처음 참석해봐서 월례 회의가 어떻게 돌아가는지 모르는구나. 내가 이 회의에 한두 해 와본 게 아닌데, 난 의견이라는 걸 발표해본 적이 없어. 모든 일은 원후 형이 결정하고 우리는 그냥 손만 들어서 찬성해주면 토론은 끝나거든. 하지만 이번에는 관례를 깨고 내 의견을 말해보겠어. 나는 즈아이의 의견에 동의해." 즈이가 맞은편에 앉은 홍 변호사에게 물었다. "저와 원후 형의 생각이 다르네요. 이렇게 되면 쓰우 가문의 장례는 누구의 의견을 따르게 되나요?"

홍 변호사는 자기 이름이 불릴 줄은 몰랐는지, 한동안 목을 가다듬더니 그제야 입을 열었다. "쓰우 가문의 규율에 따라 모든 일은 가장, 그러니까 쓰우원후 님이 결정하게 되어 있습니다."

즈이는 한참 뒤에야 반응했다. "이 자리에 참석한 우리가 다 반대한다 해도 아무 소용이 없다는 거군요. 그렇죠?"

"그렇습니다. 쓰우원후 님이 결정하시면 다른 분들은 이의를 제기하실 수 없습니다." 홍 변호사가 덧붙였다. "여러분 같은 분들이 쉰 명 계셔도 참관자에 불과하니까요."

즈이가 핏대를 세우며 홍 변호사에게 물었다. "그러니까 우리는 벽에 걸린 저 산수화, 바닥에 놓여 있는 꽃병, 심지어 이 낡은 탁자와 다를 바 없는 그냥 장식품이네요. 그렇죠?"

"그렇다고 여러분의 참석이 아무 의미가 없는 건 아닙니다. 이를테면 쓰우즈이 님의 회의 참석은 일종의 의무 사항입니다. 그래야 매월 생활비를 받으실 수 있으니까요."

"홍 변호사님, 설명 감사합니다." 다들 들었나, 하고 원후가 표정과 손짓으로 말했다. 그의 뒤에 사진으로 걸려 있는 조상들이 원후의 확고부동한 입장을 뒷받침해주는 것 같았다.

토할 것 같은 느낌이 즈아이에게 한바탕 밀려들었지만, 이내 사라졌다. 원후가 방을 이렇게 꾸며놓은 이유는 선대 조상들을 존중하기 위해서가 아니라, 본인의 권위를 세우기 위해서, 본인이 쓰우 가문의 권력 후계자임을 분명히 드러내기 위해서였다.

즈아이는 자신이 카프카의 펜 끝에서 탄생한 황당한 이야기 속에 있는 것만 같았다. 잠에서 깬 주인공이 벌레가 되었음을 깨달은 이야기와 다를 바가 없었다. 사이위의 쓰우 가문에 발을 한 발 들여놓기만 하면, 그 순간 민주적이고 자유로운 현대사회에서 벗어나 봉건적이고 보수적인 고대의 전제국으로 돌아갔다.

즈아이는 딴생각을 했다. 이 가문에 자랑스러워할 만한 역사가 있는 것도 아니고, 이 가문이 사회에 공헌을 한 것도 아니다. 그러니 본인을 포함해서 이 가문이 멸족된다 한들 조금도 아쉬울 것이 없다고.

즈아이는 원후의 얼굴에서 시선을 옮기다가 원후 옆에 앉아 있던 쓰우셰우이가 말없이, 입꼬리를 빠르게 위쪽으로 실룩거리는 모습을 발견했다. 즈아이 자신과 즈이를 비웃는 건지, 아니면 이 황당한 회의를 비웃는 건지 알 길이 없었다.

쓰우즈아이는 저 웃음의 진짜 의미가 무엇인지 생각하지 않았다. 쓰우 가문에 남은 여자라고는 자신과 쓰우셰우이뿐이었지만, 결혼한 뒤 본인 성에 남편 성을 붙여버린 저 여자에게 단 한 번도 호감을 느꼈던 적이 없었다. 저 똑똑한 여자가 어째서 이 꽉 막힌 가문에 시집을 와서 스스로 자기 가치를 떨어뜨렸을까? '돈'이라는 한 글자 때문 아니겠나!

즈아이는 더는 이 무리와 이 무덤에 갇혀 있고 싶지 않았다. 여기 있는 사람들 모두 말하고 걸어다닐 줄만 아는 좀비일 뿐이었다.

즈아이는 자리에서 일어나 "타갈 돈도 없는 저로서는 이런 회의에 참석하는 것 자체가 시간 낭비네요"라고 내던지듯 말한 뒤 문을 박차고 나갔다.

원후는 침묵을 지키다가 즈이 쪽으로 고개를 돌려 그를 뚫어지게 바라보았고, 너도 자리를 뜰 거냐는 눈빛으로 대답을 강요했다. "전 돈을 벌 능력이라고는 없이 오로지 생활비에 기대 살 수밖에 없는 사람이라서요." 즈이는 더 생각하고 말 것도 없이, 아무런 저항도 하지 않고, 무척이나 고분고분한 어투로 말했다. "전 부끄러움이라고는 모르는 뻔뻔한 태도로 이 자리에 계속 앉아 있으렵니다."

29

록깅완은 전문직 외국인들이 모여 사는 대형 개인 주택지로, 외국인과 홍콩인 거주 비율이 반반이다. 하지만 코로나 유행 이후 홍콩 정부가 엄격한 봉쇄와 격리 조치를 시행하면서, 많은 외국인이 견디지 못하고 고향으로 돌아가거나 다른 대도시로 이주했다. 때문에 외국인이 주요 고객이었던 펍 레스토랑들은 줄줄이 폐업했고, 새로 문을 연 레스토랑은 모두 홍콩 사람을 대상으로 영업한다.

쓰우즈신은 조만간 영업을 종료할 예정이라고 공지한 펍 레스토랑에서 쓰우즈아이와 만나기로 약속했다. 안에서 음식을 나르는 웨이터도, 이야기꽃을 피우고 있는 손님들도 모두 영어를 쓰는 비홍콩인들이었다.

즈신과 즈아이는 이어폰을 나눠 끼고는 방금 열린 회의를 몰래 녹취한 파일을 함께 들었다. 즈이의 발언을 들은 즈신이 참지 못하고 웃음을 터뜨렸다.

"이 자식이 이런 말을 할 줄은 몰랐네. 무지하게 오래 참은 게 분명해." 즈신이 재생을 잠시 멈췄다.

"맞아. 오랫동안 꾹꾹 눌러 참은 소변처럼 터져나온 거야." 즈아이가 고개를 끄덕였다. "아까 조상들 사진을 봤는데, 집안일을 그중 누가 맡아 처리하든 하나같이 보수적이고 독단적이었겠더라고. '집안 규율'도 고압적으로 통치하기 위해 찾아낸 핑계에 불과하고."

"무슨 그런 불경스럽기 짝이 없는 말을 하시나! 이 회의를 찍어서 유튜브에 올렸으면, 어떤 걸 올려야 조회 수가 폭발하는지 그 핵심 포인트가 적나라하게 드러났을걸."

"탁자가 긴 것도 아니고, 다른 사람들 눈이 먼 것도 아닌데 어떻게 그걸 몰래 찍어? 본론으로 돌아가서, 오빠는 장례식에 참석할 거야?"

"당연히 안 가지. 아직 막후의 검은손이 누구인지 찾아내지 못했 잖아. 그 작자가 실은 날 겨냥해서 쓰우 집안사람들을 깡그리 해 치운 거라면 말이야. 내가 참석했다가는 너희가 더 위험해질걸."

"어떻게 그게 오빠가 또 가족 행사에 참석하지 않을 핑계가 되 는 거지?" 즈아이는 의구심이 들었다.

"믿거나 말거나 알아서 해. 어쨌든 난 안 가."

즈신이 차를 마시는데, 팡위칭이 리오를 끌고 즈아이 등뒤에 나 타나 통유리 너머 즈신에게 손을 흔들며 아는 체를 했다.

저 둘은 집에서 걸어서 십오 분 걸리는 여길 왜 온 걸까.

즈신의 눈길을 따라 뒤돌아본 즈아이의 시선이 팡위칭과 마주 쳤고, 이어서 아래쪽에 있는 리오에게로 떨어졌다.

"저 여자 누구야?"

"이웃이야." 즈신이 간단하게 대답했다.

개만 보면 놀아줘야 직성이 풀리는 구제불능 괴짜 즈아이는 곧 장 레스토랑 밖으로 나가 리오와 놀기 시작했다.

즈신은 팡위칭이 '때마침' 이곳에 나타난 거라고 여기지는 않 았다. 팡위칭은 즈신이 즈아이와 록킹완 광장에서 만나기로 했다 는 사실을 알고 있었다. 그러니 이 '사촌 여동생'의 내막을 알아보 려고 일부러 찾아온 것이었다. 호감을 느끼는 상대나 그렇고 그런 사이인 여자에게 사촌 여동생이나 잘 아는 여동생 등, 정체를 숨 길 신분을 부여하는 남자가 적지 않다. 하지만 즈아이와 즈신은 둘 다 쓰우 집안의 오뚝한 코와 평균을 넘어서는 큰 키를 물려받아서 누가 봐도 친인척으로 보였다.

무슨 이야기를 나누는 건지 금세 신이 난 두 여자는 손짓발짓을 해가며 수다를 떨어댔다. 즈신은 독화술을 배우지 않은 걸 후회했다. 할 수 있는 일이라고는 그저 통유리 너머로 리오와 시선을 맞추는 것밖에 없었다.

즈아이는 몇 분 뒤에야 아쉬움을 뒤로한 채 돌아왔다.

"저 사람이 그러는데, 오빠가 여기서 다른 여자들이랑 밥 먹고 애프터눈 티 마시는 모습을 자주 봤다는데."

"무슨 헛소리야."

팡위칭이 저렇게 전략적으로 나올 줄이야. 함께 살려면 제대로 주도권을 잡아야지, 그러지 않았다가는 조만간 큰 사고를 칠 터였다.

제 8 장
연회 일주일 뒤

30

아둥은 묘지에서 일 이야기하는 걸 싫어한다. 특히나 하늘이 흐린 날은, 특히나 일요일은, 특히나 쓰우 집안의 오십여 명을 해치우고 난 뒤에는 더 그랬다. 벌을 받을까 두려워서가 아니라 경찰에게 발견될까봐 두려워서.

그래서 휴대전화로 통화중이던 미스 둥이 직접 만나자고 했을 때, 그녀를 조금은 보고 싶기도 했지만 단호하게 거절했다. 묘비를 향해 몸을 숙여 헌화하는 모습이 그렇게 우아한 여자는 거의 없다. 그건 무식한 아둥도 알아볼 수 있다.

하지만 공적으로든 사적으로든 아둥은 미스 둥과 거리를 유지해야 한다. 특히 경찰이 이 사건을 계속 수사하는 동안에는 더욱 그러하다.

"그 건은 이미 끝났습니다. 세상을 떠들썩하게 하다못해 외신에도 보도되었죠. 전부 다 해치우지는 못했지만, 아주 특수한 건이니 누락되는 사람이 있을 수 있다고 말씀드렸습니다. 기억하십니까?"

"기억합니다. 고객이 또다른 의뢰를 맡아주면 두 배의 비용을 지급할 용의가 있다고 합니다."

"미스 둥, 이건 돈 문제가 아닙니다. 우리는 쓰우 가문과는 아무런 원한도 없어요. 그냥 누군가의 돈을 받고 일을 처리해준 거죠. 문제가 더 생기지만 않으면 아무도 우리를 찾아낼 수 없을 거고요. 그래서 임무를 완수한 직후 제 밑에 있던 애들은 쓰우 집안의 가족 연회가 거행되기도 전에 즉시 비행기로 홍콩을 떴습니다. 그놈들이 어디로 갔는지 나도 모른단 말입니다. 그놈들이 잡히지만 않으면, 내 이름을 불지만 않으면, 전 평생 무사할 거고요. 그리고 그건 미스 둥도 마찬가지일 겁니다. 사람은 나아가야 할 때와 물러나야 할 때를 알아야 해요. 작은 것을 탐하다가 큰 것까지 잃지 않으려면 말이죠."

너무 욕심을 부려서는 안 된다는 말이었다.

"걱정하지 마세요. 희생양은 경찰이 이미 찾아냈으니." 미스 둥이 말했다.

"그건 그냥 연막을 치는 겁니다. 어느 고집불통 경찰이 아직 의지를 접지 않았을지도 모를 일입니다. 고객에게 긁어 부스럼을 자초하지 말고, 더는 움직이지 말라고 전해주시기 바랍니다."

아둥은 미스 둥이 대답하기 전에 먼저 전화를 끊어버렸다. 거래 해볼 여지가 남아 있다고 미스 둥이 착각할 수 없도록.

31

광위칭과 함께 저녁을 먹고 혼자 외출한 쓰우즈신은 록깅완 항구의 한 레스토랑으로 향했다. 낮에 즈아이와 만난 레스토랑은 아니었다. 조명이 좀 어두운, 치서우런의 의안이 쉽게 눈에 띄지 않는 레스토랑이었다.

치서우런이 그를 향해 손을 흔들었다. 며칠 전 그날 즈신이 경찰서 출입구에서 맞닥뜨린 바로 그 경찰이었다.

몇 년 전 아직 신문사에 있던 시절, 즈신은 계속 이 부서 저 부서로 발령받은 치서우런을 인터뷰하면서 어째서 사건 파일을 처리하는 '형사기록과'로 발령 신청을 하지 않는지 물은 적 있었다. 치서우런은 거긴 수많은 기밀이 묻혀 있는 중요 부서이지 놀고먹으라고 보내는 곳이 아니라고, 거기에 가고 싶으면 엄격한 배경 심사를 거쳐야 한다고 말했다.

치서우런이 언제부터 란터우섬 서부 지역에서 근무했는지는 모른다. 그의 번호야 여전히 갖고 있지만 연락한 적은 없었으니까. 만일 귀신이 곡할 노릇으로 이 사건이 치서우런의 손에 넘어갔다면, 섣불리 그에게 연락했다가는 사법방해죄라는 제법 큰 죄를 뒤집어쓸 수도 있다.

반대로 치서우런이 자진해서 쓰우즈신에게 만나자며 약속을 잡은 것은, 즈신이 이미 이 사건에서 배제되었기에 만나도 전혀 문제되지 않는다는 것을 암시하는 듯했다.

"치서, 못 뵌 지 칠 년은 된 것 같군요."

둘은 손을 뻗어 악수를 나눈 뒤 자리에 앉았다.

치서우런이 고개를 끄덕이더니 싱글거리며 말했다. "그래, 그날 밤 내 동료가 자네를 꽤 괜찮게 대해준 것 같더군." 마치 옛 친구 둘이 만나기라도 한 듯 치서우런의 말투는 무척이나 가볍고 또 자연스러웠다.

"최고던데요. 다 식어빠진 밥만 주더라니까요…… 제가 체포된 연쇄살인마라도 되는 줄 알았어요. 끌려가서 매질이라도 당하려나보다 했죠."

"찬밥 좀 준 것 가지고 무슨 만청십대혹형*이라도 당한 것처럼 말하지 좀 마. 요즘은 피의자한테 다 그렇게 해. 세상에, 오십여 명이 사망한 사건이라니, 그야말로 대학살이라고!"

"현재까지의 수사 결과에 공감하세요?"

"하, 내가 공감하는지 여부가 중요한가?"

"사건을 해결해야 한다는 압박에 시달리는 것도 아니고, 승진을 바라지도 않고, 그저 퇴직할 날만 기다리고 계시니 냉정하게 사건

---

* 고대 중국에서 황제가 권력을 공고히 하고 사회 질서를 유지하기 위해 시행한 열 가지 주요 형벌. 피부를 벗기고, 허리를 잘라 몸을 두 동강 내는 등 지금으로서는 상상할 수 없는 수준의 잔혹한 형벌들로 알려져 있다.

을 보실 수 있겠죠."

"자네 같은 사설탐정도 마찬가지 아니야?"

"사건이 저희 집에서 일어난데다 제 친척들이 관련되어 있어요. 그러니 더이상 저는 멀리 떨어져서 사건을 바라볼 수 없습니다. 온갖 개인적인 감정과 편견을 갖고 보게 되죠."

몸을 앞으로 기울인 치서우런이 목소리를 낮췄다. "자네 집안사람 짓이라고 의심하는 건가?"

"배제하지는 않는다, 이 정도로밖에 말씀드리지 못하겠습니다. 출처가 분명하지 않은 10만 홍콩달러가 주방장의 은행 계좌에 입금된 내역을 경찰이 확인했죠. 만일 오늘 이 시각, 형사님께서 살인청부업자를 고용해 누군가를 죽일 생각이라면 은행 계좌로 돈을 송금하는 멍청한 방법을 쓰시겠어요? 암호 화폐가 아니라 현금을 쓴다 해도 10만 홍콩달러면 5백 홍콩달러짜리 지폐로 이백 장이면 됩니다. 배낭 하나에 다 들어간다고요. 그런데 왜 은행 계좌로 돈을 보냅니까?"

"맞아. 그 10만 홍콩달러는 딱 봐도 누군가에게 덮어씌우려고 보낸 장물이지."

"하지만 경찰은 빨리 사건을 털어야 하니 그 가능성을 보지 못했겠죠."

치서우런이 고개를 내저었다.

"경찰은 바보가 아니야. 현재로서는 단서가 그것 하나뿐이니 독이 든 미끼인 줄 알면서도 삼킬 수밖에 없는 거지. 그러지 않으면 어떻게 대중이 납득할 설명을 하겠나? 게다가 주방장을 찾아가 일을 의뢰한 놈이 초짜일 가능성도 배제할 수 없어, 안 그래? 자네 집안의 그 많은 식구 중에 어느 누가 밖에서 어떤 인간한테 원한을 샀는지 어떻게 알겠나?"

"솔직히, 저도 모르겠습니다. 쓰우 성을 쓰기는 하지만 집안 상황을 잘 아는 건 결코 아니라서요."

그런데 놀랍게도, 팡위칭이 리오를 끌고 즈신이 있는 방향으로 걸어오고 있었다. 리오가 유리벽 밖에 멈춰 서서 즈신을 향해 꼬리를 흔들었다.

"자네 개야?" 치서우런이 물었다.

"아뇨. 이웃집 개인데, 자주 같이 놉니다." 즈신은 미간을 찌푸렸다. 끊임없이 꼬리를 흔들어대는 리오를, 팡위칭이 얼른 끌고 자리를 떴다.

"내가 젊었을 때 개를 좀 키워봤는데 말이야, 개는 아주 가까운 사람한테만 저런 반응을 보인단 말이지." 치서우런의 눈길이 즈신과 리오 그리고 팡위칭 사이를 오갔다. "이웃집 개라면 웃음을 터뜨렸겠지. 그렇지만 자네 표정을 보아하니 나한테 들킬까봐 겁이 난 것 같던데. 그러니 저 녀석은 틀림없이 자네 개야. 저 여자는 자네가 드러낼 수 없는…… 동거녀인 거고. 맞지?"

치서우런이 잠시 입을 다문 건 그가 팡위칭과 자신의 관계를 의심해서가 아니라, 그녀의 정체가 확실하지 않기 때문임을 즈신은 알고 있었다. 실제보다 젊어 보이기는 했지만, 눈으로 가늠해보건대 팡위칭은 자신보다 세 살 이상 연상일 것이다.

어쩌면 치서우런은 즈신처럼 가부장제가 막강한 가정에서 성장한 남자가 종종 남을 잘 챙겨주는 연상의 여자에게 끌린다는 사실을 알면서도 그 말을 입 밖으로 꺼내지 않은 것인지도 모른다.

"동거하고 있는 건 맞지만, 여자친구는 아닙니다." 쓰우즈신이 솔직히 인정했다. "지난번에 경찰서에서 마주쳤을 때는 이젠 늙어서 머리가 빠릿빠릿하게 안 돌아간다고 하시더니, 지금도 추리력은 여전히 대단하다는 걸 입증하셨네요."

"그래 봤자 그냥 겉으로 드러나는 거나 알아내는 정도지. 자네도 알다시피 형사는 범죄자의 생각을 짐작하고, 어째서 범죄자를 비호하는 사람이 나타나서 한눈에 사건을 꿰뚫어볼 수 없도록 방해하는지도 이해해야 하잖나. 내가 관찰력은 그럭저럭 쓸 만한데, 사건이 너무 복잡하면 자잘한 단서들을 하나로 연결하지를 못해. 시간을 엄청나게 써야 한다니까. 게다가 나이가 들어서 체력이 떨어진데다 난 그 사건 이후로 이미 뛰어다닐 수 없게 됐단 말이지. 애꾸눈의 형사는 경찰 조직 안에서 그냥 홍보 담당자에 불과해. 경찰 안에 시민을 위해 희생을 자처하는 애꾸눈의 형사가 있다고 시민들에게 일깨워줄 용도로만 필요한 존재지. 경찰이든, 군대든, 국가든 다 이런 영웅이 필요하거든. 나 그렇게 뛰어난 경찰 아니야. 그렇게 전설적인 인물도 아니고. 그냥 마침 그 역할에 딱 알맞는 사람이었을 뿐이지."

즈신은 치서우런이 별안간 하소연을 늘어놓을 줄은 몰랐다.

"좀 서럽다는 말씀이신 듯한데, 퇴직 신청은 왜 안 하시는 겁니까?"

"이십 년 넘도록 날 귀찮게 한 미제 사건이 내 손에 세 건이나 있는데, 내가 퇴직해버리면 거들떠볼 사람이 하나도 없을 것 아닌가. 내가 열람 권한은 아주 높아서 자네 집안에서 벌어진 최근 사건 기록도 꺼내볼 수 있단 말이지. 자네가 나와 이런 식으로 협력하면 진상을 찾아낼 수 있을지도 모른다는 얘기야……"

치서우런이 왜 기꺼이 날 도와주려는 걸까. 혹시 날 의심하고 있어서, 그래서 이 기회를 틈타 접근하려는 건 아닐까?

"……자네 동거녀는 깨끗해?"

치서우런이 다짜고짜 던진 질문에, 즈신이 돌연 주의를 집중했다.

"성병은 없습니다."

"그 뜻이 아니고." 치서우런이 저도 모르게 웃음을 터뜨렸다. "배경이 깨끗하냐고. 자네가 비밀스럽게 구는 걸 보니 떳떳하게 공개할 수 있는 여자는 아닌 게 분명하잖나. 자네 고객이지? 그 여자가 자네를 고용해서 남편이나 남자친구를 조사해달라고 한 건가? 그 남자한테 폭력 전과라도 있어?"

즈신은 속으로 자신이 당사자가 아니었으면 치서우런의 끝내주는 추리력에 박수를 쳤을 거라 생각했다. 안타깝게도 지금은 두 손 들고 투항하는 수밖에 없었다. 맞은편에 앉아서 자기 얼굴을 응시하고 있는 베테랑 형사를 속여넘기길 깜냥이 없지 않으냐고 자문하면서.

"남편과는 이미 별거중이고 그 남편이란 사람은 기껏해야 대기업 중간 관리급밖에 안 되는, 대단한 배경이랄 것도 없는 평범한 직장인입니다. 제가 조사한 바에 따르면, 그 작자는 지금 분명히 정확히 어디인지 알 수 없는 해외의 어느 내연녀의 침대에서 뒹굴고 있을 게 뻔합니다. 의심할 필요도 없어요."

"걱정 마. 자네 여자친구가 이 사건과 관련이 있다고 의심하는 건 아니야." 치서우런이 말을 이어나갔다. "이건 쓰우 가문 전체를 겨냥한 사건이야. 어쩌면 '정권'과 관련이 있을 수도 있어. 내가 알기로는 사 년 전에 신계 원주민의 정권에 항의한 단체가 있었는데, 이들이 걸핏하면 쓰우 가문 사람들이 나타나는 곳에서 항의한다고 하더군."

정권은 신계 지역 원주민의 남성 후손, 즉 사이위 지역의 쓰우 가문 같은 사람들이 층별 면적이 700제곱피트*를 넘지 않는 3층 이하의 가옥에 한해 땅값을 부담하지 않고 지을 수 있는 권리를 말한다. 그리고 그렇게 지어진 가옥을 속칭 '정옥'이라고 한다.

"형사님이 언급하지 않으셨으면 말끔히 잊고 있었을 이야기군요." 이 이야기를 들으니 즈신은 머리가 지끈거렸다. "쓰우 가문 남자들이 정권을 갖고 있기는 합니다만, 전 전부터 이런 성차별적인 대우에 상당히 반감을 느끼고 있었을뿐더러 관련 뉴스에 흥미를 느끼지도 못했습니다. 아마 형사님이 저보다 많이 알고 계실 겁니다."

"아주 단순한 얘기야. 쓰우원후가 매달 정권에 관해 논의하는

---

* 약 20평.

지역 유지들의 식사 모임에 참석하는데, 예전에 어느 단체가 밖에서 플래카드를 걸고 큰 소리로 구호를 외쳤다더군."

"그러다 몸싸움이라도 벌어졌다던가요?"

치서우런이 웃음을 터뜨렸다.

"몸싸움은 개뿔. 그 단체 구성원들이 아주 교양이 차고 넘치는 데다 남자고 여자고 할 것 없이 신선 수행이라도 하는지 죄다 바짝 말랐거든. 몸싸움이라도 했다가는 산사태 나듯 걷잡을 수 없이 무너질 게 뻔하다보니 그런 일이 벌어진 적은 한 번도 없다더군. 한번은 어느 유지가 모임이 열린 요릿집을 나서다가 기절했는데, 그 단체 구성원이 심폐소생술로 구해준 거야. 그 유지가 나중에 이 사람들의 정권 관련 토론회 현장에 나타나서는 아주 온화한 태도로 이 단체의 홍콩 토지 발전 연구에 기부금을 대겠다고, 정권 정책을 비판해도 반발하지 않겠다고 선언했고. 이 기부금을 받을 것이냐 받지 않을 것이냐를 놓고 내부 분열을 일으키다 결국 이 단체는 해산됐어."

쓰우즈신이 눈을 깜빡거렸다. 이야기가 이렇게 끝날 줄이야.

"유지측의 수법이 참 대단하다고 해야 할지 독하다고 해야 할지 판단이 안 서네요. 근데 전 왜 이런 이야기를 처음 들어보는 것 같죠?"

"그날 현장에 기자가 없었거든. 현장에서 사복 차림으로 일하고 있었던 종업원이 나한테 직접 해준 이야기야. 경찰에 신고한 사람이 없었으니, 사건 기록도 남아 있지 않고. 심지어 경찰 컴퓨터에서도 찾을 수 있는 게 없어."

"어쩐지. 하지만 기자가 현장에 있었다 해도 어떻게 보도되었을지는 모르는 일이죠. 그 유지가 은혜를 잊지 않고 보답했다고 칭찬했을지, 아니면 그 단체 구성원들이 돈에 넘어가 도리에 어긋난 짓을 했다고 비판했을지."

"그런 이해관계를 간파하다니 과연 기자 출신답구먼. 그 유지가 바로 자네 집안의 쓰우원후라면, 뜻밖일 것 같은가?"

즈신의 머릿속에 쓰우원후의 그 엄숙하고 고지식한 얼굴, 그리고 원후가 즈아이에게 했던 말이 떠올랐다. '즈아이, 알려줄 게 있는데, 사실 너는 그냥 참관자에 불과해. 네게는 발언 자격이 없단다.'

"고압적인 수단만 쓸 줄 아는 위인이라고 생각했는데, 약삭빠른 면도 있는 줄은 몰랐네요."

"그게 바로 자네가 그이에게 갖고 있던 고정관념이 초래한 맹점이야. 난 그 단체가 해산된 뒤 쓰우원후에게 앙심을 품은 구성원이 보복을 결심한 건 아닌지 의심하고 있어. 원래는 한 사람만 손볼 생각이었을 수도 있지만, 그 집안사람들은 남녀노소 전부 주거 문제로 고민 따윌 할 필요가 없는데다 임대료에서 나오는 생활비로 남부럽지 않게 살 수 있단 말이지. 그러니 성이 쓰우인 이들에겐 다 원죄가 있고, 죽어도 아쉬울 것 하나 없다 생각했겠지."

이 말이 비수가 되어 가슴을 찌른 듯, 즈신은 소리 한 번 내지를 수 없는 통증을 느꼈다. 우크라이나 전쟁이 촉발한 인플레이션 탓에 모든 시민이 이루 말할 수 없을 정도로 고통스러운 일상을 보내고 있다. 가게 점포가 비면서 임대 수입이 대폭 줄기는 했지만, 그럼에도 쓰우 집안 사람들은 다들 여전히 유유자적한 나날을 보내고 있었다.

"그렇게 말씀하시니, 저조차도 우리 쓰우 가문 사람들이 가증스럽게 느껴지는군요. 저야 생활비를 타지도 않았고, 정권을 행사해 본 적도 없지만요. 경찰은 왜 사람을 보내 그 부분을 조사하지 않은 거죠?"

"그 일을 아는 사람은 나와 그 종업원뿐이야. 수사는 끝났고, 그 재수 옴붙은 주방장은 모든 죄명을 뒤집어쓰고 감옥에 보내졌으니 시민들은 안심하겠지. 악은 선을 이길 수 없다고, 결국은 정의가 실현된다고 믿으면서 말이야. 진실이란 건 매립지에 묻어버린 쓰레기 같은 거야. 나 말고 누가 그 쓰레기를 뒤져보고 싶어하겠나?"

32

'토지정의연구팀'은 이미 해산됐다. 공식 홈페이지도 페이스북 그룹 계정도 다 흔적도 없이 사라졌지만, 쓰우원후가 쓰러지는 모습을 본 어느 경찰은 '경찰 사건 기록 수첩'에 '링메이천'이라는, 심폐소생술을 실시한 시위 참가자의 이름을 기록해두었다.

희귀하지도 흔하지도 않은 성이었지만 쓰우즈신은 금세 이 여성의 흔적을 인터넷에서 찾아냈다.

그녀는 뜻이 맞는 친구 몇 명과 함께 '불면'이라는 이름의 독립 서점을 운영하고 있었다. 분위기가 힙한 것도 아니고, 음료나 음식을 제공하지도 않았으며, 지나가던 사람들이 발길을 멈추고 인증샷을 찍을 만한 반려동물을 키우고 있는 것도 아니었다. 그렇지만 매주 홍콩과 관련된 강좌를 열었고, 각계의 전문가를 초청해서 지식과 의견을 나누었다. 또 서로 다른 민족과 문화 배경을 가진 사람들이 교류하고 상호 이해를 증진할 수 있도록 동네 투어 가이드 그룹을 운영하면서 길거리와 작은 가게, 그리고 홍콩에 하나밖에 없는 카멜페인트 빌딩 같은 산업 빌딩*을 깊이 있게 소개하기도 했다.

홍콩에서는 비싼 임대료 탓에 서점이 대부분 1층이 아닌 2층에 문을 열다보니 '2층 서점'이라는 용어가 생겼다. 나중에는 2층의 임대료도 감당하기가 버거워져서 점점 높은 곳으로 옮겼고, 심지어 10층 이상으로 올라가는 서점도 생겼다. 결국 '2층 서점'이란 용어는 시대의 변화에 뒤처진 표현이 되면서, 대기업에 속하지 않고 소자본으로 운영된다는 특징을 반영하여 '독립 서점'이라는 명칭으로 바뀌게 되었다.

쓰우즈신은 건물의 4층 전체를 차지하고 있는 서점 '불면'에 발을 들였다. '불면'에는 책을 판매하는 구역 이외에 사무실이 하나 더 있었다. 치서우런은 회의록을 포함한 '토지정의연구팀'의 파일

---

* 1957년에 세워져 유명 페인트사의 공장으로 쓰였으나 현재는 쇼핑몰이 들어서 있다. 홍콩 제조업의 역사를 간직한 공간이자 도시재생의 성공 사례로 꼽히는 건축물이다.

이 이 안에 숨겨져 있으리라 예상했다.

즈신은 치서우런에게 문자를 보냈다.

―그 사람들이 쓰우 가문을 몰살시킬 생각이었다면 그걸 기록으로 남길 만큼 아둔하지는 않겠죠!

―당연하지. 하지만 회의를 열면 구성원들의 이름은 기록하지.

치서우런은 추가 수사를 위해 '토지정의연구팀' 구성원의 명단을 급히 확보해야만 했다.

서점 안에는 두 줄로 배치된 의자에 이미 십여 명의 손님이 앉아 있었다. 매장을 지키고 있는 말총머리 여성이 바로 링메이천이었다. 생김새와 옷차림이 서점의 페이스북 공식 계정에서 본 것과 똑같았다. 작은 꽃무늬가 그려진 원피스에 따뜻한 색감의 버킷해트를 매치한 스타일에서 '모리 걸'*의 인상이 짙게 풍겼다. 서점 안에도 관엽식물이 적지 않아 작은 숲에 온 것만 같은 기분이었다.

어젯밤 쓰우즈신은 '범죄소설 속의 사회정의'라는 제목이 붙은 이 강좌에 참가 신청을 했다. 홍콩의 범죄소설 작가 두 명이 강연자로 나섰다. 북유럽의 범죄소설에서는 펑펑 내리는 눈이 사망 시각을 은폐해버리기도 해서, 그런 작품을 읽을수록 손발이 시린 느낌이 들기 때문에 겨울에 읽기에 적합하지 않다거나, 반대로 오스

---

*   '모리'는 일본어로 '숲'이라는 뜻으로, 숲속에 사는 소녀를 연상시키는 자연스러운 패션 스타일을 말한다.

트레일리아의 범죄소설은 읽을수록 손바닥에서 땀이 날 것 같아서 여름에 읽기에 적합하지 않으니 에어컨을 켜고 얼음물을 마시면서 온도를 낮춰야 한다는 등 세계 각지의 범죄소설에 대해 즐거운 잡담을 나누었다.

"한국의 범죄소설을 읽기 적합하지 않은 때는 언제일까요?" 두 작가 중 한 사람이 던진 질문에 무대 아래에 있던 사람들이 틀린 대답을 내놓자, 작가 본인이 그제야 정답을 알려주었다. "북한에 여행 갈 때죠. 최소 십 년은 노동교화소에서 살고 싶은 게 아니라면 말이에요."

그냥 시간이나 때울 생각으로 이 강좌에 참석한 즈신도 저도 모르게 웃음이 나왔다.

두 작가가 홍콩 이야기를 꺼내지는 않았지만, 때때로 박수갈채가 터져나오는가 하면, 웃음소리도 흘러나오는 등 현장 관객들은 열띤 반응을 보였다. 많은 사람이 각본가나 작가들조차 상상하지 못할 정도로 현실이 소설이나 영화보다 훨씬 더 기이하다고 말했다. 하지만 그건 각본가와 작가의 잘못이 아니라 허구의 이야기에는 뜻밖의 전개와 우연의 일치를 담을 수 없기 때문인데, 그랬다가는 관객과 독자들한테 욕을 먹기 때문이라고. 그렇지만 그런 뜻밖의 전개가 현실에서 펼쳐지면, 다들 묵묵히 그걸 받아들일 수밖에 없지 않으냐고 입을 모았다. 2019년 이전에 어느 누가 팬데믹으로 각국이 봉쇄 조치에 들어가게 될 거라고 상상이나 했을까? 또 어느 누가 곧이어 우크라이나와 러시아 사이에 전쟁이 일어나

에너지 위기가 닥치고 인플레이션을 부추길 거라고 상상했을까? 이는 범죄소설이 대중의 사랑을 받는 장르가 된 이유를 설명해주기도 한다. 현실에서는 정의가 구현되고 인과응보가 이루어지지도 않지만, 허구 속에서는 이 모든 것이 실현되니까.

링메이천이 서점 '불면'의 페이스북과 인스타그램 계정에서 본인과 다른 동업자들 모두 범죄소설을 좋아한다고 밝힌 바 있었다. 혹시 앞서 나온 그런 이유 때문일까? 이 사람들은 혹시 특정 범죄소설에서 살인의 영감을 받은 것은 아닐까?

강좌가 끝난 뒤, 쓰우즈신은 다른 참석자들이 자리를 뜨기를 기다렸다가, 그제야 최근에 출간된 홍콩 추리소설 단편집을 들고 계산대로 가서 책값을 치르며 링메이천에게 물었다. "예전에 진행하셨던 정권 반대 운동에 전부터 관심이 있었는데, 종료된 게 참 아쉽습니다."

"네, 그렇지만 달리 방법이 없었답니다." 링메이천이 담담하게 말했다.

보아하니 서점에서 이런 대화를 수없이 주고받은 모양이다. 이런 대화 주제로는 더이상 상대의 환심을 살 수 없겠다 싶어서 즈신은 비장의 무기를 꺼내들었다.

"심폐소생술로 쓰우원후 선생을 구해주셨을 때, 저도 현장에 있었습니다."

링메이천이 드디어 고개를 들어 즈신과 눈빛을 교환했다. "현장에 계셨다고요?"

"예전에 《홍콩시보》 기자였거든요. 하지만 《홍콩시보》도 폐간되었으니 역사적인 임무를 다한 셈이죠."

링메이천은 즈신의 눈을 오래도록 쳐다보았다. 수천수만 마디의 말이 담긴 듯한 눈빛이었다.

"폭포처럼 떠들썩하고 흥청거린 시대였지만, 흘러간 물이 그러하듯 결국 다시는 돌아올 수 없어요. 쉽사리 바꿀 수 없는 게 참 많기 때문에, 저희는 기본으로 돌아가서 젊은 세대의 사고력을 키우는 일을 하기로 했답니다."

"하지만 여기서 일하시는 세 분을 제외하면, 방금 열린 그 강좌 참석자 중에도 이십대 참석자는 하나도 없던데요."

"지금 홍콩의 젊은이들은 거의 책을 읽지 않아요. 그러니 저희가 노력해야 하고, 또 모두가 글의 힘과 책의 가치를 이해할 수 있게 되기를 바라는 거고요. 그렇지 않나요?"

"전 여러분의 그런 고집을 높이 삽니다. 제가 여러분의 조직이 던진 충격을 높이 평가했듯이 말이죠."

링메이천이 한숨을 길게 내쉬었다. "휴, 그런 방법은 지금 이 시대와는 맞지 않아요. 이후 많은 구성원이 흥미를 잃고 하나둘 연이어 이민을 떠났고, 지금은 저희 셋만 남아 홍콩을 지키고 있어요."

쓰우즈신은 이들의 인터뷰 기사를 읽어본 적이 있었다. 조직 구성원은 십여 명 정도였고, 저마다 출신 계층이 달랐으며, 대부분 가명을 사용했다. 나이가 제일 많은 사람과 제일 적은 사람이 열다섯 살 넘게 차이가 났지만 이들의 목표는 같았다.

하지만 가족이라 해도 생각이 같을 수는 없고, 감정이 태산처럼 굳건한 것도 아니다. 가족은 그저 어쩌다보니 한 가정에 태어난 것일 뿐, 사실 사람은 누구나 독립적인 개체이며 생각도 감정도 시간의 흐름에 따라 달라지기 마련이다. 서로 다르면서도 함께할 수 있다면 한 지붕 아래에서 평화롭게 공존할 수 있겠지만, 그렇지 않다면 그저 낯선 사람이 될 뿐이다. 다른 생각을 억누르고 모두 똑같은 생각을 받아들이라고 강요하는 건 보통 비극의 시작점이 되곤 한다.

이들은 결국 이념이 달라 제각기 다른 길로 접어들었다.

즈신은 팡위칭이 영원히 그의 곁에 있지 않을 거라는, 언젠가는 떠나리라는 생각을 하지 않을 수 없었다.

하지만 지금은 이 문제를 생각하고 있을 때가 아니었다.

즈신은 링메이천 머리 위의 CCTV를 가리켰다. "전자결제 시대에 아직도 돈을 훔치는 사람이 있습니까? 아니면 지금도 책 도둑이 있나요?"

"요즘은 고객들 대부분이 전자결제를 이용하지, 현금은 거의 안 써요. 설사 현금을 쓴다 해도 아주 소액이죠. CCTV는 책 도둑 때문에 설치했어요. 책 읽는 일에는 돈을 쓸 필요가 없다고 생각하는 홍콩인들도 있어요. 도둑을 몇 번 잡았는데, 다들 그렇게 항변하더라고요." 링메이천의 얼굴이 붉어졌다. 부끄러워서가 아니었다. "그 사람들은 책을 한두 권 훔치는 게 아니라, 한 시리즈를 훔쳐가요. 휴, 홍콩 출판사들에겐 오로지 홍콩 시장밖에 없는데, 독자들이 돈을 내지 않으면 어떻게 산업이 지속될 수 있겠어요? 오마카세 식사에는 1천 홍콩달러가 넘는 돈도 기꺼이 쓰면서 150홍콩달러짜리 책 한 권은 비싸다고 싫어하는 사람들이 정말 많아요. 밥이야 한 끼 먹으면 사라지지만, 좋은 책은 찬찬히 읽고 또 읽을 수 있으니 훨씬 이득인데도요."

즈신은 연신 고개를 끄덕였다.

"그런 사람 본 적 있습니다. 나가 놀 때는 펑펑 써대면서 다른 사람한테 일을 맡길 때는 공짜로 부려먹으려고 하죠. 정말 가증스러워요."

33

사십대 초반의 린거우는 절도죄로 감옥을 셀 수도 없이 드나든 상습범이다. 최근 삼 년 동안은 범죄를 저지르지 않고 개과천선해서 배달원으로 일하고 있다. 그럼에도 서부 카오룽 일대에서 의심스러운 절도 사건이 일어나기만 하면 경찰은 지금도 린거우를 첫 번째 용의자로 간주하고 배달 도중에도 경찰서에 데려가 신문하곤 한다. 한번은 세 곳에 음식을 배달해야 하는 상황에서 끌려갔다가 세 시간을 붙잡혀 있는 바람에 고객으로부터 불만이 접수된 것은 물론이고 배달대행업체의 평가 점수도 깎이고 말았다. 세 곳에 배달될 예정이었던 음식은 제 돈을 내고 당뇨병 탓에 거동하기도 힘든 어머니와 함께 이틀간 나눠 먹어야 했다.

린거우는 사회의 새로운 기회가, 자신이 달라졌음을 증명할 기회가 필요했다. 그래서 쓰우즈신은 린거우에게 도움을 청하러 가면서도 심하게 갈등했다. 이번 일에 손을 대면 린거우는 계속 침몰할 수밖에 없겠지만, 린거우가 아니면 즈신을 도와줄 수 있는 사람이 없었다.

린거우의 왼쪽 눈이 2센티미터밖에 되지 않는 문틈으로 나타났다. 방범 체인 탓에 얼굴이 아래위 둘로 나뉘어 보였다.

즈신이 입을 열지도 않았는데 린거우는 그를 문전박대했다.

"나 이미 손 씻었으니까, 귀찮게 좀 하지 마쇼."

즈신이 손에 들고 있던 500홍콩달러 지폐를 높이 들어올렸다. "인테리어 공사 일 아직도 하시나?"

린거우는 바로 문을 닫더니 방범 체인을 풀고 다시 문을 열었다. 그리고 즈신이 손에 든 지폐를 검지와 중지로 뽑아가면서, 한 사람만 겨우 비집고 들어올 수 있을 정도로만 빈틈을 내주었다.

즈신은 소파에 앉아 텔레비전을 보고 있는, 백발이 무성한 린거우의 어머니에게 인사를 했다. 린거우는 그를 잡동사니가 잔뜩 쌓여 있고 불쾌한 냄새가 나는 방으로 데리고 들어갔다.

"나 방금 딱 상담 비용만 가져간 거야. 정말 나한테 맡길 공사가 있는 게 좋을 거야."

"미안한데, 그런 거 없어." 이 불쾌한 냄새가 어디서 나는 것인지 알 수 없었지만 즈신은 불편한 내색을 할 수 없었다. 그저 어서 빨리 이 자리를 뜨고만 싶었다. "하지만 돈 좀 쉽게 벌 수 있는 일거리는 줄 수 있지." 즈신은 바지 주머니에서 500홍콩달러 지폐 다섯 장을 더 꺼내 린거우의 손안에 쥐여주었다. 그리고 얼른 고개를 끄덕이라는 뜻으로 린거우를 몰아세웠다.

"집구석 씨를 말려야 할 개자식, 또 그놈의 돈 벌 기회 타령이냐!" 린거우가 불만을 쏟아냈다. "내가 원하는 건 그런 일거리가 아니라고!"

"아는데, 나한테는 그런 일만 들어온다니까. 나도 너한테 인테리어 공사 좀 맡겨보게 집 좀 살 수 있으면 좋겠다."

즈신도 개과천선해서 새로운 인생을 살려는 사람에게 다시 손을 더럽히라고 돈으로 꼬드기고 있는 스스로가 끔찍이도 싫었지만 달리 방법이 없었다. 린거우와 그의 노모를 물질적으로 돕고 있는 거라고 자신을 속이는 수밖에.

"리스크는?"

린거우는 500홍콩달러 지폐 일곱 장, 총 3천5백 홍콩달러를 얇디얇은 지갑에 쑤셔넣고서야 분이 풀렸다. 린거우 모자의 삶을 개선해줄 만큼 큰돈은 아니었지만 당장 급한 불을 꺼줄 수는 있었으므로 즈신도 조금은 죄책감을 덜어냈다.

"없어. 뭘 훔치려는 게 아니라, 들어가서 서류를 좀 찾아주면 돼. 가게에 무슨 손실이 발생하지 않는 한, 경찰도 그냥 형식적으로 수사하다 말 거야. 일 끝나면 잔금으로 3천5백 더 줄게."

일명 '하늘을 나는 거미'로 불리는, 홍콩에서 둘째가라면 서러운 최고의 절도범 린거우는 단 삼십 초 만에 이 별명이 그냥 생긴 것이 아님을 증명했다.

마스크와 모자를 쓰고 장갑을 낀 두 사람은 서점 문을 연 뒤 사람 하나 없는 내부로 뛰어들어갔다. 즈신은 마스크를 써서 눈만 보였겠지만, 그럼에도 링메이천의 머릿속에 약 마흔여덟 시간 전 서점을 찾았던 자신의 모습이 흐릿하게 변해버렸기를, 심지어 잊혔기를 바랐다. 어쨌든 CCTV에 관해 물어보았으니 말이다.

린거우가 문 뒤에서 망을 보는 사이, 쓰우즈신이 손전등을 들고 사무실로 들어가 서류를 찾았다. 책이 팔려나가고 또 들어온 기록이 대부분이었으나, 즈신은 그중에서 회의 기록을 찾아야 했다. 이들이 회의 기록을 인쇄해서 보관하고 있다면 말이다. 즈신은 디지털화된 세상에서도 책을 좋아하는 사람들은 종이책에 고집스레 집착할 것이고, 회의 기록이 책처럼 인쇄된 형태로 존재해야만 본인들이 경험한 일들이 바람 따라 사라지지 않고 비로소 실재한다고 여길 것이라고 믿었다.

그런 역사적인 기록을 눈에 확 띄는 곳에 둘 리 없다는 생각에, 책꽂이의 꼭대기 층부터 더듬어보았는데, 역시 순식간에 찾아냈다. 200쪽이 넘었다.

문서 뭉치 전체를 가져갈 수도 있지만 그랬다가는 링메이천에게 발각될 수도 있었다. 즈신은 문서를 얼른 훑어보면서 사람 이름이 나오는 쪽을 사진으로 찍어두고, 그 외 쓸데없는 짓을 더 하지는 않았다.

이 열혈 청년들은 한 달에 한 번 회의를 열었는데, 토론 내용은 세미나 개최, 동네 투어 가이드 그룹 운영, 서점 발전 방향 논의와 구체적인 실무 집행 사항 등을 벗어나지 않았다.

린거우가 얼른 나가자고 재촉했지만, 즈신은 아랑곳하지 않고 계속 서류를 살펴보았다.

심폐소생술로 쓰우원후의 목숨을 살렸던 일과 그에게서 수표를 받은 뒤 벌어진 격렬한 토론이 언급되어 있었다. 그후 회의 참가자 수는 점점 줄어 마지막에는 결국 네 명만 남고 말았다.

치서우런으로부터 이 일들을 대충 전해듣기는 했지만, 회의 기록을 읽던 즈신은 본인이 마치 날카롭고 격렬한 말들이 오가는 그 회의실에서 얼굴과 귀가 벌게지도록 싸우고 있는 이들을 보고 있는 듯한 착각에 빠져들었다.

—심폐소생술로 그 사람을 살려준 게 최대의 실책이었습니다.

쓰우원후가 불순한 마음으로 돈을 기부한 거라고, 일찍이 이 단체를 와해시킬 생각을 하던 차에 대놓고 돈을 건네서 내부 분열을 촉발한 거라고. 이 방법이 조직폭력배를 고용해서 본때를 보여주는 것보다 싸게 먹힐뿐더러, 쓰우원후가 기꺼이 소통하려 한다는, 깨어 있는 사람이라는 긍정적인 이미지도 심어줄 수 있는 것 아니냐고 생각한 사람도 있었다.

즈신은 반시간이 조금 넘게 지나고 나서야 자리를 떴다. 손전등을 문 옆에 있던 A4 크기의 단체 사진에 비췄을 때, 그는 더 생각하고 말고 할 것도 없이 사진을 찍었다.

그중 한 여성의 상당히 낯익은 헤어스타일이 주의를 끌었다.

젊은 여자들 머리 스타일이 다 거기서 거기지…… 즈신은 찜찜한 기분을 애써 무시하며 그 여성 쪽으로 휴대전화 카메라 렌즈를 들이대 사진을 몇 장 더 찍은 뒤, 휴대전화 화면에서 사진을 확대했다. 그러자 여기서 볼 거라고는 생각지도 못했던 얼굴이 나타났다.

아니, 잘못 본 게 아니었다. 귀신이 곡할 노릇이었다. 그 녀석이 맞았다.

쓰우즈아이, 네가 왜 이 사람들과 함께 있는 거니?

34

토요일의 서니베이 해변은 대거 몰려든 관광객 때문에 야외 페스티벌이라도 벌어진 듯 떠들썩했다.

경찰만 현장에 없으면, 마스크를 벗고 얼굴에 마음껏 볕을 쬐는 사람들이 수두룩했다. 목줄에 묶이지 않은 개 몇 마리가 인파 속을 자유롭게 누비고 내달리며, 구속 없는 자유를 만끽했다.

밍사오의 승합차 주변은 앞뒤가 다 다른 차로 막혀 있어서, 아더가 차를 가까이 세울 수가 없었다. 쓰우원후는 밍사오를 탓하지 않았다. 인파 속에 뒤섞여 있으면 그게 최고의 가림막이었다. 원후는 기꺼이 10미터를 걸어갔다.

밍사오는 지난번처럼 차 밖에서 '여자들을 구경하지' 않고 내내 차 안의 다갈색 유리창 뒤에 숨어 있었다. 운전기사만 밖에서 망을 보고 있었다.

쓰우원후가 차에 오르자, 밍사오가 총을 한 자루 꺼내 원후에게 보여주었다.

"베레타21A는 크기가 작아서 안전장치만 걸어놓으면 진짜 안전해. 바지 주머니에 넣어놔도 똘똘이 터질 일도 없고. 나랑 우리 가족은 미국에 갈 때 한 사람에 한 자루씩 신변보호용으로 휴대하고 다녀. 총 한 자루에 탄알 여덟 개를 장전할 수 있고, 뒤에 있는 냉장고 안에 레밍턴22 골든불릿이 열 상자 있는데, 한 상자에 스물두 발 들어 있으니까, 총 220발이면 연습용으로는 충분할 거다. 안심해라. 내가 해봤는데, 레밍턴 탄두가 총에 낀 적은 없으니."

"서른 발이면 충분해."

"너 총 쏘는 게 아주 쉬운 일인 줄 착각하지 마라. 이것도 연습해야 해. 저격수처럼 소총으로 50미터 밖의 목표물을 겨냥할 게 아니라면 내가 코치도 붙여줄 수 있어. 단순히 신변보호용으로 2, 3미터 거리 안에서 쓰려는 거면 유튜브 영상 보고 독학해도 되고. 표적 삼아 음료수 캔을 갖다놓고 쏘다가 명중하면 엄청 뿌듯하다니까. 기억해라. 홍콩 누아르 영화에 나오는 배우 따라 한다고 한 손으로 들면 안 되고, 총은 반드시 두 손으로 쥐어야 안정적이라는 거. 쏘고 나서 바닥에 떨어진 탄피 밟지 않게 조심하고."

밍사오가 손수건으로 총을 잘 감싸서 총에 묻은 지문을 닦아내더니 쓰우원후에게 건네며 말했다. "정말 지금 탄알을 가져가야겠냐? 내가 사람 시켜서 보내줄 수도 있어."

"내가 직접 가져가면 돼. 경찰이 내 차는 막아서지 않겠지만, 네가 보낸 사람한테는 어떻게 할지 확신할 수 없으니."

"그건 그렇네."

"만일 내가 정말 사람을 쏘면 어떻게 되지?"

"네가 스스로 문제를 해결한 거니까 축하해야지. 정당방위로 사람을 죽인 건 법을 어긴 게 아니니까." 밍사오가 조금도 거리끼지 않고 대답했다.

"무면허 총기 소지는 불법이지?"

"최고 형량은 징역 14년에 벌금 10만 홍콩달러이지만, 사이위의 토호인 널 누가 감히 건드릴 수 있겠냐?"

"지금 사이위에 사는 사람이라고 해봤자 쉰 명이 좀 넘으니 토호라고 할 수는 없지!"

"사람 수와는 관련 없어. 사이위에서 제일 악랄한 네가 토호가 아니면 뭐냐? 본론으로 돌아가서, 네 총소리를 들은 사람이 있으면 폭죽 터뜨린 거라고 핑계를 대. 네가 전과가 있는 조직폭력배를 죽여서 법정에 섰다고 쳐. 내 변호사가 하는 말이, 그러면 돈 주고 유명 인사 몇 명 고용해서 인터넷에서 여론몰이 하라고 권하더라. 율정사*가 계속 기소를 유지하는 게 사회정의에 부합하지 않는다고 판단하도록, 공소를 취소하고 결국에는 재판 심리를 중단

---

* 법률정책을 수립하고 기소권을 행사하는 홍콩의 법무기관.

하도록 몰아가라는 거지."

"그게 가능한가?"

밍사오가 웃음을 터뜨렸다.

"세상에, 똑같은 원주민인데 넌 어떻게 배짱이라고는 조금도 없냐? 공소 취소라는 법례가 원래 이런 상황에서 쓰라고 있는 거야. 총을 쏜 사람이 네 아내라면, 성공률은 더 높아질 거야. 내 말 좀 들어봐. 팁을 좀 주자면, 총을 쏠 때 외부 사람이 현장에 있는 것도 아니고 귀찮기도 하고 그러면 그냥 네 방식대로 처리하는 것도 괜찮아. 홍콩에서 매년 실종되는 사람이 몇백 명인데, 몇 명 더 어떻게 된다고 해서 그게 무슨 대수냐는 거지."

35

저녁 무렵, 쓰우즈신은 오랫동안 발길을 끊었던 가문의 저택을 찾아갔다. 그사이 길이 낯설어져서 내비게이션에 의존해야만 정확한 길을 찾을 수 있었다.

지금 사이위는 출입 금지 구역인데다 가문과 관계를 끊은 지도 오래된 탓에, 즈신에게는 출입 허가증이 없었다. 만일 경찰에게 가로막힌다면 신분증을 제시하는 정도로 어물쩍 넘어갈 수 있기를 바랐다.

쓰우 저택의 대문 양쪽에 자리한 나무는 훌쩍 자라 있었고, 모양도 이전과는 달랐다. 불은 쓰우 가문의 가옥 여덟 채 중 한 곳에만 켜져 있었다.

예전과 마찬가지로 이곳에는 담장도 난간도 없었으며, 누구든 자유롭게 오갈 수 있었다. 원후는 어쩌자고 경호원을 고용하지 않은 걸까? 집까지 찾아와서 공격할 사람은 없으리라 생각한 걸까? 너무 방심했다. 즈신이었다면 절대로 그런 데 쓸 돈을 아끼지 않았을 것이다.

쓰우즈신은 할아버지가 생전에 지내던 대저택 앞에 차를 세운 뒤, 밖으로 나와 몇 차례 숨을 깊이 들이마셨다. 쓰우 가문에 자유의 공기는 없다. 하지만 사이위라는 이 벽지와, 쓰우 가문의 대저택이 주는 부정적인 이미지를 개의치 않는다면야, 록킹완보다는 이곳의 공기가 더 싱그러웠다.

다시금 사이위에 돌아와서 두 발로 가문의 땅을 밟으니, 즈신은 이곳에서 보낸 어린 시절과 청년 시절이 떠올랐다. 개미집이 어디 있었는지, 땅이 살짝 솟아올라 있어서 고꾸라지기라도 할까봐 두려워하던 곳이 어디쯤이었는지, 장마철에 잡초가 자라나는 얕은 구덩이가 어디 있었는지도 기억났다. 집안 어른들이 하나같이 참 잘 돌봐주셨다는 생각이 들었다. 하지만 자라면서 하라면 하라는 대로 무조건 순종하는 노예를 키워내려는 것이었음을, 사람을 퍼그와 다를 바 없이 바꿔버리려는 환경이었음을 깨달았다.

이제 쓰우 집안의 노예들은 거의 다 죽어버렸고, 심지어 집안에서 일하던 사람들까지 싹 다 죽었다. 대신 일할 사람들이 있기는 한 건지, 또는 직원 모집 공고를 보고 지원하는 사람은 없는 건지 알 수 없었다.

뒤에서 문소리가 들려서 고개를 돌리니, 검은 옷을 차려입은 미모의 중년 여성이 천천히 다가오고 있었다.

이미 마흔둘에 접어들었지만, 쓰우셰우이는 마흔한 살인 팡위칭보다 훨씬 더 젊고 매력적이었다. 이십대 청년도 돌아보겠다 싶을 정도로.

"오랜만이야. 잘 지내?"

셰우이는 한참 뒤에야 반응을 보였다. "뭐하러 왔어?"

"즈아이 찾아왔어. 갈아입을 옷을 가지러 올 거라고 해서."

"걔 차 없던데." 셰우이는 감정이라고는 없이 말했다.

"원후는?"

"밖에 있어. 그 사람한테 용건이라도 있어?"

"아니."

둘은 서로를 응시했다. 누구도 말 한마디 하지 않았다. 원래 말이 많은 즈신도 이 순간에는 할말이 떠오르지 않았다. 즈아이가 종종 가족들의 일상 사진을 그에게 보여주기는 했지만, 대부분은 가족들을 비웃기 위한 것이었다. 즈신은 사진을 확대해서 한 사람 한 사람의 외모에 세월이 남긴 변화를 똑똑히 확인하고 싶었지만, 이들이 공개하고 싶지 않은 흰머리와 주름, 검버섯, 팔자주름, 칙칙한 피부색은 사진 보정 애플리케이션 덕에 제거되어 있었다. 사진 속의 그들은 하나같이 영원한 청춘들이었지만, 즈신에게는 눈 가리고 아웅 하는 늙다리들일 뿐이었다.

사진 보정 애플리케이션을 쓰지 않아서 셰우이의 모습은 즈신이 마지막으로 만났을 때의 모습과 뚜렷이 달라져 있었다. 눈이 작아졌고, 턱은 더이상 그리 뾰족하지 않았다. 그렇지만 아무리 봐도 사십대처럼 보이지는 않았다. 돈 있는 사람은 원하기만 하면, 당장 쌀값과 가스비를 걱정하는 사람보다 훨씬 더 쉽게 청춘을 붙잡아둘 수 있는 법이다.

하지만 셰우이는 그 시절 그가 알던 사람이 아니었다.

"당신이 벌인 짓이야?" 다시 입을 열었을 때도 셰우이의 말투는 차갑기 그지없었다.

"무슨 헛소리를 하는 거야? 내가 왜 그런 짓을 벌여?" 즈신은 생각해볼 필요도 없다는 듯 대답했다.

"당신이 잘 알고 있을 거 아니야."

셰우이는 진즉에 그가 알던 그 사람이 아니었지만, 이렇게 억지를 부리는 사람이 되어버렸을 거라고는 생각하지 못했다. 즈신이 반격하려는데, 마침 즈아이의 빨간색 테슬라 모델3가 들어서면서 이 어색한 대화는 끝이 났다.

셰우이는 즈아이가 차를 세우기도 전에 집으로 들어가버렸다.

흰 티셔츠에 요가 바지 차림의 즈아이가 호기심 가득한 얼굴로 물었다.

"누구 차인가 했네. 어떻게 온 거야? 생각도 못했네!"

생각도 못할 짓을 저지른 쪽은 너지. 즈신이 속으로 생각했다.

"저녁 살 테니 나가자."

"싫어!" 즈아이가 강하게 거부했다. "방금 한 시간 넘게 장거리 운전해서 피곤해 죽겠는데, 왜 또 나가자는 거야?"

"따라와! 내 차 타라고."

즈신이 즈아이의 손을 잡아끌었다. 즈아이는 입버릇처럼 늘 평범한 사람이 되고 싶다고 떠들었지만, 공주병 기질을 고치지 못한 건 말할 것도 없거니와 생활 습관도 달라진 게 없었다. 돈을 아낀다는 개념을 가지고 산 적도 없고, 뭐든 언제나 제일 비싼 걸 샀다. 어차피 감당할 수 있으니까.

"싫어. 내가 운전할 거야."

즈신은 즈아이를 아주 멀지 않은, 퉁청에 있는 펍 레스토랑으로 데려갔다. 저녁을 다 먹은 뒤, 즈신은 술이 약하디약한 즈아이에게 큰 잔으로 술 한 잔을 강권했다. 즈아이는 의심도, 경계도 하지 않았다. 그럴 필요가 없었다. 어차피 술에 취한대도, 즈신이 즈아이의 몸을 어떻게 할 것도 아니었다. 그렇지만 즈아이의 머릿속이라면 달랐다. 즈신은 즈아이가 무슨 생각을 하고 있는지 파헤쳐서 뜯어보고 싶었고, 즈아이의 얼굴 근육과 눈의 움직임, 다른 제스처도 지켜보고 싶었다.

"대학생활은 즐거워?"

"그럭저럭. 그건 왜 물어?" 즈아이가 아무런 경계심 없이 대답했다.

"외부 활동 같은 거 하냐?"

"딱히 특별한 건 없는데."

"너 토지정의연구팀과 꽤 밀접하게 교류하고 있더라."

표정이 굳어버린 즈아이는 즈신이 던진 질문에 대답하지 못했다. 눈에는 '믿을 수 없다'는 다섯 글자가 쓰여 있었다. 그건 즈신이 서점에서 그 사진을 보고 한 생각이기도 했다.

"밥을 산다기에 무슨 속셈인가 했더니만." 즈아이는 부정하지 않았다.

"내가 알고 있을 거라고는 생각도 못했지? 나도 네가 그 사람들과 어울릴 거라고는 생각 못했어. 그들이 쓰우원후에게 항의하려면 어디로 가야 하는지 알고 있는 게 이상하다 싶었지. 네가 가르쳐준 거였네. 쓰우 집안에 맞서기 위해 바깥에서 사람을 찾았군."

"농담하는 거야, 아니면 진심이야?" 즈아이의 표정이 진지해졌다.

"한 번도 이만큼 진지했던 적이 없었을 정도로 진지해."

"나한테 무슨 동기가 있다는 건데?"

"넌 쓰우 가문을 싫어해. 물론 돈 문제도 있지. 쓰우 가문의 수입은 임대료에서 나오는데, 코로나가 유행하면서 임대료 수입이 크게 줄었지. 쓰우 가문 스타일로 볼 때, 지출을 줄이려고 모든 구성원의 생활비를 다 손대지는 않았을 거야. 일단 여자들에게 나가는 생활비부터 손을 봤겠지. 네가 나한테 그랬잖아. 금융 위기 때 여자들의 생활비에서 삼분의 일씩 삭감했다고. 쓰우 가문 사람이 거의 다 죽어버리면 네 생활비는 반대로 늘어나겠지."

즈신은 즈아이가 그럴 사람이라고는 믿지 않았지만 그녀를 도발해야 했다. 이성을 잃은 즈아이가 저도 모르게 무슨 말이든 다 내뱉도록 몰아세워 그녀가 대체 무슨 생각을 하고 있는 건지 알아내야만 했다.

아니나 다를까, 즈아이의 얼굴이 타오르는 것처럼 순식간에 달아올랐다.

"그건 오빠 망상이야. 내가 우리 집안을 싫어하기는 하지만, 내가 평생 나가서 일할 필요가 없는 삶을 누리는 건 집안 덕분이라는 우리 엄마 말이 틀린 건 아니니까. 집안의 금전적 지원 덕분에 난 뭐든 하고 싶은 건 아무 걱정 없이 다 할 수 있어. 최신 블루투스 이어폰을 살 수 있고, 유럽 여행을 갈 수 있고, 5성급 호텔에 묵을 수 있고, 박물관을 돌아다닐 수도 있지. 기념품도 고민하지 않고 살 수 있어. 평생 일을 안 해도 아무 문제 없다고. 오빠, 나 질투하는 거야? 내 생각에는 나보다 오빠의 혐의가 훨씬 더 큰데."

즈신은 즈아이의 결백을 믿었다. 즈아이가 한 말 때문이 아니라 즈아이가 어떤 아이인지 너무나 잘 알기 때문이었다. 즈신은 갓난아기였던 즈아이가 꼬마가 되고, 숙녀가 되는 모습을, 대학생이 되고 대학원생이 되는 모습을 지켜보았다. 자주 보지는 못했지만, 둘은 계속 연락하며 지냈다. 즈아이는 조금만 거짓이 섞여도 말을 더듬었다. 그런데 이번에는 조금씩 몰아붙이는 즈신의 기습 공격에도 움츠러들기는커녕 재빨리 반격했다.

즈신은 또 한번 스스로가 혐오스러웠다. 나는 즈아이의 탐욕을 증명하고 싶은 마음에 모든 걸 의심하고 있는 걸까? 아니면 내 조사 능력이 얼마나 뛰어난지 증명하고 싶어서?

이때 드웨인 존슨처럼 팔뚝이 두꺼운 한 중년 남자가 곁으로 다

가오더니 무척이나 어설픈 중국어로 물었다. "아가씨, 이 남자 아가씨 개로핍니까?" 입에서 술냄새가 물씬 풍기기는 했지만, 미녀를 구하는 영웅이 되려는 의도는 감춰지지 않았다.

즈아이는 고개를 끄덕이고는 가짜로 울먹이며 말했다. "이 남자한테 속아서 집에서 나왔는데, 강제로 술까지 먹여 취하게 하려고 하네요."

말이야 다 맞는 말이었지만, 즈아이의 그 말은 듣는 사람을 완전히 틀린 방향으로 이끌었다. 얘가 언제 이렇게 똑똑하고 교활해졌지? 얘를 너무 우습게 봤네!

드웨인 존슨이 다가오더니, 즈신의 얼굴에 레프트 훅을 날렸다.

이 작자가 손을 쓸 거라고 예상하고 있었기에 즈신은 내내 상대방의 손에 주목하고 있었다. 그의 레프트 훅이 즈신의 얼굴에 꽂히려는 순간, 즈신은 재빨리 몸을 낮추고 주먹이 머리 위를 날쌔게 스치고 지나가길 기다렸다. 그리고 다시 일어나 중심을 잃은 드웨인 존슨을 손바닥으로 밀어버렸고, 그는 바닥으로 곤두박질치고 말았다.

현장에선 갑작스레 박수 소리가 산발적으로 터져나왔다.

즈신은 재빨리 즈아이를 찾아보았지만 이미 그림자도 보이지 않았다. 매년 마라톤에 참가하는데다 나이도 어려서, 즈신이 주차장까지 뒤쫓아갔을 때는 이미 일찌감치 차를 몰고 떠난 뒤였다. 즈아이가 음주운전중이라고 경찰에 신고라도 해야 할까?

드웨인 존슨은 일어나 비틀거리면서도 다음 공격을 하겠다는 헛된 생각을 품고 있었다.

주먹을 휘두를 의사가 없는 즈신은 손가락으로 그를 가리키며 경고했다. "여자가 하는 말이 진짜인지 거짓인지도 구분하지 못하면 목숨이 열 개라도 남아나질 않는 법이야."

36

쓰우즈아이는 쓰우즈신과 옥신각신 다투지 않았고, 사이위로 돌아가지도 않았다. 차를 몰아 대학 기숙사로 돌아가버렸다.

똑같이 '돌아간다'라는 표현을 썼지만 대학 기숙사가 사이위에 있는 집보다 더 마음 편했다. 기숙사는 본가의 방처럼 널찍하지는 않지만 즈신이 찾아와서 성가시게 굴 수는 없다. 잡상인은 기숙사 경비원이 다 쫓아낸다.

즈아이는 즈신이 사이위로 돌아갔다는 사실에, 그리고 그가 자신이 토지정의연구팀의 일원이었다는 사실을 알아냈다는 데에 기겁했다. 어떻게 알아냈을까? 회의록에는 '어우양신'이라는 가명을 사용했는데.

정권 반대를 외치는 단체에서, 처음부터 즈아이가 진지하게 활동에 참여하고 있다고 여겨진 건 아니었다. 그러다가 남존여비가 싫어서 이 활동에 참여하게 됐다고 하자 사람들은 즈아이를 위로했다. "정권이 없는 건 우리도 똑같아!" 이들은 결코 즈아이가 부족한 사람이라고 생각하지 않았다. '원주민 여성 후손은 남성 후

손과 달리 3층 높이의 독립적인 가옥을 지을 수 없게' 한 이 제도상의 결함이, 아파트 가격이 천정부지로 치솟아 대다수가 내 집을 마련할 수 없는 홍콩이라는 도시에서는 여성에 대한 차별을 의미하지 않는다고 생각했다. 그들 중에는 즈아이가 하는 고민이 '미슐랭 스리 스타 레스토랑 중에 어디에 가야 할지 모르겠네' '우버 기사가 멋지지 않은걸' '매니큐어 색깔이 옷과 안 어울려'와 같은 샴페인 프라블럼, 즉 부유층이나 하는 고민이라고 비웃는 사람도 있었다. 실업, 굶주림, 주거 등 기본적인 생활과 관련한 문제에 비하면 즈아이가 마주하고 있는 건 문제도 아닐 터였다.

그런데 이날 즈아이를 깜짝 놀라게 한 또다른 사실은, 자신의 등장에 쓰우즈신과 쓰우셰우이 모두 심상치 않은 반응을 보였다는 것이다.

셰우이는 굳은 얼굴로 다급히 자리를 뜨면서 즈신과 선을 그으려 했다. 돌아온 즈아이를 본 즈신도 "드디어 돌아왔구나"가 아닌 매우 부자연스러운 반응을 보였다. 즈아이는 이런 표정을 본 적이 있었다. 언젠가 퉁청의 극장에 영화를 보러 갔을 때, 손을 잡고 극장 안으로 들어오던 한 여학생과 깔끔한 외모의 선생님을 맞닥뜨린 적이 있었다. 둘은 얼른 손을 놓으며 아무 일 없었던 것처럼 시치미를 뚝 뗐지만 민망해하는 그들의 표정만으로 모든 것을 다 짐작할 수 있었다.

두 사람은 절대 오늘 처음 만난 사이 같지가 않았다.

어떻게 그럴 수가 있지?

즈신 오빠가 어떻게 올케언니와 만난 적이 있는 거지? 두 사람이 예전에 아는 사이였나?

즈아이는 샤워를 하던 중 문득 즈신이 예전에 연예부 기자 생활을 한 적이 있다는 사실이 떠올랐다. 쓰우셰우이는 예전에 영화배급 일을 했다고 하지 않았던가?

욕실을 나온 즈아이는 머리에 수건을 뒤집어쓴 채 컴퓨터 앞에 앉았다. 구글에서 두 사람의 이름을 검색해봤지만 아무 결과도 나오지 않았다. 이상할 것 없었다. 폐간한 《홍콩시보》는 처음부터 세상에 존재하지도 않았던 것처럼 흔적 하나 남기지 않았으니. 그러나 무릇 지나간 것은 반드시 자취를 남기는 법이다. 존재한 적이 있다면, 분명히 찾아낼 수 있을 것이다.

37

집에 들어올 때마다 리오는 더 기다릴 수 없다는 듯 즈신에게 달려들어 떨어져나갈 것처럼 꼬리를 흔들며 기쁨을 표현했다. 이 날 밤도 예외는 아니었지만, 그는 리오의 기쁨에 공감해줄 수 없었다.

"왜 몸에서 술냄새가 풀풀 나지?" 쾅위칭은 리오처럼 다가와서는, 리오처럼 즈신의 몸에서 나는 냄새를 맡았다. "밖에서 누구랑 지금까지 마신 건데?"

"사촌 여동생."

"사촌 여동생에게 술을 먹여서 뭐하려고?" 팡위칭이 깜짝 놀라며 물었다.

"캐물으려고."

"그래서 뭐라도 나왔어?"

즈신은 고개를 저었고, 샤워를 마치자마자 바로 침대로 올라갔다. 리오는 여전히 팡위칭 옆 바닥에서 자는 쪽을 택했다.

즈신이 아직 눈을 감지 않았을 때, 팡위칭이 다가와 맨 가슴을 등에 딱 붙이는 걸로도 모자라 긴 다리로 그의 몸을 휘감았다. 하고 싶다는 신호였다.

쓰우셰우이와 마주치고, 뒤이어 즈아이와 대질신문까지 한 이 날, 즈신은 흥분과 좌절감이 뒤섞인 복잡한 심경이었다. 더구나 팡위칭과 섹스를 하면서 쓰우셰우이를 떠올리고 싶지도 않았다.

자신에게 비밀이 많다는 건 팡위칭도 알고 있다. 하지만 가장 큰 비밀에 관해서는 영원히 입을 열 수 없으리라.

팡위칭은 포기하지 않고 즈신의 성기를 쥔 채 살살 흔들었다. 더는 어떻게 할 수 없을 정도로 음경이 부풀어오르는 게 느껴지자, 그는 속절없이 셰우이와 함께했던 몇 개월 동안의 기억을 소환하고야 말았다.

"그쪽 초대받고 와서 본 영화 중에 이 영화가 제일 재미없던데요." 한번은 쓰우즈신이 예의를 차리지 않고 솔직하게 말했다. 영화가 끝날 때 한 말은 아니었다.

영화가 끝나고 셰우이와 두 홍보 담당자는 늘 하던 대로 극장 홀에 서서 언론 시사회 참석 후 떠나는 블로거, 평론가, 기자 등을 예의바르게 배웅했다. 그리고 지면과 소셜미디어에 영화평을 잘 써달라고 부탁했다.

늘씬하고 예쁘장한 셰우이에게 상당한 호감을 느끼고 있었던 즈신은 다른 두 홍보 담당자보다 그녀에게 훨씬 더 많이 말을 건넸다.

둘은 극장에서만이 아니라 온라인으로도 대화를 나눴다. 처음에는 서로의 페이스북에 댓글을 다는 정도였다. 그러다 나중에는 셰우이가 다이렉트 메시지로 몇몇 영화의 배급 과정의 내막을 털어놓기도 했다.

셰우이는 해외의 거물급 슈퍼스타를 많이 접대해봤는데 얼마나 까탈스러운지 모른다고 했다. 인터뷰도 5성급 호텔에서 해야 하고 여배우들의 경우엔 카메라맨에 메이크업 아티스트와 헤어 디자이너까지 다 자기들이 데려온 사람을 써야 한다고, 더군다나 남배우들은 농담조로 같이 밤을 보내자고 한다는 이야기까지 했다.

"홍보하는 영화가 늘어날수록, 연예인들에 대한 환상이 사라져요." 셰우이가 탄식을 조금 섞어가며 말했다. "코앞에서 눈 하나 깜짝하지 않고 밤새도록 거짓말을 늘어놓으며 상대가 어질어질해지도록 속아넘길 수 있는 사람들이죠. 홍콩의 한 신인 여배우는 인터뷰에서 집순이라 남자친구는 사귀어보지도 못했다고 그러던데, 실은 우표 모으듯 남자 모으는 걸 즐기는 애였더라니까요. 점심에 모자를 눌러쓰고 매번 다른 남자랑 미성년자 관람 불가 영화를 보러 온 걸 몇 번이나 봤는지 몰라요."

"그게 가능해요? 들킬까 겁도 안 나나?" 즈신이 물었다.

"그 시간대 관객들이야 다 어르신들인데, 걔같이 젊은 여자애를 어떻게 알아봐요?"

이후 둘의 화제는 영화와 연예계 가십을 넘어섰다. 셰우이는 즈신에게 업무 시간이 너무 길다, 연예인과 함께 영화 관람객들에게 감사 인사를 마치고 나면 택시를 타고 집에 갈 수밖에 없다면서, 사실 진짜 문제는 늦은 시간에 야식 먹을 식당이 없는 거라고도 했다.

즈신은 셰우이의 말뜻을 알아들었다. 여자들은 대놓고 직접 말하지 않는 게 많다. 한 달 뒤, 셰우이가 담당한 영화의 시사회가 끝난 뒤 관객 인사까지 마치고 나니 이미 밤 12시 반이었다. 즈신은 셰우이를 새벽 4시까지 문을 여는 딤섬 집으로 데려갔다.

즈신은 셰우이를 위해 밤새도록 영업하는 차찬텡과 죽집, 국숫집, 그리고 결국 둘이 가게 될 호텔을 찾아두었다.

둘의 관계는 명확하지 않았다. 연인 사이도 아니었고, 그렇다고 업무 파트너도 아니었다. 그들의 관계는 반년 남짓 이어졌다. 그러나 일이 바쁘다는 이유로 셰우이가 그와의 만남을 줄여나가면서 서로 문자를 주고받는 일도 점점 줄어들었고, 결국엔 서서히 왕래가 끊어졌다.

여자가 상대해주지 않으면 그 세계에서 깔끔하게 퇴장해주든지, 아니면 죽도록 매달리다가 환영받지 못하는 존재가 되든지, 심지어는 변태 스토커가 되든지 등의 길이 있다. 제3의 출구가 있을 수도 있겠지만, 그런 건 생각할 엄두도 나지 않았다.

기자인 그는 업계의 베테랑들이 신문 판매량을 끌어올리기 위해 냉혹하고 무자비하게 펜대를 놀린다는 사실을, 표적이 된 인물을 사지로 내몰 때의 쾌감을 즐긴다는 사실을 너무나 잘 알고 있었다. 생사여탈권을 쥐고 있다는 이유로 우쭐거리며 표변하는 언론계 종사자가 한둘이 아닌 마당에, 절대로 뉴스의 주인공이 될 수는 없었다.

셰우이와 자신이 그저 어쩌다가 섹스를 한 사이인 건지, 아니면 서로에게서 온기를 쬐었을 뿐인 건지 즈신 자신도 아리송했지만, 어느 쪽이든, 그의 인생에 등장했던 여자는 누구든, 크게든 적게든 그의 인생의 궤적을, 혹은 세상에 관한 생각을 바꿔놓았다. 그는 기꺼이 자신의 영혼 깊은 곳으로 다가와준 여성들이 고마웠다. 인생이 외롭지 않게, 풍요롭게 해준 이들이었다.

그후 연예인을 인터뷰하는 연예부 기자에서 그들을 쫓아다니는 파파라치로 변신한 것은 셰우이 때문이었다. 기자는 연예인을 홍보해주는 입장이니 환영받았지만, 즈신은 자신이 그들의 민낯을 가려주고 있을 뿐이라고 생각했다. 방금 호텔에서 팬과 섹스를 해놓고 혼자 호텔 레스토랑에서 영국식 애프터눈 티를 즐겼다고 말하는 건, 미화하는 수준을 넘어 사실을 왜곡하는 것이었다. 독자가 원하는 것이란 청춘스타의 완전무결한 신화일까, 아니면 피가 돋고 살이 붙어 팔딱대는 진실일까?

파파라치로 변신한 뒤 그는 '음해하거나, 없는 일을 만들어내지 않는다'는 대원칙을 지켜가며 진실을 파헤쳤다. 그 바람에 공공의 적이 되고 말았지만, 어느 독자가 신문사 홈페이지에 남긴 댓글에서 위안을 느꼈다.

―이런 보도를 보니 우리가 맹목적으로 추앙하는 청춘스타들이 얼마나 형편없는 이들인지 똑똑히 알겠네요. 연기도 못하고 음치인데, 특정 집단에 기대거나 회사가 돈을 쏟아부어서 집중적으로 밀어주면 하루아침에 돈과 명예를 얻죠. 전 차라리 실력도 있고 인품도 뛰어난 배우와 가수를 응원하렵니다.

제일 마음에 드는 댓글이어서 기념으로 캡처해두었다.

말하자니 부끄럽지만, 기자로 일한 십여 년 중 파파라치로 일한 그 몇 년이 그의 인생에서 가장 만족스럽고 가장 빛나는 세월이었다. 그 시기의 홍콩이 가장 다이내믹하고 힘이 넘쳤다.

그러다 즈아이가 보내온 원후의 청첩장에서 셰우이의 이름을 봤을 때는 그냥 이름만 같은 사람인 줄 알았다. 즈아이가 보낸 두 사람의 결혼사진을 보고 나서야 세상이 너무 좁다고 생각했다.

세상에 우연이 없다고는 믿지 않았다. 예전에 한 남성 대스타와 그의 여자친구로 소문난 이가 일본으로 여행을 떠난다는 소식을 듣고 그들을 뒤쫓아 도쿄에 있는 5성급 호텔까지 간 선배가 있었다. 하지만 뜻밖에도 어느 고위 관료가 그의 지기이자 불륜 상대인 여성과 친밀해 보이는 모습으로 호텔 홀에 나타난 모습을 목격했다. 결국 그 관료는 치정 문제를 인정하며 사임했다. 선배는 그를 다룬 단독 기사로 큰 공을 세웠고, 큰 보너스를 거머쥐었다.

쓰우즈신은 쓰우 집안과 관계를 끊은 지 오래였다. 설사 그러지 않았다 해도, 둘의 결혼식에 참석하지는 않았을 것이다. 둘은 아는 척해서는 안 되는 사이였다. 아는 척했다가는 틀림없이 다들 그들이 어떻게 알게 된 사이인지 끝도 없이 캐물었을 터였다.

핑곗거리를 생각해내지 못할 리는 없지만, 굳이 귀찮은 일을 만들고 싶지 않았다.

셰우이와의 이야기는 일찌감치 끝났다고, 다음은 없으리라 생각했는데 결혼 후 이 년 만에 그녀로부터 뜻밖의 연락을 받았다. 그녀는 대뜸 만나자고, 침사추이의 하트 애비뉴에 있는 펍 레스토랑에서 보자고 했다. 외국인 손님이 많고 라이브 공연도 열리는 무척 시끌벅적한 곳이었다. 두 사람은 딱 한 번 이곳에서 크리스마스를 함께 보냈다. 그곳에서 풍성한 음식을 즐기며 아름다운 시간을 보내다 호텔로 향했고, 셰우이는 즈신의 몸에 올라타 그를 순록 다루듯 몰아댔다.

그때의 장면이 지금도 또렷하게 머릿속에 떠올랐다. 그리운 마음이 들기도 했지만, 셰우이의 신분은 달라졌고 그들은 뛰어넘을 수 없는 친척 관계로 묶여 있었다. 이 레스토랑 안의 어느 여성이든 열여덟 살만 넘었다면 다 호텔에 데리고 갈 수 있겠지만, 셰우이만은 손댈 수 없었다.

―우리 둘이서만?

즈신이 기혼자가 된 셰우이에게 물었다.

―물론이지. 내 남편이 보고 싶은 건 아니지?

'원후'가 아닌 '내 남편'이라는 호칭을 듣고, 즈신은 이미 쓰우 집안의 규율이 그녀에게 스며들었다는 사실을 알아차렸다. 결혼해서 쓰우 집안에 들어온 여성 구성원은 자신의 이름만 불리는 일 없이 '쓰우 부인' 혹은 남편 성을 앞에 덧붙여 '쓰우셰우이'와 같이 불렸다. 셰우이는 자기 생각이라고는 없이 '내 남편'의 의견에 순종해야 했다.

중국 사회는 가정 내 모든 사람의 역할, 서로 간의 관계를 중시한다. 가족 구성원에게는 할아버지와 시아버지, 작은아버지와 큰아버지, 형과 남동생, 이종사촌과 고종사촌 등 저마다 다른 호칭이 부여된다. 장유유서 사상에 따라 아랫사람은 윗사람과 선배에게 복종해야 한다. 여성 역시 남성에게 복종해야 하며, 여성 쪽 친척들은 외가로 분류된다. 온갖 규칙을 통해 나이 많은 남성을 핵심으로 삼은 구조를 유지한다.

이성적으로는 이 여자와 식사를 하면 안 된다는 걸 똑똑히 알고 있었지만, 똘똘이에게도 자기 생각이 있는 법이다. 즈신은 셰우이가 그저 레스토랑에서 식사나 하자고 부른 건 아닐 거라고, 어쩌면 똘똘이가 제 역할을 할 기회가, 어떤 이벤트가 이어질지도 모른다고 생각했다.

다시 즈신 앞에 나타난 셰우이는 여전히 아름다웠고, 젊을 때는 없던 성숙미까지 풍겼다.

즈신은 성숙한 여자가 좋았다. 구제불능일 정도로.

"왜 그렇게 계속 뚫어지게 바라봐?" 셰우이가 저도 모르게 웃음을 터뜨리며 물었다.

"오랜만이잖아. 어떻게 변하셨나 똑똑히 봐두려고."

"나이 먹고 살이 쪘지. 나도 알아."

즈신과 셰우이는 처음 만나고 얼마 지나지 않았을 때처럼 금세 다시 친밀해졌다. 둘은 서로에게 호감과 호기심을 느꼈고, 상대방의 눈 뒤에 깃든 영혼을 똑똑히 보고 싶어했다.

"여섯 명이 모인 저녁식사 모임이었는데, 남편이 자기 성이 '쓰우'라고 소개하더라고. 그래서 틀림없이 당신 친척일 거라고 생각했지. 아쉽게도 당신은 결혼식에 오지 않았지만."

"내가 당신한테 준 명함에는 내 성이 '류'라고 적혀 있었을 텐데, 내가 쓰우 씨라는 건 어떻게 알았어?"

"언젠가 당신이 식당에서 전화를 받으면서 본명을 대는 걸 들었거든."

한동안 잡담을 나눈 뒤, 즈신은 서서히 본인이 답을 알고 싶은 질문으로 화제를 끌고 갔다.

"쓰우 집안에서는 잘 지내?"

셰우이는 즈신을 응시하면서, 한참을 아무 말도 하지 않다가 결국 가볍게 고개를 저었다.

즈신은 저도 모르게 미간을 찌푸렸다. 셰우이가 어떤 곤경에 처해 있는지 깊이 느껴졌다.

"결혼하기 전에 나한테 연락했으면 그 집안에 들어가지 말라고 했을 거야."

"이렇게 까다로울 줄은 몰랐어."

"'까다롭다' 정도면 정말 체면을 많이 챙겨준 거고. 나라면 그 집안에 사는 사람들은 정신이 여전히 봉건사회에 머물러 있다고 말하겠어. 이혼하고 싶어?"

"아니. 엄마가 아프셔서 병원비가 많이 필요해. 쓰우 집안의 금전적 지원이 절실하지."

셰우이의 솔직함은 놀랍지 않았다. 셰우이는 즈신 앞에서는 늘 직설적이었다.

"원후와는 어떻게 알게 된 거야?"

"친구가 창립한 회사에서 여섯 명 정원의 저녁식사 모임을 만들었어. 쓰우라는 그 기이한 성씨 얘기가 내 친구들 사이에서 돌고 돌았지. 다들 정말 흔치 않은 성이라고 입을 모았는데, 난 그 성씨의 주인공이 당신일 거라고 생각했어. 나이는 안 맞았지만, 그래도 용기를 내서 참석하겠다고 이름을 올렸지."

'왜 나한테 직접 연락하지 않았어?' 즈신은 이 말이 입 밖으로 튀어나올 뻔했지만, 결국엔 삼켜버렸다.

셰우이가 즈신을 찾아왔더라면, 오랜 세월 연락이 끊기는 일은 없었을 것이다.

원후가 참가 신청을 한 여섯 명의 저녁식사 모임은 분명히 5성급 호텔의 미슐랭 레스토랑에서 열렸을 것이다. 말문이 막힐 지경으로 값비싼 곳에서. 고학력의 미녀가 황금 거북이˙를 낚는 장소였으리라.

즈신은 셰우이의 선택을 비난하지 않았다.

가난은 비웃어도 돈을 위해 수단과 방법 가리지 않는 비천한 인간은 비웃지 않는 홍콩에서, 남자에게는 저마다 다른 등급이 매겨진다. 즈신 같은 기자는 정의가 실현되길 바라고 약자들에게도 관심을 기울이지만, 기껏해야 남자친구나 섹스 파트너. 원후처럼 돈 많은 남자야말로 남편감이다. 셰우이와 원후는 자식을 낳아 대를 이을 것이고, 아이에게 좋은 교육을 시켜줄 것이다. 아직 태어나지도 않은 아이에게 창창한 앞날을 보장해줄 수도 있을 것이다.

그때 무대 위에서 필리핀 국적 여가수가 허스키한 목소리로 루이 암스트롱의 〈We Have All the Time in the World〉를 부르기 시작했다. 술을 한 모금 마시자, 쓰고 떫은맛이 즈신의 혀끝에 남았다. 지난 몇 년간 즈신의 파트너는 계속 바뀌었고, 그들은 서로에게서 각자 필요한 걸 가져갔다. 쓰우셰우이는 즈신이 가장 예상치 못한 사람과 결혼했다. 다시 만나기는 했지만, 둘 사이에는 미래가 없었다.

노래에 취한 셰우이는 지난번 이곳을 찾았을 때와 같은 표정이

• 고위직에 있는 부유한 남자를 가리키는 말.

었지만, 그때와 달리 두 사람은 호텔로 향하지 않았다. 원후가 친구와 함께 베이징으로 현지 시찰을 떠났다지만, 즈신은 셰우이가 차를 몰아 집으로 돌아가는 모습을, 홀로 외로이 구중궁궐을 지키러 가는 모습을 손놓고 지켜볼 수밖에 없었다.

다음달부터 그들의 밀회는 일주일에 한 번, 시간대는 오후, 장소는 홍콩섬으로 바뀌었다. 원후와 함께 부부 동반으로 이 년간 외부 활동을 해온 셰우이는 그 계층의 사교계와 활동 범위를 너무나 잘 알고 있었으므로, 이들과 마주칠 가능성이 있는 장소와 시간을 피할 수 있었다.

즈신은 두 사람이 단순히 옛 친구와 회포를 풀거나 순수한 우정을 나누고 있는 게 아님을 점점 더 강렬히 느꼈다. 작은 불씨가 서서히 들판을 태우듯 애매한 감정이 둘 사이를 맴돌고 있었고, 조만간 무슨 일이 날 것 같았다.

셰우이와 세번째로 만난 월요일, 즈신과 셰우이는 근처 호텔로 향했고 그토록 오랫동안 하고 싶었던 것을 했다.

원래도 침대 위 테크닉이 뛰어났던 셰우이는 예전보다도 더 화끈하게 놀았다. 특히 기마술이 굉장했지만, 오럴 섹스는 거부했다.

즈신은 얼마 가지 못해 모든 걸 쏟아냈고, 모든 욕망을 남김없이 발산했다.

셰우이는 그의 아랫도리에서 다 쓴 콘돔을 벗겨내서는 즈신의 '성과'를 가늠해보았다.

"자기 엄청나게 사정했네! 요즘 섹스 파트너 있어?"

"없이 지낸 지 한참 됐어. 최근엔 당신이 내 판타지의 주인공이었지." 농담은 아니었지만, 즈신은 셰우이가 그 말을 믿지 않으리라고 맹세할 수 있었다.

"나도 마찬가지야. 당신은 침대에서 참 부드러워. 내 남편과는 달라."

다른 남자들이 어떻게 하는지는 원래 관심이 없었지만, 그게 가족이라면 이야기가 달랐다.

"원후는 어떤데?"

"아주 거칠어. 겉보기와는 전혀 딴판이야. 다른 사람이 되는 것 같다고 할까."

"스트레스가 커서 그럴 수도 있지."

"일도 안 하는데 무슨 스트레스?"

"남자의 스트레스가 꼭 일에서 오는 건 아니야. 중년의 스트레스는 여러 방면에서 온다고. 어쩌면 중년의 위기인지도 모르지. 본인이 더는 젊지 않다는 생각이 드는데다 몸은 약해지니, 정말로 늙어버릴까봐 두려운 거지. 당신은 원후보다 열 살은 더 어리잖아!"

"그런 것도 스트레스가 된다고?"

"당연하지. 자기가 나이들었다고 생각할걸. 게다가 지금은 쓰우 가문의 대를 이어야 한다는 스트레스도 있겠지."

이건 즈아이한테 들은 얘기였다. 즈신은 자신과 떳떳하지 못한 관계를 유지중인 셰우이에게 그간 즈아이와 연락을 주고받아왔다는 사실까지 알려주지는 않았다. 제보자 보호는 기자로 여러 해 일하면서 쌓은 경험, 혹은 나쁜 습관이었다.

여덟번째인지 아홉번째인지 모를 섹스였다. 중반부에 접어들었을 즈음 셰우이가 즈신을 살짝 밀어젖히고 한동안 손으로 그의 음경을 위아래로 흔들더니 콘돔을 벗겨버렸다.
"안심해. 나 지금 안전한 시기야. 그냥 좀더 편하게 하고 싶어서 그래."
셰우이는 즈신이 밀고 들어올 수 있도록 다리를 쫙 벌렸고 미친 듯이 소리를 질렀다. 셰우이는 입에서 음담패설을 쏟아내면서 하반신을 앞뒤로 흔들자, 즈신의 강렬한 욕망이 불타올랐다. 그는 아주 편한 상태에서 흥분감에 빠져들었다. 마찰이 거듭되고 그것이 점점 더 굵고 단단해지자, 부드럽던 셰우이의 움직임이 격렬해졌다. 셰우이는 양다리로 게처럼 그의 허리를 감싸면서 그것을 가장 깊은 곳으로 밀어넣은 다음 사방에서 조여왔다.
더할 나위 없는 쾌감과 자극이 즈신을 찾아왔다.
참으려고 애썼지만, 그는 순식간에 한 방울도 남김없이 사정해 버리고 말았다.

월요일 데이트가 그후로 다섯 번 더 지속된 다음, 셰우이는 더 이상 즈신에게 연락하지 않았다. 예전처럼 아주 깔끔하게 즈신과의 연락을 모두 끊어버렸다.

즈신은 과거에 그랬듯 지저분하게 매달리지 않고 깨끗이 퇴장해주었다.

그는 이런 결과를 맞이하게 되리라 진즉에 알고 있었다. 그게 아니면, 뭘 어쩌겠는가? 계속 그렇게 지내다가 쓰우 가문 사람들에게 발각당하기라도 하라고?

하지만 이런 결말이 찾아올 것을 잘 알고 있었음에도 그는 저항하지 않았다. 셰우이가 다시 만나자고 연락을 취한다 해도 마찬가지였을 것이다.

모든 일이 다 이성적으로 설명되는 건 아니다.

셰우이는 즈신의 마음속에서 영원히 중요한 자리를 차지하고 있을 것이다.

몇 달 뒤, 즈아이가 반응이 뜬 임신 테스트기 사진을 전송하며 흐뭇하게 말했다.

—쓰우 가문에 후손이 생겼어.

몇 년 못 본 사이에 섹스 테크닉만 출중해진 게 아니라 수단도 지독해졌구나.

그렇지만 좋아하는 여자가 관계 도중에 콘돔 없이 질내에 사정하라는데 어떤 남자가 거부할 수 있겠나? 셰우이와 자신 사이의 그 1밀리미터조차 되지 않는 얇은 막조차 진즉 없애버리고 싶었는데.

마음을 가라앉히고 분석해보니 뒷일은 아주 간단했다. 가장인 원후는 자기한테 문제가 있다고 생각하지 않았을 것이다. 원후 같은 남자는 언제나 모든 책임을 여자에게 돌린다. 시험관 시술은 원후가 받아들이지 않은 건지, 배란 유도 주사를 맞는 게 너무 고생스러워서 포기한 건지는 모르겠지만, 셰우이는 결국 씨내리라는 방법을 생각해냈으리라. 즈신의 정자라면 쓰우 가문의 유전자를 전해줄 것이다. 셰우이의 아이는 변함없이 쓰우 가문의 아이일 것이고 외모도 쓰우 가문의 구성원을 닮을 테니, 외부의 의심을 사는 일도 없겠지.

물론 그 아이 역시 쓰우 가문의 유전병과, 집안 특유의 고집과 보수적인 기질을 물려받게 될 것이고.

즈신은 셰우이의 첫아이가 아들이기를 바랐다. 그렇지 않으면 쓰우 집안에 아들을 낳아줘야 한다는 압박감과 또다시 마주해야 할 테고, 어쩌면 자신에게 또 도움을 청할지도 모르니까. 솔직히 즈신은 셰우이와의 섹스가 너무 좋았다. 육체적 쾌락을 마음껏 누리고, 사정만 해주고 나면 아이를 교육하고 책값을 대며 가르치는 일이야 원후가 책임질 테니 자신은 신경쓸 필요도 없을 것이다. 하지만 셰우이가 자신에게 접근한 진짜 목적을 알게 되니 이용당했다는 생각이 들었다. 셰우이가 한 말은 전부 진심이 아니었을 것이다. 오로지 목적을 이루기 위한 말이었을 뿐.

셰우이가 단 한 번도 자신을 진정으로 사랑한 적이 없다는 사실에 너무도 마음이 쓰였다.

콘돔 없이 사정을 열 번도 넘게 했지만, 그건 셰우이의 의도대로 끌려간 결과였다. 즈신은 무엇보다도 그걸 견딜 수 없었다.

다행히 셰우이의 뱃속에 들어선 건 남자아이였다.

즈아이를 포함한 쓰우 가문의 모두가 기쁨을 감추지 못했다. 즈신은 즈아이에게 이야기해주고 싶었다. 설사 여자아이였더라도 집안에서는 응당 기뻐해야 할 일이고, 성별에 따라 아이를 편애해서는 안 되는 거라고.

쓰우 가문이라면 진저리가 났지만 그래도 자신이 가족들을 한 번은 도와준 셈이었다.

즈아이가 전송해준 즈후이의 사진을 저장해둘까 고민하기도 했지만, 심경만 점점 더 복잡해졌다. 셰우이가 임무를 완수하는 데 자신이 도움을 주기는 했지만, 그 아이가 자기 유전자를 물려받기는 했지만, 그 아이에게 아빠라고 불리는 일은 영원히 없을 것이다. 즈신에게는 아이의 이름을 지어줄 권리조차 없었다. 즈후이의 이름은 원후가 골랐다. 족보에 따르면 항렬자는 '즈'였다.

셰우이는 즈신에게 아빠가 되었다는 소식을 알리지 않았다. 즈신이 익명의 정자 기증자라도 된다는 듯, 정자만 제공해주면 되는 사람이라는 듯.

그러다 지금으로부터 이삼 년 전 즈음, 즈신은 생각이 달라졌다.

모든 생물의 존재 의의는 유전자를 퍼뜨리는 데 있다. 교배라는 임무를 완수하고 나면, 많은 생물의 생은 끝을 향해 가게 된다.

즈신과 즈후이가 서로를 인정하는 관계가 될 수는 없겠지만, 즈즈후이의 출생은 별 볼 일 없는 그의 인생에 존재 가치를 찾아주었다.

그런데 끔찍한 생각 하나가 즈신의 머릿속에 떠올라 점차 형태를 갖추어갔다.

쓰우 가문의 가족 연회가 열리기 한 달 전쯤, 가족 대다수가 재미로 멍청하기 짝이 없는 유전자검사 놀이인지 뭔지를 하러 갔었다. 가계에 불량한 유전자가 있는지도 찾아내고, 가계도도 정리하고 싶어서. 자기들은 모르지만 혈연관계일지도 모르는 사람을 찾아내고 싶은 마음에.

즈후이가 쓰우 가문의 유전자를 갖고 있는 것은 맞다. 하지만 즈후이가 원후의 아들이 아니라는 사실이 밝혀지기라도 하면 누가 조력자인지 찾아내야만 한다. 그러므로 이 사실이 발각될까봐 두려웠을 셰우이에게는 강력한 살인 동기가 있다. 원후가 혼자만 죽지 않아야, 이번 대학살의 진짜 목표와 의도를 아무도 모르게 될 테니.

쓰우 가문 사람들 모두, 방역 정책이 느슨해지면서 원후가 가족 연회를 서둘렀다는 사실을 알고 있었다. 그리고 셰우이는 원후와 아더에 이어 가족 연회 거행 일자를 알게 된 세번째 사람이었다. 원후가 연회 업체 사장에게 연락하기 전에 알았으니 준비할 시간도 충분했을 것이다.

어떻게 부릴 사람을 찾아 일을 진행했는지는 모를 일이지만, 셰우이는 원래부터 인맥이 상당한 사람이다. 게다가 돈만 있으면 합법이든 불법이든 연줄은 얼마든지 생기는 법이다.

원후가 죽지 않았다는 건, 셰우이의 움직임이 아직 끝나지 않았다는 뜻이다.

쓰우즈신은 본인이 셰우이의 살해 명단에 올라가 있는지 확신할 수 없었다. 그러나 셰우이를 계속 수사하다보면 결국 수사는 자신에게로 이어질 것이다.

쓰우 가문을 멸문으로 이끈 대학살의 진상을 파헤치는 일이 너무나 중요하기는 하지만, 쓰우즈신에게는 자신이 영원히 되돌아올 수 없는 강을 건너지 않는 게 더 중요하다.

설사 영원히 되돌아올 수 없는 강을 건너게 되더라도, 쓰우 가문을 멸문으로 이끈 이 대학살의 진상을 파헤쳐야만 하는 걸까?

38

이튿날 아침 8시, 휴대전화 메시지 도착 알람에 즈신은 잠에서 깼다. 즈아이가 보낸 짧은 메시지였다.

―오늘 아침 11시에 서점 '불면'에서 만나.

즈신이 물었다.

―무슨 장난을 치시려고?

즈아이가 셰우이와 즈신 사이의 연결 고리를 찾아냈을 리는 없다.《홍콩시보》는 폐간했고, 홈페이지와 함께 모든 기사가 사라졌다. 이토록 중요한 홍콩의 뉴스 데이터베이스가 사라진 것은 홍콩인들의 손실이나, 그 덕에 그의 과거도 지워졌다. 영원히 아무도 알아낼 수 없을 것이다.

―와보면 알게 될 거야. 그리고 아침은 먹지 말고 와.

―나랑 브런치 드시게?

즈신이 어리둥절해하며 물었다. 뭔가 심상치 않은 것 같다는 기분이 들었다. 즈아이는 아무 감정도 담지 않고 딱 한 글자로 답했다.

―응.

휴대전화를 돌려놓으려고 즈신이 움직인 탓에 잠에서 깬 쪽은 어젯밤 침대에서 같이 뒹군 팡위칭이 아니라 리오였다. 리오가 즈신 곁에 와서 앉더니 눈을 커다랗게 뜬 채 아침을 내놓으라며 졸라댔다.

즈신이 살며시 웃으며 리오를 바라봤다. 반려동물을 키우다보면 녀석들의 문제를 해결해주는 게 최우선이 되어버린다.

예정 시간보다 십 분 일찍 서점 '불면'의 입구에 도착한 즈신은 영업 시작까지 아직 한 시간이나 남았다는 사실을 알게 되었다.

세번째 방문이었다. 매번 방문 이유가 달랐다. 처음에는 정보를 수집하러, 두번째는 도둑질하러, 세번째는 곧 알게 될 것이다.

문을 열어보니 내부는 무척 평온했다. 야밤에 들어왔을 때와는 달리 대낮의 빈 공간은 평온하고 영혼이 정화되는 듯한 느낌을 주었다.

책 한 권 한 권이 조용히 서가에 꽂혀 자기를 펼쳐줄 독자를 기다리고 있었다. 마치 인간에게 침략당하지 않은 숲에 뛰어든 것만 같았다. 즈아이가 창가의 소파에 앉아 그를 향해 손을 흔들었다. 이전의 친절하고 웃음기 띤 얼굴은 온데간데없었다.

즈아이는 즈신에게 맞은편 자리를 권했다. 둘 사이에는 작은 찻상이 놓여 있었다.
 가족을 심문하기는 싫었지만 어제 즈신도 즈아이를 신문했으니, 즈아이가 즈신에게 예의를 차릴 이유는 없다. 게다가 확실히 짚고 넘어가야 할 일들이라는 게 있는 법이다.
 신문 테크닉을 따지면, 즈아이가 사설탐정인 즈신보다 못할 수 있지만 그녀의 손에는 증거가 있다.
 "올케언니와 진작부터 아는 사이였으면서 왜 나한테 이야기하지 않으셨을까?" 즈아이는 즈신에게 한 번도 보인 적 없는 진지한 말투로 말했다.
 "이야기할 게 뭐가 있냐? 그냥 인터넷에서 알고 지내던 친구이니 보고하고 자시고 할 것도 없지. 내 교우관계는 집안과 아무 관련 없어." 대답을 하기는 했지만, 질문의 핵심은 피했다.
 "아니, 두 사람은 단순한 친구 사이가 아니야."
 즈아이는 즈신에게 캡처한 이미지 하나를 아이패드에 띄워 보여주었다. 즈아이가 위대한 인터넷 아카이브에서 찾아낸 것이었다.
 즈신이 가만히 "아" 하고 소리를 내뱉었다. 즈신이 모를 수 없는 웹사이트였다. 즈아이가 이걸 찾아냈을 줄이야.

그건 즈신이 십이 년 전《홍콩시보》의 연예부 기자로 일할 당시 쓴 인터뷰 기사였다. 그때는 본명이 아닌 '류즈신'이라는 필명을 썼는데, 그후로도 먹고살기 위해 이 업계에서 활동하며 쓴 가명이기도 했다.

이삼백 자 분량의 짧은 인터뷰 기사가 아니라, 이천 자 가까이 되는 분량에 사진까지 첨부된 기사였다. 인터뷰 주인공은 즈아이가 만나본 적이 없는, 남편 성을 앞에 붙이지 않은, 한 영화배급사에서 프로모션 매니저로 일하던 시절의 아주 젊은 셰우이였다.

"왜 셰우이와 원후 오빠의 결혼식에 참석하지 않았어? 친구라면 응당 기뻐해야 했을 일 아니야?"

"결혼할 즈음에는 이미 연락이 끊어진 상황이었고, 나도 쓰우 가문을 떠나 있었어. 잊었냐?"

"둘이 사귄 적이라도 있어?" 즈아이가 단도직입적으로 물었다.

"나보다 일곱 살이나 많은 여자야!"

성가셔하는 즈신의 대답에 즈아이는 화가 치밀어올랐다. 남녀가 만나는 데 나이가 장벽이 아니게 된 게 언제부턴데.

"섹스 파트너였어?" 즈아이가 더 날카롭게 캐물었다.

"장난해? 나 엄청 얌전하게 살아왔어."

즈아이는 즈신의 말을 믿지 않았다. 그녀는 손가방에서 폭이 좁고 길이가 긴, 투명한 플라스틱 케이스를 꺼내 작은 찻상에 올려놓았다. 안에는 구강용 면봉이 하나 들어 있었다.

"무슨 뜻이야?" 즈신이 억울하다는 듯한 표정으로 물었다.

"사설탐정이 이게 무슨 뜻인지 모를 리가 있어? 협조하지 않으면, 원후 오빠에게 알리겠어." 즈아이가 즈신을 협박하며 말했다.

쓰우 가문의 딸 즈아이는 집안으로부터 돈을 물 쓰듯 쓰는 것만 배운 게 아니었다. 감정적인 협박이든 공갈 협박이든, 온갖 형태로 상대를 압박하는 법을 배운 덕에 한번 시동이 걸리면 거침이 없었다.

총 세 번, 즈신은 제각기 다른 입장에서 서점 '불면'의 입구를 나섰다.

첫번째로 나설 때는 도둑질을 준비하러, 두번째는 정보를 확보하고 나서, 세번째는 셰우이와의 간통이 발각된 뒤였다.

유전자 검사를 거부한다는 건 인정한다는 뜻이었다. 즈신은 테이블 위의 면봉을 한참 바라보다 결국은 테스트를 받아들이기로 했다.

즈신은 셰우이가 자신과 섹스했을 즈음, 원후의 의심을 피하고자 틀림없이 그와도 잠자리를 가졌으리라 추측했다. 두 개의 침대에서 스리섬이 벌어진 셈이니, 그 아이의 Y염색체가 자신으로부터 온 것인지 원후로부터 온 것인지는 아마 셰우이조차 확신할 수 없을 것이다. 물론 셰우이가 진상을 찾아나서지도 않을 테지만.

즈신은 즈후이가 실은 원후의 아들일 수도 있다는, 얼마 되지 않는 가능성에 도박을 걸었다.

사실 즈후이가 자기 아들이라 한들 뭐 어떻단 말인가? 쓰우 가문에 사람이라고는 얼마 남지도 않은 마당에.

원후의 눈에 여자인 즈아이의 생각은 중요하지 않을 것이다. 즈이는 황당한 일이라며 비웃겠지만, 그 녀석의 생각도 중요하지 않은 건 마찬가지이다.

성격상 원후는 망신스러운 얘기가 집밖으로 퍼지지 않게 할 것이고, 당연히 즈신을 고소하지도 않을 것이다. 원후가 셰우이에게 어떻게 대응할지는 부부간의 일이다.

즈신은 이런 생각도 들었다. 원후가 벌써 이 일을 알고 있었고, 수치심이 쌓이고 쌓여 분노가 된 끝에 가족들에게 손을 썼을지 모른다는 생각.

아니다. 원후는 손을 쓸 필요조차 없었을 것이다. 이혼만 하면 되니까. 원후에게는 널린 게 돈이다. 돈으로 해결할 수 있는 문제는 차고도 넘친다. 셰우이가 입을 다물게 하는 것까지 포함해서 말이다.

지금 쓰우셰우이는 즈신과 간통을 저질렀다는 사실을 즈아이가 알고 있다는 걸 모른다. 셰우이가 마음의 준비를 할 수 있도록 알려줘야 할까?

아니다. 셰우이가 악랄한 수법을 써서 사람을 해치는 수준까지 진화했다면 즈신이 걱정해줄 필요도 없을 것이다.

치서우런 형사가 서점에 가서 조사해보라고 하지 않았다면 즈신은 즈아이가 그 단체와 관련이 있다는 사실을 발견하지 못했으리라. 만일 즈신이 즈아이에게 캐묻지 않았다면, 반대로 즈아이가 즈신의 뒤를 캐지도 않았을 테고.

자업자득인가? 걱정을 사서 하는 건가? 아니면 스스로 화를 불러온 건가?

즈신은 치서우런이 즈아이와 '토지정의연구팀'의 관계를 알고 각본까지 다 짜놓은 거였다고, 그래서 자발적으로 자신에게 연락해 진상을 파헤치라고 지시한 것이라고, 대의를 위해 가족을 더 희생해야 한다면 그건 알아서 하라는 의미였을 거라고 의심했다.

즈신에게 거센 불길이 옮겨붙었다는 사실을 치서우런이 알게 되면 어떨까. 분명히 사건 발생 당시 현장에 없었고, 쓰우 가문을 혐오하며, 사촌 형수와 간통을 저질러 아이까지 낳아서 세상 사람들의 이목을 돌려야만 하는, 오랫동안 양지와 음지 사이를 오가며 살아온 즈신이 셰우이와 즈아이보다 훨씬 더 완벽한 살인 동기를 갖고 있다고 생각할 것이다.

39

"피고 리사오룽은 쉰여섯 건의 살인 혐의로 기소되었으며, 해당 사건의 추가 심리 기일은 다음달 14일로 연기하겠습니다. 사건의 심각성을 고려해 피고의 보석은 불허합니다."

7백만 홍콩 시민과 마찬가지로 홍콩 전역을 충격의 도가니로 몰아넣은 이 사건에 아둥 또한 관심이 있었지만, 관심의 초점은 달랐다. 그는 '범인'이 받게 될 벌에는 관심이 없고, 희생양이 제대로 죄를 뒤집어써서 자신은 영원히 이 사건에 연루될 일이 없기를 바라고 있었다.

쓰우 가문에는 아무런 원한도 없었다. 그저 돈을 받고 일을 한 것뿐이었다. 아둥이 하지 않았어도 누군가는 했을 것이다. 아둥은 밑에 있는 놈들이 여자를 죽이기 전에 재미를 보지 못하게 하는 등, 일을 맡으면 업계의 도리를 엄격히 지켰다.

엉뚱한 문제가 터지지 않게 하려고, 혹은 불필요한 위험 요소를 제거하려고, 고객이 의뢰하지 않은 일을 하지 않으려고 이러는 게 아니었다. 고기를 얻기 위해 동물을 도살할 때는 무슬림처럼 겸손하게 자신을 낮추어야 한다. 동물을 학대하지 말아야 하며, 도살하는 장면을 다른 동물에게 보여주어서도 안 되고, 그들이 죽음을 맞이할 때 느끼는 고통을 줄여줘야 한다고 생각하기 때문이다.

이번 독살 사건으로 희생자들은 몇 시간을 고통스럽게 보낸 뒤에야 죽음을 맞이했지만, 아둥으로서는 최선을 다한 셈이었다. 그것이 피비린내로부터 가장 거리가 먼 방법이었고, 그들의 신분이 노출될 가능성이 가장 낮은 방법이기도 했다.

수하들은 아둥보다도 더 사건의 진척에 관심을 보이며 허구한 날 돌아가도 되냐고 메신저로 물어왔다.

아둥은 선고가 내려지지 않은 한 변수가 존재한다는 사실을 알고 있었다. 이쪽이 긴장을 풀기를 경찰에서 기다리고 있을 가능성을, 공항이나 변두리 항구에서 용의자들이 돌아오기를 기다리고 있을 가능성을 배제할 수 없었다.

물론 좀 예민하게 구는 것일 수도 있지만 조심해서 나쁠 건 없었다.

―급히 돌아와서 뭐하게? 마스크 쓰고 싶어 안달이라도 났냐? 그 인간 감방 들어간 다음에 다시 얘기해.

40

스물네시간이 지났지만 아직 즈아이에게서는 문자가 오지 않았다.

몇 번이나 뒤져본 여러 유전자분석 업체 홈페이지 정보에 따르면, 추가 비용을 부담하면 빠르게는 만 하루 안에 친자 확인 검사 결과를 받아볼 수 있었다.

앞으로 어떻게 움직여야 할지 고민하고 있는 걸까?

이어진 마흔여덟 시간 동안에도 즈아이에게서 문자가 오지 않았다. 즈신은 의구심이 생기기 시작했다. 즈아이는 왜 연락하지 않는 걸까? 무슨 생각을 하고 있는 걸까?

만 사흘이 지났다. 친자 확인 검사는 물론이거니와 Y염색체 부계 확인 검사, 다시 말해 남성만을 대상으로 'DNA 과학기술을 활용해 두 명 이상의 남성이 같은 조상을 둔 혈연관계인지, 혹은 같은 아버지를 두었는지 확인하는 검사' 결과도 나올 수 있었을 시간이었다.

즈후이와 즈신 모두 이 검사가 요하는 자격 요건을 갖추고 있었다.

그로부터 다시 스물네 시간이 지나고 나서야, 마침내 즈아이로부터 회신이 왔다.

―축하해야 할 일인지 아닌지는 모르겠는데, 즈후이는 오빠 아들이 아니야.

'미안해'라는 말은 없었다.

여러 해 동안 마음속에 도사리고 있었던 생각이 뒤집히고 말았다. 즈후이가 원후의 아들이었다니.

그렇지만 이를 확신할 수 없는 셰우이가 스스로를 보호할 목적으로 살인 계획을 실행에 옮겼을 수 있지 않을까?

이런 추측을 즈아이에게 전해줘야 할지 즈신은 확신할 수 없었다.

즈후이가 친아들이 아니라는 사실을 알고 나니 만감이 교차했다. 본인의 유전자를 이어받은 사람이 없다는 사실이, 마치 자신이 아직 삶의 의미를 찾지 못했다는 뜻인 것 같았다.

즈아이는 유전자분석 업체가 내놓은 답이 매우 불만족스러웠다. "두 샘플 사이에 친족 관계는 성립하지만, 부자 관계는 성립하지 않습니다"라는 통지 메일에 빰을 한 대 맞은 것 같은 기분이었다.

즈아이는 바로 전화를 걸었다. "어떻게 이런 게 가능한가요?"

"저희는 최신식 유전자분석 방식으로 검사를 진행하고 있으며, 오차율은 0.00002퍼센트입니다. 다른 도움이 필요하시다면, 언제든 저희에게 연락하시기 바랍니다." 상대는 재빨리 전화를 끊어버렸다.

몇 년 전의 즈아이였다면 휴대전화를 힘껏 내던져서라도 응어리진 마음을 풀었을 것이다. 하지만 이제는 즈아이도 성숙해져서 그냥 휴대전화를 높이 들었다가 살며시 내려놓는 선에서 끝냈다.

가까스로 셰우이와 즈신의 관계를 알아냈건만…… 둘이 모르는 사이라는 거짓말은 즈아이에게 통하지 않았다. 거짓말이 아니라면 아무리 원후를 싫어했다 해도 친구와 사촌 형의 결혼식에 불참했을 리 없다. 심지어는 결혼하기 전에 제발 쓰우 가문으로 들어가지 말라고 셰우이에게 권했을 것이다. 차라리 결혼이 틀어지는 게 낫지, 셰우이가 사지로 끌려들어가는 꼴을 멍하니 지켜보지는 않았을 것이다.

사람이 그렇게 굽힐 줄을 모르니, 쓰우 가문이 그렇게 꼴 보기 싫은 것이다.

그 두 사람은 섹스 파트너 관계인 게 틀림없다. 심지어 셰우이가 결혼해서 쓰우 집안에 들어온 뒤에도 관계를 유지했을 것이다. 즈아이는 자신의 직감이 틀릴 리 없다고 생각했다.

즈아이는 유전자분석에 문제가 있었으리라고 의심하지는 않았다. 즈신과 셰우이가 간통을 저지르지 않았다고 생각하지도 않았다. 그저 즈후이는 즈신의 아들이 아닐 뿐이었다.

즈신은 쓰우 집안에서 즈아이과 유일하게 대화가 되는 가족 구성원이었다. 하지만 진상을 밝히기 위해서 그에게서 등을 돌리는 일을 마다하지 않았다.

등을 돌렸는데, 진상은 밝혀내지 못했다.

즈아이는 자신의 결정을 후회하기 시작했다. 언제가 되어야 이 충동적인 성격을 통제할 수 있을까. 언제쯤 멍청한 짓을 다시는 저지르지 않을 수 있을까.

성격이 너무 제멋대로라고 엄마에게 야단맞을 때가 있었는데, 정말 맞는 말이었다. 앞으로, 다시는 엄마로부터 전화와 문자를 받지 못할 거라는 생각에 즈아이는 또다시 목놓아 울었다.

마음을 차분히 가라앉히고 나니 다른 생각이 떠올랐다. 쓰우 가문 식구들이 한 달쯤 전에 했던 가족 유전자 검사 결과는 왜 한참이 지나도록 나오지 않는 거지?

제9장
연회 이 주 뒤

41

아둥이 묘지로 돌아왔다. 여전히 아무도 돌보지 않는 묘지 안의 비석들도, 흐린 날이면 어느 모퉁이에서 들려오는 건지 알 수 없는 새소리와, 길을 잃으면 빨라지는 자신의 심장박동도 변함없었다. 하지만 미스 둥이 보수를 단숨에 다섯 배나 올리자 끝까지 거절하려 했던 아둥의 결심도 흔들리고 말았다.

암흑가에서 뒹굴고는 있지만 아둥은 조금도 아둔하지 않다. 하루빨리 목표한 저축액을 채워서 손을 씻고 이 험악한 업계를 떠나 가정을 꾸리고 싶었다.

아둥보다 일찍 도착한 미스 둥이 묘비 사이를 걸어왔다. 이곳은 꼭 묘지가 아니라 묘지를 흉내낸 테마파크 같다.

"이번 목표는 딱 한 사람, 쓰우즈신입니다." 미스 둥이 입을 열었다.

아둥은 그 사설탐정이 기억났다. 사람을 시켜 미행한 적이 있었다. 혼자 록깅완에 살면서 퍼그를 한 마리 키우고 있고, 서른에서 마흔 사이로 보이는 여자와 동거중이었다.

얼마나 경계심이 높은지 상대하기 쉬운 인물은 아니었다. 한 발로 명중시켜야지, 그러지 않았다가는 경계심만 높아져 다시 손을 쓰기는 무척 어려울 것이다.

얼마 전까지 툭하면 언제쯤 홍콩에 돌아갈 수 있냐고 물어대던 아둥의 부하는 이제 밤이면 밤마다 음주가무에 빠져 동남아에서 돌아오는 것도 잊어버린 참이었다. 지켜야 할 규칙이 한둘이 아닌 마스크의 도시 홍콩으로 돌아오고 싶은 생각이 없을 터였다.

"상대하기가 보통 어려운 놈이 아닙니다. 애들을 좀 바꿔 써야 해서 임무를 그렇게 빨리 완료할 수는 없습니다." 아둥이 눈살을 찌푸리며 말했다.

"안 됩니다. 고객이 이 주 안에 처리해달라고 했기 때문에 잔금을 받지 못할 수도 있습니다." 미스 둥이 완강한 태도로 대답했다.

"무슨 그런 이유가 있답니까? 이렇게 사람을 닦달하는 건은 또 처음이네요." 아둥의 얼굴이 붉어졌다. "그건 규칙을 망가뜨리는 겁니다."

미스 둥과 얼굴을 붉히며 싸우고 싶지는 않았지만 돈 이야기를 하다보면 싸우지 않을 수 없다.

이는 아둥이 미스 둥과 현재의 거리를 유지하는 이유이기도 했다. 둘은 가족이 될 수 없다.

"거액을 제시했으니, 규칙은 고객이 먼저 정할 수 있는 거 아닌가요?" 미스 둥이 불쾌한 말투로 말했다. "원래 일주일이었는데 제가 그쪽 생각해서 한 주 더 늘린 겁니다. 긴말하지 않겠습니다. 얼른 진행하세요. 그쪽이 임무를 완수하지 못하면 저도 잔금을 못 받습니다."

42

지하철 얀오역 근처에 차를 세운 쓰우즈신은 개찰구에 교통카드를 찍고 운임 구역으로 들어섰다. 치서우런이 안에서 보자며 불러낸 참이었다.

얀오역은 디즈니선으로 갈아타면 디즈니랜드로 갈 수 있는 역이어서, 역의 디자인과 공간의 심미성이 아주 뛰어나다. 플랫폼에 심은 야자수와 공중에 떠 있는 듯한 텐세그리티 기법 천막이 몽환적인 분위기를 자아내며, 즈신은 제목도 말하지 못할 디즈니풍 음악이 플랫폼에서도 흘러나온다. 이곳에 있다보면 여기가 홍콩이라는 생각이 전혀 들지 않는다.

디즈니는 그의 흥미를 끌지 못했지만, 듣자니 역 안 석회암 벽돌에 묻혀 있는 억만 년 전의 고대 생물 화석을 감상하러 일부러 찾아오는 여행객들이 있다고 했다. 그런데 또 그랬다가는 역무원에게 쫓겨난다는 이야기도 들었다. 그러지 않으면 벌금을 물게 된단다.

이 역의 또다른 특이점은 역에서 차로 오 분 거리 내에 상점도 주택도 없어서, 홍콩인들이 갈망하는 경제적 이익에 전혀 부합되지 않는다는 것이다. 그렇게 된 이유는 디즈니 쪽에서 디즈니랜드의 신비롭고 꿈같은 이미지를 유지할 수 있도록 내부에서 어떤 외부 건축물도 볼 수 없게 해달라고 요구했기 때문이다. 이 지역의 원래 이름인 '얌오陰澳'에서 너무 음침한 느낌이 난다는 이유로, 디즈니측이 '얌오역'을 '얀오欣澳*역'으로, 영문 역명을 '서니베이'로 바꾼 이유와 비슷한 맥락이었다. 이렇다보니 얀오역의 가치는 아주 단순하게 환승역 정도에 머물렀다. 디즈니선과 연결된 것 외에, 역 바깥에서 버스를 타고 홍콩 출입국관리소로 가서 국경을 곧장 넘어가는 '골드 버스'로 갈아타면, 건설비만 1천억 위안 넘게 들어간 강주아오대교를 통해 마카오와 주하이로 넘어갈 수 있다.

즈신이 플랫폼에 들어섰을 땐 디즈니랜드를 떠나는 승객들로 붐볐다. 머리에 미키마우스 귀를 달고 있는 사람이 있는가 하면, 디즈니랜드 로고가 찍힌 비닐봉지를 든 사람들도 있었다. 아무도 벤치에 앉아 있는 치서우런에게 신경쓰지 않았다. 운동복 차림에 헌팅캡과 선글라스를 쓰고 있어서 한쪽 눈만 보인다는 사실이 겉으로 드러나지 않았다.

"진전은 있나?" 치서우런이 물었다.

"저한테 정권에 반대하는 단체에 대해 알려주실 때 사실 속으로

---

* '행복한 바닷가'라는 뜻이다.

는 이미 감을 잡고 계셨던 거죠?"

치서우런은 부정하지 않는다는 뜻으로 고개를 끄덕였다. "원래는 그냥 단순하게, 경찰이 수사한 적 없는 방향이니까 수사해볼 가치가 있겠다고만 생각했어. 그런데 자네 집안의 드러나지 않았던 비밀을 까발려줄 예상치 못한 연결 지점이 나올 줄은 몰랐지."

즈신은 절대 '치서우런 당신 때문에 난 거의 끝장날 뻔했다'고 털어놓지 않을 것이다. 치서우런은 애초에 즈아이가 토지정의연구팀의 구성원이었다는 사실뿐 아니라, 자신과 셰우이 사이에 있었던 일까지 눈치채고 있었으면서 일부러 불면 서점이라는 단서를 던져준 것인지도 모른다. 그런데 치서우런은 자신과 셰우이 사이에 뭔가가 있을 거라는 생각을 어떻게 하게 된 걸까?

"그렇지만 즈아이가 일을 저질렀다는 증거는 찾지도 못했을 뿐더러, 전 그애가 저지른 일이라고 생각하지도 않습니다. 다른 의심스러운 지점은 없나요?"

"다른 방향이라……" 치서우런이 즈신의 두 눈을 뚫어지게 바라봤다. "자네를 다시 수사할 생각이야. 자네 집안도 수사하고, 자네 휴대전화도 뒤져보려고. 안이고 밖이고 자네의 모든 걸 털어봐야겠어. 쓰우 집안의 천덕꾸러기, 자네가 가장 유력한 용의자니까."

즈신은 이러다 큰일나겠다고 생각했다. "형사님이 아는 사람이 범인이라니, 우연치고는 너무 절묘하지 않나요?"

"우연이든 아니든 그런 건 상관없지만, 난 한 사람 한 사람 다 의심해. 쓰우즈이도 포함해서 말이지. 쓰우즈이가 얼마나 성가신 인물인지 자네 알고 있나?"

"사촌 여동생 말로는 나이트클럽에서 죽치고 산다던데요. 지난번 가족 연회 때는 고양이 문신을 한 여자를 데리고 왔다고."

"맞아. 자네와는 다르더군. 듣자니 남녀관계도 보통 복잡한 게 아니야. 클럽에서도 툭하면 여자 때문에 다른 사람들과 싸움이 붙는데, 주먹질까지 한다는 거야. 양쪽 다 고소하지는 않으니 경찰이야 결국 다들 적당히 좀 하라며 말로 타이를 수밖에 없지만, 한번 신고를 받으면 대규모 인력이 출동해야 한다고. 이런 골칫덩이는 그냥 감옥에 처넣는 게 제일 깔끔하다고 떠드는 동료들이 한둘이 아니야."

"그건 그렇죠. 전 경찰들 뜻을 지지합니다."

"몇 개월 전에 쓰우즈이가 한 친구와 사이가 틀어졌어. 라오후짜이*라고 불리는 녀석인데 중학교 동창이고, 한때는 호형호제하며 지냈대. 그런데 두 달쯤 전부터 둘 사이가 나빠졌다더군. 이유는 아무도 몰라. 라오후짜이의 아버지는 조폭이었는데, 십여 년 전에 길거리에서 칼잡이한테 십여 번을 찔리고 과다출혈로 세상을 떠났어. 듣자니 라오후짜이가 자존심이 보통 센 놈이 아니야. 함부로 건드릴 수 없는 신성불가침 수준의 인간이라 농담 한마디에도 인간관계를 절단내버린다는군."

---

* '라오후(老虎)'는 '호랑이'라는 뜻이고, '짜이(仔)'는 어리거나 젊은 남자에게 붙이는 표현이다. 이름과 '짜이'를 조합해 애칭을 만들기도 한다.

쓰우즈신은 '그 아버지에 그 아들'이 아주 정확한 표현이라는 사실을 경험으로 알고 있었다. 물론 아버지가 조폭생활을 했다고 해서 아들도 같은 길을 따라간다는 법은 없다. 부모나 가까운 친척, 친구가 평생 칼날 번뜩이는 살벌한 세상에서 험악하게 사는 모습을 본 뒤 무의식적으로 그 업계를 멀리하며 평온한 삶을 살려고 노력하는 이들도 있다.

그러나 라오후짜이는 그런 깨달음을 얻기는커녕, 아버지가 남긴 조폭 인맥을 이어받았다. 쓰우셰우이와 마찬가지로 그는 쓰우 집안 전체를 몰살시켜야 할 동기를 갖고 있었을 뿐 아니라, 따로 업자를 찾기 위해 고민할 필요도 없었다.

"쓰우 집안에 일이 터진 후, 라오후짜이는 록깅완에 처박혀서 지내고 있어. 자네 이웃 가운데 하나로 말이지." 치서우런의 눈에 옅은 웃음기가 드리웠다. "하지만 정보의 진위를 확신할 수 없으니, 자네가 직접 가서 조사해봐."

43

고층 아파트에 사는 쓰우즈신과 달리 라오후짜이는 록깅완 록평도 54호에 자리한 서양식 단독주택에 살았다. 좀더 엄밀히 말하자면, 숨어 있었다.

쓰우즈신의 집에서 걸어서 이십 분 정도 떨어진 곳이었다.

산중턱에 자리해 주변 환경이 조용하면서도 아늑하고, 외관이 우아한 집이었다. 대문은 차도로 나 있었는데, 보통 반시간에 한 번씩 버스가 지나갔다. 어쩌다가 가끔 지나가는 차들은 주민 대다수가 걷는 대신에 타고 다니는 골프 카트, 온라인 쇼핑몰 화물 트럭 그리고 경비 순찰차였다. 행인이 지나가는 걸 보려면 십 분은 기다려야 했다.

대체 몇 번을 다시 태어나서 좋은 일을 얼마나 많이 해야 홍콩에서 이토록 좋은 곳에 살 수 있을까. 그런데 지금은 쉰여섯 명의 목숨을 앗아간, 피로 얼룩진 사건에 연루된 조폭이 그곳에 살고 있었다.

쓰우즈신은 산꼭대기와 중턱 사이의 길을 지나다가 큰 나무 아래 숨어 있는 벤치를 찾아냈다. 큰 나무 몇 그루 너머로 멀리 그 양옥이 보였지만, 일단 벤치에 떨어진 낙엽과 나뭇가지, 새똥부터 치워야 여기가 아지트가 될 수 있겠다 싶었다.

그는 드론 네 대를 동원해 비밀 촬영을 이어나갔다.

54호 양옥 뒤편의 실외 공간에는 작은 화원이 있었고, 그 바깥쪽은 나무가 빽빽하게 우거진 산비탈이라 오갈 수 없었다. 보안 수준이 매우 높은 곳이었다. 라오후짜이가 괜히 이곳을 골라 숨어든 게 아니었다.

아침 8시부터 기다리기 시작했는데, 오후 2시 19분이 되어서야 작은 화원에서 담배를 태우는 남녀 한 쌍이 보였다. 깡마른데다 피부가 새카만 남자는 드론을 발견하자마자 곧장 실내로 들어갔지만, 이미 얼굴은 카메라에 잡힌 뒤였다.

몇 분짜리 영상으로 편집해서 치서우런에게 보내주었더니 십오 분 뒤에 답이 돌아왔다.

―새카맣게 타기는 했지만 그자가 확실해. 곁에 있는 여자 파트너는 달라진 것 같은데, 살이 좀 찐 건지 아니면 취향이 바뀐 건지는 모르겠군.

―그래서 다음 단계는 뭡니까?

―정보에 따르면 아무 이유 없이 록깅완에 숨은 건 아니라더군. 그자에게 '향수*'를 사려는 외국 놈들이 수두룩하다는 거야. 의심스러운 인물이 들어가는 모습이 보이면 영상으로 찍어서 나한테 좀 보내줘. 그래야 경찰을 출동시킬 명분이 생겨.

―여섯 시간 넘게 눈여겨봤지만 들어가는 사람 하나 없었어요. 물건 배송하러 날아온 드론도 없던데요.

―좀더 인내심을 갖고 기다려보라고!

벤치에서 두 시간 넘게 더 기다렸지만, 수상한 낌새는 포착되지 않았다. 오히려 산꼭대기에서부터 순찰하며 내려오던 경비가 지금 뭐하는 거냐고 물었다.

"그냥 우리 동네를 좀더 즐기고 싶어서요." 즈신이 대답했다. 필요하다면 떳떳하게 록깅완 아파트 입주민 카드를 내밀 수도 있었다.

"여긴 너무 으슥한 곳이라 어두울 때 로우랍**이 일어난 적도 있

• 향정신성의약품인 케타민을 뜻하는 은어.
•• 로우랍(老笠)은 '강도(robbery)'를 의미한다. '笠'이 'robbery'의 'rob'과 비슷하게 발음된다.

으니 알아서 조심하쇼." 말을 마친 경비는 계속 순찰을 돌았다.

동네 SNS 커뮤니티를 통해 록깅완 내에 우범지대가 몇 곳 있다는 사실은 알았다. 이곳이 그중 하나라, 쓰우즈신은 본인이 사는 동네에서 돌아다닐 때도 긴장을 풀지 않고 티타늄 합금으로 만든 등산지팡이를 호신용으로 들고 다녔다. 혼자서 두 사람과 맞붙어도 승산이 있었다.

어둠의 장막이 내려앉을 무렵이었다. 갑자기 즈신은 평생 단 한 번도 교외에서 온종일 하늘의 변화를 살펴보다가 태양이 바다로 가라앉는 광경을 본 적이 없다는 사실을 깨달았다. 영문 모를 감정이 그를 겹겹이 에워쌌다. 더욱 서글픈 건 이런 감정을 누구나 다 느낄 수 있는 게 아니라는 것. 그렇기에 누군가에게는 그가 그저 감성적이거나, 심지어는 따분한 사람처럼 비치리라는 점이었다.

이날은 라오후짜이가 숨어 있는 곳이 어디인지 확실히 알아낸 것 외에는 수확이 없었다. 하지만 이제 장비를 챙겨 집으로 돌아가 리오, 팡위칭과 함께 시간을 보내는 수밖에 없었다.

그때 뜻밖에 두 남자가 산중턱 쪽에서 내려왔다. 둘 다 검은색 자전거 헬멧과 마스크를 착용하고 있었는데, 도무지 심상치 않았다. 록깅완 주민 중 적어도 삼분의 일은 외국인이다. 자유를 중시하는 그들은 마스크를 쓰지 않는다. 그 영향으로 중국계 주민들도 자전거를 탈 때는 마스크를 거의 벗었다.

이 두 사람은 딱 봐도 록깅완 주민들이 아니었다.

외지 사람이 일부러 록킹완까지 와서 자전거를 타기도 한다. 그렇지만 밤에, 더군다나 저렇게 얼굴을 철저히 가리고 와서 타지는 않는다.

쓰우즈신은 노선을 변경해 산꼭대기를 경유해 떠날 생각이었다. 그런데 비슷한 차림의 자전거 라이더 두 명이 또 내려왔다. 다들 손에 기다란 무기를 들고 있는 걸 보니 위아래에서 협공을 할 태세였다.

제기랄, 나를 담가버리려고 네 명이나 출동시키다니! 라오후짜이도 보통 잔인한 놈은 아니군.

즈신은 '상대방이 공격하기를 기다렸다가 반격한다'는 진부한 생각을 갖고 있지는 않았다. 무슨 그런 농담을! 저 네 사람은 즈신이 반격할 기회를 주지도 않을 것이다. 즈신은 드론과 티타늄 합금 등산지팡이, 배낭과 그 안에 든 노트북을 포기했다. 이럴 때는 목숨을 부지하는 게 중요하다. 벤치 앞 비탈길에서 아래로 힘껏 내달리자, 귀 뒤에서 발소리가 무수히 들려왔다. 분명히 네 사람뿐이었는데도 꼭 천군만마가 쫓아오는 것만 같았다.

마침 도로를 주행중이던 경비용 순찰차 한 대가 곧 코앞에 이를 참이었다. 경비에게 발견되기만 하면 위험에서 벗어날 수 있었다. 그런데 얼마나 빨리 달리는지, 차는 눈앞에서 순식간에 달아나고 말았다.

실망하고 있던 차에, 즈신은 도로를 코앞에 두고 뭔지 모를 것에 등을 맞아 균형을 잃은 채 비탈길을 굴러내려갔다. 두 손으로 머리를 감싸야만 했고 손등과 팔꿈치, 무릎이 모두 울퉁불퉁한 길 표면과 마찰을 일으키면서 쿡쿡 쑤셨다.

도로 위에서 몇 바퀴를 구르고서 겨우 멈춘 건지 가까스로 정신이 들 때 즈음, 얼른 일어서서 도망치려 했으나 흠씬 두들겨맞기라도 한 것처럼 온몸이 말을 듣지 않았다. 즈신은 악의를 품고 가까이 다가오는 네 남자를 속절없이 바라보는 수밖에 없었다. 그중 한 사람이 야구방망이를 높이 쳐들어 즈신의 얼굴을 내려치려 했다.

호신용으로 등산지팡이를 준비해두기는 했지만, 상대가 네 놈이나 보낼 줄 생각이나 했겠나? 이번에는 틀림없이 죽은 목숨이었다.

"탕!"

귓가에서 우레와 같은 총소리가 울려퍼졌다. 소리가 난 방향으로 고개를 돌리기도 전에 치서우런의 목소리가 들렸다.

"당장 손에 든 무기 버리고 바닥에 엎드려. 세 번 말하지 않는다. 바로 발포하겠다."

네 남자는 조금도 망설이지 않고, 방금 전 흉악했던 모습에서 고분고분 말 잘 듣는 순둥이들로 돌변했다. 야구방망이가 바닥에 떨어지는 소리가 즈신의 귓가에 울려퍼지자, 그는 한숨을 내쉬며 가슴을 쓸어내렸다. 이렇게 또 한번 죽음의 신이 그의 어깨를 스치고 지나갔다.

즈신이 몸을 일으켜 바닥에 앉고는 치서우런에게 물었다. "오후

내내 여기서 지켜보고 있었다는 말씀은 하지 마세요."

"당연히 아니지. 광장에 있는 식당에서 밥도 먹고, 거기 화장실도 썼구먼. 자네처럼 빵이나 먹고 소변을 풀밭에 보지는 않았다 이거야."

즈신이 웃으며 천천히 일어섰다. 네 남자는 계속 바닥에 대자로 엎드려 있었다. 놈들의 등을 밟아버리고 싶은 충동이 일었지만 참았다.

"총을 가져오셔서 다행이네요. 안 그러실 줄 알았는데."

"그게 말이 되나? 그놈은 조폭이야, 죠리퐁이 아니라고."

44

경비 순찰차와 구급차, 십여 대의 크고 작은 경찰차가 거의 동시에 도착했다. 쓰우즈신은 상처를 싸맨 뒤 노스란터우병원으로 이송되어 치료를 받았다. 백 명이 넘는 경찰들이 강적이라도 만난 듯 긴장감이 역력한 모습으로 네 명의 남자에게 수갑을 채운 뒤 데려갔고, 현장에서 증거 수집을 이어나갔다.

치서우런이 경장 한 사람에게 벤치에서 쓰우즈신의 소지품을 가져오라고 지시했다.

"법정 증거물로 쓰시게요?" 경장이 물었다.

"그럴 필요 없어. 주인에게 돌려주기만 하면 돼." 치서우런이 대답했다. 일단 법정 증거물이 되면 최소 몇 주는 지나야 쓰우즈신에게 돌아갈 것이다.

록징완은 사이위 경찰서 관할이 아닌데도, 애꾸눈 명수사관이 말만 하면 많은 동료가 그의 체면을 세워주었다.

관할 경찰서 소속 경위 정웨이춘은 이미 퇴근한 후라 본인의 차로 도착했다. 혼혈인 그는 키가 크고 피부가 까무잡잡했으며, 이목구비와 얼굴 윤곽이 울퉁불퉁하고 거칠었다. 머리칼과 수염을 조금만 기르면 영락없이 아쿠아맨 같았다. 그래서 〈아쿠아맨〉이 상영된 뒤 '수이서 水sir'라는 별명이 생겼는데, 본인도 무척 흡족해했다.

그가 치서우런에게 손을 내밀었다. "치서, 어떻게 록징완까지 오셨습니까?"

정웨이춘은 매우 진지한 눈빛으로 치서우런을 바라보았다. 경계심이 잔뜩 깃들어 있었다. 이상할 것도 없다. 이유 없이 경찰에게 수사를 받으면 누구든 두렵기 마련이다. 그건 경찰도 예외가 아닌데, 특히 다른 분야를 수사하거나 관할 구역이 다른 동료가 구역 경계를 넘어 사건 수사에 나설 때는 더더욱 그렇다.

정웨이춘의 강한 악력을 느낀 치서우런이 그를 한쪽으로 잡아당기더니 작게 말했다. "수이서, 마약상 하나가 54호 주택에 숨어 있다는 제보가 들어왔습니다. 게다가 사람을 시켜 제보자를 공격하기까지 했더군요."

이런 상황에서는 판사가 압수수색영장을 발부할 필요도 없이 경찰이 바로 가택수색을 할 수 있다.

정웨이춘의 눈빛과 손바닥이 동시에 느슨해졌다. "어떻게 도와드리면 될까요?"

치서우런은 정웨이춘의 말이 반어법은 아닌지 확신할 수 없었다. "제 수중의 사건과 관련되어 있으니 제가 넘겨받아도 되겠습니까? 귀찮은 일은 제가 처리할 테니 공은 그쪽이 가져가시고."

계속 치서우런의 손을 쥐고 있던 정웨이춘은 이제 왼손까지 보태 그의 손을 감싸쥐며 무척 친절하게 굴었다.

"치서, 염치가 있지, 그렇게 해도 되겠습니까?"

"상관없습니다. 누이 좋고 매부 좋고죠."

"그럼 사양하지 않겠습니다. 치서, 신경써주셔서 감사합니다. 언제 얌차*나 같이 하시죠."

치서우런은 정웨이춘의 부하들이 54호 주택의 정리를 끝낼 때까지 기다렸다가 안으로 들어갔다. 현관을 지나 2층으로 혼자 올라갔다. 가구가 많지 않은 그곳에 경찰 십여 명이 남녀 두 사람을 둘러싸고 있었다. 둘 다 수갑을 차고 있었다.

"치서. 이놈은 라오후짜이라고, 제가 아는 놈입니다." 한 경찰이 그 말라비틀어진 남자를 가리키며 말했다. "걸핏하면 클럽에서 사고를 치죠."

---

* 중국 남부지방에서 오전 10시부터 오후 3시 사이에 다양한 딤섬을 곁들여 차를 마시고 담소를 나누는 문화.

고작 십 분 전에 치서우런으로부터 라오후짜이의 이름을 들은 것치고는 연기 실력이 꽤 괜찮았다.

다크서클이 심하고 몸이 깡마른 라오후짜이는 절대로 큰돈을 번 마약 판매업자처럼 보이지 않았다. 라오후짜이가 일어서서 항의했다. "당신들 헛다리짚었지? 밖에서 있었던 일은 나하고는 상관없어. 우린 내내 '용과 같이'*를 하고 있었다고."

50인치짜리 텔레비전 화면 속에는 치서우런에게는 낯설기만 한 게임 세계가 펼쳐져 있었다. 화면 속 두 조폭이 화장실에서 대치중이었다. 하나는 곤봉을 들고 있었고, 다른 하나는 야구방망이를 들고 있었다. 곧 치고받고 싸우려던 참에, 경찰의 등장이 게임 세계 속의 격투를 가로막은 것이었다.

치서우런은 동료에게 이 백수 남녀를 연행하라고 지시했다.

45

쓰우즈신은 구급차로 노스란터우병원에 이송되어 치료를 받았다. 머리와 손에 붕대를 감은 뒤에는 다시 경찰차를 타고 사이위 경찰서로 갔다.

이날 즈신의 입장은 용의자가 아니었다. 경찰은 예의를 갖춰 그를 대했고, 부상 상태에도 관심을 쏟았다.

---

* 일본 야쿠자의 이야기를 다룬 콘솔 게임.

치서우런은 즈신을 단방향 거울 너머 취조실을 지켜볼 수 있는 곳으로 데리고 갔다. 라오후짜이와 콧수염을 기른 중년 남자가 나지막한 목소리로 대화를 나누고 있었다.

즈신은 라오후짜이를 지켜보았다. 그에게선 악한 기운이 선명하게 드러나지 않았다. 오히려 좀 피곤해 보였다.

"치서, 저 사람은 치서가 말씀하신 심각한 폭력 성향을 보이는 그런 사람과는 전혀 다른데요. 사람 외모를 보고 판단하면 안 된다고는 하지만, 저 약쟁이 새끼 꼬락서니를 보세요. 저자가 대학살을 계획할 수 있다고 보세요?"

"정보에 오류가 있을지도 모르지. 그런 상황이야 흔히 벌어지니까."

치서우런이 말투를 누그러뜨렸다. 그는 세세한 부분을 뜯어보면서 사람을 파악하는 전문가다. 즈신은 치서우런도 같은 생각이라면 자신의 직감이 맞을 거라고 생각했다.

"방금 자네를 공격했던 네 놈과 라오후짜이는 파벌이 달라. 두 파벌이 서로 원수지간이라 패싸움이 난 적이 있었지." 치서우런이 말했다.

"제가 라오후짜이의 동향을 엿보고 있는데, 우연히 그 네 놈이 숨어 있다가 절 공격했다는 얘깁니까?"

"그렇지. 다만 우리는 자네를 공격한 그놈들을 이용했고 그걸 핑계삼아 라오후짜이의 저택에 들어가본 거야."

즈신은 이 상황이 너무 기이하다 생각했다. "제가 그 네 놈에게 고마워하기라도 해야 하나요?"

"그놈들이 '아구이'라는 중간 브로커의 이름을 대긴 했는데, 그래 봤자 얼다류˚에 불과해. 누가 오더를 내렸는지는 모를 거라고. 라오후짜이에게 맹공을 퍼부어서 쓰우즈이와의 갈등에 대해 캐내보자고."

즈신은 동의한다는 뜻으로 고개를 끄덕였고, 치서우런과 함께 취조실로 들어섰다. 그리고 라오후짜이 앞에 앉아 물었다. "내가 누군지 알아?"

라오후짜이가 위아래로 즈신을 훑어보았다. "몰라!"

"쓰우즈신이야. 당신이 사람 시켜서 날 이 지경이 되도록 두들겨 팼잖아!"

"난 그냥 집에서 게임이나 하고 있었어. 아무것도 모른다니까. 제발 막무가내로 나오지 좀 마!"

자리에서 일어나려는 라오후짜이를 그의 변호사가 제지했다.

"거짓말 좀 그만 치시지." 치서우런이 으름장을 놓으며 말했다. "쓰우 가문 대학살, 네가 계획했잖아. 클럽에서 너와 쓰우즈이 사이에 불화가 있었다는 사실을 알 사람은 다 알아. 그래서 앙심을 품은 네가……"

"제기랄, 사람 좀 잡지 마쇼! 당신이 뭔데!"

라오후짜이가 쓰우즈신을 향해 손가락질을 했다.

- 二打六. '별 볼 일 없는 사람'이라는 뜻.

"아까 당신이 드론으로 나 찍었지?"

"그래. 당신, 드론을 향해 가운뎃손가락까지 치켜들더군." 즈신이 거침없이 대답했다.

"하지만 당신인 줄은 몰랐어! 여기는 어디서 왔는지 알 수 없는 드론이 수도 없이 돌아다닌다고. 어떤 양키 새끼가 찍는 줄 알았단 말이야."

"제 의뢰인의 혐의를 입증할 증거를 갖고 계십니까?" 라오후짜이의 변호사가 말했다.

"없습니다." 치서우런이 눈을 가늘게 떴다. "하지만 당신 집에서 필로폰 1.2킬로그램을 찾아냈지. 지금 시가가 얼마나 되는지 모르겠네?"

"그냥 내가 하려고 갖고 있던 거야, 팔려는 게 아니었다고!" 라오후짜이가 다급히 말했다. "난 쓰우 집안 사건과는 아무 상관 없어. 당신 지금 두 가지 이야기를 하고 있잖아. 왜 둘을 섞어서 이야기하는 거야?"

치서우런이 힘껏 탁자를 두드렸다.

"너, 경찰이 바보인 줄 알아! 우린 지금 돼지고기가 아니라 필로폰 이야기를 하고 있어. 필로폰 1.2킬로그램이면 네놈 혼자 357년은 복용할 양이야. 교도소 형제들이 한 삼십 년은 기꺼이 돌봐줄 거다. 그 안에 너 같은 뽕쟁이들 말고, 변호사, 회계사, 건축가, 엔지니어에 대학교수까지 사회 엘리트들이 차고 넘치니까 그 사람들하고 친하게 지내면서, 학비 낼 필요도 없이 전문 지식이나 숱하게 쌓아라. 정부에서 '리페이스'*니 뭐니 시민들에게 평생교육을 권하던데, 거기 발이나 좀 맞춰봐."

치서우런이 차갑고 냉정하기 그지없는 말투로 말했다.

"됐습니다." 라오후짜이가 손을 들고 투항했다. "내 변호사와 둘이 이야기를 좀 나누고 싶군요."

반시간 뒤, 라오후짜이의 변호사가 치서우런의 사무실을 찾았다. 쓰우즈신과 치서우런의 예상보다 시간이 훨씬 더 흐른 뒤였다.
"진상은 여러분이 생각하신 것과는 전혀 다릅니다. 제 의뢰인을 위해 증언해줄 사람도 있습니다." 변호사의 목소리가 차분하면서도 자신감이 넘쳤다.

치서우런과 즈신이 서로 눈을 맞을 맞추더니 물었다. "누구?"

변호사가 전혀 예상하지 못한 이름을 내뱉었다.

"쓰우즈이 씨입니다."

46

변호사가 떠난 뒤, 치서우런은 사무실 문을 닫아걸고 블랙커피를 한 잔 마셨다. 그리고 쓰우즈이에게 전화해 거두절미하고 현재 상황을 설명했다.

---

* 홍콩의 평생교육 프로그램.

"그런 수법까지 동원하실 줄이야. 너무 파렴치한 것 아닙니까!" 즈이의 목소리에서 분노가 묻어나왔다.

"그렇게까지 안 했으면, 라오후짜이가 그쪽하고 전부터 절친한 사이였다는 걸 우리가 알 턱이 있나. 그건 그렇고, 자네가 똑바로 설명해주지 않으면 그 친구 곧 감방 가게 생겼는데."

"즈신 형과 만나고 싶습니다. 형에게만 할 수 있는 말이 있어서요. 경찰서에서는 못합니다."

"지금 경찰서에 구금된 라오후짜이는 마약유통죄로 고발되어 감방에서 앞으로 삼십 년은 썩게 될 텐데, 흥정 벌일 밑천은 있으시고?" 치서우런은 양보할 기세가 없었다.

"난 그저 다른 사람을 보호하고 싶을 뿐이에요. 기록 따위 남기지 않고." 즈이가 설명했다. "즈신 형, 지금 듣고 있지?"

치서우런이 탁자 위의 또다른 유선전화기를 들고 있던 즈신을 향해 고개를 끄덕였다.

"그래." 즈신이 짧게 대답했다.

"누가 쓰우 집안을 몰살시키려고 한 건지는 모르겠지만, 난 절대 아니야. 해줄 이야기가 하나 있어. 그게 뭔지 알고 싶다면 내가 하자는 대로 해줘."

즈신은 즈이를 상대하고 싶지 않았다. 그러나 즈이는 호기심 강한 즈신이 큰 대가를 치를 용의가 있으리라는 걸 알고 있었.

즈신은 붕대로 손등과 이마를 싸맨 것으로도 모자라 윗도리와 바지까지 다 찢어진 자기 모습에 팡위칭이 놀랄까봐 걱정되었다. 그래서 치서우런이 화장실에 간 틈을 타 팡위칭에게 전화를 걸어, 오늘밤은 집에 들어가지 못할 거라고 전했다.

"어느 여자 집에 가서 주무시게?" 팡위칭의 목소리에서 장난기가 살짝 묻어났다.

"치서와 의논할 일이 좀 있어. 설마 내가 경찰서에서 밤을 보내고 싶어서 안달이라도 났다고 생각하는 거야?"

"그럴 줄 알았어. 리오가 당신 많이 보고 싶대."

"나도 당신과 리오가 보고 싶어. 나 대신 리오 좀 꼭 안아줘." 즈신은 팡위칭을 속이고 거짓말을 하려니 무척 미안했다.

"이미 내 무릎 위에 올라와 있어."

전화를 끊고 얼마 지나지 않아 팡위칭이 리오와 함께 찍은 사진 세 장을 보내왔다. 사람 하나와 개 한 마리가 카메라를 향해 빙그레 웃고 있었다. 아주 쾌활하게. 예전에 즈신은 함께하는 가족도 반려동물도 없이 덩그러니 혼자였다. 하지만 이제는 그가 집으로 돌아오길 기다리는 가족이 있다.

문득 얼굴에 뭔가가 느껴졌다. 눈물이 가만히 흘러내리고 있었다.

47

그날 밤, 쓰우즈신은 즈이가 묵고 있는 호텔에 투숙했다. 이튿날 아침 10시, 즈신은 실외 수영장에 갔다. 뜨거운 태양 아래 물소리와 사람 목소리가 한데 뒤섞이고, 염소 냄새가 공기 중에 가득 차 있었다. 수영장 옆에서는 아이들 한 무리가 장난을 치는 중이었고, 비키니 차림으로 일광욕을 하는 여성들도 적지 않았다. 다들 호텔에서 휴가를 즐기고 있는 모양이었다. 그렇지만 이날은 그 어떤 미녀도 즈신의 시선을 끌지 못했다. 비키니에 싸인 풍만한 가슴에 흥미를 느끼지 못하다니, 즈신에게는 드문 일이었다.

선베드에 앉아 있다가 즈신을 보고 손을 흔드는 즈이의 얼굴에는 웃음기가 없었다. 피부가 새하얀 걸 보니 평상시 해를 많이 보지 않는 게 분명했다.

즈신은 예전에 즈이가 리오처럼 웃어도 너무 많이, 쥐어박고 싶을 정도로 웃는 바람에 '그렇게 계속 실실 웃지 좀 마' 하며 짜증을 냈던 일이 떠올랐다.

"이런 상황에서 다시 만나게 될 줄은 몰랐네." 즈이가 걱정스레 물었다. "상처에 물이 닿아도 되나?"

"안 되지." 즈신이 예의 따위는 차리지 않고 대답했다.

"그럼 나랑 같이 아동용 풀장으로 가자. 거긴 사람 얼마 없어." 즈이가 일어섰다.

"그렇게까지 비밀스럽게 해야 하는 이야기야?"

"듣고 나면 이해할 거야."

아동용 풀장은 깊이가 약 30센티미터밖에 되지 않았다. 물장난을 치며 웃고 있던 부모들과 아이들에게 둘러싸인데다가, 그들의 미심쩍어하는 눈빛까지 무시해야 했다.

치서우런이 배치한 남성 경찰 네 명과 여성 경찰 한 명은 여전히 성인 풀장에서 대기중이었다. 별도리가 없었다. 이 사람들도 같이 들어왔다가는 들킬 게 뻔했다.

둘이 풀장 안에 발을 모은 채 앉아 있으니, 사회라는 이 거대한 타락의 늪에 오염되기 전의 어린 시절로 돌아간 것만 같았다.

"라오후짜이는 단 한 번도 나랑 척진 적이 없어. 우린 내내 잘 지냈다고. 우리 사이가 틀어졌다는 건 거짓말이야. 믿어줘."

"대체 무슨 일이 있었던 거냐?"

"어렸을 때 같이 수영장 갔다가, 내가 손톱으로 물집 터뜨렸던 일 기억나? 형이 나한테 수영하기 전에 손톱을 평평하게 다듬어놓으라고, 함부로 만지지 말라고 가르쳐줬잖아."

"그 일을 아직 기억하고 있다니, 믿기지가 않네." 즈신이 기억을 돌이키며 말했다. "틀림없이 우리가 처음 같이 수영하러 갔을 때 일 거야."

"맞아. 정확해."

즈이가 손바닥으로 물을 조금 떠서 머리 위에 붓자 금세 머리카락이 축축해졌다.

"형이 가문을 떠난 뒤, 난 손대지 말아야 할 것에 손을 대고 말았어."

결혼해서 사이위에 들어온 후 처음 이 년간, 아직 운전면허증이 없던 쓰우셰우이는 바깥출입을 할 때마다 운전기사가 모는 차를 타고 나갔다가 들어와야 했다. 운전기사가 바쁠 때는 아더를 찾았지만, 그도 늘 짬이 나는 건 아니어서 결국 가족들이 모여 있는 단체 채팅방에 글을 올려 도움을 청하는 수밖에 없었다.

마침 쓰우즈이가 밖에 있다가 사이위로 돌아오는 길이면 셰우이를 태워주기도 했다. 둘은 그렇게 가까워지기 시작했다.

그러다 셰우이가 고맙다는 뜻으로 호텔 뷔페에서 매주 한 번 정도 밥을 사겠다고 했고, 즈이는 거절하지 않았다. 혈기왕성한 남자가 아름답고 교양 있는 여자의 초대를 마다할 리 없다. 잘못됐다는 걸 명확히 알고 있었지만, 나중에 셰우이가 호텔방으로 초대했을 때도 그는 거절하지 않았다.

"날 못 믿겠어?"

즈이의 표정과 말투에는 외로움과 무력감, 자신을 이해해주길 갈망하는 마음이 뒤섞여 있었다. 쓰우 집안사람들이 즈이의 이런 진심어린 표정을 한 번도 본 적 없다는 건 말할 필요도 없었다. 심지어 그들은 그의 히죽거리는 가면 아래 입을 떼기조차 힘든 비밀이 숨어 있다는 사실을 믿지도 못할 것이다.

"물론 믿지."

쓰우즈신은 조금도 의심하지 않았고, 감정을 자제하려고 노력하며 평정을 유지했다. 자신도 비슷한 경험이 있다는 사실을 즈이에게 들킬 수는 없었다.

셰우이가 쓰우 집안의 대를 잇기 위해 수단과 방법을 가리지 않았다기보다는, 집안의 보수적인 규율과 고압적인 분위기가 그녀를 벼랑 끝으로 내몰았다는 게 맞을 것이다. 외부인이 보기에는 황당하기 짝이 없는 일이지만, 쓰우 집안의 구성원이나 쓰우 집안을 이해하는 사람이라면 다들 이상하다 여기지 않을 것이다.

21세기의 관점에서 여자가 오로지 임신을 위해 남편이 아닌 다른 남자의 정자를 이용해 체내수정을 하려 했다는 이야기가 황당하고 원시적으로 보일 수 있겠지만, 이 방법은 빠르고 직접적이며 저렴한데다 아주 큰 장점이 하나 있다. 당사자만 입을 열지 않으면 다른 사람들은 영원히 진실을 알 수 없다는 것이다.

똑똑한 사람은 일을 할 때 플랜B도 준비한다. 세우이는 임신이라는 거대한 계획을 성공시키기 위해 플랜C까지 준비했다. 스리섬인 줄 알았는데, 실은 포섬이었던 것이다.

즈후이는 대체 누구의 아들인가, 아이 아버지 후보가 백 명쯤 된대도 그가 누구인지는 세우이에게 조금도 중요하지 않았다. 알아낼 필요도 없었다.

그러나 과학기술의 발전 속도는 예상을 훌쩍 뛰어넘었다. 귀신도 모르리라 생각했던 그와 세우이 사이의 일이 이제 와서 유전자 분석 업체에 의해 드러나고 만 것이다.

"원후 형이 화내는 모습을 본 적이 있어. 그때 딱 한 번뿐이었는데, 아주 폭발할 지경이었어. 평소의 냉정한 모습과는 완전히 딴판이었지. 원후 형은 그냥 위장에 뛰어나고 자기를 잘 억누를 줄 아는 사람일 뿐이야." 즈이는 말을 하면서 두려운 기색을 내비쳤다.

즈신은 침대 위에서 원후가 무척이나 폭력적이라고 했던 셰우이의 말이 떠올랐다. "그래서 원후 형을 없애려고 했어?"

"즈후이가 친아들이 아니라는 사실을 원후 형이 알면 우리를 절대 그냥 두지 않을 거야. 나를 가문에서 쫓아내는 정도에서 간단히 끝나지 않을 거라고. 그렇다면 내가 먼저 선수치는 게 유리한 거 아냐? 그래서 라오후짜이와 틀어진 척한 거야. 원후 형이 습격을 당해도, 아무도 내가 라오후짜이에게 도움을 청했다고 의심하지 않도록."

쓰우즈신은 어릴 적 자신과 함께 놀던 소년과, 살인을 저지르려고 한 눈앞의 성인을 연결 지을 수 없었다. 한때는 자신과 침대 위에서 전 세계의 영화를 놓고 토론을 벌이던 셰우이와, 이 남자 저 남자에게 정자를 받으러 다닌 쓰우셰우이를 연결 지을 수 없듯이. 쓰우 가문은 육류 공장과 다를 바 없다. 인간성을 왜곡시키는 쓰우 가문의 규율은 공장에 들어온 육류를 가공해서 그들이 필요로 하는 맛으로 변화시키고 이 집안의 요구를 충족시킨다.

"그런데 라오후짜이와 그 녀석이 섭외한 청부 폭력배가 일을 꾸미던 중에, 가족 연회에서 일이 터지고 말았지." 즈이가 설명했다. "라오후짜이는 귀찮은 일이 생길까봐 숨어 있을 수밖에 없었고."

"원래 너희 계획은 뭐였는데?"

"원후 형을 없애려고 했지. 하지만 우리는 손을 쓰지도 못했어. 형, 날 믿어야 해."

사실 믿고 말고 할 것도 없었다. 즈신에게는 즈이와 라오후짜이가 범행을 저지르려 했다는 증거가 없었다. 오히려 확인하고 싶은 건 다른 일이었다.

"셰우이는 겉으로만 널 욕했지, 너와 계속 연락을 유지하고 있었어. 그렇지?"

"맞아." 즈이가 고개를 끄덕였다.

"계속 만났고?"

"응."

더 물을 필요도 없었다. 틀림없이 은밀한 곳에서 만났을 테고, 절대로 얌전히 앉아서 이야기만 나누지는 않았을 것이다. 셰우이는 분명 그를 호텔로 데려갔을 것이다. 그리고 즈이를 이용하여 자신의 왕성한 성적 욕구를 채우기 위해 침대에 누워 다리를 벌렸으리라.

셰우이는 왜 전혀 다른 방식으로 둘을 대했을까? 그는 왠지 모르게 마음이 쓰라렸다.

"원후 형을 없애려고 했던 일, 셰우이가 알아?"

"말한 적은 있지만, 동의하지는 않았어. 원후는 21세기를 살아가고 있을 뿐, 사고방식은 낡아빠진 꼰대라면서, 유전자 검사니 뭐니 이런 것들에 거부감이 심해서 절대 응하지 않을 거고, 그러니 들킬 일도 없을 거라고 했지."

"그렇긴 하네."

"하지만 지금은 원후 형이 검사에 응하지 않아도 나중에 새로운 과학기술이 발명되면 흥미를 느낄 수도 있겠지."

즈신이 고개를 끄덕였다. "원후 형을 없애면 네가 쓰우 가문을 이끌게 될 테니까. 그러면 더는 가면을 쓰고 허세나 부리면서 살 필요 없이 네 원래 모습으로 돌아갈 수 있었겠구나. 그거야말로 네가 손을 쓰려고 했던 진짜 이유였겠지."

즈이는 대답하지 않았다. 묵인한 것이나 마찬가지였다.

"건들건들한 모습도 속임수였던 거야, 그렇지?"

"그래. 전부 다 쇼였어. 영국에서 컴퓨터를 전공하다가 일 년 만에 철학과로 전과했고, 수석 졸업했어. 조사해봐도 돼. 난 집안의 그 누구보다도 말짱해. 이 집안이 얼마나 터무니없는 집안인지도 똑똑히 알고 있고. 하지만 난 형처럼 도망칠 용기는 없었어. 생산적인 일을 하지 않고 사는 방식에 익숙해졌거든. 그렇지만 집안 몰살은 정말로 내가 저지른 짓이 아니야. 라오후짜이와 난 단 한 번도 형을 처리해야겠다고 생각한 적 없어. 형을 해치려고 한 건 다른 사람이야. 우리 모두 아직 위험에서 벗어나지 못한 상황이니, 형과 경찰이 서둘러서 누가 저지른 짓인지 찾아내야 해."

◆

쓰우즈신은 주차장에서 치서우런의 차에 올랐다. 치서우런은 선글라스를 끼고 있었다. 한동안 말없이 차를 몰던 그가 불현듯 입을 열었다.

"아는 임상심리사가 그러더군, 자기 같은 사람들은 어두운 비밀을 수없이 듣는다고. 가정 폭력, 강간, 자살 미수, 마약 흡입, 성병 발병, 원치 않는 임신, 낙태, 뭐 그런 것들 말이야. 하나같이 영혼을 갉아먹는 비밀들이다보니, 당사자들은 돈까지 내면서 임상심리사에게 죄다 털어놓는 거지. 하지만 환자의 사생활을 보호해야 한다는 원칙이 있으니까, 그걸 폭로할 수는 없어. 그런 비밀들이 듣는 이의 영혼에 하나하나 흑점처럼 들러붙다가, 영혼에 더는 흑점을 수용할 공간이 없어지는 순간이 오면, 손을 쓰기도 전에 그 흑점이 당사자를 끝장내버린다고 하더라고."

즈신은 치서우런이 진심으로 하는 말인지, 아니면 자신을 떠보기 위해 수작을 부리는 건지 확신할 수 없었다.

"안심하세요. 즈이가 한 얘긴 그렇게 어두운 건 아닙니다. 하지만 쓰우 가문 독살 사건은 절대로 걔가 한 짓이 아니에요."

자신과 쓰우셰우이가 그렇고 그런 사이였음을 누구에게도 말하지 않은 까닭에, 쓰우즈신은 이 지구상에서 쓰우 가문의 비밀을 가장 많이 알고 있는 사람이 되었다.

"자네를 공격하라는 지시를 내린 사람이 분명 쓰우 가문 사람들을 독살하라는 명령을 내린 사람일 거야." 치서우런은 계속 앞을 응시했다.

"맞습니다. 그런데 대체 쓰우 집안 사람 수십 명을 전부 죽여야 할 거대한 이유를 갖고 있는 사람이 누굴까요?"

이제 그런 가능성이 있는 사람은 쓰우원후뿐이다. 아내가 다른 남자와 바람이 났다는 사실을 알아챈 원후가 살인을 저지르려 했을까? 그렇다 해도, 책임이 있는 세 사람만 처리하면 될 일이지 다른 가족 구성원 모두를 죽여야 할 이유는 없다.

◆

라오후짜이는 서른 시간 가까이 구금되어 있다가 보석으로 풀려났고, 수이서는 치서우런의 지시에 따라 상대적으로 죄명이 가벼운 마약은닉죄로 라오후짜이를 고발했다. 그러나 경험 많은 노련한 판사가 '시가 수십만 홍콩달러에 달하는 마약을 본인이 쓰려고 갖고 있었다'는 말을 믿어줄지는 또다른 문제였다.

48

가족이란 무엇일까? 혈연으로 이어져 있으면 가족인가? 함께 살기만 할 뿐 서로 속고 속이는 관계라도 가족이라고 할 수 있을까? 온갖 규율에 묶여 함께 살고 있다면, 그건 가족일까 죄수일까?

쓰우즈신은 쓰우 가문이 무형의 개방식 감옥이라고 생각했다. 매달 나오는 생활비 덕에 먹고살 걱정 없이 물질적으로는 풍요롭게 살고 있지만, 이 감방 친구들의 영혼은 무형의 족쇄에 갇혀 있다. 스스로 이를 깨달은 즈아이도 다르지 않아서, 연구 주제조차 쓰우 집안을 피해서 정하지 못한다.

사실 쓰우즈신 자신도 마찬가지였다. 지금 온 마음을 쓰우 가문

몰살 사건을 조사하는 데 쓰고 있지 않나.

현관문을 열자 이번에도 리오가 발 위로 달려들었다. 그 많은 쓰우 가문의 구성원들보다 리오가 더 쓰우즈신을 사랑한다. 팡위칭도 그렇다. 이 여성은 현재 남편과 별거하면서 그와 지내고 있다. 즈신과 팡위칭이 영원히 변함없이 함께할 수 있을지는 누가 알까? 하지만 혈연으로 이어져 있지 않은, 법적 구속력도 없고 심지어는 다른 종으로 이루어진 이 작은 집단을 쓰우즈신은 가족이라고 여겼다.

그는 이 가족이 주는 온기를 만끽했다.

진정한 가족은 반드시 혈연으로 이어져 있어야 할 필요도 없고, 법적으로 인정받아야 할 필요도 없다. 반드시 같은 종이어야 하는 것도 아니다.

"당신 밖에서 뭐 실수했어?" 팡위칭이 놀라서 물었다.

상하의 모두 새 옷으로 갈아입기는 했지만 거즈를 붙인 손등과 이마의 상처는 가릴 수 없었다.

"별거 아니고, 그냥 걸려서 넘어졌어."

"거짓말! 분명히 나랑 리오한테 말 못하는 큰 문제가 생긴 거야. 디저트나 군만두 좀 먹을래?"

쓰우셰우이는 오로지 그와 섹스를 해서 정자를 얻겠다는 생각뿐이었다. 셰우이의 방식을 비난할 생각은 없다. 어쨌거나 그도 즐겼고, 각자 필요한 걸 가져간 셈이니까. 하지만 즈신은 같이 '생활'할 수 있는 팡위칭이 더 좋았다. 설사 지금 이 순간 팡위칭이 여전히 다른 사람의 아내라 해도. 어차피 그녀의 남편도 팡위칭을 사랑하거나 아끼지 않으니까. 둘은 법적으로 부부이지만 남남으로 산 지 오래고, 상대방의 생사에도 관심이 없다.

그렇다. 지금 이 순간 그의 곁에는 팡위칭이 있다. 하지만 반년 뒤에는 그와 헤어질지도 모른다. 사람에게는 누구나 자신이 어떻게 살고 싶은지, 어떤 사람과 살고 싶은지, 태어난 가정에서 계속 살아갈 것인지 결정할 자유가 있으니까.

이런 자유가 가장 기본적인 인권이다.

그래서 그는 평상심을 갖고 팡위칭을 대한다. 영원히 변함없이 함께할 것인가는 중요하지 않다. 오로지 지금 함께한다는 것이 중요하다.

팡위칭과 섹스를 한 직후, 뜻밖에도 쓰우즈아이의 문자메시지가 도착했다. 그는 즈아이가 다시는 상대해주지 않을 줄 알았다.

─이틀 전에 원후 오빠가 집에서 기절해서 병원에 실려갔어. 의사 말로는 심각한 빈혈이라는데, 아직 원인은 찾지 못했어.

아직 쓰우 가문의 구성원들을 해친 게 누구인지 찾아내지도 못했는데 원후에게 또 일이 생겼다. 불행한 일이 잇따르고 있었다. 그는 잠시 아무 반응도 할 수 없었다.

즈아이가 메시지를 하나 더 보냈다.

─나, 유전자 검사 결과 나왔어. 다른 가족들이랑 같이 한 검사 결과가 나온 건 아니고. 그건 여지껏 회신이 없네. 지난주부터 인

터넷에서 찾을 수 있는 유전자분석 업체란 업체는 죄다 뒤져서 한 번씩 다 테스트를 해봤는데, 그중 한 곳에서 쓰우 가문 유전자를 갖고 있다는 여자를 찾아냈어. 그런데 우리가 전혀 모르는 사람이야.

제2부

제10장

49

유전자분석 업체의 홈페이지에 쓰우즈아이와 혈연관계라는 사람들의 명단이 나와 있었다. 이들의 이름은 영어 약자로 표시되었고, 친족관계와 거주지가 명시되었으며, 희미한 증명사진도 첨부됐다. 부계친족인지 모계친족인지도 기록되어 있었다.

모계는 본래 쓰우 집안 출신으로, 성씨는 모두 'S'로 시작했다. 남자였다면 족보에 기록되고 매달 생활비를 받으며, 매년 쓰우 집안의 가족 연회에 출석했을 것이다. 쓰우즈신처럼 쫓겨난 구성원이 아니라면 말이다.

즈아이가 알지 못하는 이 신비로운 여성의 성씨는 'C'로 시작했다. 하지만 쓰우 집안에는 영문 성씨가 'C'로 시작하는 남자와 결혼한 여성이 없다.

즈아이로서는 너무도 뜻밖이었다. 유전자분석 업체 내의 통신 시스템을 이용해 상대방에게 연락해보았다. 성은 쓰마司馬라고 속였다. 쓰우 집안사람이라고 했다가는 화를 자초하게 될 것이다. 이야기하지 않는 게 상책이었다.

상대는 본인이 장張씨이며, 마흔다섯 살이라고 대답했다.

―이상하네요. 저한테는 '쓰마'라는 성을 가진 친척은 없거든요.

문자로만 소통하는데도 상대가 얼마나 놀랐는지 느껴졌다. 즈아이도 마찬가지였다. 쓰우 집안에는 장씨 성을 가진 인척이 없다.

―두 글자 성을 쓰는 친척 없으세요?

―없어요.

문자를 세 번 주고받은 뒤 두 사람은 직접 만나기로 했다. 각자의 거주지가 지하철역으로 스무 개 거리만큼 멀리 떨어져 있었지만 '상대방이 누구인가'라는 수수께끼를 푼다는 게 어마어마한 흡인력을 발휘했다. 여기에 속전속결을 좋아하는 홍콩인의 습성까지 더해져, 둘은 이튿날 밤 중식 레스토랑에서 만났다.

장 여사를 보고 처음 든 생각은 '쓰우 집안에 이렇게 뚱뚱한 여자는 없다'는 것이었다. 친척끼리는 외모도 체형도 꼭 같아야 하는 법은 없지만 이목구비를 봐도 장 여사와 쓰우즈아이는 비슷한 구석이 하나도 없었다. 즈아이는 직감적으로 이 여자가 자신과 혈연관계가 아니며, 그저 낯선 사람임을 알아챘다.

"우리가 정말 친척인가요?" 장 여사가 어색하게 물었다. "유전자분석 업체가 실수한 것 아닐까요?"

"저도 확신을 못하겠네요." 즈아이는 상대방의 소중한 시간을 낭비했다는 생각에 너무도 미안했다.

이날 밤 두 사람은 꼬박 세 시간 동안 대화를 나눴다. 장 여사는 표준 광둥어를 구사했지만, 실은 상하이에서 태어나 여덟 살 때 온 가족이 함께 홍콩으로 이주한 사람이었다. 부모와 그 위로도 몇 대가 다 북방 사람들이었고, 성장 배경도 쓰우 집안과는 아무런 접점이 없었다.

장 여사는 남편과 함께 온라인 쇼핑몰을 운영중인데, 코로나로 인해 큰 타격을 받았다고 했다. 상대방의 말뜻을 알아들은 즈아이가 식당 계산서를 책임졌다.

다음날, 장 여사가 문자를 보내왔다. 아버지 쪽과 어머니 쪽 친척들에게 물어봤는데, 유전자분석 업체의 데이터베이스에 즈아이와 연결되는 사람은 하나도 없다며, 이건 유전계보학의 상식에 어긋나는 일이라고 했다.

즈아이는 장 여사가 쓰우 집안과 혈연관계는 아니지만, 그녀의 등장으로 예측하지 못한 어떤 단서를 발견하게 되리라는 희미한 예감을 느꼈다.

◆

쓰우즈신은 즈아이가 보내온 문자메시지를 응시하고 있었다.

―오빠 생각에는 유전자분석 업체가 실수한 것 같아?

이 뜬금없는 사건으로, 냉전 끝에 점점 더 멀어지고 있던 즈아이와 다시 가까워졌다.

―나도 확실히는 모르겠어. 자세히 조사해봐야지.

즈신은 가벼운 말투로 답했다.

―혼자서 상대를 만나러 가다니, 간도 참 크셔.

―대학살에서도 살아남은 내가 무서울 게 뭐가 있다고.

즈아이 역시 가벼운 말투로 대답했다. 둘 사이의 어색한 분위기가 누그러졌다.

―물론 유전자분석 업체에서 실수했을 가능성도 있지만 확률이 높지는 않아. 아마 다른 원인이 있을 거야. 인터넷에서 관련 뉴스를 읽은 적이 있는데 갑자기 기억이 안 나네. 생각나면 다시 알려줄게.

일찍 자고 일찍 일어나야 활력이 넘친다고 믿는 아침형 인간 팡위칭은 밤 10시가 되자 침대로 올라갔다. 모처럼 팡위칭 옆에서 잠들지 않은 리오가 거실로 나와 즈신 곁에 있어주었.

요새는 시간을 좀 들여서 검색엔진에 정확한 키워드를 넣어 필요한 정보를 얻으면 일반인도 전문가 행세를 할 수 있다.

즈신의 손가락이 키보드와 마우스 사이를 빠른 속도로 오가더니, 얼마 지나지 않아 답이 나왔다.

즈신은 즈아이에게 문자를 보냈다.

―아무래도 그 장 여사가 뭔가 실수한 것 같은데. 유전자 검사

할 때 안내서를 제대로 읽지 않은 게 분명해.

즈아이가 물었다.

―무슨 말이야?

즈신은 철자를 잘못 옮길까봐 인터넷 창에서 영어 단어 하나를 복사해 그대로 즈아이에게 전송했다.

―Chimera.

즈아이에게 그건 상상을 초월하는 답이었다. 너무 비현실적이었다. 마치 홍콩에서 지하철을 타고 킹스크로스 역까지 가서 해리 포터가 9와 3/4 승강장에서 '호그와트행 급행열차'라 불리는 빨간색 증기기관차에 오르는 모습을 본 것 같았다.

대부분의 도시인과 마찬가지로 즈아이는 주로 3C제품*을 통해 과학과 기술을 이해했고, 그 외에 대해서는 바보나 다를 바 없을 만큼 완전히 무지했다. 일반인들에게는 태양계의 행성이 여덟 개인지 아홉 개인지보다, 열두 개의 별자리가 훨씬 더 중요한 법이다.

즈신은 즈아이에게 알려주었다. 이 답이 공상과학소설 속 이야기처럼 들릴지 모르지만, 장 여사측 상황을 설명해줄 수 있는 과학적인 설명은 오로지 그것뿐이라고.

---

* 컴퓨터(computer), 휴대전화 같은 통신기기(communication), 가전제품(consumer electronics)을 일컫는다.

"큰 병을 앓으셨던 적 있으신가요?" 즈아이는 장 여사에게 전화를 걸어 물었다.

"어떻게 아셨어요?" 장 여사가 얼른 대답했다.

"혈액과 관련된 중병이었나요?"

"맞아요! 어떻게 아셨어요?"

"어떤 병이었는지 알려주실 수 있을까요?"

"림프종이요."

"그런데 어떻게 회복하셨나요?"

"적십자사를 통해 골수이식을 받았어요."

"그게 언제쯤이었죠?"

"팔 년 전쯤이었던 것 같은데."

"유전자 검사는 언제 하셨는지 기억나세요?"

"잊어버렸어요."

"골수이식 후 반년 안에 하신 건가요?"

"그런 것 같아요. 아마 맞을 거예요! 어떻게 아셨나요?"

"장 여사님 유전자 검사 결과가 엉망이 되었으니까요."

즈신이 즈아이에게 알려준 영단어 'Chimera'는 '서로 다른 조직의 공생체'라는 뜻이다. 유전학에서는 한 사람의 몸에 두 사람의 유전자가 존재하는 상황을 가리킨다.

자연계에서는 정말 흔치 않은 현상이지만, 골수이식을 받은 사람 몸에서는 종종 발견된다. 이식을 받은 뒤 본래의 유전자형까지 바뀌는 사람도 있는데, 심지어는 정자에 골수 기증자의 DNA만 남는 경우도 있다. 대를 잇는다는 시각에서 보면 이 남자의 인생은 이미 의미가 없다. 본인만의 독특한 DNA는 지구상에서 이미 사라져버렸으니까.

"저와 혈연관계인 사람은 장 여사님이 아니라, 여사님에게 골수를 제공한 기증자예요. 그분에게 연락해본 적 있으세요?" 즈아이가 캐물었다.

"연락하고 지내지는 않아요. 하지만 두 번 만난 적은 있는데, 한 번은 적십자사에서 만났고 두번째는 지난번에 우리가 본 그 중식 레스토랑에서 만났어요."

"어떤 분이던가요?"

"성은 '쩡曾'이고, 그때 아마 스물몇 살이라고 했던 것 같은데 정말 이상한 사람이라는 인상을 받았어요. 솔직히, 좋은 사람 같지는 않았죠."

"좋은 사람 같지는 않았다고요? 장 여사님에게 골수를 기증한 분인데요!"

"그렇긴 하죠. 어떻게 설명해야 할지는 모르겠지만, 정말 복잡한 인상을 주는 남자였어요. 나한테 본인의 가정환경에 대해 언급한 적은 없어요. 무척 쌀쌀맞게 느껴지기도 했는데, 그러면서 또 금전적으로 걱정거리가 있으면 바로 자기를 찾아와도 된다는 거예요. 그 말을 듣고 정말 깜짝 놀랐어요. 그런 말은 반대로 부유한 수혜자가 기증자한테 하는 말 아니에요?"

"그렇죠. 하는 말을 들어보니 조폭 느낌이 확 나기는 하네요."

"마, 맞아요, 맞아. 하지만 또 겉보기에는 깡패 같지는 않더라고요. 차림새가 엄청나게 화려한 것도 아니었고."

"영화 속에서야 예술적으로 가공된 조폭이 등장하지만, 실제로 업계에서 구르는 사람은 그렇지 않죠. 그분과 같이 찍은 사진은 없나요?"

"생김새가 정말 즈이 오빠랑 비슷해. 둘이 무슨 형제 같다니까."

즈신은 즈아이가 보내준 사진을 확대해서 텔레비전 화면으로 보았다.

장 여사는 딱 봐도 쓰우 집안 핏줄이 아니었지만, 남자는 쓰우 집안사람이라고 단정 지을 수 있을 법한 외모를 갖고 있었다.

"장 여사는 그 남자의 연락처를 알려주고 싶어하지 않아. 귀찮은 일이 생길까봐 그러는 거지." 즈아이가 덧붙였다.

"이 사람의 존재를 가르쳐준 것만으로도 장 여사는 우리에게 큰 도움을 준 셈이야. 공이 커. 그 남자가 쩡씨가 맞는지 확실히 조사해봐야겠어. 다만, 우리가 조사하고 있다는 사실을 눈치채지는 못하게."

소파에 앉은 팡위칭은 끼어들지 않고 조용히 텔레비전을 보고 있었지만, 즈신은 팡위칭이 자신과 즈아이의 통화 내용을 엿듣고 있는 게 분명하다고 생각했다.

"오케이. 오빠가 말한 'Chimera'에 대해 찾아봤어. 현재 장 여사의 몸에 쓰우 집안의 유전자가 있다는 거지?"

"나도 전문가가 아니니 단언할 수는 없지만. 그런데 그게 그렇게 중요해?"

"그건 아닌데, 장 여사가 내 앞에 앉아 있을 때 기분이 좀 묘하더라고. 쓰우 집안의 유전자를 가진 사람이라고 해서 장 여사가 쓰우 집안사람이라고 할 수는 없잖아. 게다가 장 여사 본인도 쓰우 집안사람이라고 생각하고 싶어하지 않고. 과학기술 때문에 일이 복잡해졌어."

"맞아. 나도 요즘 그 문제로 참 곤혹스러워. 가족이라는 게 뭐지? 혈연관계? 법적인 관계? 한 지붕 아래 사는 사람? 다 정확하지 않은 답이라는 걸 깨달았어."

제11장

50

"넌 왜 너희 엄마 아빠랑 달라? 왜 안 뚱뚱해?"

"나도 몰라!"

쩡상원曾尚文은 어린 시절 친구들이 무심코 내뱉은 말을 통해 자신이 가족이나 친척들과 다르다는 사실을 조금씩 깨달았다.

종종 거울에 자신을 비춰봐도 부모와는 생김새가 전혀 달랐다. 부모는 모두 둥글둥글하고 통통했지만, 그는 늘 보통 수준의 몸집을 유지했다. 같은 식탁에 앉아 밥을 먹어도 늘 자신이 가족이 아니라 단순히 그들과 합석하고 있을 뿐인 낯선 사람처럼 느껴졌다.

1997년은 인생의 전환점이었다. 홍콩의 주권이 중국에 반환되었기 때문이 아니라, 연말에 발생한 아시아 금융 위기 탓이었다.

겨우 열 살밖에 되지 않았던 그는 금융계 거물이 아시아 각국의 외환시장을 위기에 빠뜨렸다는 사실을 몰랐고, 홍콩 정부가 그 거물을 공격하기 위해 움직였다는 사실도 몰랐으며, 은행이 밤새 금리를 올렸다는 사실도 몰랐다. 그가 알지 못했던 이런 일들이 모이고 모여, 오랜 세월 아무 걱정 없이 순탄하게 살아온 홍콩인들에게 거대한 충격을 줄 것이라는 사실도 알지 못했다. 부동산 투기로 부를 축적한 사람들은 자산이 몇 주 만에 마이너스가 되고, 심지어는 파산하는 경우도 부지기수였다. 충격을 견디지 못하고 죽음을 택한 이들도 있었다. 어차피 돈이 없다면, 소비자물가지수가 치솟고 생활은 보장되지 않는 홍콩에서 택할 수 있는 건 죽음이라는 외길뿐이었다.

그렇게 황천길에 오른 사람 중 하나가 그의 아버지였다. 깊은 밤 자택 베란다에서 몸을 던진 아버지는 식탁에 술 반병과 유서 한 통을, 침대에는 아내와 아들을, 자산 대차대조표에는 은행에 압류되어 경매로 넘어갈 집 세 채를 남겼다. 모두 여러 해가 지난 후 그가 찾아낸 사실들이었다.

쩡상원은 유서를 읽어볼 기회조차 얻지 못했다. 어머니는 아버지의 뒷일을 처리하던 중 그를 보육원에 내다버렸다. 그는 어머니가 어째서 자신을 쓰레기 내놓듯 버린 건지 이해하지 못했다. 마치 그 집의 일원이었던 적이 없는 것처럼, 친척들도 그를 신경쓰지 않았다.

학교도 다른 곳으로 옮겼다. 보육원에서 차로 겨우 십 분 걸리는 곳이었다. 예전에 알고 지내던 학교 친구들이 모두 연락을 끊으면서 그는 전학 온 학교에서 친구들을 새로이 사귀어야 했다.

보육원의 아이들은 학교에서 알고 지내던 아이들과는 달랐다. 이곳의 아이들은 순응하는 성향이 아주 강했다. 소수가 다수에게 복종하는 게 아니라, 나이 많은 아이와 어른에게 복종했다.

복종은 보육원 원아들의 생존법칙이었다. 어른들의 의사를 반복해서 여러 번 헤아리고 짐작해야만 자선단체와 교회에서 보내준 책과 명절에만 나오는 음식, 또는 통화 시간처럼 제한적이다못해 부족한 자원을 분배받을 수 있었다. 쩡상원은 제한적인 통화 시간에 대해서는 개의치 않았다. 그에게는 연락할 가족이나 친구조차 없었다. 부모님이 경제력을 잃거나 감옥살이를 하고 있어서 다른 친척들이 보러 오는 아이들도 있었지만, 그를 찾아오는 사람은 하나도 없었다. 그래서 그는 내내 의지할 곳 하나 없이 지낼 수밖에 없었다.

생존에 도가 튼 몇몇 아이들은 방문객이 찾아오면 표정을 바꾸고 귀여운 척하면서 동정심을 자아내 양자로 들어갔다. 그러지 않으면 불을 끈 뒤에는 반드시 잠을 자야 하고, 그후에는 책을 보거나 숙제를 하면 안 된다든가 하는 매우 틀에 박히고 규칙을 중시하는 생활을 계속해야 했다.

보육원에서는 매일 똑같이 음식을 나눠주었다. 각자 취향이 다르고 필요한 양이 다르다는 점은 무시당했다. 다들 묵묵히 견디는 수밖에 없었고, 신고할 방법도 없었다. 기껏해야 다른 아이들과 음식을 맞바꾸는 정도였다.

하지만 스스로 원해서 맞바꾸는 게 아닐 때도 있었다. 보육원에는 악당들이 몇 있었고, 다른 아이들에게는 그 악당 녀석들이 음식을 강제로 맞바꿔가거나 뺏어가도 되갚아줄 힘이 없었다. 그런 녀석들 옆에는 졸졸 쫓아다니며 기생하는 찰거머리들이 여럿 있었다. 그들은 관리자들의 비위를 잘 맞췄고, 할 수 있는 모든 방법을 동원해 환심을 사서 특별한 보살핌을 받으며 특권을 누렸다. 어떤 악당들은 공부를 무척 잘한다는 이유로 보육원에서 모범생 대접을 받았다. 원하는 대로 다 할 수 있었다는 뜻이다. 이미 어른이 된 악당들은 해마다 크리스마스가 되면 보육원으로 돌아와 선물을 나눠줬는데, 기자와 카메라맨을 달고 오는 바람에 찰칵찰칵 플래시 터지는 소리가 쉼없이 울려퍼졌다. 그렇게 사회적으로 성공한 인사가 되었음에도, 보육원 선배들로부터 이들의 악행을 귀로 듣고 또다시 입으로 전하는 원아들을 막을 도리는 없었다.

그의 어린 시절은 보육원에서의 생활방식으로 채워졌다. 악당들이 좋은 놈들은 아니었지만 '지식이 운명을 바꾼다'는 그들의 말은 틀린 게 없었다. 그들이 바로 대학에 입학해 자기 인생을 바꾼 이들이었다.

그러나 그러기 위한 대전제는 보육원에서 공부할 기회가 있어야 한다는 것이었다. 악당들에게는 복습할 공간이 주어졌고, 아무도 이들을 방해할 수 없었다. 반면 다른 아이들은 배부르게 먹지도, 따뜻하게 입지도 못했다. 모든 자원이 부족했다. 잠깐의 평안도 누릴 수 없는데 어떻게 안심하고 공부를 할 수 있단 말인가?

쩡상원은 아버지가 돌아가신 뒤, 어머니가 왜 자신을 버렸는지 끝내 이해하지 못했다. 보육원 아이들은 너희 어머니가 재혼을 하려는데 애가 딸려 있으면 남자들이 놀라 도망가기밖에 더 하겠느냐고 말했다.

그래도 그는 이해할 수 없었다. 자신과 어머니는 모자지간인데, 어머니는 어떻게 그렇게 모진 마음을 먹을 수 있었을까?

만 열다섯 살이 되는 생일에 쩡상원은 중학교를 중퇴하고 직업훈련국에 들어가 건축설비 엔지니어링을 공부했다. 기술을 하나 익혀서 얼른 일자리를 찾고 싶었다. 보육원을 떠나 어머니를 찾아가서 왜 자신을 버렸느냐고 묻고 싶었다.

가시가 되어 마음에 박혀버린 이 의문은 나이가 들어도 사라지지 않았다.

건축설비 엔지니어링을 공부하는 데 사 년이 걸렸다. 이듬해에 실습생이 되면서 직업훈련 장려금과 급여, 정부보조금을 합쳐 매월 1만 홍콩달러 가까운 돈이 수중에 들어왔기에 혼자 생활하기에는 충분했다. 하지만 일이 무척 힘들었다. 업계 사람들 말로 풍화수전風火水電, 그러니까 한 건물 안의 통풍 및 에어컨 시스템, 소방 시스템, 배수, 전기 공급과 엘리베이터 시스템은 모두 다 육체노동이었다. 다른 사람들은 퇴근 후 나가 놀면서 홀가분하게 긴장을 풀 수 있었지만, 피곤에 찌든 그는 기숙사로 돌아와 침대에 쓰러져 자는 게 전부였다.

세번째 해가 되자, 그는 기숙사에서 나와 작게나마 셋방을 마련했다. 크리스마스에는 모범생으로서 밖에서 지내면서 느낀 점을 이야기하러 보육원에 갔다가, 예전에 그를 돌봐주었던 '큰형' 다다이와 마주쳤다.

다다이는 그보다 세 살 위였고, 요식업계에서 일했으며, 매년 크리스마스가 되면 보육원으로 아이들을 보러 왔다. 어렸을 때는 늘 악당 무리에게 맞고 다녔지만, 자라면서 거구가 된 뒤로는 아무도 감히 그에게 함부로 손을 대지 못했다. 오랫동안 쌓인 게 많은 페이지肥雞* 일당과 싸움이 붙었을 때를 제외하고는.

그저 상대에게 본때를 보여주고 싶어서 싸움질을 하는 많은 청소년들과 달리, 다다이는 이 싸움에서 혼자 여섯 명을 상대하면서 상대방의 하체를 공격했고, 주먹 한 방에 힘을 완전히 실어서 상대방을 초주검 상태로 만들었다. 나쁜 놈이 먼저 일러바친다더니, 페이지가 먼저 관리원에게 고자질을 하고 나섰다. 다다이는 경고를 받은 뒤에도 그만두기는커녕 이튿날 또다시 페이지 일당에게 주먹을 휘둘렀고, 역시나 마찬가지로 하체를 공격했다. 그러면서 다시 관리원에게 일러바치는 놈이 있으면 "좆대가리가 으스러지도록 짓밟아서 싹 다 내시로 만들어버리겠다"고, 또 보육원에서 쫓겨나더라도 다시 돌아와 복수할 거라고, 절대로 그냥 하는 말이

---

* '살찐 닭'이라는 뜻.

아니라고 협박했다.

　다다이는 입으로 내뱉은 말은 꼭 행동으로 옮겼고, 그때부터는 그 누구도 감히 다다이를 귀찮게 하지 못했다. '다다이大袋'라는 별명도 그와 원수지간인 녀석이 지어줬다. 쩡상원은 원래 '다이'가 '음낭'을 가리킨다고만 알고 있었는데, 다른 사람의 설명을 듣고 그제야 '다다이'가 '큰 인물'을 뜻하는 저속한 표현이라는 걸 알게 되었다. '큰 인물인 척한다'는 비아냥의 의미를 담아, 큰 인물이라도 된 양 잘난 척한다는 뜻으로 '다다이'라고 부른 것이었다.

　그렇지만 다다이는 이 별명을 좋아했고, 최선을 다해 약한 아이들을 보호했다. 그건 오직 다다이만 할 수 있는 일이었다. 그가 떠난 뒤 보육원 내의 집단 따돌림은 또다시 일상이 되고 말았다.

　다다이는 크리스마스를 기념하자며 삼 년 만에 만난 쩡상원을 끌고 스테이크를 먹으러 갔다. 열심히 돈을 모으는 중이었던 쩡상원은 크리스마스 세트 메뉴를 먹는 데 큰돈을 쓰는 게 아까웠다.

　그의 난처한 상황을 알아챈 다다이가 호탕하게 말했다. "원짜이文ff, 내가 살게. 네가 안 가면 내 체면이 뭐가 되냐." 다다이가 쩡상원의 어깨에 손을 턱 올리더니 그를 떠밀었다. 거절은 용납하지 않았다.

　두 사람은 홍콩 스타일 양식을 파는 몽콕의 한 식당에 도착했다. 손님들 다수가 산전수전 다 겪고 이곳까지 흘러들어온 만만치 않은 사람들이라 그런지 식당 안에는 짙은 담배 연기가 잔뜩 배어 있었고, 이들과 동행한 여성들의 몸에서는 촌스럽고 화려한 향수 냄새가 났다. 식당과는 어울리지 않는 이런 냄새가 음식의 향을 덮어버리고 말았지만, 어린 시절 자신을 돌봐준 형과 크리스마스를 함께 보낼 수 있다면 별거 아닌 소박한 음식이라 해도 그 의미가 깊었다.

두 사람 모두 철판 스테이크를 주문했다. 블랙페퍼 소스가 철판으로 떨어지면서 나는 지글지글 소리가 식욕을 끌어올리고, 음식에서는 군침 도는 육향이 진동했지만 삽시간에 다른 냄새로 덮이고 말았다.

서로 근황을 주고받은 뒤, 화제는 순식간에 직장 내 괴롭힘 이야기로 이어졌다.

보육원 출신들은 누구나 보육원에서 성장하며 갖게 된 시각으로 세상을 바라본다. 그중 하나는, 보육원 출신들은 복종하려는 경향이 강해서 습관적으로 권력을 쥔 인사의 비위를 맞춘다는 것이다. 그러지 않는다면, 괴롭힘에 무척 예민하고 과감하게 반항하곤 한다.

쩡상원의 근황을 들은 다다이가 눈살을 찌푸렸다.

"보육원 밖에 악질이 훨씬 더 많아. 돈 있고 권력도 손에 쥔 자들이라 거꾸러뜨릴 방법도 없지. 너 어떻게 할 거냐?"

"뭘 어쩌겠어요? 그냥 묵묵히 견디는 거지. 용감하게 반항할 수 있는 사람은 내가 아는 사람 중에는 형 하나뿐이에요." 쩡상원은 이곳 비프스테이크의 맛이 사실 유별나지 않은데도 다들 맛있는 척하는 것과 비슷하다고 생각했다.

"그런 사람이야 당연히 나 하나만이 아니지. 사회엔 우리 같은 사람이 아주 많아. 세상에 대해 다른 생각을 가진, 자신의 운명을 스스로 결정하고 더 나은 인생을 살고 싶어하는 사람들 말이야."

51

스물몇 살쯤 된 가오후이는 어깨까지 닿는 긴 머리칼에, 귀에는 귀걸이를 하고 있었고, 팔다리는 운동선수처럼 길쭉했다. 중년의 보육원 관리자들보다 아는 것도 더 많았고, 생각하는 것도 훨씬 더 어른스러웠다.

그래서 다다이의 큰 형님이 될 수 있었다.

"이 세상에는 딱 두 종류의 인간이 있어. 첫째는 환경에 자기 운명을 맡기고, 둘째는 스스로 운명을 결정하지. 어느 쪽이 되고 싶나?" 그의 말은 다다이보다 간결하면서도 훨씬 더 힘이 있었다.

"당연히 두번째죠." 생각하고 자시고 할 필요도 없었다.

"그렇다면 네 주변 환경을 바꿔야 해. 다다이한테 네 배경에 대해 들었다. 건축설비 엔지니어링을 배울 정도면 틀림없이 머리도 쓸 만할 거고."

"아뇨, 전 공부할 재목은 아닙니다." 쩡상원이 서둘러 부인했다.

"홍콩처럼 암기식 교육이 지배하는 곳에서 공부를 잘한다는 건 그냥 외우는 능력이 뛰어나고 학습 태도가 양호하다는, 사회가 필요로 하는 인재라는 의미에 불과하지. 아무것도 아니라고. 인간관계와 창조력, 조직력, 위기 대처 능력 등은 평가할 수 없어. 엔지니어링을 공부했다니 수학은 괜찮은 편이겠지?"

"수학만 좀 하지, 나머지는 다 별로입니다."

"그거면 충분해. 영어 할 줄 아는 사람이 필요한 것도 아니고, 수학을 좀 이해하는 인재면 되거든. 너 지금 한 달에 얼마나 버냐?"

"1만 2천8백 홍콩달러요." 쩡상원이 솔직하게 말했다. 인터넷만 조금 뒤져도 나오는 숫자라서 속일 수 없었다.

가오후이가 담배 연기를 내뿜었다. "내가 생각했던 것보다는 많긴 한데, 앞으로 십 년 뒤에는 네가 얼마를 벌 수 있을 것 같냐?"

"대충 2만 홍콩달러 정도 되겠죠. 운이 좋으면 2만 5천 홍콩달러 정도일 거고."

"만약 8만에서 10만 홍콩달러 정도 벌 수 있다고 하면, 내 일 좀 도와줄 생각 있어?"

가오후이는 당장 일을 도와달라고 재촉하지 않았고, 엔지니어링 교육과정부터 잘 마무리하라며 쩡상원에게 일 년여간 생각할 시간을 주었다.

쩡상원 본인도 잘 알고 있었다. 그의 학력으로는 엘리베이터 유지 보수 일을 계속할 수밖에 없다는 사실을. 진학해서 학위를 따지 않는 한, 십 년 뒤에도 이십 년 뒤에도 마찬가지일 것이다. 하지만 기초 영어 실력이 너무 형편없어서 학위 취득은 까마득한 일이었다.

 일 년을 고민한 끝에, 쩡상원은 가오후이의 제안을 수락했다. 금전적인 대우가 더 좋아서만은 아니었다. 가오후이는 정말로 그를 신경써주었다. 열아홉 살 생일을 맞이한 날, 가오후이는 그를 5성급 호텔의 뷔페에 데리고 가서 축하해줬을 뿐 아니라 위원과 아메이라는 여자 둘을 데리고 왔다.

 쩡상원은 미니스커트 차림에 몸에서 은은한 향수 향이 나는 두 여자에게서 눈을 떼지 못했다. 쩡상원은 아메이가 마음에 들었다. 예쁘장한 얼굴에 옅게 화장을 한 아메이는 다리가 새하얗고 늘씬했다. 동안인데다 '아메이'*라고 불렸지만 쩡상원보다 나이가 어린 건 아니었다.

 가오후이는 두 여자와 무척 친한 사이인 듯, 그들 앞에서 사적인 이야기를 했다. 여자들은 별말 하지 않고 분위기에 맞춰 웃어주었다. 여자를 만나본 적 없는 쩡상원에게는 그 정도로 충분했다. 우스운 이야기를 해서 그 둘을 웃겨주고 싶었지만 긴장해서 말이 나오지 않았고, 결국 밤새 가오후이가 화제를 이끌었다.

 "난 아기일 때 버려져서 부모를 찾을 수가 없어. 친척도 없고, 친구도 없지. 그런데 넌 어떻게 어머니 손으로 버려진 것도 모자라서 찾아오는 친척 하나 없냐? 너무 이상하잖아. 너, 친척을 찾아보기는 했어?"

---

* '아메이(阿妹)'는 보통 나이가 어린 여성을 친근하게 부를 때 쓰는 별칭이다.

쩡상원은 가오후이처럼 두 여자의 존재를 무시한 채 솔직히 말했다. "친척들 전화번호를 잊어버렸어요."
"좀 찜찜한데. 출생증명서는 있냐?"
"보육원에 있죠."
"그 사람들한테 말해서 가져와. 만일 네 어머니한테 무슨 일이 생겼는데 유서도 남기지 않으셨다면, 출생증명서가 있어야 모자 관계도 증명하고 유산도 받을 수 있단 말이야."
"그건 불가능해요. 어머니는 아마 다시 가정을 꾸리셨을 겁니다. 그러니 유산이 있다고 해도 저한테까지 순서가 돌아오지는 않겠죠."
"그럼, 유산은 신경쓰지 마. 그래도 출생증명서는 네 거야. 네 거니까 가져와야 한다고. 안 그래?" 가오후이가 단호하게 말했다.
원원, 아메이와는 관련 없는 일이었지만 그들도 연달아 고개를 끄덕였다.
식사가 끝난 뒤 넷은 식당 옆에 있는 호텔로 향했다. 가오후이가 방을 두 개 잡아둔 참이었다. 쩡상원이 가오후이를 따라 들어가려고 하자 가오후이가 놀려댔다.
"너 바보냐? 오늘밤은 남녀가 한 방을 쓰는 거야!"
네 명이 같이 웃음보를 터뜨렸다. 가오후이가 다시 말했다.
"네가 한 명 골라봐. 무르기 없어."
쩡상원은 두말할 것도 없이 아메이를 골랐다. 아메이에게 여자와 같이 호텔방에 들어가는 건 이번이 처음이라고는 말하지 않았다. 아메이야 당연히 처음이 아니어서, 온갖 스위치며 전기 플러그의 위치를 훤히 꿰고 있었다. 그녀는 쩡상원처럼 대형 침대와 욕조, 분홍색 벽지와 테이블 위의 초콜릿을 호기심어린 눈빛으로 바라보지도 않았으며, 그의 눈빛을 이상하게 보지도 않았다. 아메이는 그저 부드러운 손길로 쩡상원의 옷을 벗겨주었고, 본인의 옷을 벗었으며, 그와 함께 샤워를 하고 그의 몸을 닦아주었다. 그러고는 쩡상원을 침대에 앉힌 뒤 그 위에 올라타 몸을 흔들었다. 쩡상원은 난생처음으로 하늘로 날아갈 것 같은 개운함을 느꼈다.

두 시간 뒤, 쩡상원은 한 번 더 하고 싶어졌다. 언제 다시 아메이를 만날 수 있을지 누가 알겠나. 하지만 아메이는 거절했다.

"너, 좀 남겨놔야 할 거야."

"뭘 남겨?" 쩡상원은 아메이의 말을 알아듣지 못했지만, 아메이는 설명해주지 않았다.

얼마 지나지 않아 가오후이가 문을 두드리더니 여자 파트너를 바꾸자고 했다. 쩡상원은 아메이와 헤어지는 게 아쉬웠지만, 거절하지 않았다. 원원은 외모는 성숙한 편이었지만, 침대 위에서는 아메이보다 기교가 떨어졌다. 그렇지만 아메이보다 더 격렬하게 신음을 내질러서, 그를 끝없이 흥분시켰다.

날이 밝기도 전에, 가오후이가 또다시 문을 두드렸다. 이번에는 파트너를 바꾸자고 하지 않고 아예 아메이와 함께 방으로 들어왔다. 네 사람은 함께 한 침대에 올랐고, 두 여자가 섹스를 주도한 끝에 두 남자를 마지막 한 방울까지 남김없이 먹어치웠다. 자극적이면서도 황당했던 이날 밤, 그는 정식으로 어른이 되었을 뿐 아니라 오래도록 곱씹을 단체 운동까지 체험했다.

나중에 가오후이가 말하길, 그날 밤의 이벤트는 쩡상원에게 침대 운동 체험 기회 말고도 인생에서 소중한 교훈을 알려주기 위해 마련한 것이었다.

"무슨 교훈이요?" 쩡상원이 궁금해서 물었다.

"협력하면 '1 더하기 1'이 2 이상의 시너지 효과를 발휘하게 된다는 교훈."

52

사흘 뒤, 쩡상원은 출생증명서를 가지러 보육원을 찾아갔지만 거절당했다.

"개인정보법 위반이야."

쩡상원이 보육원을 떠날 때 절차를 밟아준 '저우 아주머니'는 변함없이 완고하고 관료적이었으며, 뚱한 표정도 예나 지금이나 그대로였다.

사회생활을 한 지 이 년이 넘어가니, 쩡상원도 이제 더이상 무조건 복종만 하던 소년이 아니었다. 그는 과감하게 자신의 의견을 밝혔다.

"이유가 뭡니까?"

"사회복리서에서 정한 규정이야. 생부모, 양부모와 관련된 모든 개인정보는 출생등기처의 동의를 받아야 열람할 수 있단다. 거기 가서 물어보렴!"

쩡상원은 두말하지 않고 바로 버스에 올라 출생등기처로 향했다.

맞은편에 앉은 뚱뚱한 중년 여성 직원은 공무원 특유의 무표정한 얼굴로 말없이 그의 신분증 번호를 컴퓨터에 입력했다.

"선생님 '어머님'의 개인정보는 보호 대상이기 때문에 알려드릴 수 없습니다."

또 이 이유였다. 쩡상원은 몹시 언짢았다. "제 어머니와 관련된 건데 제가 알지 못할 게 뭐가 있단 말입니까?"

직원은 형식적이면서도 평온한 말투로 말했다. "변호사를 찾아가서 의견을 들어보시는 게 최선입니다. 변호사가 어떻게 해야 하는지 알려줄 겁니다."

"그럴 필요가 있나요?"

직원이 목소리를 낮추고는 말했다. "구체적인 상황은 모릅니다만, 제 경험으로는 그렇습니다. 어머니로 알고 계신 분은 선생님의 생모가 아니에요. 출생등기처는 선생님 생모의 개인정보를 보호해야 합니다."

쩡상원은 이 말을 여러 번 돌이킨 끝에야 그 뜻을 알아들었다.

알고 보니 그의 인생 자체가 거짓말이었다.

한바탕 몰아친 폭풍이 머릿속을 헤집어놓은 충격으로, 그는 다른 사람들의 목소리가 들리지 않았다. 더구나 자신이 출생등기처 홀에 있다는 사실마저 거의 잊고 말았다. 사람 하나 없는 행성에

버려지기라도 한 것처럼, 그는 홀로 외로이 자신의 지난날과 앞날을 생각했다.

그는 늘 어머니가 자신을 버린 이유를 알고 싶었다. 그를 오랫동안 괴롭혀온 이 문제의 답을 드디어 찾아냈으나 또다른 문제가 발생하고 말았다. 생모는 대체 누구란 말인가?

미혼모였을 가능성이 높다. 심지어 미성년자였을 수도 있다. 자신을 낳아 쓰레기통에 버리지 않은, 심지어는 유산시키지 않은 생모에게 감사해야 했다.

"어느 변호사를 찾아가 도움을 청해야 합니까?" 그가 넋이 나간 채 물었다.

"변호사도 의견을 주는 게 다일 겁니다. 제가 방금 한 말을 해주기는 하겠지만, 그 사람들도 선생님을 직접 도울 수는 없습니다."

"왜죠?"

"선생님의 생모 파일은 사회복리서 서장도 열어볼 수 없으니까요."

"그럼 누가 열 수 있습니까?"

"경찰을 찾아가보세요. 경정급 이상의 경찰을 찾아야 합니다. 하지만 그들이 선생님을 도와줄 거라고 보장할 수는 없습니다." 직원이 신분증을 돌려주며 한마디 덧붙였다. "행운을 빕니다!"

53

추석 당일, 가오후이가 쩡상원과 다다이를 데리고 일본 요리를 먹으러 갔다. 동행한 여성 파트너가 없으니 밤새 분위기가 김빠진 사이다처럼 활기를 잃었다.

쩡상원은 지난번의 포섬이 그리웠지만 만일 여자가 임신이라도 해서 아이를 보육원으로 보내게 될까봐, 자신이 겪은 일이 되풀이될까봐 두려웠다. 세 번 사정할 때 모두 콘돔을 끼고 있었으니 임신이 될 확률은 미미했지만, 머릿속은 온갖 비현실적인 생각으로 가득 차 있었다.

기린 맥주를 반병 들이켠 뒤, 가오후이와 다다이에게 출생등기처 탓에 난관에 부딪친 이야기를 들려주었다.

"어쩌면 새로운 가정을 꾸리셨을 수도 있지." 다다이가 쩡상원에게 술을 권했다. "그래도 열 살이 되기 전까지는 행복한 어린 시절을 보냈다는 사실을 다행으로 여겨야 해. 난 한 번도 경험해본 적 없거든."

다다이는 기억이 남아 있을 무렵부터 이미 보육원에서 지내고 있었고, 여덟 살이 되어서야 처음으로 자신을 만나러 온 어머니와 마주했다. 어머니는 누렇게 뜨고 깡마른 얼굴로 아버지는 병으로 세상을 떠났다고 알려주었고, 앞으로는 자주 보러 오겠다고 말했지만 다시는 나타나지 않았다. 열다섯이 되어 보육원을 떠날 시기가 되어서야 저우 아주머니가 부모님에 대해 알려주었다.

"두 분 다 마약을 은닉하고 있다가 감옥살이를 하셨다고 하더라고." 다다이가 잠시 말을 멈췄다. 너무도 슬퍼 보였다. "어머니가 감옥에서 날 낳으셨대. 의심할 필요도 없어. 날 낳는 순간에도 어머니의 팔뚝과 침대에 수갑이 채워져 있었을걸. 아버지는 감옥에서 급사했고, 어머니는 감옥에서 나온 뒤 일자리가 없어서 몸을 팔았지. 마약도 끊지 못했고. 결국 마약 과다 복용으로 돌아가셨어. 부모님 두 분 다 서른도 못 돼서 돌아가셨으니, 내 소원은 서른 넘게 사는 거야. 팔 년 남았다. 참 빠르네."

가오후이가 목덜미를 긁적이더니 미간을 찌푸렸다. "중요한 명절에 이런 비극적인 이야기는 좀 하지 말자!"

쩡상원은 알 수 없었다. '행복했던 어린 시절이 없는 것'과 '한때 행복했던 어린 시절을 보냈으나 잃어버린 것', 이 두 가지 선택지 중 어느 게 더 비참한 걸까? 주변에 이런 비참한 배경을 짊어진 사람들이 적지 않았지만, 부유한 국제도시 홍콩에서 이들에게 관심을 기울이는 사람들은 얼마 되지 않았다. 다들 어떻게 돈을 벌어서 부동산에 투자하고 큰돈을 벌지, 어떻게 시험에 합격하고 일찌감치 은퇴할지만 궁리했다.

몇 년 전, '신동神童 후이'라는 별명으로 불리던 유명한 사업가 뤄자오후이*는 여자 연예인 스폰서에 대해 사람들 입에 오르내릴 만한 명언을 남겼다.

* 가난하게 태어났으나 젊은 나이에 큰 재산을 손에 쥔 부동산업자. 사치스러운 삶을 살며 수많은 여성 연예인과 염문을 뿌렸으나 1997년 아시아 금융 위기로 부동산 경기가 침체하면서 하룻밤에 빈털터리가 되자 과거 연예인들과의 사생활을 가십지에 팔아넘기며 생활비를 벌어 근근이 살았고, 도박과 마약에서 벗어나지 못하다가 마흔일곱의 젊은 나이에 심장병으로 세상을 떠났다.

"1백만 홍콩달러를 주면 그 여자 연예인이 말을 듣지 않겠죠. 1천만 홍콩달러를 줘도 아마 거들떠보지도 않을 겁니다. 하지만 1억이나 2억 홍콩달러, 아니면 10억 홍콩달러를 주면 마음이 동하지 않을 수 있겠어요? 말이 안 되잖아! 그냥 한 번 자는 거 아녜요? 이 여자든 저 여자든 내가 데리고 자고 싶으면 자는 거지, 그게 뭐 별거냐고……"

쩡상원은 '돈을 몇 억씩 쓰면 누구든 자고 싶은 사람과 잘 수 있다'는 말이 황당하다거나 부도덕하다고 생각하지는 않았다. 도리어 이런 성매매에 천문학적인 액수가 오간다는 사실에 놀랐다. 자기들처럼 가족도 없고, 평생을 들여도 1백만 홍콩달러를 모을 수도 없을 '거지새끼들'은 홍콩에서 대도시 부자들에게 기생해 살고 있었다.

쩡상원은 실습 기간이 끝난 뒤 가오후이의 일을 돕게 되었다. 가오후이와 다다이는 가족처럼 그를 챙겨주었고, 중요한 명절이면 불러서 밥을 먹이고 생일을 축하해주었다. 가오후이와 단둘이 자리를 가질 때도 있었다. 거구인 다다이는 유흥업소 문지기로 일하면서 유흥업소 내부의 질서를 유지하고, 술에 취해 난동을 부리는 인사나 다른 사람들로부터 환영받지 못하는 인사를 쫓아내는 일을 책임졌다.

열 살에 보육원에 보내진 쩡상원은 이들과의 관계에서 사람 사이의 따뜻한 정을 느꼈다. 이들은 서로 챙겨주었을 뿐 아니라 함께 앞날을 이야기했고, 인생에 대한 의견을 나누었다. 몇 년 후 돌이켜 보면 그 의견이라는 게 사실 별 깊이가 없는 수준이었다. 하지만 어린 시절의 얕은 수준을 깨닫는 것은 성장을 의미하기도 했다.

혈연관계도 아닌 가오후이와 다다이는 친부모보다 더 가까운, 그의 가족이 되어주었다.

54

쓰우즈신이 보내온 사진을 꼼꼼히 들여다보던 치서우런은 한참 생각에 잠겨 있었다. 사진 속 주인공은 어딘가 낯이 익었지만, 입에서 이름이 튀어나오지는 않았다. 그 사람에 대한 부수적인 정보도 전혀 떠오르지 않았다.

경찰은 오래전 거금을 들여 AI 안면 인식 시스템을 구축했다. 실종 아동 찾기와 지명수배자 식별에 도움을 주는 등 엄청난 위력을 발휘했지만, 모든 경관에게 사용 권한이 주어진 것은 아니었고, 치서우런같이 이름 높은 수사관도 예외는 아니었다.

다행히 안면 인식 능력을 AI만 갖고 있는 건 아니다.

"이놈, 당연히 알죠." 류커친 경위가 담배 연기를 내뿜었다. "쩡상원, 별명은 스예원*, 머리 좀 굴릴 줄 알고 숫자에도 밝은 조폭입

---

* 막료, 고문 등을 가리키는 단어 '스예(師爺)'에 쩡상원의 '원'을 붙여서 만든 별명이다.

니다. 컴퓨터에 전체 자료가 있습니다. 적어도 오 년은 된 사진인데, 어디서 찾으셨어요?"

"우연히 찾았어." 치서우런은 쩡상원과 여성이 함께 찍은 사진에서 쩡상원의 상반신 부분만 남긴 사진을 류커친에게 보여주었다.

"이자가 쓰우 가문 사건과 관련이 있나요?"

"관련이 있을까?" 치서우런이 떠보듯 질문을 던졌다.

"전 그냥 별생각 없이 한 말인데. 혹시 이놈을 찾으시는 거면 저한테 말씀하세요. 그쪽 관할에 있는 동료한테 연락해 꽁꽁 묶어 호송해오겠습니다."

치서우런은 류커친으로부터 그의 아버지 이야기를 들은 적이 있었다. 그의 아버지 또한 경찰이었는데, 언젠가 일제 단속을 펼치다 한 미성년자 조직원이 휘두른 커터 칼에 대동맥이 잘리고 말았고 출혈 과다로 인한 산소 부족으로 식물인간이 되었다고 했다. 그 탓에 류커친은 조폭을 뼛속까지 증오했다. 반흑조反黑組*에 있을 때는 어느 바이즈산白紙扇*을 장장 서른 시간 동안 모질게 고문한 적도 있었다. 동료들이 만청십대혹형보다 더 잔인한 신문이었다며 당시 상황을 묘사했을 정도였는데, 알고 보니 그는 '수탉'이

* 홍콩 경찰 내 조직인 '반삼합회행동조(反三合會行動組)'를 의미한다. 주로 삼합회 관련 범죄 수사와 범죄자 체포를 담당한다.
• 홍콩 조직폭력배 사회에서 참모 역할을 하는 자로, 담판을 짓고 계책을 세우는 일을 책임진다.

라는 암호명으로 불리던 경찰측 스파이였다. '수탉'은 해당 작전의 책임자였던 경정이 범죄 집단을 무너뜨려 세상을 놀라게 하기를 바라는 마음으로 지어준 암호명이었다. 하지만 그 수탉이 류커친의 손에 죽을까봐 걱정된 그 경정은 결국 신문을 중단시킬 수밖에 없었다. 수탉이 더는 임무를 수행할 수 없을 정도로 심각한 트라우마를 겪게 되면서, 스파이 잠입 작전이 전부 즉시 중단될 수밖에 없는 지경에 이르고 말았다.

류커친은 이로 인해 서카오룽 총구總區 반흑조에서 전출되어 강력 범죄가 거의 일어나지 않는 사이위로 보내졌다.

치서우런의 수많은 동료에게 저마다 다른 사연이 있었고, 그건 범죄자들도 마찬가지였다.

거기에는 쩡상원도 포함되었다.

기록에 따르면 쩡상원이 열 살 때, 아시아 금융 위기 탓에 파산한 양아버지가 아파트에서 뛰어내려 사망했다. 양어머니는 그를 보육원으로 보냈다. 열다섯 살이 되던 해에 직업훈련국에서 건축설비 엔지니어링을 공부했고, 그후 조폭 세계에 입문했다.

이런 사례를 한두 번 본 게 아니었다. 먹고 입고 사는 것 중 어느 하나 비싸지 않은 게 없는 홍콩에서 성인 한 사람이 살아남는다는 건 결코 쉽지 않은 일이었다. 집세만 해도 벌써 수입의 절반을 갉아먹을 정도이니, 열다섯 살 난 소년이 스스로 먹고살아야 했다면, 더 말할 것도 없다. 거처도 없이 살아가야만 하는 소년에게 다른 선택지는 많지 않았으리라.

암흑가에 입문한 쩡상원을 비난하느니 청소년들을 제대로 돌보지 않고 거리의 유기견과 같은 처지로 전락시킨 사회를 비난하는 게 낫다. 약육강식의 논리가 지배하는 거리에서는 늑대처럼 사는 개만이 생존할 수 있는 법이다.

조폭이 된 쩡상원은 숫자에 밝고 성실하다는 이유로 그 지역을 책임지고 있는 쉬르후이, 일명 '가오후이'의 신임을 받았고 지금은 유흥업소 '레드 드래건'의 책임자였다. 그러다보니 경찰서에 불려간 횟수만 십여 차례지만, 레드 드래건에서 마약 거래나 매음 또는 여타 범죄 활동이 일어난 것은 아니어서 한 번도 기소된 적은 없었다.

"쩡상원과 그 보스 둘 다 '머리 좀 굴리는' 조폭 인사들이야. 경찰 세계의 기준으로 보면 '상대하기 쉽지 않은' 지능형 범죄자들이지." 치서우런이 휴대전화에 대고 말했다.

이야기를 듣고 있던 쓰우즈신은 저도 모르게 '한 인간의 성공에는 첫째로 타고난 명, 둘째로는 운, 셋째로 풍수, 넷째로 덕행 쌓기, 다섯째로 공부 순으로 영향을 끼친다'는 옛말이 한 줄 떠올랐다. 쓰우 집안의 유전자를 물려받았음에도 아버지가 죽고 어머니로부터 버림받는 바람에 쓰우 집안과의 연결고리가 끊어지고, 그로 인해 그들과는 천양지차의 삶을 살게 된 쩡상원처럼, 부잣집과 가난한 집 중 어디에서 태어나는지가 평생의 운명을 결정짓는다.

"그 사람의 생부와 생모가 누구인지는 아시나요?"

"쩡상원의 생모와 관련된 파일을 열람하려면 경정급 이상의 권한이 있어야 해."

"왜죠?" 쓰우즈신은 뭔가 심상치 않은 느낌이 들었다.

"알고 싶으면 마음의 준비를 해야 할 거야." 치서우런이 잠시 말을 멈췄다. "소파라도 찾아서 앉는 게 좋겠어."

55

유흥업소 책임자인 가오후이는 자신을 따르는 무리를 꾸려야 했을 뿐 아니라 위로도 올라가야 했다. 레드 드래건을 떠맡을 측근이 없으면 본인이 계속 이 유흥업소의 책임자로 남을 수밖에 없을 테다. 그러면 겉으로는 제법 체면도 서고 여자들도 셀 수 없이 자기 품으로 달려들겠지만 미래라고는 전혀 없는 일 따위에 시달리다 죽게 될 것이다. 그는 시야가 아주 넓었다. 이 지역의 보스가 되고 싶었다. 그래서 쩡상원을 적극적으로 후계자로 키웠다. 사람을 다루는 수완이 뛰어나야 할 뿐 아니라 사업 운영도 이해해야 하는 자리에 쩡상원을 앉히기 위해, 가오후이는 그에게 직업훈련국의 삼 년짜리 풀타임 비즈니스 과정을 밟으라고 지시했다.

"저 영어 못합니다." 쩡상원이 바로 가오후이의 제안을 거절했다.

"알아. 그래서 중국어로 진행되는 과정을 고른 거야."

"전 공부하기 싫어요. 건축설비 엔지니어링도 그래서 선택한 거고요." 쩡상원은 다시 학교로 돌아가 공부하라는 말에 상당한 거부감을 내비쳤다.

"앞으로 무슨 통풍이니 소방이니 배수니 전기니 그런 것들은 신경쓸 필요도 없어. 하지만 나를 도와 이곳 업무를 처리하려면 비즈니스를 알아야만 해. 그러지 말고, 학비는 내가 댈 테니까 가서 열심히 공부해. 여자나 꼬드기며 다니지 말고."

숫자에 밝은 쩡상원의 재능은 회계 과목에서 여실히 드러났다. 단 한 번도 고심해가며 숫자를 T-계정의 좌변이나 우변에 넣고 자시고 할 필요가 없었고, 늘 한 번에 정확히 계산해냈다. 그는 배우는 데만 일 년이 걸릴 내용을 독학으로 석 달 안에 끝냈고, 가오 후이의 충고는 듣지도 않은 채 '같이 복습한다'는 핑계로 같은 과 여학생을 서른 명이나 꼬드겼다. 그중에서 네 명과는 잠자리까지 했지만, 그럼에도 반 전체에서 1등으로 졸업했다.

오히려 그중 한 여학생이 영어 공부를 도와주는 바람에 흥미가 생겨서, 쩡상원은 드디어 영어에서 시제가 무엇인지 이해하게 되었다.

그는 계속 공부해서 비즈니스 과정 준학사를 따냈고, 결국 홍콩 메트로폴리탄 대학에서 경영학 학사 을등 2급*를 받았다. 그렇게 구 년 동안 쩡상원은 스물네 명의 여학생과 잤는데, 첫 경험을 하고 싶다는 소원을 들어준 경우가 그중 반은 되었다. 안전한 기간 같은 건 믿지 않았으므로 반드시 콘돔을 사용했다. 뜻하지도 않게

---

* 홍콩 메트로폴리탄 대학에서 수여하는 영예 학사학위의 등급은 갑, 을, 병으로 나뉘며, 을등은 다시 1급과 2급으로 나뉜다.

또하나의 생명을 탄생시킬 수는 없었다.

그해 연말, 가오후이의 보스 둥구가 훠궈를 먹다가 돌연 중풍으로 쓰러지면서 움직임이 불편해졌고 발음도 부정확해졌다. 업계에서 물러날 필요까지는 없었지만, 관할 구역의 총보스라는, 말을 많이 해야만 하는 직무를 더는 감당할 수 없어 어쩔 수 없이 전선에서 물러나야 했다. 그는 가오후이를 후계자로 내세웠다. 레드 드래건은 일찌감치 혼자서 한몫 단단히 할 수 있게 된 쩡상원에게 맡겨졌다.

단둘이 밥을 먹을 때, 쩡상원이 가오후이에게 축하의 말을 건넸다. "최종 보스 자리에 오르실 날이 머지않았네요."

하지만 가오후이는 손을 내저으며 부인했다. "그럴 일 없을 거다. 최종 보스가 되려면 구역별 실세들의 지지를 받아야만 해. 또 다른 차원의 일이지. 100미터 달리기와 마라톤의 차이야. 상대하기 쉽지 않은 숙부님*들이 한둘이 아니라고. 영화에 나오는 악랄한 숙부들보다 훨씬 더 다루기 힘들다니까. 그러니 그만두련다!"

쩡상원은 조폭 업계에서 더 많은 경험을 쌓은 뒤에야 가오후이의 비유에 문제가 있다는 걸 깨달았다. 한 구역의 보스가 되는 것부터가 이미 마라톤이고, 최종 보스가 되는 건 에베레스트 등반과 비슷한 수준이었다. 개인적인 능력이 시험대에 오르는 것은 물론

• 조폭 사회의 원로. 이미 은퇴한 보스를 뜻한다.

이거니와 팀워크와 운도 중요했고, 조금만 신중하지 못해도 뼈도 못 추리고 가루가 되어버렸다. 너무 위험해서, 감히 아무나 끼어들 수 있는 일이 아니었다.

삼 년 전에 초보 아빠가 된 가오후이는 이 년 전 이혼 서류에 서명했다. 전처는 배경을 깨끗하게 세탁한 뒤 투자 이민 방식으로 캐나다로 이주했다. 가오후이 자신은 경험해본 적 없는 정상인의 삶을 아이와 함께 살게 해준 것이었다. 몇십 년 뒤, 가오후이가 그쪽으로 가야 하는 상황이 되면 그때는 자녀가 가족 상봉을 신청해야 한다. 비록 전처와는 더는 부부라는 이름으로 함께할 수 없지만, 가오후이가 아이의 아버지라는 사실은 영원히 변함없을 테니 그들은 언제나 한가족일 것이다. 혹시라도 캐나다 이민청에서 가오후이가 조직폭력배였다는 사실을 확인하고 자녀의 신청을 거절하면, 그때는 홍콩에 남아 여생을 보내면서 대만구* 내의 세력을 확장하고 기반을 다지는 데 주력할 생각이었다.

식사를 하는 것은 두 사람뿐이었지만, 이날 테이블에는 늘 그렇듯 세 사람 몫의 밥그릇과 젓가락이 놓여 있었다.

가오후이는 이미 쩡상원이 처음 보았을 때의, 머리를 길게 기른 모험가 분위기의 젊은이가 아니었다. 이제는 머리숱이 줄어들기

* '대형 연안 지역'이라는 뜻으로, 중국 광둥성 내 주요 아홉 개 도시와 홍콩, 마카오를 하나로 묶어 이르는 말.

시작한 중년이었다.

저녁을 반쯤 먹었을 때, 가오후이가 노파심에 말을 꺼냈다. "원짜이, 너도 내 방식을 참고하면 가정을 꾸릴 수 있을 거다. 너 자신을 위해 퇴로를 모색해두도록 해."

쩡상원이 고개를 내저었다. "됐습니다. 가족이라는 건 많을수록 성가시기만 하니까요. 독신이 자유롭고 뒷일 걱정할 필요도 없지 않습니까." 그리고 가오후이를 향해 잔을 들었다. "저 아주 조심스러운 놈입니다. 가급적 말썽은 일으키지 않고 삽니다. 부딪칠 일이 생기더라도 가능하면 큰일은 작은 일로 만들고, 작은 일은 없는 일로 만들고 그렇습니다. 후이 형님, 건배!"

"건배!" 가오후이가 쩡상원과 동시에 비어 있는 세번째 자리를 보며 잔을 들었다.

"다다이가 네 반만큼이라도 했으면 좋았을 텐데." 가오후이가 탄식을 금치 못했다.

다다이의 불같은 성질은 내내 변함이 없었다. 손님과 툭하면 싸움을 벌였고, 번번이 주먹을 쓰는 습관도 고치지 못했다. 가오후이는 다다이에게 욱하지 말고 참을 줄 알아야 한다고, 업장을 찾은 손님들은 누가 부랄 잡아당겼다고 기겁해서 반항할 엄두도 못 내던 보육원 아이들과는 다르다고, 선량하고 믿을 만한 사람들이 아니라고, 여러 차례 경고했다.

"안심하세요. 제가 주먹 한 번만 휘두르면 절 이겨먹을 수 있는 놈은 없어요." 다다이는 자신만만하게 말했다.

일주일 전 어느 깊은 밤이었다. 퇴근중이던 다다이가 거리에 숨어 있던 칼잡이 여럿에게 공격을 당했다. 열일곱 군데를 찔려 과다출혈로 사망했고 이 사건은 홍콩 전역을 뒤흔들었다. 사건 현장에 설치되어 있던 감시 카메라는 망가진 채였다. 범인을 잡지 못한 경찰은 주변을 지나간 시민들에게 제보를 해달라며 협조를 요청하는 것 말고는 할 수 있는 일이 없었다.
하지만 똑같이 살해당하고 싶은 게 아니라면 누가 그런 멍청한 짓을 하겠는가?
가오후이가 사람을 풀어 범인을 찾았지만 아무런 소득이 없었다. 막판에 누군가 흘린 정보에 따르면 다다이를 담그라고 지시한 자는 '페이창'이라는, 제보자와 같은 파벌에 속한 조직원인데 일이 끝난 뒤 중국으로 도피했다고 했다.
가오후이는 담판을 짓자며 상대의 보스 '위성'을 불러냈다. 본인의 체면을 위해서, 다다이의 한을 풀어주기 위해서.
"저도 같이 가겠습니다." 휴대전화에 대고 이렇게 말하기는 했지만, 사실 쩡상원도 두렵지 않은 건 아니었다. 위성은 열여섯 살에 사람을 상해해 소년원 송치 판결을 받은 교정 시설의 단골손님으로, 그 안에서 여러 조폭들과 두루두루 인맥을 넓힌 덕에 출옥 후 보스가 요직에 꽂아준 인물이었다. 이미 마흔이 훌쩍 넘었지만 여전히 위험하고 가까이하지 말아야 할 낯선 자였다.

그러나 쩡상원은 자신과 가오후이는 형제라고, 그러니 함께 움직여야 한다고 생각했다.

가오후이는 그의 호의를 거절했다.

"그럴 필요 없다. 넌 다른 사람보다 키나 좀 컸지 칼로 사람 쑤셔 본 적도 없잖아. 넌 레드 드래건에 남아 있으면 돼. 그래야 만일 나한테 무슨 일이 생기더라도 네가 받쳐줄 수 있겠지."

위성은 가오후이에게 소속 파벌이 관리하는 빌딩 중 한 곳에서 보자고 했다. 여러 해 전에 마약 제조 공장으로 쓰던 건물이었는데, 감시가 심해지면서 공장이 다른 곳으로 옮겨간 뒤 내내 공실이었다. 탁자와 의자, 세 개의 복록수* 금불상을 모신 불단을 제외하고는 휑뎅그렁하게 비어 있어서 말소리든 발소리든 메아리쳐 울리는 공간으로 가오후이는 기억했다. 게다가 바람이 잘 통하지 않아 숨을 쉴 때마다 근원을 알 수 없는 시큼한 악취가 폐 속으로 들어왔던 것도 떠올랐다.

가오후이와 위성이 각각 수하를 둘씩 데리고 들어갔고, 남은 십여 명은 거리에 모여 있었다. 가오후이는 그와 별도로 삼십여 명을 바깥에 매복시켰는데, 위성도 마찬가지였을 것이다. 의견이 맞지 않는다면 곧장 난투극이 벌어질 예정이었다.

---

* 福祿壽. 복과 돈, 수명을 뜻한다.

가오후이는 소속 파벌의 월례 회의에서 위성을 봤지만 놈이 마음에 든 적은 없었다. 위성의 보스가 그에게 위성이라는 별명을 지어준 이유는 그가 생선회를 좋아해서도 아니고* 성이 위余씨여서도 아니었다. 뚱한 얼굴이 꼭 죽은 생선 같아서, 특히 죽은 생선의 생기 없는 두 눈깔 같아서 지어준 별명이었다.

이날은 쉰 살이 넘은 푸둥 숙부가 진행을 맡았다. 십여 년 전 소속 파벌의 차오셰*였던 그는 공평하고 객관적인 일 처리로 정평이 나 있었다. 그는 사안이 이치에 맞는지 아닌지를 따지지, 친분에 따라 편을 드는 사람이 아니어서 말에 무게감이 상당했다. 게다가 위기를 해소하고 조직폭력배들 사이의 은원 관계를 정리하는 데 능해서 경찰이든 조폭이든 그의 체면은 꽤 세워주는 편이었다.

푸둥의 수하가 양쪽 대문을 힘껏 열어젖히는 동시에 무리가 함께 안으로 들어섰다. 푸둥이 커다란 스위치를 내리자 십여 개의 전구에 불이 켜지기 시작했다. 그중 하나는 내내 깜빡이다가 마지막에 가서 결국 꺼져버렸다.

"전구가 망가져도 갈아 끼우는 놈 하나 없는데, 조직이 보호비 많이 챙겨봤자 그게 다 무슨 소용이 있나?"

한바탕 불평을 늘어놓은 푸둥이 사람들과 차파를 한 뒤, 긴 테이

---

* 홍콩에서 '위성(魚生)'은 '생선회'를 뜻한다.
• 차오셰(草鞋)는 홍콩 조폭 사회에서 전령 역할과 함께 조직의 내부와 외부를 연결하는 역할을 한다. 사람을 폭넓게 사귀고 조직 간의 담판에도 참여하며, 정보원 역할을 하기도 한다.

블의 맨끝 불단과 가장 가까운 자리에 앉았다. 그리고 수하를 시켜 가오후이와 위성의 담배에 불을 붙여주고 바이베이해주었다.

차파와 바이베이 모두 조직폭력배들이 쓰는 용어다. '악수'를 의미하는 차파는 옛사람들이 개인의 직급을 드러내기 위해 상대방과 손을 맞잡았던 데서 비롯되었다. '잔을 나눈다'는 뜻의 바이베이는 조직폭력배 패거리들이 담판 석상에서 지키는 일종의 의식인데, 직책이 높은 조직폭력배나 이해하지 쓰쥬짜이*는 잘 알지도 못하고 관심도 없다.

"둥 형님, 누가 먼저 사고를 친 건지 제대로 아셔야 하지 않겠습니까?" 위성이 입을 떼자마자 공격의 포문을 열었다. "페이창이 여자애들을 몇 명 데리고 레드 드래건에 놀러갔는데, 다다이가 말 몇 마디 해보지도 않고 페이창을 두들겨팼습니다. 이게 말이 됩니까? 가오후이, 넌 대체 데리고 있는 애를 어떻게 가르친 거냐?"

위성이 시종일관 억지를 부리자 가오후이가 그의 말을 바로잡았다. "위성, 레드 드래건 입구에 규정이 쓰여 있어. 열여덟 살 이하는 출입 금지라고. 페이창이 억지로 사람을 데리고 들어가려고 하니 다다이로서는 할일을 했을 뿐이야."

"다다이가 그 여자애들 신분증 검사라도 했어?" 위성은 말을 귓등으로도 듣지 않았다. "그 여자애들이 아동 증명서를 들이밀었는

---

* 홍콩의 조폭 사회에서는 숫자로 신분을 나타내는데, 쓰쥬짜이(49ff)는 조직의 일반 구성원이라는 뜻이다.

지 성인 신분증을 들이밀었는지 네가 봤어?"

"그 여학생 몇 명은 심지어 교복 차림이었어! 우리가 눈이 멀었냐? 교복 위에 외투 걸쳤다고 그걸 모르게?"

"그 여자애들은 그냥 학생 코스프레를 한 것뿐이야!"

"학생 코스프레를 한 애들이 화장실에 학생증을 두고 가나?" 가오후이가 반격했다. "학생증에 학교명, 성명, 출생일자, 학급 번호, 증명사진까지 다 나와 있었어. 주인을 찾아주려고 우리가 맥도날드로 학생증을 가져다줬다고. 걔네가 학생증을 맥도날드에서 잃어버린 것처럼 해줬지. 지난번에 예쁘장하게 생긴 여자애들 몇 명 데리고 들어갈 수 있었던 건 그냥 운이 좋았던 거야. 마침 단속 뜬 경찰이 없었으니 운이 좋았던 거라고. 그 여자애들이 놓고 간 신분증을 우리 애들이 주운 것도 운이 좋았던 거고. 만일 우리 애들 말고 외부 손님이 주워서 레드 드래건에서 여학생을 대량으로 공급한다면서 인터넷 게시판에 그 학생증을 떡 하니 올렸어봐. 위성, 네가 책임질 거야?"

가오후이가 위성을 향해 눈을 부릅떴다.

위성은 더는 말을 하지 않고, 휴지를 꺼내 얼굴만 닦아댔다.

담배 연기가 자욱한 홀에서 연신 둥그런 담배 연기를 내뿜던 푸둥은 한참이 지나서야 입을 열었다. "그렇지. 경찰이 단속을 벌이면 어떻게 하겠나? 레드 드래건에서 책임을 지겠나? 위성, 네 손으로 네 처자식을 갖다 팔아도 감당이 안 될 거다."

"페이창도 스무 살이 훌쩍 넘은, 자기 생각이 확고한 놈입니다.

저도 어떻게 더 통제가 안 됩니다." 서슬 퍼렇던 위성의 기세는 확실히 꺾여 있었다.

푸둥이 위성의 말뜻을 알아차렸다. "오케이! 위성이 다다이의 장례비를 치르고, 위로금 명목으로 따로 50만 홍콩달러를 더 부담하기로 하지. 그다음에는 양쪽 다 서로 빚진 거 없는 거야."

"다다이 안사람이 젊은데다 애도 어려서 50만 홍콩달러로는 분윳값도 못 댑니다." 가오후이는 적당히 맞춰주지 않고 이대로 기세를 몰고 가기로 했다.

"어디 분유인데?" 위성이 받아쳤다. "50만 홍콩달러면 유모도 몇 명은 데려올 수 있는 돈이야."

"위로금은 다다이 아들이 열여덟 살이 될 때까지 두 모자가 먹고살 만큼은 되어야 합니다. 대충 5백만 홍콩달러면 되겠네요."

"별명이 다다이일 뿐이지, 그 녀석이 진짜 '큰 인물'은 아니잖나." 푸둥이 손을 내저었다. 방금 금액이 최종 가격이며, 더 이야기할 여지는 없다는 뜻이었다. "입구나 보던 놈 목숨값은 그 정도면 됐어."

"50만 홍콩달러는 저도 언제든 내줄 수 있는 푼돈이니 장례비는 제가 치르겠습니다. 위성, 지금 얼굴을 마주한 이 자리에서 네가 '페이창이 한 일은 페이창이 책임지면 된다'고 똑바로 말하면 앞으로 서로에게 빚은 없는 것으로 하자."

위성이 한참 생각을 하더니 고개를 끄덕였다. 이후 페이창과 그 패거리가 죽든 살든 내장이 털리든 모가지가 날아가든, 살점을 다져서 차사오바오 소로 쓰든,* 가오후이가 내린 처분이라면 위성은 간섭하지도 않고 보상을 요구하지도 않으며 어떠한 '복수'도 하지 않겠다는 뜻이었다.

쩡상원이 어째서 위성의 50만 홍콩달러를 마다하고 직접 돈을 주기로 했느냐고 묻자, 가오후이가 대답했다. "충동적인 놈이기는 했지만, 나한테는 형제였어. 인생 한 번 살지 두 번 사나. 그 50만 홍콩달러를 받으면 내 가족을 죽인 원수가 잘 먹고 잘사는 꼴을 가만히 목석처럼 앉아서 지켜봐야 하는데, 난 그딴 짓은 못한다."

반년 뒤, 후난성 창사의 한 여관에서 여자와 자고 나온 페이창이 택시를 타고 막 떠나려던 참이었다. 갑자기 오토바이 세 대가 다가오더니 인도에서 그를 앞뒤로 포위해버렸다. 심상치 않은 기운을 느낀 페이창이 총을 뽑아들려는 순간, 오토바이 운전자 세 명이 선수를 쳤다. 쉼없이 발사되는 총알에, 근처에 있던 행인들은 곧 사방으로 흩어졌고, 몇 블록 떨어진 곳을 지나던 시민들은 어디서 폭죽놀이를 하나보다 하고 생각했다.

총잡이 한 명에 총 두 자루씩, 총 여섯 개의 총구에서 서른세 발

- 1985년, 마카오에서 살인 사건이 발생했다. 범인은 마카오 팔선반점 주인 집 일가 아홉 명과 점원 한 명을 살해했는데, 범행을 저지른 후 사망자의 시신으로 차사오바오를 만들어 식당에서 팔았다고 한다. 홍콩과 마카오 일대를 뒤흔든 사건으로, 이후 드라마와 영화로 만들어졌다.

의 총알이 발사되었고 페이창은 현장에서 즉사했다.

발사한 총알 개수는 가오후이가 요구한 대로였다. 다다이가 겨우 서른세 살에 죽었기 때문이었다.

쩡상원이 아는 한 가오후이가 사람을 사서 살인을 저지른 건 이때가 처음이었다.

가오후이는 홍콩 삼합회의 기원이 제각각이라고, 노동자 조직에서 비롯된 곳도 있고 향우회에서 시작된 곳도 있으며, 청나라 때 반청복명*을 외치던 집단에서 유래한 곳도 있다고 했다. 이들은 나중에 일반인은 하지 않는 매춘, 도박, 마약과 관련된 부정한 장사를 도맡고, 이를 관리하기 쉽게 조직화했다고 한다. 마약, 매춘, 도박 등에 대한 시장의 수요가 없었다면, 이들 공급책도 일찌감치 업종을 변경했을 것이다.

청부살인은 경제행위가 아니었고, 그러므로 가오후이의 스타일도 아니었다. 가오후이는 원수가 있어도 사람을 시켜 손목이나 발목 정도를 끊어놓는 게 다였고 목숨은 반드시 살려두었다.

그러나 다다이의 죽음으로, 가오후이는 이 규칙을 깨버렸다. 가오후이에게는 다다이가 가족이었기 때문이다.

피비린내 나는 조폭 사회에서 쩡상원은 저마다 다른 인생의 가치를 좇는 업계 사람들의 모습을 지켜봤다. 대부분은 돈과 권력과 여자를 좇았지만, 소수파에 속하는 가오후이는 가정을 중시하고

---

*   '청나라를 뒤엎고 명나라를 되찾자'는 뜻.

의리를 따졌다. 그는 다다이의 아내에게 돈 문제는 걱정하지 말라며 매달 생활비를 보내주겠다고, 아이가 유치원에 들어가면 월급을 밀리지 않고 많이 챙겨주는 일자리를 알아봐주겠노라고, 수입이 안정적이니 아이도 잘 돌볼 수 있을 거라고 했다.

이슥하고 조용한 밤이 찾아오면, 쩡상원의 마음은 지난날로 돌아갔다. 다다이가 악당에게 본때를 보여주었을 때, 처음 월급이라는 걸 받아보았을 때, 황당하기 그지없었던 포섬을 하던 때…… 이 모든 것이 이미 부지불식간에 십여 년 전 옛이야기가 되어버렸다. 그러는 사이, 그도 사회에 대해서는 아무것도 모르던 어리숙한 청소년에서 어둠의 세계를 부유하는 남자로 변해 있었다. 십 년 후에는 또 어떤 모습이 되어 있을까?

그러나 인생의 궤적이 어떻게 변하든 상관없이 언제나 그의 마음을 괴롭히는 일이 하나 있었다.

생모는 누구일까? 어째서 열 달 동안 나를 뱃속에 품고 있다가 낳아놓고 또 버렸을까?

그는 너무나도 그 답을 알고 싶었다. 답을 모르더라도 세상에 태어나 사는 의미를 의심할 지경에는 이르지 않겠지만, 이 인생의 수수께끼를 해결하지 못한 채 내일 갑자기 죽기라도 한다면 이번 생의 큰 한으로 남을 것 같았다.

그는 헌혈을 하고 적십자사의 '홍콩 골수 기증자 데이터베이스'에도 등록하는 등 쓸 수 있는 방법은 모두 동원해 자신의 과거를 추적했다. 가족을 찾지는 못했으나, 무려 5천 분의 1에서 1만 분의

1의 확률이라는, 백혈구 조직적합성이 상당 부분 일치하지만 혈연관계는 아닌 수혜자를 찾아냈다.

적십자사에서 이 여성과의 만남을 주선해주었다. 퉁퉁하고 선량한 그 여성은 연신 그에게 고마워했다.

"이제 더는 울지 마세요." 그는 그 여성 앞에서는 평상시의 조폭 말투를 쓰지 않았다. "가족을 잘 돌보시고, 그분들과 함께 즐겁게 사세요. 제게 고마움을 전하고 싶으시다면 그렇게 하시면 됩니다."

나중에는 그 여성과 얌차도 먹으러 갔다. 혈연관계는 아니었지만 그는 그 여성에게서 알 수 없는 친근감을 느꼈다. 그녀가 정말로 자신의 친척이길 바랐고, 여성의 가족과도 알고 지내면서 천륜의 정을 나누고 싶었다.

애석하게도 그는 조직폭력배의 세계에 몸담고 있었고 정상인과는 다른 세상에 살고 있었다. 별일이 없다면 그 여인과 더 접촉하는 일은 피할 생각이었다. 그 사람이 계속 평온한 세상에서 살아갈 수 있도록.

56

쓰우즈신은 치서우런이 권한 대로 소파에 앉았다.

"쩡상원의 생모는 강간 사건의 피해자야." 휴대전화 너머에서 치서우런의 목소리가 들려왔다. "1986년, 리이 아파트에서 일어난 사건이었지."

치서우런의 대답에 즈신은 큰 충격을 받았다. "세상에! 대체 그게 어떻게 된 일이죠?"

"당시 이 사건을 담당했던 경감이 아직 살아 있어. 만나서 물어보고 이 사건의 전말을 알게 됐지." 치서우런이 차근차근 말했다. "리이 아파트의 외진 계단에서 벌어진 사건이었어. 사건 발생 후, 당시 경찰 수사에 협조한 조폭이 화구룽이라는 별명으로 불리던 한 깡패의 이름을 흘려줬더군. 화구룽은 계속 억울하다고, 조폭과 경찰이 손을 잡고 사건을 날조해서 법으로 스스로를 보호할 줄도 모르는 사람을 기소했다고 주장했지."

"유전자감식은 하지 않았나요?"

"유전자감식 기술은 1986년에야 세상에 처음 나왔어. 홍콩에는 아직 도입되지 않았을 때라, 경찰들 중에 그게 뭔지 들어본 사람조차 얼마 없었다고."

쓰우즈신은 속으로 욕을 퍼부었다. "쩡상원은 자기 생모가 강간당했다는 사실을 압니까?"

"그게 최악인 지점인데, 2018년에 어느 경정이 알려줬다더군. 쩡상원에게 알린 이유를 자네한테 말해줄 수는 없고."

홍콩 경찰의 컴퓨터 시스템은 검색 기록 일체는 물론이고 누가 어떤 자료를 찾아보았는지도 기록한다. 이 기록을 열람할 수 있는 권한은 경정급 이상에게만 주어진다.

쩡상원의 자료를 열람한 경찰이 많다는 사실이야 이상할 게 없다. 이에 비해 그의 생모의 자료를 열람한 건수는 최근 삼십 년 동안 단 한 번뿐이었는데, 열람한 사람은 바로 O기˚의 장젠촨 경정이었다.

강간 사건이 O기와 무슨 관련이 있는 걸까? 조폭이 사주한 사건이기라도 한 건가? 목표물의 생명을 위협하는 것보다 목표물의 가족을 강간하겠다고 큰소리치는 게 더 효과적인 법이니까.

치서우런은 장젠촨 경정과 아는 사이는 아니었다. 하지만 이름을 널리 알린 애꾸눈 명수사관이라서 좋은 점이 하나 있다면, 그건 바로 그의 체면을 생각해서 조금이라도 정보를 흘려주고 싶어 하는 동료들이 많다는 사실이었다.

상대방이 일찌감치 은퇴한 동료면 더욱 금상첨화였다. 그들은 현직자보다 속시원하게 털어놓으니까. 은퇴 후 외국으로 이민 가서 퇴직금을 수령하고 있는 경우라면 최상이었다.

치서우런은 현재 영국에 거주중인 장젠촨의 연락처를 알아내 와츠앱으로 인사를 나눴다. 그리고 약속한 시각에 전화통화로 자세한 이야기를 나누기로 했다.

"은퇴한 뒤에야 그 유명한 명수사관님과 안면을 틀 기회를 얻게 될 줄은 상상도 못했습니다." 장젠촨은 첫마디부터 치서우런을 치켜세웠다.

- O記. 조직범죄 및 삼합회 조사과(OCTB, Organised Crime and Triad Bureau).

서로 추켜세우는 걸 그리 좋아하지는 않았지만, 때가 때이니만큼 치서우런도 장젠촨이 해결해서 떠들썩했던 대형사건 몇 건을 언급하며 상대를 칭찬했다. 장젠촨이 O기의 경감으로 재직하던 시절 맡았던 사건이 일반 시민들에게 깊은 인상을 남긴 바 있다. 모 조직 숙부의 발인이 있던 날이었다. 경계 임무를 위해 장례식장 밖에서 O기 소속 경관과 제복 경관 백 명이 비슷한 규모의 조직폭력배들과 대치하던 중, 서로 큰 소리로 욕지거리를 주고받다가 일촉즉발의 상황까지 가고 말았다.

양측이 대치하는 긴박한 상황에서, 장젠촨이 혈혈단신으로 십여 명의 조직폭력배들 사이를 뚫고 두목들 앞까지 다가가 면전에 대고 호되게 질책했다.

"그렇게 빈소에 들어가고 싶으면, 아주 들어가서 평생 나올 생각을 하지 말든가!"

장젠촨의 우렁찬 목소리를 10미터 밖에 있던 기자가 비디오테이프리코더로 녹음했다. 영상은 유튜브에 남아 있는데, 시민들의 열화와 같은 지지 댓글이 달려 있다.

"십 년 전 일은 뭐하러 꺼내십니까?" 장젠촨이 말했다. "이제는 저도 머리가 다 하얗게 셌습니다."

치서우런은 바로 본론으로 들어갔다. "혹시 1986년 리이 아파트 강간 사건 피해자의 자료를 열람하신 기억이 나십니까? 그 자료를 열람하신 이유를 말씀해주실 수 있겠습니까?"

"그 사건 때문에 연락하신 거였군요. 아주 민감한 건인데요! 화구룽 사건을 뒤집고 싶으신 겁니까?"

"더 많은 정보를 확인한 뒤에 결정할 생각입니다."

"제삼자에게 이 이야기를 전하지 않겠다고 다짐해주실 수 있겠습니까?"

"물론입니다. 제 목숨을 걸고 약속드리죠. 다만 제가 입으로 하는 약속을 믿으실 수 있겠습니까?"

"물론 믿습니다. 경찰 내에서 평이 아주 좋으시지 않습니까. 모르십니까?"

"전 아무것도 모릅니다. 아시다시피, 전 경찰 내에서 다른 사람과 자주 교류하지 않고, 혼자 움직이는 사람이라서 말이죠."

"당연히 혼자 움직이시는 분이라는 건 알고 있습니다만, 예전에 함께 일하셨던 동료들 사이에서 칭찬이 자자하더군요. 그분들 말씀인즉슨, 당시 총격전에서 살아남아 결혼도 하고 아이를 낳아, 쉰다섯 살에 퇴직할 수 있었던 이유는 단 하나뿐이라고, 치서우런 경사가 조금도 망설이지 않고 앞으로 뛰쳐나가서, 희생당할지 모른다는 두려움도 버리고 목숨을 구해준 덕분이었다고 하더군요. 사건을 해결하는 자가 뛰어난 경찰이라면, 치서우런 경사는 위대한 경찰이시죠."

장젠찬이 자신을 이렇게까지 띄워줘야 할 필요가 없었기에 치서우런은 장젠찬이 진심으로 하는 말인지, 아니면 지어내서 하는 말인지 확신할 수 없었다.

"너무 멀리까지 갔군요. 본론으로 돌아가지요." 장첸찬의 말투가 진지해졌다. "당시 어느 조직이 홍콩으로 물건을 들여온다는 소문을 들었는데, 장소는 알 수 없었습니다. '스예원' 쩡상원이 브로커를 통해 만나자고 연락해오더군요. 그 조직이 자기들과는 앙숙 관계인데, 그자들이 마약을 은닉해둔 장소를 자기가 알려주겠다면서요. 생모의 중국식 이름과 영문 이름, 생년월일을 포함한 정보와 교환하자는 조건을 내걸었습니다."

"강간 피해자라는 사실도 포함됐나요?"

장젠촨이 잠시 머뭇거렸다. "네. 특히 자기 생모에게 어떤 일이 일어난 건지 묻더군요. 사실을 알려줘야 하나 저도 망설였습니다. 말했다가는 그자가 무슨 짓을 저지를지 알 수 없었으니까요. 그렇다고 말하지 말자니, 그것도 마음에 걸렸죠. 성장 환경 탓에 그런 삶을 살게 된 사람인데, 그에게도 자기 과거를 알아야 할 권리는 있지 않습니까. 그건 누구에게나 있는 권리니까요. 그렇지요?"

틀린 말은 아니었다. "쩡상원이 나중에 경찰측 스파이나 첩자가 됐습니까?"

"아닙니다. 그때 딱 한 번 서로 원하는 걸 주고받은 게 다입니다. 쩡상원은 자신의 과거를 알게 됐고, 우리는 그의 도움으로 그의 라이벌을 제거할 수 있었죠. 시민들에게도 면이 서는 일을 했으니, 윈윈 아니겠습니까?"

"그자의 생모는 지금 어디 있습니까?"

"생모가 실종자는 아닙니다. 현재 어디 있는지는 쩡상원이 알아서 찾아냈겠죠."

"생부는 어떤 사람인가요?"

"화구룽 아닙니까?"

"보고서를 봤는데, 그 여성은 사건 발생 한 달여 뒤에 월경이 멈췄다는 사실을 깨달았습니다. 그제야 교장 동행하에 경찰서에 가서 신고했고요. 그렇다보니 경찰은 지문도 채집하지 못했고 강간범을 특정할 수 있는 섬유 조각도 확보하지 못했습니다. 이런 상황을 전부 고려하면 객관적이고 과학적인 증거가 없었다는 이야기가 됩니다. 화구룽은 희생양에 불과할 가능성이 큽니다."

"그 사건은 저와는 관련이 없습니다만, 경찰 시스템에는 화구룽이 생부라고 나와 있습니다."

"쩡상원에게 이런 정보를 알려주신 건 그가 진상을 밝혀낼 거라고 믿으셨기 때문이겠죠."

"그건 치서우런 경사의 의견이고요. 전 한 번도 그런 생각은 해본 적 없습니다."

쓰우즈신은 광위칭과 리오를 밖에 둔 채 방안에서 혼자 치서우런과 통화했다.

창밖에는 산봉우리가 굽이굽이 이어져 있고, 산 뒤편은 그 유명한 미산彌散 계곡의 마천摩天 절벽이 자리잡았다. 등반을 한번 해볼까 생각하기도 했지만, 산비탈이 가파르고 지세가 험해서 때때로 시민들이 발을 헛디뎌 실족사하는 사고가 나기도 했다. 심지어 다른 이를 구하려다가 중심을 잃고 벼랑 아래로 떨어져 목숨을 잃은 사건도 있었다. 그래서 마천 절벽을 '다른 사람을 위해 자신의 몸을 던진 절벽'이라는 뜻의 '사신애捨身崖'라고 부르는데, 다음과 같은 글귀를 새긴 비석도 있었다. "자신의 몸을 던져 의義를 이루려 한 등산객을 영원히 가슴에 간직합니다. 우리 모두를 위해 안전하게 산행을 즐기시기 바랍니다."

쩡상원의 과거를 밝히고, 천 갈래 만 갈래로 복잡하게 얽힌 쓰우 가문과의 관계와 갈등을 풀어내려면 마천 절벽을 오르듯 목숨도 걸겠다는 각오로 있는 힘을 다해야 한다.

쩡상원은 쓰우 가문을 어떻게 볼까. 핏줄로 이어진 사람들로 볼까, 아니면 같은 하늘 아래 살 수 없는 원수로 볼까?

부엌에서 물을 따라 마시려고 방문을 열고 나갔더니, 소파에 앉은 팡위칭과 바닥에 앉아 있던 리오가 거의 동시에 고개를 들고 그를 쳐다봤다.

"표정이 왜 그렇게 무거워. 방금 누구랑 통화한 거야?"

"별거 아니야."

"말해봐. 걱정거리는 나랑 같이 나눠."

좋은 뜻으로 한 말이었지만, 이런 일에 대해 이야기했다가는 팡위칭도 끝이 보이지 않는 구렁텅이로 끌려들어가 자신과 함께 목숨을 걸게 될 판이었다.

팡위칭을 안고 잘 수도, 그 몸안으로 들어갈 수도 있었지만 아직은 복잡한 감정을 나눌 만큼 적당한 거리를 찾지는 못했다. 이야기를 어느 정도로 털어놓든, 그와는 상관없이 팡위칭이 다치게 될 가능성이 있었다. '정보를 공유한다'는 무게감 앞에서 즈신은 팡위칭과 소통할 엄두조차 내지 못했다.

"언급할 가치도 없는 사소한 일이야. 난 나가서 좀 걷다 올게."

"언제 돌아올 거야? 밥 좀 해놓을까?"

"괜찮아." 즈신은 팡위칭을 보지도 않은 채 손을 내저었다. 그저 마음속으로만 미안하다는 말을 전할 뿐이었다.

57

쩡상원은 생모의 이름을 손에 넣은 즉시 구글에 검색했다. 한 천주교 계열 초등학교의 교감이 첫 검색 결과로 떴다.

학교의 홈페이지에서는 교장의 사진밖에 찾을 수 없었다. 교감과 교사들의 사진은 그림자도 보이지 않았다. 쩡상원은 시간을 좀 더 들이고 나서야 학교 활동이 정리된 PDF 파일에서 황리전黃麗貞 교감의 사진을 찾았다.

오십대로 보이는, 그의 생모와 연령대가 맞는 여성이었다. 외모도 그와 아주 비슷했다. 특히 코와 입이 똑같았다. 생모가 분명했다.

수학 과목 주임을 겸하고 있는 걸 보니 '숫자에 뛰어난' 재능을 이 여성으로부터 물려받은 듯했다.

그 외에 여성에게는 겉으로 봐서는 알 수 없는 중요한 특징이 있었다. 선량하다는 것이었다. 강간을 당해 임신했지만 낙태하지 않았기에, 그가 이 세상에 나올 수 있었다.

이 여성의 다른 사진을 찾아서 보니 키가 크지는 않았다. 162센티미터도 안 되는 것 같았다. 그러니 자신의 크고 우람한 체격은 그 강간범에게서 물려받은 것이리라.

그가 강간을 저지른 탓에 쩡상원이 세상에 태어날 수 있었다. 그렇다고 해서 그에게 감사해야 하나?

아니다. 그는 어느 젊은 여성—당시엔 지금의 쩡상원보다도 어렸다—을 망가뜨렸을 뿐 아니라, 그를 잔혹하고 캄캄한 이 세상으로 내던져놓고 평생 그 안에서 뒹굴 수밖에 없게 만들었다.

그런 악행을 저질렀는데, 대가를 치르지 않는다니 말도 안 된다. 자신과 혈연관계인 사람이라 해도 예외일 수 없다.

쩡상원은 그 젊은 여성이 다치느니, 차라리 자신이 이 세상에 태어나지 않는 편이 나았으리라 생각했다.

58

쩡상원은 중앙도서관에서 마이크로필름을 열람해 1980년대에 일어난 그 사건에 관한 신문 보도를 확인했다.

화구룽은 자신이 무죄라는 입장을 고수했다. 처음에는 반신반의했던 쩡상원도 감옥에서 화구룽 본인을 직접 만난 뒤, 그가 정말로 법을 잘 몰라서 누명을 뒤집어썼으리라 믿게 되었다.

깡마른 화구룽은 몸집이 자그마한 생모와 키가 비슷해 보일 정도로 체구가 작았다. 그런 유전자를 가진 두 사람 사이에서 어떻게 체격이 우람한 아들이 나올 수 있겠는가?

당시 홍콩은 아직 유전자감식 기술이 도입되지 않은 상황이었다. 나중에 도입됐다 해도 판결을 뒤집기는 쉽지 않았을 것이다. 하다못해 거물급 변호사라도 찾아 도움을 받아야 했을 텐데, 화구룽은 그런 기본 조건을 갖추지 못한 사람이었다. 그러니 내내 감옥에서 썩으면서 인생을 허비할 수밖에 없었으리라.

화구룽은 쩡상원을 멍하니 바라보았다. "누구슈?"

교도소에 처음 와본 건 아니었지만, 알지도 못하는 사람을 만나러 온 건 처음이었다.

"절 모르실 겁니다. 우린 친족도 아니니 말입니다." 이 이유로 인해 쩡상원은 결심을 굳혔다. "하지만 어쩌면 제가 도움을 드릴 수 있을지도 모르겠군요. 억울함을 풀어드릴 테니, 제게 모든 걸 말씀해주시죠."

그는 강간죄로 십이 년 형을 선고받았다. 그러나 다른 죄수와 몸싸움을 벌이는 등 교도소에서의 수형 태도가 너무나 불량해서 형량이 늘었다. 그 결과 삼십 년이나 감옥살이를 하고도 아직 자유의 공기를 마시지 못했다.

그는 컴퓨터, 휴대전화, 인터넷 등 현대 과학기술을 접한 적이 없었다. 그의 세상은 1980년대에 멈췄다. 마지막으로 만져본 화폐와 우표에는 모두 영국 여왕 엘리자베스2세의 초상이 있었고, 마지막으로 자유롭게 돌아다닌 땅은 1980년대의 홍콩이었으며, 마지막으로 마신 자유의 공기는 영국령 홍콩의 공기였다.

감옥에 들어간 뒤 화구룽은 30인치도 안 되는 텔레비전으로 방영되는 프로그램을 통해서만 홍콩을 이해했다. 홍콩이 어떻게 변하든 그의 세상은 철제 난간과 담장 안쪽까지였다. 그에게 허락된 성찬은 고급 뷔페가 아니라, 음력설과 그다음날에나 나오는 목이버섯과 말린 두부, 당면을 넣고 볶은 윈자이와 중국식 소시지, 양고기가 전부였다. 그에게 '휴가'란 해외로 여행을 떠나는 것도, 운동장으로 바람을 쐬러 나가는 것도 아닌, 어두컴컴한 감방에서 벌을 받는 것을 뜻했다. 그의 소원은 큰돈을 벌거나 부동산을 사들이는 게 아니라, 다시 자유를 얻는 것이었다. 예전에 살던 곳, 밥을 먹으러 다니던 다이파이동*과 전자오락실로 돌아가는 것이었다. 그리고 가족을 만나는 것이었다.

"수십 년 동안 가족들 얼굴 한 번 보지 못했고 행방도 모르오. 부모님은 돌아가셨을 테지. 내가 부모님을 저버렸으니. 그분들 묘지에 가서 절이라도 올리고 싶소."

화구룽은 말을 하면서 고개도 들지 못했다. 몰래 눈물을 훔치는 듯했다.

쩡샹원은 이제 홍콩에 매장할 땅이 충분하지 않아서 홍콩인 대부분은 화장된다는 이야기는 하지 않았다. 다이파이동과 전자오락실은 거의 자취를 감추다시피 했고, 화구룽이 살던 리이 아파트

* 홍콩의 서민들이 주로 찾는 노천 식당.

도 전부 철거되고 새 아파트가 들어섰다. 그의 발자취가 남아 있던 곳은 그가 교도소에서 헛되이 보낸 황금 같은 세월처럼 이미 대부분 사라져버린 뒤였다.

쩡상원은 누가 자신의 생부인지 찾아야 했고, 화구룽의 누명을 벗겨줘야 했다. 악한 짓을 한 자가 법망을 피해가게 내버려둬서는 안 된다. 죄 없는 사람이 벌을 받고 자유를 잃는 일은 있어서는 안 되니까.

59

쓰우즈신은 얀오역 승강장 벤치에 앉아 치서우런을 기다렸다. 디즈니랜드를 떠나는 방문객 수백 명이 몇 분에 한 번씩 열차를 갈아타는 탓에 승강장은 무척 시끄럽고 혼잡했다. 게다가 승강장에서 디즈니 영화 배경음악까지 흘러나와 소란스러웠다. 하지만 이런 분위기는 즈신과 치서우런에게 최고의 보호막이 되어주었다.

치서우런은 즈신보다 오 분 늦게 도착했다.

"그자가 화구룽을 찾아갔었어. 그가 본인의 생부인지 확인하려고 간 게 틀림없어. 그런데 면회는 딱 한 차례가 아니었더군. 매달 만났어."

죄수와 방문객 사이의 대화는 전부 교도관이 기록으로 남긴다. 그 대화 내용이 치서우런의 손에도 들려 있었다.

"당시에 쩡상원이 사건이 어떻게 진행되었는지 확인하려고 계속 질문한 건가요?" 즈신이 물었다.
"아니. 대화 내용은 아주 잡다해. 책과 음식도 가져다줬더군. 진짜 부자 사이라도 되는 것처럼 말이야. 자기 어머니를 강간한 놈을 이렇게 대하는 사람은 없겠지! 화구룽이 억울한 옥살이를 하고 있다는 걸 알았던 거야. 그러니 그를 그토록 동정하고, 그 누명을 벗겨주고 싶었겠지. 조폭이 이런 일을 한다는 이야기는 들어본 적도 없어. 그자가 이렇게 해서 얻는 이익이 없다고."
"쩡상원이 자신의 DNA로 화구룽과 자신이 혈연관계가 아니라는 사실을 증명해서 항소할 수는 없습니까?"
"당시 판결을 뒤집으려면……"
갑자기 승강장에 "노란 선 밖으로 물러나 기다려주시기 바랍니다" 하는 안내 방송이 광둥어, 중국어 그리고 영어로 울려퍼졌다.
치서우런은 광둥어 방송이 끝나기를 기다렸다가 그제야 말을 이어나갔다. "그러려면 복잡한 절차를 밟아야 해. 피해자도 나서서 법적 절차에 따라 쩡상원이 본인의 아들인지 확인해줘야 한다고. 그렇게 하지 않으면 쩡상원은 법적으로는 당시의 강간 사건과 아무런 관계도 없어."
즈신은 쩡상원이 한 남자의 누명을 벗겨주기 위해 얼굴도 모르는 생모를 찾아갔으리라는 생각, 게다가 그 생모에게 차마 돌이키기 힘든 비참한 과거를 다시 떠올려달라고 요구했으리라는 생각은 들지 않았다.
실제로도 쩡상원은 화구룽에게 면회를 가는 것 외에 다른 실질적인 도움을 주지는 않았다.

60

쩡상원의 일터는 레드 드래건으로 한정되어 있었지만, 그는 수많은 사람과 인연을 맺었다. 그리고 그들은 다시 쩡상원에게 또 다른 이들을 소개해줬다. 이 사람들을 어떻게 이용하고 어떤 관계를 맺을 것인지는 그의 능력에 달려 있었다.

보육원에서 성장한 쩡상원은 원래 복잡한 인간관계를 맺는 일을 내켜 하지 않았다. 그러나 엘리베이터 밑 쓰레기와 에어컨 안의 먼지를 처리하는 일에 비하면, 사람을 다루는 일은 오히려 쉬웠다.

그중 한 사람이 그와 왕래가 잦은 테크 기업 사장 펑스제馮世傑였다. 사람들에게 '제짜이傑仔'로 불리던 시절, 펑스제는 성매수자들이 인터넷에서 업소 아가씨들에 대한 자료를 편하게 찾을 수 있도록 폭력 조직을 위해 이러우이펑* 홈페이지의 틀을 짜주었다. 그 후 다른 폭력 조직들이 이 홈페이지를 모방했는데, 그걸 만든 웹 디자이너들이 연이어 '타인의 성매매 수입에 생계를 의지했다'는 죄명으로 경찰에 의해 기소되었다. 그 무렵, 펑스제는 일찌감치

• 홍콩에서는 성매매 자체가 불법은 아니지만, 조직적인 성매매 활동은 금지되어 있다. 따라서 업자들은 집 한 채에 단 한 사람만 성매매하는 방식(一樓一鳳)으로 업소를 운영하며, 성매매 종사 여성은 '펑제(鳳姐)'로 불린다.

벌어들인 종잣돈으로 합법적인 인터넷 회사를 창업하고 고객을 위해 홈페이지를 개설해 B2C와 CRM 업무를 맡고 있었다. 머리 회전이 빠른 그가 끊임없이 발전 방향을 궁리한 덕에, 회사는 이제 상장사와 다국적기업을 고객으로 두고 있었고 규모도 진즉에 그가 관리할 수 없는 수준으로 커져 있었다. 때문에 그와 다른 주주 몇 명은 이미 뒤로 물러난 상태로, 회사는 고용된 전문 경영인들의 손에 맡겨진 참이었다.

사십대 초반인 '펑 박사'는 현재 은퇴 생활을 즐기는 중이었다. 비록 폭력 조직과는 이미 오래전에 사업상의 거래를 끊었지만, 조직폭력배들과의 관계를 끊지는 않았다. 사회에서 먹고살려면 인맥은 언제나 넓으면 넓을수록 좋은 법이다.

어려서부터 알고 지낸 쩡상원과 제짜이는 사이가 돈독했다. 제짜이가 아내가 아닌 다른 여자의 위로가 필요하거나, 쩡상원이 컴퓨터 전문가의 의견이 필요할 때면 서로를 찾아가 도움을 주고받았다. 두 사람의 우정은 비밀과 신뢰를 기반으로 했다. 생사고락을 같이하는 절친한 사이까지는 아니어도 굳건하고 탄탄한 관계였고, 여전히 서로를 원짜이와 제짜이라고 불렀다.

혈연관계로 묶여 있는 사람들을, 남들에게 들키지 않고 여러 유전자분석 업체의 데이터로부터 찾아낼 방법을 알고 싶었던 쩡상원은 당연히 제짜이에게 자문했다.

"유전자분석 업체는 금융기관이 아니야. 인터넷과 데이터베이스 보안에 거금을 투자하지 않지. 그 업체들 데이터베이스 해킹하는 건 사춘기인 우리 딸 밥 먹을 때 휴대전화 못 보게 하는 것보다 쉽다, 이 말이야."

유전자분석 업체의 메커니즘에 따라 업체가 그의 유전자 보고서 내용을 데이터베이스에 기입하면, 시스템이 자동으로 유전자를 매칭하게 되어 있었다.

그렇지만 그가 본인의 주민등록자료를 숨겨버리면, 유전자 매칭 결과는 그에게 통지되지 않는다. 그와 혈연관계에 있는 사람 역시 그의 존재를 알 수 없다.

제짜이가 찾은 해커가 서로 다른 여러 유전자분석 업체의 데이터베이스에서 쩡상원의 유전자 일치 결과를 다운로드한 결과, 그와 관련 있는 사람이 네 명 발견되었다. 그들은 모두 쩡상원의 생부 쪽 친척들이었다.

해커는 또 이들이 등록한 이메일과 우편물 배송지 정보를 근거로, 한 업체의 데이터베이스에서 장씨 성을 쓰는 중년 여성 한 사람과 '쓰우'라는 성을 쓰는 젊은 여성 한 사람을 찾아냈다. 성이 쓰우인 그 젊은 여성은 또다른 데이터베이스에서도 발견되었는데, 거기서 마찬가지로 '쓰우' 성을 쓰는 또다른 여성 둘을 발견했다.

"쓰우 가문은 사이위 지역의 지주 집안이야. 공장에 빌딩에 갖고 있는 부동산이 한둘이 아니고 돈도 엄청 많아. 그 집안 가장인 쓰우원후 박사와 한번 식사하면서 명함을 교환한 적이 있는데, 무슨 이야기를 나눴는지는 기억나지도 않지만 그 사람 부인이라는 여자가 끝내주는 미인이었던 건 생생하게 기억해."

그렇게 말하는 제짜이는 손가락으로 피아노를 치듯 탁자를 가볍게 두드렸다. 제짜이는 섹스와 관련된 것을 떠올리면 저렇게 손을 놀렸다.

"너랑 그 사람들 사이에 무슨 일이 있었는지는 묻지 않겠다만." 제짜이가 말을 이었다. "충고 한마디 하자면, 충동적으로 굴지 말고, 무슨 일이든 신중하게 세 번은 숙고하고 움직여."

쩡상원은 제짜이의 손가락에서 시선을 거두고는 아무 대답도 하지 않았다.

쓰우즈신이 고용한 해커는 여러 유전자분석 업체의 데이터베이스에서 즈아이와 친족관계인 사람을 네 명 찾았다. 장 여사와 쓰우 성을 쓰는 두 사람을 제외하면, 신용카드에 이름이 'Tsang Sheung Man'*으로 표기된 남자만 남는데, 이 남자의 주민등록자료는 비공개 처리되어 있었다. 우편물 배송지는 몽콕의 한 무인 택배함이었다.

해커는 철수하기 전 다른 사람들이 즈아이를 추적할 수 없도록 즈아이의 파일을 삭제했다. 다른 해커들이 고려하지 못하고 놓치는 부분이었다.

쩡상원이 쓰우 가문 구성원들을 찾아냈다는 사실에 쓰우즈신은 또 한번 경악했고, 감탄을 금치 못했다.

* '쩡상원'이라는 이름의 광둥어 발음을 영문으로 표기한 것이다.

자화자찬하는 건 아니지만, 쓰우 집안의 유전자를 물려받은 이자가 멍청할 리 없었다.

DNA 감식이 유전자에 숨어 있는 수많은 이야기를 찾아준다는 건 틀림없는 사실이다. 같은 유전자를 가진 가족을 찾는 데 도움을 줄 수도 있고, 심지어는 밖으로 드러나서는 안 될 과거를 들춰낼 수도 있다.

DNA로 강간 사건의 진범을 찾아내 사건의 진상을 밝히는 건 정의로운 행동이다. 하지만 그 DNA로 피해자가 가해자의 가족을 찾아낸다면, 그들이 또다른 피해자가 되어버릴 수도 있다.

유전학적 시각에서, 쩡상원은 쓰우 가문의 유전자를 가진 쓰우 가문 사람이다. 그는 쓰우 가문의 유전자를 퍼뜨릴 수 있는 존재다. 유전학적 시각에서, 가족 간의 이런 살육전은 황당하기 짝이 없는 일이다.

쩡상원은 '쓰우'라는 성씨를 들어본 적이 없었다. 하지만 희귀한 성이니 인터넷에 검색했을 때 정확한 결과를 얻기 편할 것이다. 동명이인이 잔뜩 검색되지는 않을 테니까.

맨 위에 올라온 검색 결과 몇 개는 모두 '쓰우원후'와 관련이 있었다. 이 자료들을 종합해본 결과, 오십대 초반의 나이인 쓰우원후가 자신의 생부일 가능성이 있었지만 같은 성을 쓰는 다른 남자가 용의자일 가능성도 있었다.

하지만 그게 누구든, 사이위 지역에서 대대손손 살아온 이 집안

제11장 355

의 누군가가 어떻게 삼십여 년 전에, 란터우섬과 다른 지역 간에 교통이 그리 발달하지 않았던 그 시절, 리이 아파트까지 가서 범죄를 저지를 수 있었을까?

61

쓰우즈신은 즈아이 본인을 만나야 했다. 중요한 말은 얼굴을 보면서 직접 말해야 한다.

즈아이를 지하철 승강장이나 록킹완의 레스토랑으로 불러낼 생각은 없었다. 그는 즈아이를 통청으로 불러내 함께 등산 케이블카 '옹핑 360'을 타고 옹핑 시장으로 향했다.

목적지까지 케이블카를 타고 가면 이십오 분이 걸린다. 옆에서 그들을 방해하는 사람은 없었지만, 케이블카 밖의 웅장하고 아름다운 풍경이 즈아이의 시선과 마음을 흐트러뜨렸다. 즈아이는 이 산봉우리에서 저 산봉우리로 넘어가는 케이블카에서 아래를 내려다보며 다리 밑 벼랑길을 오르는 사람들을 향해 손을 흔들고 인사를 나누거나, 공항과 강주아오대교를 내려다보는 데 정신이 팔렸다. 그 바람에 즈신은 심각한 이야기를 입 밖으로 꺼내지 못한 채 한참을 꾸물거렸다.

케이블카에서 내린 뒤, 즈신은 천단대불*로 가는 길에 말을 꺼

---

*   홍콩 란터우섬에 있는 세계에서 가장 큰 청동 좌불상.

낼 생각이었다. 산에는 등산객이 많지 않았고, 땅바닥에는 바람에 마른 소똥 덩어리가 하나둘 뒹굴며 진한 냄새를 풍기고 있었다. 소들은 못 먹는 게 없는 잡식성이다보니, 연꽃 모양의 제단 위에 앉아 있는 천단대불보다 소똥에 더 신경이 쓰였다. 즈신이 조용히 중얼거렸다. "부처님 앞에서 소똥 따위에 더 정신이 팔리다니, 송구합니다. 송구합니다."

즈아이는 어느새 땅에 나른하게 엎드려 있는 황소 한 마리에 시선을 빼앗겼다. 그러더니 이번에는 쓰레기통 옆에 있던 송아지가 입에 문 비닐봉지를 빼앗았다.

"너 그렇게 아무거나 먹으면 안 돼! 그러다가 목 막혀 죽는단 말이야!" 즈아이는 송아지를 야단쳤고, 억울한 표정을 짓는 소와 자신을 같이 사진 찍어달라고 즈신에게 부탁했다. 황소는 렌즈를 응시하지 않았다. 아주 비협조적이었다.

즈신은 즈아이와 여기까지 온 게 실수였다고는 생각하지 않았다. 이 일정의 마지막 장소는 절 옆에 있는 작은 식당이었다. 반개방형 공간에 위치한 식당이었는데, 자리에 앉으면 향초 냄새가 어렴풋이 났지만 참기 어려운 정도는 아니었다.

먹고 싶은 음식을 직접 고르면 직원이 덜어주는 방식이었는데, 즈아이가 산수이더우화와 생선살 사오마이*를 주문하고는 즈신에게 물었다. "오빠는 뭐 먹을 거야? 내가 살게."

---

*   산수이더우화는 중국식 두부 푸딩, 사오마이는 딤섬의 한 종류다.

"난 됐어. 이따가 나는 말하기 담당, 너는 듣기 담당이야. 내가 하는 이야기를 끝까지 다 들어줘야 해."

백 명은 넘게 앉을 수 있을 것 같은 공간이지만 지금은 드문드문 앉은 손님이 열 명도 채 되지 않아서, 두 사람은 쉽게 다른 이들에게서 멀찌감치 떨어진 자리를 잡을 수 있었다.

즈아이는 음식을 먹으면서 처음 듣는 가족 이야기에 귀를 기울였다. 낯빛이 점점 어두워지더니, 강간 사건 이야기에 다다르자 즈아이는 손에 든 숟가락을 겨우 한입 정도 남은 더우화 그릇에 떨어뜨리고 말았다. '쨍그랑' 소리가 울려퍼졌.

시선을 내리깐 즈신이 더우화가 튀지 않았음을 확인했다.

"쓰우 집안에서 용의선상에 오를 수 있는 사람은 딱 둘밖에 없어. 쓰우원후와 그의 아버지 쓰우옌司武炎이지."

"쩡 뭐라는 그 사람 나이가 몇인데?"

"서른다섯. 원후는 올해 나이가 어떻게 되지?"

"원후 오빠가 원래 작년인가 재작년쯤에 쉰 살 기념으로 생일축하연을 열고 싶어했던 것 같은데. 정확하지는 않지만 사건 당시에는 기껏해야 열여섯 살 정도였을 거야."

"겨우 열네 살이었다 해도 혐의는 있어. 그런데 그게 누구든 간에, 대체 왜 리이 아파트까지 간 걸까?"

즈아이는 한 숟가락 정도 남아 있는 더우화를 마저 먹을 생각이 사라졌다.

"그거 알아?"

"뭘?"

"엄마가 집안에 떠돌던 소문을 이야기해준 적 있는데, 원후 오빠와 원후 오빠의 아버지가 전에는 사이위에서 안 살았대. 그때는 그 둘이 아직 쓰우 집안사람이 아니었는데, 언제 사이위로 이사온 건지, 그전에는 어디에 살았는지는 확실하지 않아. 아는 거라곤 원후 오빠가 어렸을 때 우춘짜이*였다는 거야."

즈신은 들어본 적도 없는 소문이었다. 그는 난생처음 집안에서 일어난 일을 자신이 전혀 모르고 있었다는 사실에 얼굴이 붉어지고 귀밑이 화끈거렸다.

"둘이 예전에는 쓰우 집안사람이 아니었다니? 무슨 뜻이야?"

"쓰우옌은 우리 외증조가 밖에서 만난 여자 사이에서 낳은 자식인데, 어렸을 때는 쓰우 집안사람으로 봐주지 않았대. 그러다 나중에 당시 쓰우 집안의 큰아들이⋯⋯ 어떻게 불러야 할지 모르겠는데⋯⋯ 계승자나 후계자겠지⋯⋯ 아무튼 그 사람이 뜻밖의 사고로 세상을 떠난 거야. 그래서 집안을 이을 수 있는 유일한 아들인 쓰우옌을 데리고 온 거고. 당시 반대한 사람이 한둘이 아니었는데도 외증조가 강경하게 밀어붙이셔서 막을 수가 없었다고 하더라고."

즈신은 태어나서 처음으로, 가족과 관련된 소문에 대해 이러쿵저러쿵 떠드는 일도 나쁘지는 않다고 생각했다.

---

* '공공아파트에 사는 남자아이'라는 뜻으로, 부정적인 뉘앙스를 담고 있다.

"세상에, 그렇게 해서 쓰우옌이 순식간에 본 적도 없는 외부인에서 쓰우 집안사람들 모두가 찍소리 못하는 황제로 돌변했군!"

"한 사람이 모든 걸 거머쥐는 집안에서 흔히 일어나는 일이지. 딸만 있고 적자가 없었던 송나라의 여러 황제들도 다들 방계에서 후계자를 찾아왔잖아. 평민 가정에서 태어나 성장한 송나라의 리종 조윤처럼 말이야."

"기억력 대단한데. 이름까지 기억하다니."

"그게 내 석사 논문 내용인데, 기억을 못할 리 있겠어?"

집으로 돌아가는 길, 하늘빛은 점점 어두워지고 관광객도 점차 줄어들었다. 황소가 자취를 감춘 자리에 까마귀 우는 소리만 점점 더 또렷하게 울려퍼졌다. 옹핑 시장이 폐허처럼 느껴졌다.

쓰우즈신은 마지막으로 고개를 들어 불상을 바라보았다. 부처가 온화한 눈으로 널리 중생을 내려다보고 있었다. 양손의 서로 다른 수인手印이 중생을 고통에서 구해줄 것만 같았다.

세상 사람들이 진실을 밝히는 데 집착하는 이유는, 진실이 밝혀지면 얽매임에서 벗어날 수 있다고 착각하기 때문이다. 쩡상원은 자신의 과거를 밝히기 위해 수단과 방법을 가리지 않았지만 그렇게 해서 찾아낸 것은 차마 남에게 알릴 수 없는 과거였다.

쓰우즈신과 즈아이도 마찬가지다. 애초에 두 사람은 쩡상원이 누구인지 알아내고 싶었을 뿐이다.

진실을 찾아낸 사람들은 모두 그 진실이 자신에게 더없는 고통을 줄 수도 있다는 것을 생각하지 못한다.

신문사를 그만두기 직전, 해결할 도리가 없는 심란한 일이 터질 때면 기분이 바닥으로 가라앉곤 했다. 그때 한 여성 동료가 『반야심경』을 암송해보라고 권했는데, 지금도 몇 구절은 기억하고 있었다.

"조견오온개공도, 일체고액."*

"제법공상, 불생불멸, 불구부정, 부증불감."**

"심무가애, 무가애고, 무유공포, 원리전도몽상 구경열반."***

62

쓰우즈신이 치서우런에게 문자로 물어보았다.

―1986년에서 1988년 사이에 쓰우원후가 어디에 살았는지 알아볼 수 있을까요?

―알아보는 거야 가능하지만, 알아낼 수 있을 거라고 장담할 수 없어. 한번 물어는 보지.

---

* 照見五蘊皆空度一切苦厄. 우리의 몸과 마음이 모두 '공(空)'이라는 사실을 비추어보면, 모든 고통에서 벗어나게 된다.
** 諸法空相. 不生不滅. 不垢不淨. 不增不減. 세상의 모든 현상이 '공'이기에 생겨나는 것도 없고 사라지는 것도 없으며, 더러운 것도 없고 깨끗한 것도 없고, 늘어나는 것도 없으며 줄어드는 것도 없다.
*** 心無罣礙. 無罣礙故. 無有恐怖. 遠離顚倒夢想 究竟涅槃. 마음에 걸리는 것이 없고, 걸릴 것이 없으니 두려워할 것이 없으며, 뒤바뀐 헛된 생각으로부터 멀리 벗어나 완전한 열반에 이르게 된다.

언제나 보수적으로 대답하는 치서우런이 두 시간 뒤 확답을 보내왔다.

―리이 아파트에 살았더군.

쓰우즈신은 드디어 두 갈래의 선이 만나 연결되기 시작했다고 생각했다.

―어떻게 찾아내신 겁니까?

―간단해. 교육국에 기록이 남아 있었어. 당시 '리이 아파트 주즈원 기념 중학교'에서 쓰우원후에게 홍콩중학회고*를 볼 수 있도록 추천해주고 응시 자료도 보내줬다더군.

―그러니까 쓰우옌과 쓰우원후 부자 중 한 사람이 당시 리이 아파트에서 이십대였던 황리전을 강간했고, 그 결과 쩡상원이 태어난 거군요. 그후 쩡상원은 보육원에 보내졌고요. 한때 입양된 적도 있었지만, 이리 차이고 저리 차이는 공처럼 다시 돌려보내진 거고요. 그러다 열몇 살에 조폭이 된 그가 장젠촨 경정과 정보를 교환해 생모의 행방을 알게 되었고, 죄도 없이 억울하게 옥살이를 하고 있던 화구룽도 찾아냈고요. 막판에 유전자감식 기술로 생모를 강간한 범인이 쓰우 집안사람이라는 사실을 확인한 거군요. 제 말이 맞죠!

―아주 정확해. 이 많은 걸 찾아냈다니, 쩡상원 그놈 운도 참 좋아. 나는 최신 족보학을 활용해서 DNA를 찾아내고도 뭘 어떻게

*   홍콩의 중졸 검정고시.

할 수 없을 때도 많았는데 말이야. 가령, 십여 년 전에 저수지에서 여성 시신이 발견된 적이 있었는데, 그 신원이 작년에 확인되었을 때도 그랬거든.

―하지만 적어도 그 경우엔 여성의 신원 확인이 가능하기라도 했잖아요.

―그랬지. 그렇지만 할 수 있는 건 거기까지였어. 범인을 찾아낼 증거가 하나도 없었거든. 설사 증거물을 찾아낸다 한들 그걸로 정의가 실현된다고 할 수도 없어. 그 저수지 사건의 유일한 용의자를 재작년에 찾았는데 이미 외국으로 이주해서 퇴직까지 했더라고. 범인을 인도받을 방법이 없더군.

―2019년 이전이었으면 외국 정부에서 협조해줬을지도 모르겠네요.[*]

―맞아. 일단 범죄인인도 문제는 제쳐놓자고. 차라리 아직 범인을 찾지 못한 상황이라면, 찾고 나서 법으로 제재할 수 있으리라는 한 줄기 희망이라도 품을 수 있잖아. 범인을 찾아내지 못한 건 내가 무능해서이니까. 하지만 범인을 찾아냈는데도 할 수 있는 일이 없다는 사실을 깨달으면, 무력감에 눌려서 숨도 못 쉬겠어. 세

---

[*] 2019년에 홍콩 정부는 중국, 타이완, 마카오 등 별도의 범죄인인도조약을 맺지 않은 지역으로도 범죄인을 인도할 수 있도록 하는 송환법 개정안을 발표했으나, 중국 정부가 해당 법안을 정치적으로 악용할 것을 우려한 홍콩 시민들이 개정안 철회를 요구하며 투쟁한 결과 법안은 공식적으로 철회되었다. 다만 그 과정에서 홍콩과 범죄인인도조약을 맺었던 국가 중 상당수가 조약의 효력을 중단했다.

상에 정의 따위 없다는 생각까지 하게 돼. 이런 상황이 진실을 밝히지 못하는 것보다 더 끔찍하지.

제12장

63

그날 집으로 돌아온 쓰우원후는 머리가 너무 어지러웠다. 계단을 오르자 숨이 찼고, 눈앞이 캄캄해졌다. 눈을 떴을 때는 어느 개인병원의 일인실에 누워 있었다. 곁에서 온갖 의료 장비가 '뚜뚜뚜' 소리를 내고, 오른쪽 손등에 꽂힌 튜브로 수혈 치료를 받는 중이었다. 폐로 들어오는 공기에서 희미한 소독약 냄새가 났다.

침대 옆에는 아더와 쓰우셰우이가 있었다. 셰우이가 걱정스러운 듯 말했다. "2층 계단 옆에 의식을 잃고 쓰러져 있는 모습을 보고 놀라서 죽을 뻔했어. 바로 전화해서 구급차로 호송해온 거야."

"귀신이 곡할 노릇이군! 난 기억이 전혀 없는데." 원후가 대답했다. 그리고 침대에서 내려와 소변을 보러 가려는데 아더와 셰우이가 제지했다.

"간호사가 도와줄 거야. 의사가 당신 빈혈이 심각하다면서 바로 수혈을 해줬는데, 그러면서 온갖 검사를 다 잡아놨어. 원인이 뭔지 빨리 찾아내서 그에 맞는 처방을 내리고 싶다더라고."

원후는 본인의 상태가 심각하다고 생각하지 않았다.

"당신, 나 돌본다고 남아 있을 필요 없으니까 돌아가! 옆에는 아더가 있으면 돼."

"아더 혼자서 괜찮겠어?" 셰우이가 물었다. "우리를 노리는 사람이 누구인지 아직 찾아내지 못했잖아. 만일 그 사람이 병원까지 쫓아오기라도 하면……"

"여기서 아더를 쓰러뜨릴 수 있는 사람이 누가 있어?" 원후가 셰우이의 말을 잘랐다. "말수가 적은 아더가 있어야 나도 푹 쉴 수 있을 것 같아. 말하는 게 얼마나 피곤한데. 그러니 돌아가! 즈후이나 잘 돌봐줘."

아무도 원후를 설득할 수 없었다. 그가 병으로 몸져누운 상황에서도 예외란 있을 수 없었다.

원후가 마지막으로 병실에서 밤을 보낸 건 아버지 쓰우옌이 예순도 되지 않은 나이에 큰 병으로 몸져누워 임종을 앞두고 있을 때였다. 그의 할아버지도 일흔을 넘기지 못했다. 쓰우 집안의 남자들이 고희를 넘기는 게 쉬운 일이 아닌 걸 보면, 유전적으로 건강하지 못한 게 분명했다.

아버지만 생각하면, 쓰우원후는 리이 아파트가 떠올랐다.

"야, 신참, 보호비 상납해. 안 그랬다가는 뒷감당은 알아서 해야 할 거야."

쓰우윈후는 아구이를 진작 잊어버렸다. 그는 윈후가 살면서 처음 만난 불량배였고, 그에게서 보호비를 받아간 첫번째 불량배였다.

윈후는 열여덟 살 이전의 자신을 혐오했다. 그래서 그 이전의 기억은 빅토리아 항구 앞 바닷속에 깊이 빠뜨려버렸다.

1970년대와 1980년대, 쓰우윈후는 란터우섬에 살지 않았다. 아버지와 함께 살던 그는 달라지는 생활 여건에 따라 이사와 전학을 반복했다. 결국 중학교 4, 5학년 무렵*에는 리이 아파트로 이사했고, 자연스럽게 '리이 아파트 주즈윈 기념 중학교'에 다니게 되었다. 전학 면접 당시 선생님께 들은 바에 따르면, 주즈윈 선생은 공익을 위해 열정을 다 바친 사회 지도층 인사로, 주즈윈 중학교는 1970년대 초 선생이 고령의 나이에 별세한 뒤 유족들이 선생의 명의로 기부한 돈으로 그를 기념하기 위해 세운 학교라고 했다. '즈윈'은 『논어』의 "민이호학, 불치하문, 시이위지문야 敏而好學, 不恥下問, 是以謂之文也"에서 따온 이름이었는데 "영민하고 배우기를 좋아하며, 자기보다 배우지 못한 이에게 묻는 것을 부끄러워하지 않으므로, '문文'이라고 부른다"는 뜻이었다.

수십 년 뒤, 사회의 기둥이 된 쓰우윈후는 우연히 주즈윈과 연배

---

* 2009년 이전 홍콩은 영국식 학제를 따랐다. 고등학교 1, 2학년에 해당한다.

가 같은 숙부뻘 인사와 연을 맺게 되었다. 그제야 젊은 시절의 주즈웬은 학교에서 선전한 것처럼 올곧기만 한 사람은 아니었음을 알게 되었다. 이자의 원래 이름은 주하이푸였다. 1950년대 한국전쟁이 터지자 미국은 중국과 북한에 금수조치를 취했다. 미국 상무부 관리는 "한 명의 병사라도 사용할 수 있는 물건은 그게 무엇이든 공산 중국으로 반출해서는 안 된다"고 말했다. 영국령 홍콩 정부는 UN 결의에 따라 중국을 대상으로 전면적인 금수조치령을 내렸고, 당시 애국 기업가 간마오가 영국령 홍콩 정부에 체포될 위험을 무릅쓴 채 선단을 조직해 중국에 금수 물자를 판매하고 운송했다. 그리고 바로 그중 일부 하류 선단을 주하이푸가 이끌었다. 그는 놀랍게도 금수 물자를 훔쳐서 동남아시아와 타이완에 싼값에 내다 팔았고, 그 과정에서 폭리를 거두어 부자가 되었다.

밀수꾼 중의 밀수꾼이었던 주하이푸는 조직폭력배 출신이었고, 그 탓에 누구도 감히 그에게 손을 대지 못했다. 이후 그는 양지로 나와 합법적인 사업을 일구면서 '주즈웬'이라는 새 이름으로 개명해 과거를 세탁했고, 온갖 자선 활동을 통해 비즈니스 빌딩과 도서관, 학교 등의 외벽에 단정하고 당당한 글자체로 이름을 남긴 기업가이자 자선가, 사회 지도층이 되었다.

그가 '즈웬'이라는 이름을 지은 진짜 이유는 아는 글자가 많지 않았기 때문이었다. 그 두 글자를 합해봤자 여덟 획밖에 되지 않는다.

쓰우원후는 주하이푸의 진짜 인생이 학교에서 선전한 이미지보다 훨씬 더 생동감 넘치고 입체적이며, 배울 만한 가치가 있다고 생각했다.

주즈원의 가족이 기부한 돈으로 학교를 세우긴 했지만 학생들의 소양은 돈으로 살 수 없었다. 리이 아파트 주즈원 기념 중학교의 환경은 사회 지도층이 되기 전 주하이푸의 민낯과 같았고, 그곳에는 폭력 조직에 몸담은 학생들이 넘쳐났다.

쓰우원후는 등교 첫날 아구이 일당에게 붙잡혀 학교에서 멀찌감치 떨어진 패스트푸드점으로 끌려가 점심을 먹었다. 그들은 노골적인 방식으로 쓰우원후의 집안 배경과 전학 이유를 캐물었다.

전학 경험이 풍부한 원후는 이 게임을 어떻게 해야 하는지 진작부터 알고 있었다. 그는 자신을 보호하는 게 그 무엇보다 중요하다는 점도 알았으므로 준비한 대사를 그대로 읊었다.

"……엄마는 돌아가셨고, 아버지는 센트럴에 있는 은행에서 지점장으로 일하고 계셔."

그 말을 들은 아구이 일당이 웃음을 터뜨렸다.

"이 새끼, 눈 한번 깜빡하지 않고 허풍을 떠네! 은행 지점장이 왜 리이 아파트 같은 지지리도 가난한 데서 사냐?"

그렇다고 긴장할 원후가 아니었다. 한참 뒤, 그가 말했다.

"임시로 사는 거야. 고리대금업자한테 빚을 한두 푼 진 게 아니어서 툭하면 누가 찾아오거든. 그러니 너희도 여기저기 떠들고 다니지 마라."

원후가 어려서부터 터득한 진리가 하나 있었다. 남을 속이고 싶을수록 처음부터 말을 꺼내지 말고, 처음에는 오히려 입을 떼기 어려운 척해야 상대가 믿어준다는 것이었다. 불량배들이기는 하지만 그래 봤자 세상 물정 모르는 중학생들에 불과했다.

쓰우원후는 세상을 잘 안다는 착각에 빠져 있는 이 소년들을 쉽사리 속여넘겼다.

사실 원후가 한 말이 전부 거짓은 아니었다. 그를 낳은 뒤 행방이 묘연해진 어머니는 죽은 사람이나 다름없었다. 원후는 아버지 손에 자랐다. 아버지에게 빚이 있는 건 아니었지만 고정적인 일자리가 있는 것도 분명 아니었다.

◆

1970년대 홍콩에서는 토목사업이 크게 흥했다. 그 덕에 철근업계 일자리가 부족할 일은 없었으므로, 쓰우옌은 입에 풀칠할 정도의 돈벌이는 할 수 있었다.

높은 학력을 요구하는 업계가 아니다보니 노동자들의 유형은 다양했다. 작업반장 중에는 조직폭력배들도 있었다. 이들이 일감을 물어다주면 수수료로 30에서 50퍼센트 정도는 떼어줘야 하는 것이 업계의 규칙이었다.

철근공 일은 무척 고되었다. 쓰우옌은 매일 땀냄새에 찌든 몸뚱이에 시큰거리는 통증을 달고 집으로 돌아왔다. 일하다 상처가 나거나, 동료가 심각한 사고를 당하는 바람에 트라우마를 달고 돌아올 때도 있었다. 마흔 살도 안 된 한창때의 장정이었지만, 사흘 연속 일을 하고 나면 이틀은 쉬어야 했다. 그러지 않았다가는 지쳐서 일어날 수도 없었다.

몇 년간 공사 현장에서 근무한 쓰우옌은 1980년대가 되자 내장공사로 업종을 바꾸었다. 어차피 다 싼항*이었다. 내장공사 일을 해서 버는 돈이 철근공으로 일하며 벌어들이는 돈보다는 적었지만, 이제는 작업반장에게 수수료를 30퍼센트나 떼어주지 않아도 되었다. 심지어 같이 일하는 인부를 형제로 여겨 수수료를 전혀 떼어가지 않는 작업반장들도 있었으므로, 실제로 주머니로 들어오는 금액을 따져보면 공사장에서 일할 때와 별반 다르지 않았다.

쓰우옌과 자주 어울리는 내장공사 작업반장들이 모두 리이 아파트의 이웃들이었는데, 이들은 일을 마치고 나면 다이파이동에 죽치고 앉아 허튼소리를 지껄이며 노닥거리는 게 낙이었다. 개중에는 '범죄 작당 모의'를 해보자고 떠드는 사람도 있었지만, 그저 '입으로 떠들기나 할 뿐' 행동으로 옮기지는 않았다. 중국에서 홍콩으로 밀입국해 도둑질을 하는 '범죄 집단'은 다들 홍싱•을 쐈지만, 내장공사나 하고 다니는 이들은 기껏해야 흰소리나 하는 게 다였다.

이들은 '바이샹위안百香園'이라는 간판을 단 다이파이동에 앉

---

* 三行. 미장, 목공, 페인트칠의 세 가지 업종을 이르는 말.
• 소련제 마카로프(Makarov) 권총을 본떠 만든 중국산 '홍싱(紅星) 권총'을 뜻한다.

제12장 **371**

아 지나가는 여자들을 쳐다보며 이러쿵저러쿵 떠들곤 했다. 이를 우스갯소리로 '새를 감상한다'는 뜻의 '관조觀鳥'라 불렀는데, 정확히 오후 5시가 되면 리이 아파트에서 제일 예쁘장한 여자가 나타났다.

몸매가 호리호리하고 얼굴은 예쁘장한, 이 이십대 여자를 이웃들은 '리이 아파트 최고 미녀'라고 불렀다. 이 여자 앞에만 서면 막 말을 하기는 싫은데 그렇다고 또 어떻게 입을 떼야 할지도 몰라 말더듬이가 되어버리는 험상궂은 사내들이 한둘이 아니었다. 심지어 이 여자의 옷차림과 화장을 따라 하는 여성들도 적지 않았다. 물론 다들 이 여자의 반도 따라가지 못했다. 쓰우옌은 누군가가 무슨무슨 '학보'니 뭐니 하는 사자성어*를 들먹이며 이런 상황을 지적하는 말을 들은 적이 있었지만 초등학교만 겨우 졸업한 마당에 그게 또렷하게 기억날 리 없었다.

어쨌거나 이 여자는 리이 아파트의 공인 미녀이자 이 아파트의 전설이었다.

여자를 알게 된 지 얼마 되지 않았지만 다들 그녀에 대해 떠들었다. 마치 침대 밑에 숨어 모든 걸 엿듣기라도 하는 듯이 여자의 일거수일투족을 꿰뚫고 있었다.

"근처 초등학교 선생이라는데, 성은 황씨고, 39동에 산다나봐."

---

* 감단학보(邯鄲學步). '무턱대고 남 흉내나 내다가는 이도 저도 아닌 것이 된다'는 뜻.

"미스 홍콩에 나가면 1등은 따놓은 당상일 거야."

"키가 너무 작은 게 아쉽네. 161센티미터가 좀 넘는 수준이잖아."

"그런 건 아담하고 귀엽다고 하는 거야. 여자가 키 크고 몸집 크면 어디다 쓰나? 남자도 아니잖아? 홍콩 남자들도 대부분 그렇게 크지 않다고!"

"맞아. 저게 진짜 '미모와 지성을 겸비한'• 여자지."

쓰우옌과 그 친구들은 미인일수록 더더욱 입을 더럽게 놀렸다.

"저 여자에게 파파야 우유를 사주고 싶구먼. 이형보형*이라잖아."

"저 여자랑 한 번 할 수 있으면 명줄이 오 년은 줄어든다 해도 좋겠어."

"네놈이 뭐로 저 여자 눈에 들겠냐? 저 여자 직업이 선생이라는데, 아는 글자도 몇 개 없는 놈이. 너 '아는 게 없다'는 뜻의 '맹盲' 자는 어떻게 쓰는지 알긴 아냐?"

"'망亡' 아래에 '일日' 갖다붙이면 되는 거 아닌가? 그거 쓰는 게 어려워봤자 얼마나 어렵겠어?"

"염병, 이 문맹이 정말 '맹盲' 자도 쓸 줄을 모르네!"

- • 홍콩의 어느 미녀 선발 대회의 표어가 '미모와 지성을 겸비하다'였다.
- * 以形補形. '신체의 특정 부위와 비슷하게 생긴 걸 먹으면, 그 부위가 좋아진다'는 뜻이다. 파파야 우유를 먹으면 가슴이 파파야처럼 풍만해진다는 속설이 있다.

◆

아구이 일당이 보호비를 상납하라고 강요하지 않자, 쓰우원후는 조용히 지낼 수 있겠다는 착각이 들기 시작했다. 그러나 한 달이 지나자, 아구이는 원후에게 지정한 장소에 뭔가를 가져다주고 오라며 심부름을 강요했다. 혹여 말을 듣지 않거나 선생님에게 고자질을 하거나, 더 나아가 경찰에 신고라도 하는 날에는 좋은 꼴 못 볼 거라고 했다.

당연히 그 말을 듣는 수밖에 없었다. 아구이는 깡패인 척하는 게 아니라 정말로 조폭과 관계가 있었다. 학생주임이 부모님을 뵈어야겠다고 해도 소용없었다. 아구이의 아버지가 바로 오락실을 관리하는 조폭이기 때문이었다. 원후는 바이샹위안에서 두 부자가 같이 식사하는 모습을 종종 목격했다. 아구이 아버지는 생긴 것부터가 깡패였고, 그와 함께 담배를 태우는 이들도 온몸이 죄다 문신으로 뒤덮인 흉악한 남자들이었다.

어느 날 원후가 아파트 입구에 들어서는데, 갑자기 아구이 일당이 나타나더니 양옆에서 그를 붙잡고 인적이 드문 건물 뒤편 사각지대로 끌고 갔다.

"이십 분 뒤에 이 물건을 공원에 가져다놔. 쓰레기통 옆 의자 아래에 두고 오기만 하면 돼."

아구이는 원후가 거절할 수 없도록 물건 한 보따리를 그에게 떠밀었다.

원후는 그 안에 무엇이 들어 있는지 훤히 꿰뚫고 있었다.

"왜 하필 나야? 잡히기라도 하면 어떻게 해?"

"넌 우리와는 좀 달라 보이잖아. 우리랑 어울리는 것도 아니고 말이야. 아무도 널 의심하지 않을 거야."

원후는 이 새끼가 정말로 멍청한 놈은 아니라고 생각했다. 하지만 상대하기 어려운 놈이기도 했다.

"위에 두라고? 사람에게 건네줄 필요는 없어?"

"네가 자리를 뜨면 누군가 와서 가져갈 거야. 안심해. 너보다 우리가 잡힐까봐 더 걱정이니까. 이게 이렇게 작아도 네 목숨보다 더 값나가는 물건이야." 아구이가 그의 어깨를 두드렸다. "학교 친구끼리는 서로 도와야 한다고 선생님이 그러시지 않던?"

아구이는 정말 멍청한 놈이 아니었다. 그래서 원후라는 카드는 한 달에 딱 한 번만 써먹었고, 평상시에는 절대로 그를 귀찮게 하지 않았다. 심지어 원후에게 인사도 건네지 않았다. 다만 다른 녀석들이 원후를 못살게 굴면 나서서 제지했다.

"이 쓰레기 같은 새끼들아, 우리 원후 공부하러 온 애라고. 얘 건드리지 마라."

아구이가 은근슬쩍 원후를 조롱하는 건지 아니면 진심으로 하는 말인지, 누구도 그 말뜻을 알아듣지 못했다. 원후가 아구이의 심부름꾼일 거라고 추측하는 애들이 있었을지도 모르지만, 어쨌거나 원후는 아구이의 보호막 아래서 조용히 지낼 수 있었다.

그러나 외부 환경이 조용하다고 해서 마음이 호수처럼 차분한 건 아니었다. 특히 이제 막 사춘기에 접어든 시기여서, 주변에 예쁜 이성이 나타나면 관심을 보이지 않을 수 없었다. 리이 아파트 주즈원 기념 중학교의 여학생들은 매일 정성껏 화장을 하고 학교에 왔다. 그뿐 아니라 학교 규정에 끝없이 도전하겠다는 듯, 수단 방법을 가리지 않고 치마를 짧게 줄여대는 통에 남학생들이 수업에 집중할 수가 없었다.

그러나 원후의 마음을 가장 뒤흔들어놓은 사람은 '리이 아파트의 최고 미녀'이자 리이 아파트의 꽃, 황 선생님이었다. 마침 황 선생님은 원후와 같은 동에 살고 있었다. 원후가 황 선생님의 뒤를 밟은 것도 여러 번이었고, 일부러 같은 엘리베이터에 탄 적도 있었다. 황 선생님의 샴푸 향도 기억하고 있었다. 선생님의 이름 석 자를 다 아는 건 아니어도 선생님이 아랫집에 살고 있다는 사실은 알고 있었다. 황 선생님은 매일 아침 6시 반에 집을 나서 7시 15분에 리이 아파트 천주교 초등학교에 도착했다. 원후는 황 선생님의 그림자가 교문으로 미끄러져들어가는 모습을 눈으로 배웅하고 나서야 가던 길을 계속 갔다. 어차피 황 선생님이 근무하는 학교는 원후의 집과 주즈원 기념 중학교 사이에 있었다.

황 선생님은 한 번도 그를 돌아보지 않았다. 원후가 선생님보다 머리 하나만큼 더 크기는 하지만 보호색처럼 교복을 걸치고 있으니, 아마 황 선생님의 눈에는 더할 나위 없이 평범하고 눈에 띄지도 않는 중학생에 불과했을 것이다. 선생님의 눈은 본능적으로 다른 학교 교복을 입은 학생을 걸러냈을 테니까. 그러니 원후는 화학 시간에 배운, 사람을 죽일 수 있는 무형의 일산화탄소처럼 색도 없고 맛도 없고 썩은 냄새도 나지 않는 기체와 다를 바 없었다.

그러므로 패스트푸드점에서 황 선생님 근처 테이블에 수차례 자리를 잡고서 황 선생님이 학생들에게 방과후 보충 수업을 해주는 소리, 여자아이들이 "미스 황" 하고 황 선생님 부르는 소리를 엿들었는데도, 그녀는 시종일관 그의 존재를 알아채지 못했고 눈을 마주친 적도 없었다.

원후는 황 선생님이 아이들 숙제를 지도해줄 때의 목소리가 마음에 들었다. 옆 테이블에 자리를 잡고 앉아 있기만 해도 황 선생님이 자신을 지도해주고 있는 것만 같았다. 수학 실력이 뛰어난 이 여자가 원후에게는 무척 매력적으로 느껴졌다. 그녀와 데이트를 할 수만 있다면, 엄청난 성취감을 맛볼 수 있을 터였다. 아구이 일당이 여학생들 꼬드기러 다니는 것에 비할 바가 아니었지만, 황 선생님이 그와 데이트를 하겠다고 나설 리 없었다. 이 여자의 미모에 침을 흘리고 있는 리이 아파트 남자들이 부지기수였으므로, 줄을 선다 한들 원후의 차례는 돌아오지 않을 터였다.

◆

리이 아파트는 홍콩 전역에서 가장 규모가 큰 공공아파트였다. 7층짜리 건물 마흔두 개 동에 2만여 명의 주민을 수용하고 있었는데, 세대 수로 보나 주민 수로 보나 홍콩 최대였다.

이 아파트 단지는 총 다섯 단계로 나뉘어 건설됐다. 1기와 2기 때는 엘리베이터를 설치하지 않았고, 3기부터 5기까지는 엘리베이터를 설치하기는 했지만 짝수 층에만 멈췄기 때문에 홀수 층 주민들이 외출하려면 계단을 거쳐 짝수 층으로 이동해서 엘리베이터를 이용해야만 했다.

아파트 건물은 직사각형 모양으로, 층마다 40세대가 복도 양쪽에 고르게 분포되어 있었다. 이 직사각형 건물의 왼쪽과 중앙, 오른쪽에 각각 엘리베이터가 자리하고 있었고, 엘리베이터는 계단과 가까웠다. 주민들 대부분이 중앙 계단를 이용하다보니 좌우에 있는 계단은 상대적으로 한적해서, 바쁜 아침이나 저녁에만 사람이 지나다녔고 사람이 많지 않을 때는 젊은 남녀들이 '빠구리를 치는' 장소로 각광받았다. 상황이 이런 탓에 남성 주민들도 이쪽으로 다니는 걸 꺼렸다. 당시 건물 전체가 노름에 사로잡혀 있었다 해도 과언이 아닐 리이 아파트에서, 노름은 단순히 돈을 따기 위한 수단이 아니라 친목 활동의 일환이기도 했다. 이 활동에 맛을 들인 사람들은 좌우 양쪽의 계단으로 다니다가 못 볼 꼴이라도 보면 운빨이 사라진다고 믿었다.

쓰우옌과 황 선생은 마침 5기 때 지어진 39동에 살았다. 비록 7층과 6층으로 층이 달랐지만, 엘리베이터를 탈 때는 똑같이 6층에서 기다려야 했기에 쓰우옌은 때때로 황 선생과 함께 엘리베이터에 올랐다. 황 선생은 그의 얼굴을 알고 있었고, 엘리베이터 안에 남자인 쓰우옌 혼자 있다고 해서 같이 타기를 꺼리지는 않았다.

당연히 이는 좋은 일이 아니었다. 쓰우옌은 황 선생이 자신의 얼굴을 기억하지 않기를 바랐다. 엘리베이터에서 황 선생 옆에 설 때마다, 황 선생이 등장하는 야만적인 성적 환상에 빠져든다는 사실을 그녀가 모르기를 바랐듯이.

리이 아파트 주민들은 황 선생과 관련된 소문에 대해 이러쿵저러쿵하기를 즐겼다. 소문이 사실이든 거짓이든, 황 선생 이야기를 입에 올리면 그녀와 가까워질 수 있을 것만 같았다. 남자들은 황 선생 이야기를 즐겨했다. 그러면 황 선생이 자기 여자가 될 수 있을 것만 같았다.

쓰우옌은 이런 식으로 눈 가리고 아웅 하는 게 싫었다.

그는 황 선생의 이런저런 소문들을 수집했고, 기회만 있으면 황 선생의 뒤를 밟아 진지하게 그 소문의 진위를 판단했다.

황 선생이 어머니와 단둘이 산다는 건 사실이었다. 부잣집 아들이 고급 리무진을 몰고 황 선생을 찾아왔다는 건 거짓이었고, 그녀에게 남모르게 사생아가 있다는 것도 사실이 아니었다.

황 선생은 일요일마다 천주교 초등학교 옆에 있는 성당에 가서 주일미사에 참석했다. 종종 보온병과 도시락통을 들고 32동 아래층에 있는 죽집 '밍지'에 가서 피단살코기죽*과 샤미창**을 야식거리로 사갔다. 가게 사장님은 사모님이 한눈을 팔고 있는 틈

* 삭힌 오리알이나 달걀, 고기가 들어간 광둥 지방의 죽.
** 쌀로 만든 피에 새우를 넣고 돌돌 만 딤섬의 한 종류.

제12장 379

을 타 황 선생에게 평상시보다 음식을 더 많이 떠줬다. 그럴 때면 황 선생은 킥킥 웃으며 사장님에게 고맙다고 했고, 그러고 나면 죽집 사모님이 나와서 밑지는 장사를 한다며 남편에게 욕을 퍼부었다.

밑지는 장사라니, 가당치도 않은 말이었다. 설사 황 선생에게 돈을 받지 않는다 해도 밑질 일은 없었다. '황 선생도 이 집을 찾는다'는 단순하기 짝이 없는 이유로 그 가게를 찾는 주민이 적지 않았다. '텔레비전을 보면서 밥을 먹던' 그 시절, 황 선생의 영향력은 텔레비전 톱스타 못지않았다.

보통의 경우라면, 황 선생 혼자 밤에 외출해서 이십여 분을 돌아다니다가 귀가하는 건 무척 위험한 일이었다. 하지만 이웃끼리 서로 지켜봐주고 도와주던 리이 아파트에서는 누구든 크게 소리만 지르면 이웃이 우르르 몰려나왔다. 빗자루와 먼지떨이 아니면 무기로 활용할 수 있는 다른 도구를 들고 나와 도와주는 이들도 있었다.

그러므로 황 선생에게 시선을 빼앗긴 무수한 남자들이 밤마다 손장난을 하며 머릿속으로 터무니없는 환상을 펼쳤음에도, 황 선생은 평안하게 외출했다 귀가할 수 있었다.

쓰우옌은 천둥과 번개가 한꺼번에 몰아치는 장마철에 야식거리를 사려고 외출했다가 집으로 돌아가는 황 선생을 계단으로 끌고 갈 계획을 세운 적이 있었다. 황 선생이 아무리 크게 비명을 질러도, 천둥소리에 다 묻혀버릴 터였다.

하지만 누가 그런 궂은날 야식거리를 사겠다고 집을 나선단 말인가?

64

치서우런은 리이 아파트에서 일어난 사건을 수사하던 중, 당시에 성범죄가 극히 드물었다는 사실을 발견했다. 그보다는 조직폭력단 사이의 난투극이나, 부당하게 보호비를 요구하는 경우 칼을 든 강도 사건이 흔히 벌어졌다.

강간 사건이 발생하기 몇 개월 전, 약속이라도 한 듯 똑같이 목 부위를 급습당해 피해자가 기절한 사건이 경찰에 세 건 접수되었음을 알아내자, 치서우런의 눈이 번쩍 뜨였다. 이 세 건의 습격 사건에는 세 가지 공통점이 있었다. 첫째, 피해자가 모두 열다섯 살 미만의 남성이었다. 둘째, 피해자들이 다치거나 금전적인 피해를 본 것은 아니었기에 경찰은 순찰만 강화했다. 셋째, 강간 사건 이후 습격 사건은 더이상 일어나지 않았고, 그후 수사는 흐지부지되었다.

습격당한 소년 중 한 명은 당시 다이파이동 바이샹위안 사장의 작은 아들 저우즈웨이였다.

다이파이동과 같은 음식점의 역사는 19세기 중반까지 거슬러 올라가는데, 다이파이동이라는 명칭은 당시 정부가 이런 식으로 길거리 음식을 파는 영세한 노천 식당 상인들에게 반드시 눈에 띠는 자리에 영업허가증을 걸어놓으라고 규정한 데서 유래되었다.*
파는 음식의 종류가 많고 값이 싸다보니 다이파이동은 중하층 서민들의 사랑을 받았다. 하지만 1980년대가 되자, 다이파이동의 위생 상태가 열악하다 판단한 영국령 홍콩 정부는 공공아파트를 건설하면서 노천 식당 업주들이 영업허가증을 반납하도록 법으로 강제했다. 거기에 장사를 하지 못하도록 우회적으로 몰아붙여 문을 닫게 만들기도 했다.

이 때문에 바이샹위안도 영업 종료라는 운명을 면하기 어려웠다. 하지만 가게를 닫고 싶지 않았던 저우 사장은 함께 일하던 직원들과 함께 새로운 아파트 단지에 차찬텡을 열었다. 그리고 멀리까지 입소문이 나 있던, 밀크티와 베이컨 스크램블드에그 버터 토스트, 캠벨 치킨 크림수프 마카로니,** 카야잼을 발라 구운 두꺼운 버터 식빵을 계속 팔았다.

1986년이면 지금으로부터 삼십여 년 전이니, 풍경은 그대로일지 몰라도 당시 가게 사람들은 온데간데없었다. 하지만 이 '유명한 네 가지 음식'은 메뉴판에 여전했다. 그렇지 않고서는 1980년대에 문을 연 뒤 한 번도 새로 단장한 적이 없는 이 차찬텡이 손님들을 끌어들이기는 쉽지 않다.

피습 당시 겨우 열세 살에 불과했던 저우즈웨이는 이제 거의 쉰

---

* 다이파이동은 '허가증을 크게 내놓은 노점'이라는 뜻이다.
** 익힌 마카로니에 미국의 유명한 식품 브랜드인 '캠벨'의 치킨 크림수프를 부어 따뜻하게 먹는 음식.

살이 다 되었고, 가게를 물려받아 사장을 맡고 있다. 희끗희끗한 머리칼에 육중한 몸집을 자랑하는 이 남자는 몇 개월 전 유튜브 영상에서 축구 선수 메시의 이름과 등번호가 새겨진 FC 바르셀로나의 빨간색과 파란색 줄무늬 유니폼을 걸친 채 바이샹위안을 어떤 마음으로 운영하고 있는지 인터뷰한 바 있다.

"요즘 빙스*는 죄 옛날 스타일을 흉내냈을 뿐이지만 우리 가게는 정말로 오래됐습니다. 실내장식만 그런 게 아니라 컵이며 접시까지 다 예전부터 쓰던 것들 그대로니까 전부 역사가 수십 년은 되었죠. 요리사가 은퇴하면서 사람은 바뀌었지만 음식은 그 시절 그 맛을 그대로 유지하고 있어요."

홍콩에 250여 곳의 공공아파트 단지가 있지만, 홍콩에서 반세기 이상을 산 치서우런이 발을 들인 공공아파트 단지는 전체의 3분의 1도 되지 않았다.

1980년대에 재건축된 리이 아파트는 2010년대에 대대적으로 리모델링되었으나, 지하철역과 도심 근처에 위치하지 않아서 사오십대 중년들이 배정을 받고도 가고 싶어하지 않는 이상한 곳이다. 그래서 현재 이 공공아파트에는 노인들이 주로 거주하고 있는데, 허름한 옷차림새에서 이들이 취약계층임이 드러났다.

---

* 차가운 음료와 샌드위치 등 간단하고 저렴한 스낵을 파는 홍콩의 대중적인 카페로, 1960년대부터 대중화되었으나 현재는 얼마 남아 있지 않다.

공원과 운동장, 정자와 건물 외벽 등 모든 곳에서 세월의 흔적이 느껴졌다. 심하게 파손되고, 칠이 벗겨지고, "수리 대기중"이라는 문구가 들어간 팻말이 여기저기 눈에 띄었다.

그곳에 자리한 바이샹위안도 예외가 아니었다. 누런 바탕에 붉은 글자가 들어간 간판에는 모서리를 둥글린 글자체를 사용했는데, 옆에는 만화영화 캐릭터의 웃는 얼굴이 보였다. 차찬텡 안의 딱딱한 좌석이며 높다란 음료수 바, 그 위 음식 사진들 모두 1980년대에서 1990년대 홍콩 영화에서 흔히 보던 것들이었다.

유튜브 영상에서는 이런 것들이 옛 추억의 조각처럼 보였다. 그러나 직접 보니 치서우런의 눈에 들어오는 건 너절한 허름함뿐이었다. 특히나 가스레인지 후드가 빨아들이는 힘이 달리는지 공기 안에는 기름과 담배 냄새가 배어 있었다.

이곳에서 식사를 하는 손님들은 이웃 노인들이 대부분이었고, 행색이 너저분한 이들도 있었다. 어쩔 수 없는 일이다. 지어진 지 삼십 년이 넘은 아파트다. 당시 중년이었던 주민들도 이제는 다 노인이 됐다.

딱딱한 좌석에 앉은 치서우런은 마침 손님과 잡담을 나누고 있는 저우즈웨이를 향해 밀크티 한 병과 카야잼을 바른 버터 토스트를 한 접시 주문했다. 일을 하러 온 거지만 맛있는 음식도 놓칠 수는 없었다.

맛있게 한입 먹으려고 마스크를 벗는데, 주문서를 음료수 바에 넘기고 돌아온 저우즈웨이가 치서우런을 주시하면서 찬찬히 뜯어봤다.

"혹시 '애꾸눈 명수사관 치서' 아니십니까?"

치서우런은 오랫동안 낯선 사람이 알아본 적이 없어서 사람들이 자신을 이미 오래전에 잊었다고 생각했다. 그는 사람들로부터 잊힌 존재가 되는 게 좋았다. 누군가 알아보면 불편할 뿐 아니라 민망하기도 하니까.

"어떻게 절 알아보셨습니까?"

"제가 어려서부터 기괴한 사건을 다룬 프로그램들을 좋아했거든요." 저우즈웨이가 엄지손가락으로 코를 만지작거렸다. "영화 〈애꾸눈 명수사관〉도 여러 번 봤어요. 형사님 혼자서 총 한 자루를 들고 경찰 팀 전체를 구하시고 시민도 보호하셨잖아요. 정말 빈틈이 없으시더라고요. 홍콩 경찰 전체가 형사님만 같다면 참 좋겠습니다."

〈애꾸눈 명수사관〉의 팬이 또 나타났네! 영화 속에서는 주인공의 이름을 바꾸어 '정서우런'으로 등장하는데, 혈혈단신으로 총 한 자루만 들고 가서 여러 흉악범을 사살한 그는 시민 십여 명이 그 자리를 벗어날 때까지 엄호하다가 총에 맞아 쓰러진다. 모델인 치서우런을 완전히 신적인 존재로 묘사해놨다. 이렇게 영화사가 주연배우를 영웅화하는 바람에, 관객들은 배우에게까지 호감을 느끼게 되었다. 나중에는 그의 출연료가 인민폐로 천만 위안이 넘어갈 정도로 인기가 치솟았다.

그러나 현실에서는 그 배우도 이 애꾸눈 명수사관도 보통 사람일 뿐이다.

"좋긴 뭐가 좋습니까? 저처럼 눈이나 뚫리게요?"

"허허, 당연히 그건 아니고요. 제가 경찰을 무척 존경하거든요!" 저우즈웨이가 웃음을 지었다. "일전에 쓰우 가문에 사고가 터지지 않았습니까. 조만간 경찰이 절 찾아올 거라는 예감이 들더군요."

치서우런은 누군가 자신을 빤히 내려다보는 걸 좋아하지 않았다. "어째서죠? 앉아서 이야기를 좀 해주시죠." 그는 인내심을 발휘해 '어차피 손님도 얼마 없지 않습니까' 같은 기분 상할 말은 꾹 참고 입 밖에 흘리지 않았다.

저우즈웨이는 자리에 제대로 앉지 않고, 두 다리를 한옆에 둔 내놓은 채 옆으로 걸터앉았다.

"예전에 제가 습격당한 일 때문에 찾아오신 거죠?"

외모는 보잘것없지만, 저우즈웨이는 웬만한 경찰보다 훨씬 똑똑했다. 치서우런이 물었다. "선생님이 습격당한 사건이 어떻게 쓰우 가문과 관련있다는 겁니까? 먼저 말씀드리면, 전 선생께서 쓰우 가문을 상대로 그런 짓을 저질렀다고는 생각하지 않습니다."

저우즈웨이가 오른팔 팔꿈치를 탁자에 올려놓았다.

"확실하지는 않습니다만, 제 아버지께서 다이파이둥 바이샹위안을 운영하던 시절, 내장공사 기술자 넷이 길가에 놓아둔 탁자에 죽치고 앉아서 지나가는 여자들을 보며 생긴 게 이러니저러니 떠들곤 했습니다. 말을 얼마나 상스럽게 했는지 몰라요. 자기들끼리는 자칭 '잡담 4인방'이라고 했지만, 저희 아버지는 '쌍소리 4인방'

이라고 부르셨죠. 그중 한 사람이 쓰우 씨였습니다."

치서우런은 박수를 칠 뻔했다. 오늘 여기 오길 잘했다는 생각이 들었다.

"삼십여 년 전 일인데 어떻게 그렇게 똑똑히 기억하십니까?"

"성이 쓰우잖아요! 그러니 어떻게 잊겠습니까? 그 사람 아들인 쓰우원후도 우리 학교에서 유명했는데, 부자가 종종 바이샹위안 일을 거들어줬거든요. 그러니 당연히 그 아버지 얼굴을 알아봤죠."

"쓰우원후에게서 어떤 인상을 받으셨습니까?"

저우즈웨이가 한참 생각에 잠겼다가 대답했다. "저보다 몇 학년 위였죠. 키가 무척 컸고, 아주 조용했어요. 사고를 치지도 않았고요."

"당시 강간 사건이 일어났다는 이야기를 들으신 적 있습니까?"

"그럼요. 1980년대에 일어난 일인데 피해자가 대학생이었죠."

치서우런이 고개를 끄덕였다. 당시 경찰은 황 선생의 신원을 보호하려고 일부러 가짜 정보를 퍼뜨렸다.

저우즈웨이가 음료수 바로 고개를 돌리더니, 병 밀크티와 카야 잼을 발라 구운 두꺼운 버터 식빵을 가져왔다.

"그때 저희 아버지가 순경에게 제보를 하셨어요. 그 쌍소리 4인방이 혐의가 아주 짙다고요. 그자들이 아파트 단지 내 여자들을 어떻게 해버리겠다고 떠드는 소리를 들은 손님들이 허다했습니다만, 내내 증거가 안 나오니 경찰은 그자들을 풀어줄 수밖에 없었죠."

"이 년만 더 나중에 일어났으면, 아니 18개월만 더 뒤에 일어났으면 경찰이 유전자감식 기술을 이용해서 강간범을 잡아다가 사건을 끝냈을 텐데."

"염병할, 그 강간범 운 한번 더럽게 좋네요!"

저우즈웨이가 부득부득 이를 갈며 말하는 모습을 보니, 저우 사장 일가가 그 쌍소리 4인방을 얼마나 끔찍하게 싫어했는지 짐작할 수 있었다.

"습격당하셨던 이야기로 돌아가죠. 당시 상황을 자세히 좀 이야기해주실 수 있겠습니까?"

저우즈웨이가 어깨를 으쓱하며 말했다. "오히려 그 일은 별로 기억이 안 납니다. 누군가 뒤에서 여기 목 부위를 힘껏 공격했어요." 저우즈웨이가 손바닥으로 자신의 목 왼편을 내리찍는 자세를 취했다. "그리고 저는 인사불성이 되었죠."

"당시 키가 얼마나 되셨습니까?"

"160에서 162센티미터 정도였을 겁니다! 제가 발육이 좀 늦은 편이라서요. 그런데 형사님께서 쓰우 가문 독살 사건에 관해 물어보러 오신 줄 알았는데, 어째 제 이야기를 물으시네요?"

"뭐 그냥요." 치서우런은 저우즈웨이에게 자신의 생각을 알리고 싶지 않았다. 강간범의 정체가 이미 다 나왔기 때문이었다. 치서우런이 화제를 돌리며 물었다. "여기 카야잼을 발라 구운 버터 식빵이 참 맛있네요. 어떻게 만드는 겁니까?"

65

장마철이 되자, 추적추적 내리던 봄비는 장대비가 되었다.

쓰우옌이 기다리던 계절이었다.

황 선생은 비가 내리는 밤에는 야식을 사러 집밖으로 나오지 않았다. 하지만 바람이 불든 비가 내리든 매일 밤 9시면 꼭 하는 일이 있었으니, 바로 쓰레기를 버리는 일이었다.

쓰레기 투입구는 엘리베이터 바로 옆에 있었는데, 열쇠로 나무문을 열어야 했다. 문 안쪽에 저 아래 쓰레기장으로 연결된 기다란 통로가 있었다. 그 안에 쓰레기를 던지면 높은 곳에서 떨어진 쓰레기들이 한데 모여서 일꾼들이 처리하기 편리했다. 다만 그 기다란 통로가 쓰레기로 막히면 일꾼들이 안에 들어가 청소하다가 실수로 실족사할 수도 있다는 점이 이 설계의 유일한 단점이었다.

매일 밤 9시 텔레비전에서 광고가 흘러나오면 황 선생은 긴소매 상의와 긴 바지 잠옷 차림으로 슬리퍼를 신은 채 문을 나섰다. 그리고 서둘러 쓰레기를 버린 다음, 일 분도 채 되지 않아 집으로 돌아갔다.

쓰우옌은 일주일 동안 6층 옆쪽 계단에서 황 선생을 몰래 지켜보면서, 그녀가 문을 열고 나와 쓰레기 투입구 나무문을 열기까지 걸리는 시간과, 나무문을 닫고 집으로 돌아가는 데 걸리는 시간을 기록했다. 위치를 옮겨 이번엔 중앙 계단에 서서, 황선생이 나무문을 닫고 나서 뒤돌아보지 않는다는 사실도 확인했다.

그는 밤 8시 50분부터 9시 10분 사이, 아파트 전체의 각 세대의 사람들이 어떤 일을 하는지도 파악했다. 또 밤 9시에 집밖으로 나와 쓰레기를 버리는 사람이 황 선생 딱 하나뿐이라는 사실도 확인했다.

쓰우옌은 담배를 끊었고, 낡은 옷을 가져다 버렸다. 황 선생이 자신의 몸에서 나는 담배 냄새를 기억할 수 없도록.

그날 밤에는 세찬 비가 내렸다. 쏴아아 쏴아아 빗소리가 울려퍼졌다.

집을 나선 쓰우옌은 황 선생 집 옆에 있는 계단으로 가서 7층에서 5층 사이의 쓰레기를 치웠다. 그리고 이 세 개 층을 연결하는 계단실 전구를 전부 빼서 비닐봉지에 담아 1층에 내려가 버렸다.

중앙이 아닌 양옆 계단실의 전구가 고장나거나 도난당하는 일이야 다들 익숙했고, 그쪽을 이용하지 않으면 그만이었다. 이튿날이면 관리인이 새 전구로 바꿔놓곤 했으니 말이다.

밤중에 양옆 계단으로 다니는 사람이 거의 없기는 했지만, 쓰우옌은 이 '희박한' 가능성마저 제로로 만들어버리고 싶었다.

'황금시간대'가 시작되는 저녁 7시 5분부터 한 시간 동안, 각 가정에서는 텔레비전 앞을 지키고 앉아 방송을 보며 밥을 먹었다. 집집마다 틀어놓은 드라마의 주제곡과 인물들의 대사 소리와 배경 음악이 아파트 복도에 쫙 퍼졌다.

황금시간대 다음에 방영되는 드라마는 저녁 8시 반에서 9시 반 사이에 송출되었다. 황금시간대 다음에 편성되었다고 해도 '황금시간대' 드라마에 비해 전혀 수준이 떨어지지 않았다. 똑같이 완쯔량*이 나오는데도 현대극 〈류맹대형〉이 무협드라마 〈육소봉지 봉무구천〉보다 훨씬 더 재미있었던 것처럼, 이 시간대 드라마가 훨씬 더 뛰어날 때도 있었다.

그러나 그는 〈류맹대형〉 한 회를 다 볼 수 없었다. 매일 밤 8시 50분에 집을 나선 뒤 옆쪽 계단에 숨어 쓰레기를 버리러 가는 황 선생을 유심히 지켜봐야 했기 때문이다. 그는 하고 싶은 일을 어서 빨리 끝내고 싶었다. 그래야 집에 편안히 앉아서 상쾌한 기분으로 드라마 한 편을 시작부터 끝까지 다 볼 수 있을 테니까.

그래서 이날 그는 늘 그랬듯 한껏 기대에 부푼 채 중앙 계단에 숨어 있었다. 9시 정각이 되자 문 하나가 열리고, 십일 초 후 쓰레기 투입구의 나무문이 닫혔으며, 일 초 후 쓰레기가 쓰레기장으로 떨어지는 소리와 함께 선명한 메아리가 뒤따랐다.

바로 나무문이 닫혔고 자물쇠가 채워졌다. 소리가 아주 가냘팠다. 그 시간에 방영중인 드라마가 아주 조용해야 들을 수 있을 정도로.

쓰우옌은 스타킹을 머리에 뒤집어쓴 채 중앙 계단에서 기나긴 복도로 돌아 들어갔다.

---

*　만자량(萬梓良). 1980년대에서 1990년대에 활약한 홍콩의 개성파 배우.

황 선생은 옆쪽 계단의 조명이 고장난 것에 신경쓰지 않았고, 집으로 향하는 발걸음을 재촉하지 않았으며, 뒤를 돌아보지도 않았다. 걸음걸이도 이야기할 때처럼 부드럽기만 했다.
　쓰우옌은 달랐다. 싸구려 흰 운동화를 신고 있었지만 걷는 속도는 빨랐다. 복도에서 나는 온갖 소리가 그의 발소리를 덮어버렸다. 황 선생은 뒤에서 그가 급습하는 것을 알아채지 못했다. 그는 황 선생 목 부위로 오른손을 뻗어 손날로 인영맥을 내리쩍었다. 황 선생은 바로 쓰러지며 정신을 잃었다. 예전에 무술을 익혔다는 한 숙련공 선배가 호신용으로 가르쳐준 공격 기술이었다.
　그의 팔 위로 쓰러진 황 선생은 중학생보다도 가벼웠다. 그는 재빨리 황 선생을 옆쪽 계단으로 질질 끌고 가서 입에 수건을 쑤셔넣은 뒤, 뒤통수에서 묶어 매듭을 지었다. 그리고 양손도 등뒤로 돌려 묶어버렸다.
　의식을 잃고 무방비 상태가 되어버린 황 선생은 그의 손에 멋대로 놀아났.
　황 선생의 예쁜 얼굴을 볼 수 없고 그 샴푸 향도 맡을 수 없었지만, 그런 건 이미 다 똑똑히 기억하고 있었다. 아까 문을 나서던 순간부터 불타오르기 시작한 욕망을 지금 황 선생의 몸 위에 발산하기만 하면 될 일이었다.

제13장

66

쩡상원은 상대 파벌의 마약은닉 장소를 장젠찬 경정에게 흘리면 양쪽 모두 이득을 보리라 생각했다. 자신의 과거에 얽힌 진실을 알 수 있을 뿐 아니라, 상대 파벌에도 치명상을 입힐 수 있을 것이라고.

그건 너무도 순진한 생각이었다.

몇 개월 뒤, 손발이 잘려나간 상대 조직원의 시체 몇 구가 산꼭대기에서 발견되었다. 법의학자는 피해자의 의식이 남아 있는 상태에서 손발이 잘렸을 거라 했다.

경찰의 설명도 필요치 않았다. 눈 밝은 사람은 이게 조직폭력단 내부에서 집행한 형벌이라는 사실을 알아챘다.

쩡상원의 끄나풀이 발견되지 않은 게 천만다행이었다. 아니면 분명 둘 다 죽음을 면치 못했으리라.

그러나 가오후이가 희생양이 되고 말았다. 집에 돌아가는 길에 인도로 돌진한 자가용에 치여 사망한 것이다. 경찰은 사고를 낸 뺑소니 차량을 찾아내는 데 그쳤고, 운전자의 행방은 묘연했다.

소속 파벌에서 가오후이를 위해 장례식을 치러주었다. 거창한 장례식 이후, 가오후이의 뒤를 이어 지역을 이끌 두목 선출 선거에서 삼십대 초반의 단옌밍이 뽑혔다. 단옌밍은 과거 한 숙부와 장례식장 밖에서 O기의 경감, 즉 나중에 경정이 되는 장젠촨에게 호되게 욕지거리를 듣고도 안색 한번 변하지 않아 숙부들로부터 대장의 풍모가 느껴진다는 극찬을 들은 인물이었다. 그는 본래 성격이 독하고 범행 수법이 악랄하며 수단 방법을 가리지 않는 자였다. 그래서 쩡상원은 새 두목이 그의 사적 이익을 챙기고 주머니를 불리기 위해 자신을 제거하고, 레드 드래건이라는 금고에 자기 사람을 데려다 꽂을 것임을 똑똑히 알고 있었다.

장젠촨 경정이 얼마 지나지 않아 조기 퇴직하자, 그 밑에 있던 경감이 그의 자리에 올랐다. 그리고 그 밑에 있던 경위는 경정으로 승진했다. 정鄭씨 성을 쓰는 이 신입 경정은 서둘러 공을 세우고 싶은 마음에 또다시 폭력배 소탕 작전을 펼쳤다. 레드 드래건에는 금지 물품도 마약도, 미성년 여성도 없다는 사실을 알면서도 경찰은 매달 한 번씩 월례 행사처럼 일제 단속을 벌였다.

쩡상원은 이런 경찰을 혐오했다. 그들이 악행을 증오하고 악인을 원수 보듯 하는 이유는 단 하나, 승진을 위해서였다.

삼십여 년 전, 바로 이런 인간이 서둘러 공을 세우려고 안달복달하다가 엉뚱한 사람을 감옥에 집어넣고 진범은 법망을 빠져나가게 만든 것이다.

장젠촨 경정과 주고받은 이익을 따져보았다. 상대 조직에 1억 홍콩달러어치가 넘는 물적 손해를 입히기는 했다. 하지만 정작 쩡상원 본인 주변에서 두 군데나 불이 나버렸으니 잃은 게 얻은 것보다 많았다.

특히 가오후이의 죽음에 그는 크게 자책했다. 후회막급이었다.

가오후이의 목숨을 대가로 자신의 과거에 얽힌 비밀을 알아낸다 한들, 뭘 어쩌겠나? 자신을 이 세상에 데려온 사람은 생모였지만, 이 세상을 알려준 사람은 가오후이였다. 혈연으로 맺어진 관계는 아니지만 쩡상원에게 그는 생모보다 훨씬 더 친밀한 사람이었다. 두 사람이 나눈 형제의 정은 오로지 이생에서만 허락된 것이었을 뿐, 다음 생은 없다.

그는 세상에서 유일한 형제를, 가장 가까운 사람을 잃었다.

매일 눈을 뜰 때마다 가오후이가 아직 세상에 있던 그 시절로 돌아가고만 싶었다. 휴일이 되면 가족과 다름없던 형제와 시간을 보내고 싶었다. 아름다웠던 그 시절이 떠오를 때마다 그는 웃을 수 없었다.

이왕이면 다다이도 함께했던 그 시절로 돌아가고 싶었다. 셋 모두 아직 젊고 미래에 대한 아름다운 상상으로 충만하던 그 시절, 그들은 행동으로 스스로의 운명을 바꿀 수 있기를 바랐고, 정말로 그걸 해냈다.

다만 그토록 어마어마한 대가를 치러야 할 줄은 미처 알지 못했다.

67

"급습당한 소년들 키가 황 선생과 엇비슷했어. 그 강간범이 시험삼아 기절시킨 거야. 설사 대담하게 범행을 저지른 게 쓰우원후였다고 해도, 그자가 그렇게 주도면밀하게 일을 처리했을 것 같지는 않아. 하지만 미장이, 목수, 페인트공 같은 직업을 가진 자는 그럴 수 있었겠지. 그런 직업을 가진 사람들은 평소에도 일에 실수가 없도록 무척 조심해야 하니까."

치서우런은 차분한 말투로 말했지만, 쓰우즈신은 여전히 가슴이 두근거렸다. 지금 주위에서 들려오는 거라곤 바람소리뿐이었다. 한기도 느껴졌다. 이들의 머리 꼭대기에서 멀리 떨어져 있지 않은 듯한 잿빛 구름이 언제라도 내려앉을 것 같았다.

이곳은 록킹완에 위치한 어느 산으로, 그들은 천장이 있는 전망대에 있었다. 발아래로 사람들 사는 동네를 한눈에 다 내려다볼 수 있는 곳이었다. 벤치 네 개가 설치되어 있었지만, 겨울에 여기까지 올라올 사람은 없었다.

쓰우즈신은 치서우런이 이 장소를 고른 이유를 추측해보았다. 우선 으슥한 곳이라 택했을 것이다. 그러나 이곳은 치서우런이 쓰우 집안의 가족 연회에서 일어난 대학살의 전말을 모두가 똑똑히 이해할 수 있도록, 뒤덮여 있던 짙은 안개를 마침내 다 헤쳐버렸다는 의미가 담긴 장소이기도 했다.

신경써주신 점은 감사합니다만, 여긴 정말 너무 춥네요.

"동기는 알아냈고, 당시 진범도 찾아냈어. 쩡상원과 쓰우 집안의 연결점을 증명해줄 증거도 확보했지." 치서우런이 다시 말했다.

"그렇지만 그 사람이 누군가를 시켜 일을 저질렀다는 증거가 없잖아요." 날이 추워 두 손을 외투 주머니에 찔러넣고 있는데도 즈아이는 여전히 몸이 덜덜 떨렸다.

"쩡상원은 조폭이야. 이런 일에 이골이 난 사람이 증거를 남기겠냐?" 즈신은 앉고 싶었지만, 벤치에 앉는 게 더 추웠다.

"쩡상원을 법정에 세우더라도, 오히려 그놈이 엄청난 파문을 불러일으킬 만한 중대한 비밀이라도 터뜨리면 어쩌나 걱정이야." 치서우런이 벤치에 앉았다. "그랬다가는 문제 해결은 커녕 자네 가족만 더 곤경에 빠지게 되겠지."

"그렇겠죠. 화구룽은 감옥살이를 몇십 년째 하고도 아직 자유를 되찾지 못하고 있는데, 우리 가족은 생산적인 일이라고는 조금도 하지 않고 살았으니. 누군가 이 사실을 터뜨리고 국민투표를 발의하면, 장담컨대 90퍼센트는 우리 가족이 응당 받아야 할 죄의 대가를 치른 거라고, 죽어 마땅하다는 데 찬성하겠죠." 즈신이 말했다.

"그리고 쓰우원후의 아들은 '강간범의 자손'이라는 낙인이 찍혀 따돌림의 대상이 되겠지." 치서우런이 계속 말했다. "제 또래를 따돌리고 못살게 구는 솜씨는 초등학생들도 어른들 못지 않다고. 난 그애가 그런 일을 겪게 하고 싶지 않아. 자네 집안에서 일어난 사건이 이미 국제적인 뉴스거리가 되었으니, 해외로 유학을 보낸다 해도 별 소용 없을 거야."

두 사람의 대화에 마음이 뒤숭숭해진 즈아이는 손을 주머니에서 빼 온기가 돌도록 맞비볐다. "하지만 쓰우 집안사람 수십 명을 죽인 쓰레기가 법망을 빠져나가게 그냥 둘 수는 없어요. 얼마 안 되지만 아직 살아 있는 사람들까지 죽이고 싶어 할지 모른다고요."

"전 그 점에는 아주 회의적입니다." 치서우런이 고개를 내저었다. "그자가 손쓸 거였으면, 그쪽은 지금 여기 서 있을 수도 없었을 겁니다."

"다른 바쁜 일이 있는지도 모르죠." 즈신이 의문을 표했다.

"전 앉아서 죽지는 않을 거예요." 즈아이가 격하게 말했다. "아주 괜찮은 해결법이 하나 떠올랐어요. 눈에는 눈, 이에는 이로 돌려주는 거죠."

즈신은 즈아이가 치서우런 앞에서 이런 말을 내뱉을 거라고는 생각하지 못했다. 즈아이의 스타일과는 한참 거리가 먼 행동이었지만, 환경이 사람을 심하게 몰아붙이면 전혀 다른 사람이 될 수 있음을 보여주는 것이기도 했다.

"강간이 먼저 일어났고, 살인은 최근에 일어났어. 우리가 그런 짓을 하면 대체 조폭들과 다를 게 뭐야? 엄격히 말하면, 쩡상원도 쓰우 가문 사람이고, 쓰우 가문의 핏줄을 이어받은 사람이라고."

"그 사람이 어떤 핏줄을 이었는지는 상관없어. 그자 손에 우리 모두 죽을 때까지 기다리기라도 할 거야? 그 사람이랑 담판이라도 지으려고 그래?" 즈아이가 거의 고함치듯 몇 마디를 내질렀다.

자리에서 일어난 치서우런이 옷에 묻은 먼지를 털며 말했다. "두 사람이 방금 나눈 이야기는 못 들은 걸로 하지. 둘이 어떤 상상의 나래를 펼치든 상관하지 않겠어. 하지만 일단 말해두겠는데, 정말로 범법 행위를 저지르면 난 동료들이 두 사람을 체포하는 걸 막지 않을 거야."

즈신과 즈아이는 치서우런이 떠나는 모습을 지켜보았다. 그가 완전히 사라지고 나서야 즈아이가 물었다. "원후 오빠와 의논해보지 않을래?"

쓰우원후는 혈액암의 일종인 급성골수성백혈병 진단을 받았다. 적합한 골수를 이식받는다면 살아갈 수 있겠지만, 안타깝게도 가족과 친척들이 전부 학살을 당한 상황이었고 골수 기증자 데이터베이스에 그의 목숨을 살릴 적합한 골수가 없었다.

"요양중인 사람 놀라게 하지 마." 즈신이 한숨을 쉬었다. "원후 형 지금 자기 코가 석 자야. 이 일은 애초부터 우리 둘이 처리하기로 정해져 있었다고."

"즈이 오빠를 찾아가보는 것도 괜찮잖아." 즈아이는 계속 손바닥을 비볐다. "머리 하나는 기상천외하게 잘 돌아가니까."

"필요 없어. 그 녀석 찾아가지 마." 즈신은 즈이를 보고 싶지 않다고는 말하지 않았다.

막 암흑가에 발을 들였을 무렵, 쩡상원은 많은 유흥업소들이 VIP에게 마약과 여자를 대준다는 사실을 알게 되었다. 그는 이런 불법적인 수입이 유흥업소를 유지시키는 가장 큰 수입원이라고 생각했다. 여기에 술 판매로 벌어들이는 돈, 다시 말해 원가가 50홍콩달러밖에 안 되는 술 한 병을 20배가 넘는 가격에 팔아넘기는 방식으로 수익이 더해지는 줄 알았다.

하지만 나중에 알고 보니, 이는 유흥업소가 하는 일의 일부에 불과했다. 업소들 중에는 밤에 손님이 없어도 계산서에는 손님이 넘쳐나는 것처럼 기재해놓고 접대 여성, 마약 판매, 도박 업장, 보호비 등으로 벌어들인 불법적인 수입을 세탁해서 합법적인 수입으로 전환해주는 곳들도 있었다. 조직폭력단을 위한 돈세탁이었다.

유흥업소가 장사가 되지 않는다고 걱정할 일 또한 없었다. 유흥업소는 조직폭력배들이 한가한 시간을 보내고 모임을 여는 안전한 장소였다. 또 불필요한 불법 촬영 장치나 도청 장치 따위가 없다고 보장된 곳이었다.

레드 드래건은 더욱 기능이 단순했다. 가오후이가 접수한 뒤부터 레드 드래건은 돈세탁만 하기 시작했다. 하룻밤 사이에 세탁할 수 있는 금액이 50만 홍콩달러를 넘어가다보니, 경찰이 마약 판매와 성매매를 핑계로 레드 드래건을 폐업시킬 방법이 없었다.

이들과 경찰 사이에는 암묵적으로 합의가 맺어져 있었다. 법을 집행하는 사람이 퇴근한 뒤에라도 시간을 때운답시고 레드 드래건에 오는 일은 없었고, 그건 적대적인 조직의 조직원들도 마찬가지였다. 그런 자들이 레드 드래건을 찾아오면, 가오후이는 상대에게 자리를 옮겨달라고 예의를 갖춰 청하곤 했다. 유흥업소 관리는 성격이 독하다고 할 수 있는 일이 아니었고, 적절한 응대 능력을 필요로 했다.

그런데 하필 요즘 아주 방탕해 보이는, 실의에 빠진 이십대 초반의 남자가 매일 밤 레드 드래건에 나타났다. 그는 혼자 바에 앉아 있거나 젊은 여성에게 수작을 부렸고, 더 심각하게는 어떻게 해야 마약을 살 수 있느냐고 대놓고 묻기도 했다.

전임 경감은 팀을 이끌고 와서 업장을 다 쓸어버리기나 했지, 이런 치졸한 수법은 절대 쓰지 않았다. 그게 아니라면 이건 경찰이 조폭들에게 대놓고 알려주는 것이나 다를 바가 없다. "우리가 지금 너희 좀 귀찮게 하려고 준비중이란다!"

조폭들은 바보가 아니다. 최종 보스라면 누구나 다 외부 세력의 침투에 대비한다.

이날 영업을 시작하기 전, 쩡상원은 부하들을 레드 드래건의 대형 홀로 특별히 불러모아놓고 회의를 열었다. 물론 자리에 여자는 없었고 음악과 떠들썩한 소음도 들리지 않았으며, 형광등은 모두 켜져 있었다. 레드 드래건은 전혀 다른 장소가 되어 있었다.

한 사람 한 사람의 얼굴이, 주름과 상처와 피곤한 기색까지 또렷했다.

차디찬 칼날처럼 얼어붙은 눈빛으로, 찡상원은 한 사람씩 빼놓지 않고 쳐다보았다. 말투에는 의심을 용납하지 않는 절대적인 권위가 담겨 있었다.

"신임 다이서*가 우리를 끝장내려 한다. 다쥬는 앞으로 입구에서 낯선 사람은 없는지 주의해서 살펴보고, 사람을 철저히 통제해라. 낯선 사람 상대로는 차라리 장사 안 하는 게 나아. 가오라오랑 마웨이는 귀신 나올 것처럼 썰렁해 보이지 않게, 우리 애들 좀 불러서 업소 분위기 좀 띄워놓고."

경찰은 유흥업소 이용 고객 수를 다 기록해뒀다가 나중에 장부와 같이 놓고 대조한다. 차액이 크게 나면 업소를 장부 위조나 검은돈 세탁으로 고발한다.

"페이룽, 너 아리인가 하는 여자애 기억나? 노랑머리**가 관리하는 애들 중에 꽤 키가 큰 앤데, 걔 열여덟 살 된 거 맞아? 노랑머리 시켜서, 그 여자애들 신분증 다 내놓으라고 하고 네가 가서 검사해라. 신분증 사진이랑 대조해서 다른 애들 나오면……"

미성년 여자아이들이 언니나 가까운 동성 친구들과 신분증을 바꿔오거나 심지어는 신분증을 도용하는 경우가 있는데, 만일 경찰에게 발각되기라도 하면 그 여자애도 업소도 상당히 귀찮아진다.

"가서 얼굴 뜯어고치라고 해! 똑같이 뜯어고치고 와야 다시 여

---

* 大sir. 고위직 남성 경찰을 가리키는 표현.
** 홍콩에서 '노랑머리'는 주로 유흥업소에서 일하는 젊은 여성을 통칭한다.

기 들어올 수 있다고."

다들 웃음을 터뜨렸지만, 곧바로 이어진 쩡상원의 박수 소리에 다들 웃음기를 거뒀다. "소파, 변기 수조, 이중 천장 그리고 다른 구석진 곳에 의심스러운 물건이 없는지 유의하고. 경찰들한테 틈을 보이지 마. 당장 가서 찾아봐라."

69

팡위칭은 한눈에 알아보았다. 쓰우즈신이 극도로 낙담한 채, 고통 속에 집으로 돌아왔음을. 몸안에 부정적인 감정을 잔뜩 억누른 채 아무 소리 없이 수건을 들고 샤워하러 가는 것을.

샤워를 마치고 나온 그는 소파에 널브러져 앉은 채 허공을 응시했다.

곁에 앉은 팡위칭이 손을 뻗어 즈신의 이마를 어루만졌다.

"무슨 일이야?"

"별일 아니야." 즈신이 고개를 끄덕였다. 그의 시선은 앞에 앉아 있는 리오에게 머물러 있었다.

"나한테 아무것도 얘기 안 하면 어떻게 해. 설마 날 섹스 파트너로만 생각하는 거야?"

"그야 당연히 아니지." 드디어 즈신이 팡위칭과 눈을 맞췄. "하지만 이 일을 당신이 감당할 수 있을지 모르겠어."

"안심해. 나 감당할 수 있어." 거짓말이었다. 실은 확신할 수 없었다. 이혼 후 이 남자와 함께 지내려면 겉으로 화려해 보이는 동거생활을 기대하면 안 된다. 리오를 받아들이고, 이 남자의 마음속 어둠도 받아들여야만 한다.

"좋아! 아주 오래전에 일어난 어두운 이야기를 들려주지."

팡위칭은 리오로부터 심적 위로라도 받아야겠다는 듯, 녀석을 허벅지에 올려놓고 끌어안은 채 즈신의 이야기를 들었다.

즈신이 해준 이야기는 생각한 것만큼 무섭지는 않았다. 그러나 아마 그건 팡위칭 자신이 쓰우 가문의 일원이 아니기 때문일 것이다.

이제 이 사건은 단순히 극악무도한 범인을 찾아내는 것보다 훨씬 더 까다로운 사건이 되었다. 자신이 강간으로 태어난 아이라는 사실을 알고도 아무렇지 않을 수 있는 사람은 없다. 쩡상원이라는 남자는 피해자의 혈육에서 가해자가 되어버렸다.

강간으로 태어난 사람을 쓰우 가문의 일원이라고 할 수 있을까? 물론 복수하기 위해 사람을 죽인 그의 행동은 문제이지만, 그의 어머니를 강간한 남자와 비교하면 누가 더 큰 문제인 걸까?

"쓰우 가문의 누가 그의 어머니를 강간했는지 모르겠지만, 그 피를 이어받은 사람 치고는 본성이 악한 사람은 아닌가봐. 다른 사람을 구하기 위해 골수를 기증한 걸 보면." 팡위칭이 말했다.

"어쩌면 쩡상원은 그저 가족을 찾고 싶었던 건지도 몰라. 아니면 돈 있고 힘있는 사람을 도와준 대가로 뭔가 얻어내고 싶었거나. 골수를 기증한 게 대단치 않다는 뜻이 아니야. 사람을 구했으니 정말 대단한 일이기는 하지. 다만 특별한 대가를 치를 필요도, 큰 수고를 들일 필요도 없는 일 좀 한 건데, 그거 가지고 감사의 대상이 되고 영웅이 됐잖아. 어떤 노력도 희생도 하지 않았는데."

"억울하게 감옥에 갇혀 있는 사람을 기꺼이 면회하러 간 걸 보면, 인정도 있고 의리도 있다는 뜻이야."

"모든 일에는 양면이 있어. 인정이 있고 의리가 있다는 건, 이 사람이 집착이 심하다는 뜻이기도 해. 정과 의리를 이성 위에 두는 사람은 상대하기도 어렵다고."

 꽝위칭이 말로 즈신을 이길 순 없었다. 즈신이 하는 말 한 마디 한 마디에 모두 일리가 있었다.

"당신 눈에는 내 생각이 너무 순진하게 들리겠네."

"좀 그렇긴 하지. 하지만 그건 당신이 착한 사람이라는 뜻이기도 하니까."

"나 멍청하다고 빙빙 돌려서 비웃는 거야?"

"아니야. 당신이 평생 내 곁에 있는 게 제일 안전할 거라는 뜻이야. 그러면 나도 인간 본성에 대한 믿음을 완전히 잃지는 않겠지."

◆

 이 주 연속으로 소탕 작전을 펼치고도 아무것도 얻지 못한 정서 鄭sir는 쩡상원에게 말했다. "너, 조심해라. 조금도 실수하면 안 돼. 내가 지켜볼 테니까!"

소탕 작전이 잠시 일단락될 거라는 뜻이었다.

경찰이 떠난 뒤, 업소 여기저기서 환호성이 터져나왔다. 쩡상원이 큰 소리로 외쳤다. "오늘밤 술은 공짜다. 마시고 싶은 술 있으면 예의 차릴 필요 없으니 뭐든 다 주문해."

물론 한 병에 1만 홍콩달러나 하는 술을 따겠다고 할 머저리는 없었다. 다들 제일 싼 것을 주문했다.

며칠 뒤, 레드 드래건은 다시 북적거리기 시작했고, 심지어 코로나 유행 이전의 분위기를 회복했다. 다른 유흥업소와 달리, 레드 드래건의 단골 중에는 외지로 거처를 옮긴 이들이 없었다.

쩡상원은 드디어 제대로 한잠 잘 수 있게 되었다. 정서가 경감으로 승진한 뒤, 쩡상원은 점점 더 잠들기가 힘들어졌다. 원래는 아무리 늦어도 새벽 3시에는 잠들 수 있었는데, 이제는 동이 틀 때까지 잠이 오지 않아 눈을 부릅뜨고 있었다. 하지만 밖에 나가 아침을 먹을 기운은 없었다.

경찰이 물러났다고 해서 바로 걱정 없이 편하게 잠을 잘 수 있으리라고는 기대하지 않았다. 앞으로 경찰의 소탕 작전이 더 없을 것도 아니니, 그 역시 조금도 긴장을 늦출 수 없었다.

축하는 하지 않고, 그저 가오후이 앞에 향만 피워 올렸다. 그의 죽음 이후, 쩡상원은 기쁨을 나눌 유일한 상대를 잃어버렸다. 앞으로의 인생에는 육체적이고 피상적인 환락만 남았을 뿐, 진정한 의미는 잃고 말았으니 그는 산송장과 다를 바 없었다.

앞으로 수십 년을 이렇게 빛 한 점 들지 않는 암담한 심경으로 살아가야 한다고 생각하니 고통스럽기만 했다. 창문이라도 열어 스스로 모든 걸 끝내버리고만 싶었다.

하지만 가오후이였다면 분명히 그를 말리면서 인생이란 원래 무의미한 것이라고, 스스로 의미를 찾아야 한다고 말했을 것이다. 즉, 스스로 고민거리를 찾아가야 한다고. 어떻게 해서든 즐겁게 하루하루 살아가는 게 인생의 의미라고 말했을 것이다. "누가 우리 같은 고아들은 태어날 때부터 행복할 권리가 없다고 하던? 오히려 가정에서 오는 스트레스가 없으니, 우리는 살고 싶은 대로 살 수 있어. 얼마나 자유롭냐고."

가오후이의 말이 맞다.

가오후이는 쩡상원 인생의 등대였다. 그 불빛은 영원히 꺼지고 말았지만.

정서는 다시 일제 단속에 나섰고, 쩡상원은 놀라지 않았다.

하지만 이번에는 작전 실행 시각이 밤 9시에서 오후 5시 반으로 앞당겨졌다. 솔직히 말해, 햇빛을 쬐며 집을 나서는 게 익숙하지 않았다. 뭐든 또렷하게 보이니 더 불안했다.

수십 명의 경찰이 레드 드래건 바깥을 겹겹이 포위하고 있었고, 마약 탐지견도 최소 세 마리는 와 있었다.

지금껏 한번도 본 적 없는 어마어마한 규모에 쩡상원은 뭔가 이상한 낌새를 눈치챘다. 그는 경찰들의 날카로운 시선을 무시한 채, 몇 겹으로 둘러싼 경찰들을 뚫고 지나갔다. 그렇게 레드 드래건 입구에 서 있던 정서 앞까지 걸어간 그는 아무렇지 않은 척하며 물었다.

"경찰 인력이 부족해서 개까지 앞세워 오셨습니까?"

정서가 코웃음을 쳤다. "우리 동료들이 십여 명은 더 올 거다." 그가 큰길 밖에 멈춰 선 버스 한 대를 가리키며 말했다. "너희 전부 데리고 가려고. 버스 한 대로 안 되면, 두 대, 세 대도 불러올 수 있어. 한 놈도 빠짐없이 다 앉을 수 있을 거다."

경찰들이 웃기 시작했다.

쩡상원은 대꾸하지 않았다. 지금은 말재간을 부릴 때가 아니었다.

그는 수하에게 레드 드래건의 셔터를 끌어올리고 양쪽 유리문을 열라고 지시했다. 수없이 이곳을 드나든 덕에 내부 구조에 익숙한 경찰들이 다른 곳은 들르지도 않고 바로 쩡상원의 사무실로 향했다. 정서가 직접 문을 두드렸다.

"뭐하러 이렇게 단단히 잠가놓으셨을까? 열어."

쩡상원은 뭔가 이상하다고 생각했지만 협조하지 않을 수 없었다. 공무집행방해죄 하나로도 15일 금고형이 선고될 수 있다. 죄를 인정하고 감형받는다 해도 열흘은 갇혀 지내야 한다. 그러나 걱정스러운 게 이것만은 아니었다. 이번에는 경찰이 만반의 준비를 하고 왔다는 것도 신경쓰였다.

소속 파벌에서는 중요한 파일을 유흥업소 사무실에 두지 않는다. 그러니 사무실 안에 있는 서류는 다 공개할 수 있는 것들이다.

전화번호부만큼 안전하다.

쩡상원이 문을 열고 조명 스위치를 내렸다. 예전에는 수색하러 들어온 경찰들을, 특히 그들의 손을 뚫어지게 지켜봤다. 저자들이 미리 가져온 자그마한 마약 봉지를 여기서 찾은 것처럼 위장하지 않는지 잘 살폈다.

그러나 이번에는 경찰을 주의깊게 지켜보는 대신, 위에서 아래로, 왼쪽에서 오른쪽으로, 재빨리 사무실 전체를 휙 둘러봤다. 역시나, 사무실 책상 옆에 낯선 검은색 서류 가방이 순간 눈에 들어왔다. 번쩍번쩍 빛이 나는 새 가방이었다.

이런 염병할, 하나밖에 없는 열쇠를 내가 갖고 있는데. 레드 드래건에 첩자가 있었다니!

쩡상원은 경찰이 자신의 시선을 좇다가 뭔가 이상한 걸 발견할까봐 눈을 돌렸지만, 정서는 두말하지 않고 바로 서류 가방에 손을 뻗어 집어들었다.

당연히 경찰은 서류 가방을 쉽게 열어젖혔다. 안에서는 하얀색 분말이 가득 든 자그마한 비닐봉지들이 나왔다.

경찰은 나중에 배심원들이 똑똑히 확인할 수 있도록, 경찰용 쿼드 프루프 고화질 캠코더 세 대를 동원해 레드 드래건 문밖에서부터 다양한 각도로 전 과정을 기록하고 있었다.

쩡상원은 두 다리에 힘이 풀리고 말았다. 등뒤에 있던 누군가에게 몽둥이로 기습을 당하기라도 한 것처럼, 거의 바닥에 무릎을 꿇을 뻔했다.

"이게 뭘까?" 죽일 놈의 짭새가 뻔히 알면서 일부러 물었다.

경찰이 심어놓은 스파이는 누구일까? 머릿속에 한 사람 한 사람의 얼굴이 떠올랐지만 '그럴 법한 사람이 하나도 없는' 게 아니라 '모두가 그럴 법했다.'

쩡상원은 레드 드래건에 수하를 한 명만 남겨놓지 않는다. 그렇다면 경찰이 그의 곁에 심어둔 스파이는 하나가 아니라는 뜻이다.

경찰은 그에게 불리한 증거를 이미 수없이 수집해두었을 게 분명했다. 증인과 물증이 모두 확보되었으니, 이제 그가 피고석에 오를 일만 남아 있었다.

"변호사를 부르겠습니다."

손에 수갑이 채워지기 전, 쩡상원이 마지막으로 내뱉은 말이었다.

제14장

70

"경찰은 지난밤 카오룽의 한 유흥업소를 대상으로 벌인 소탕 작전으로 시가 69만 홍콩달러어치 메스암페타민 1킬로그램을 압수하고 유흥업소 책임자 서른다섯 살 쩡 씨를 체포했습니다."

일반적으로 홍콩인들은 이런 마약 관련 뉴스에 관심이 없다. 그들과 마약 판매상은 서로 전혀 다른 흑백의 세상에 속한 채 각자의 영역을 침범하지 않는다. 업계 관련자들과 마약 중독자들만 전전긍긍이다. 전자는 생계에 영향을 끼칠까봐, 후자는 공급이 달려 약값이 오를까봐.

쓰우즈신은 둘 중 어느 무리에도 속하지 않지만 그들과 마찬가지로 이 사건에 관심이 있었다.

쩡상원이 돌연 마약은닉죄로 체포되었다. 우연일 리 없다. 바로 같은 날, 검찰은 쓰우 가문 집단 사망사건과 관련해 살인교사죄로 고발된 요리사 리사오룽에 대한 기소를 취하했다.

서로 아무 관련이 없어 보이는 이 두 사건을 연결해서 수사 방향의 변화를 알아챌 수 있는 건 내부 사정을 아는 사람뿐이다.

쩡상원이 쓰우 가문을 청부 독살했다는 증거를 찾을 수 없으니, 치서우런으로서는 다른 쪽으로 손을 댈 수밖에 없다. 경찰은 쩡상원에게 마약을 판매 혐의를 씌울 수는 없지만, 마약은닉죄로 그를 칠 년간 감옥에 가둬둘 수는 있다. 그동안 쩡상원은 쓰우 가문과 대적할 마음의 여유를 잃고, 누가 자신에게 죄를 뒤집어씌웠는지 색출해내기 위해 골머리나 썩게 될 것이다. 이 일이 쓰우 가문과 관련이 있다는 사실은 상상도 하지 못하고. 어차피 쩡상원에게도 증거는 없다.

—도와주셔서 감사합니다.

쓰우즈신이 치서우런에게 문자를 보냈다.

—제가 형사님과 경찰에 어마어마한 빚을 진 셈이 되었군요.

—아니, 자넨 나한테만 빚을 진 거야. 경찰이 첩자를 심어놔서 쩡상원은 어차피 감옥살이를 하게 될 처지였거든. 이 사건을 일찌감치 마무리짓자고 그쪽 동료들을 설득한 게 바로 나고.

◆

—즈아이가 그러는데, 사건 수사는 이미 마무리됐고, 범인도 처

리됐대. 자세한 내막은 알려주지 않았지만.

쓰우즈이가 쓰우셰우이에게 문자를 보냈다.

―참 잘됐네.

셰우이의 답은 여전히 냉담하기만 했다. 가족 연회 이전의 그 열정적이던 모습은 온데간데없었다. 즈이는 영원히 그때로는 돌아가지 못하리라 짐작했다.

―좀 만날까?

그는 셰우이와의 격정에 다시 불을 붙여보려 했다.

―우리 만난 지 너무 오래됐잖아. 원후 형이야 어차피 입원중이기도 하고.

―아니, 나 너무 바빠.

그는 쓰우셰우이에게 알려주고 싶었다. 셰우이와 그 사이의 일을 즈신이 전부 다 알고 있고, 어쩌면 즈아이도 알고 있을지 모른다고. 심지어 그 애꾸눈 명수사관도 알고 있다고. 그 사람들이 셰우이를 귀찮게 하지 않는 이유는 자신이 셰우이 대신 뒤치다꺼리를 해주고 있기 때문이라고. 모든 더러운 치부를 다 닦아주고 있기 때문이라고.

전생에 이 여자에게 빚을 진 게 분명하다. 그래서 이생에 이렇게 애를 써가며 그 빚을 갚고 있는 것이리라. 임신할 수 있게 도와주었고, 쓰우 집안의 적통을 물려받은 장자를 낳게 해주었으며, 쓰우 집안에서 셰우이의 위치를 끌어올려주었다. 게다가 셰우이 모자의 허물을 가려주기 위해, 밖에서 더욱 심하게 향락에 빠져 살았다. 셰우이가 다른 사람들 앞에서 자신을 욕할 수 있도록, 그 누구도 자신이 즈후이의 친아버지라는 사실을 믿을 수 없도록.

그 아이는 영원히 그를 아버지라고 부르지 않을 것이다. 그저 경멸하고, 무시하고, 오랫동안 보고 들은 대로 그를 망나니라고, 개자식이라고 부르거나 할 테다.

즈이는 뭘 얻었나? 셰우이와 밀애를 즐기며 환락을 맛봤다.

그건 행복한 거래였을까, 아니면 과한 대가를 치른 희생이었을까?

제일 무고한 사람은 라오후짜이이다. 라오후짜이 본인에게 이득이 될 게 하나 없는데도 그는 형제간의 의리를 생각해 위험을 무릅쓰면서까지 즈이를 도왔다. 의리를 중시하고 여자를 밝히지도 않는 놈이다. 도박에 절어 살지도 않는다. 다 좋은데, 마약에 손대는 걸 즐긴다. 원소 주기율표에 있는 것들을 조합해서 팔아넘기는 데 빠져 산다.

즈이는 진즉에 경고했었다. 〈브레이킹 배드〉의 주인공은 이미 더 나아질 수 없을 만큼 똑똑한데도 결국 영웅의 말로를 벗어나지 못하고 퇴장하지 않더냐고.

"마약 판매상 사정 좀 봐달라고 빌어줄 사람은 없어. 게다가 마약과 관련된 돈이 너무 많아. 이런 식으로 큰돈을 벌다가는 자기를 보호할 줄도 모르는 미녀처럼 온갖 성가신 일이 너한테 따라붙을걸."

라오후짜이는 코웃음을 치며, 그건 드라마에서나 일어나는 일이라고 말했다. 즈이는 라오후짜이 본인이 마약에 중독돼서 정신을 못 차리는 거라고, 그가 옳고 그름을 구분하지 못하고, 암퇘지를 초선[*]으로 본 지 오래되었다고 믿어 의심치 않았다. 아니나 다를까, 결국 그는 쓰우 가문 사건과 관련된 것이 아니라 마약은닉죄로 경찰에 고발됐다.

즈이는 그저 라오후짜이가 수감되어 있는 동안 철저하게 마약을 끊고, 출소 후에는 제대로 사람 노릇을 하면서 살 수 있기를 바랄 수밖에 없었다.

71

쓰우즈신은 차에 쓰우즈아이를 태운 뒤, 구불구불한 산길을 지나 카오룽 서부의 작은 산언덕에 자리한 성더병원에 도착했다.

이곳에서는 카오룽반도와 홍콩섬 전체가 내려다보였다. 병원은 20세기 초에 세워진 2급 역사 건축물로, 수용 가능한 환자수는 이백 명이 채 되지 않았다. 외관과 실내 디자인 모두 20세기 에드워드 양식^{**}으로 설계되었지만 내부 시설은 매우 현대적이었으며, 시각적으로 편안하도록 신경쓴 까닭에 복도와 모퉁이 여러 곳에 부드러운 색감의 유화가 걸려 있었다.

---

* 고대 중국의 4대 미녀 중 하나.
** 1901년부터 1910년까지 영국 에드워드 7세의 통치 기간 동안 유행한 건축 양식으로 빅토리아 양식보다 간소화된 디자인, 넓은 창문과 아치형 입구가 특징이다.

쓰우원후는 VIP병실에 누워 있었는데, 혈색이 심각하게 나쁘지는 않았다. 환자복도 잠옷도 아닌, 즈신과 즈아이가 병문안 올 때를 대비해 특별히 준비해둔 평상복을 입고 있었다. 양어깨의 재봉선이 모두 아래로 처져 있는 것으로 보아, 예전에 비해 몸무게가 두 자릿수는 줄어든 듯싶었다.

이곳 환경이 아무리 좋다 한들, 원후의 병세를 되돌릴 방법은 없었다. 그는 인간 세상에서 남은 목숨을 겨우 부지하고 있을 뿐, 한쪽 발은 이미 천당 문턱을 넘어서 있었다. 즈신의 마음속에서 그는 진작에 죽은 사람이었고, 지금은 잠시 부활한 예수 그리스도처럼 얼굴을 내밀고 있을 뿐이다. 이 병실은 아름다운 무덤에 지나지 않았다.

"즈신, 오랜만이구나. 내가 얼마나 이날을 기다려왔는지 아니?"

즈신은 원후에게 다가가 안아줄 정도로 다정한 사람은 아니었지만, 그렇게 하지 않을 이유도 찾을 수 없었다. 이미 십여 년 전 마지막으로 본 그 쓰우원후가 아니었다. 그는 자신의 친척 둘과 잠자리를 한 여자를 아내로 둔 사람이었고, 그중 하나가 바로 즈신 자신이었다. 게다가 원후는 즈후이가 자신의 친아들이 아니라는 사실도 모른다. 그는 공공아파트에서 자랐고, 정권을 반대하는 조직을 다룰 줄 알았으며, 쓰우 집안 대학살 사건 이후에는 뒷일을 나무랄 데 없이 깔끔히 처리하고 온 국면을 통제한 남자였다.

십여 년 넘게 원후와 만나거나 말 한마디 나눠본 적 없었지만, 즈신은 지난 세월 하지 못한 말을 이번에 다 할 생각은 없었다. 그에게는 드러낼 수 없는 비밀이 너무 많았다. 특히나 지난 몇 주 동안 쩡샹원과 쓰우옌을 조사했던 일을 솔직히 털어놓을 수는 없는 노릇이었다. 아버지가 젊은 시절에 저지른 범죄를 곧 세상을 뜰 원후가 알 필요는 없었다. 그건 원후에게 심리적인 부담만 안겨줄 뿐이었다.

"쓰우 가문이 손이 귀한 집안이잖아." 원후는 큰 목소리로 말하지 못했다. "즈이는 건들건들 저러고 살고 있으니 크게 되지 못할 테고. 네가 쓰우 가문으로 돌아와라! 생활비를 받을 수 있도록 조치를 해두마. 가족 기금으로 네가 살 집도 지을 수 있을 거다."

쓰우 집안사람들이라고 해봤자 겨우 여섯 명 남았지만, 즈신은 여전히 사이위를 형체 없는 대형 감옥이라고 생각했다. 집안의 규율은 엄했으며, 장유유서와 남존여비가 존재했다. 원후가 세상에서 사라져도 이런 규율들은 계속 이어져 모두를 숨막히게 할 것이고, 아직 미성년인 즈후이도 그 피해자가 될 것이다. 앞으로 가문의 대를 이은 즈후이가 쓰우 집안을 부흥시켜야 한다는 압박을 이어받게 되리라.

"좀더 생각해볼게. 형은 치료에나 전념해."

"뭘 더 생각하겠다는 거냐? 난 지금 이 상태로 길어봤자 반년도 못 가. 곧 죽을 사람 소원인데 들어줘야지!"

즈신은 속죄하는 마음으로 고개를 끄덕였다. 동의가 아니라 안면치레로 한 행동이었다. 그가 쓰우 집안으로 다시 돌아가는 일은 절대 없을 것이다. 아무 일도 없던 척하며 쓰우셰우이를 마주하고 싶지도 않다. 셰우이는 아마 이런 그를 멍청하기 짝이 없다고 여길 것이다.

원후는 팔을 뻗어 즈신의 손을 잡더니 한참을 놓지 않았다.

"오늘 저녁엔 나와 함께 둘이 밥이나 먹자꾸나!"

즈신은 원후의 뼈만 남은 손을 쥔 채, 그가 죽음을 코앞에 두고 있다는 사실과 동시에 죽음을 앞두고도 여자는 외부인 취급하는 습관을 고치지 못했다는 데 생각이 미쳤다.

"둘이 같이 밥 먹어! 어차피 난 학교로 돌아가야 해서." 즈아이는 전혀 개의치 않는다는 듯 대답했다. 분명 조금 전에는 병문안을 끝내고 즈신과 함께 저녁을 먹을 생각이었으면서.

"그럽시다!" 즈신은 대답을 하면서도 자신이 원후와 같이 밥을 먹기로 했다는 걸 믿을 수 없었다.

"아더가 밖에 있으니, '일월루'에 가서 먹을 것 좀 거하게 사오라고 하마."

"음식은 가릴 필요 없어요?" 즈아이가 물었다.

"가리긴 뭘 가려? 곧 염라대왕 만날 몸인데. 마지막에 맛있는 음식을 즐길 기회마저 빼앗겨야 한다는 거냐? 굶어죽은 귀신이 되느니 배불리 먹고 죽은 귀신이 되고 싶구나."

72

수감생활을 길게 한 숙부가 쩡상원에게 말한 적 있다. 구치소는 이를테면 중음신*처럼, 생과 사의 경계에 있는 곳이라고. 운이 좋으면 자유의 세계로 돌아가 새 삶을 살 수도 있다. 하지만 그렇게 되지 않으면 감옥살이를 해야 할 텐데, 중년의 나이에 옥살이를 시작해 형기까지 길면 감옥에서 죽을 가능성이 높다고.

쩡상원은 그 말에 동의하지 않았다. 감옥에서는 날짜를 셀 수 있으니, 언제 나갈지 알 수 있다. 그러나 중음신 단계에서는 자신이 앞으로 죽을지 살지 모르니 더 괴로울 것이다.

구치소에서는 할일 없이 지냈다. 예전에 알던 사람을 만나면, 상대가 같은 파벌 출신이 아니더라도 기운을 북돋아주는 말을 몇 마디 나누곤 했다.

가족이 없어서, 또 어머니가 자신의 행방을 몰라 다행이었다.

가족이 있었다면 그들에게 현재 자신이 처한 이 상황을 어떻게 설명하겠는가? 체포되고 나서야 가족에게 정체가 알려져 가정이 무너진 조폭들도 있었다. 감옥살이보다 이런 일에서 비롯된 심리적 충격이 훨씬 더 컸고, 이는 수감자들이 구치소에서 자살하는 주요 이유가 되곤 했다.

때문에 쩡상원은 가오후이처럼 가정을 꾸릴 생각은 단 한 번도 해본 적이 없었고, 가까이 지내는 동성 친구도 없었다. 적당히 연기나 해가면서 데리고 논 여자들은 적지 않았지만, 그 여자들의 목숨을 인질삼아 그를 위협할 수 있는 자는 없었다.

---

* 사람이 죽은 뒤 다음 생을 부여받을 때까지 49일 동안 지니고 있게 된다는 몸.

제14장

자유를 잃고 구치소에서 지내면서, 그는 자신의 미래를 포함한 온갖 것에 대해 생각했다.

첫 접견 때 조직폭력단 전담 변호사는 그에게 큰 사고를 쳤다면서, 아마 감옥행은 피할 수 없을 거라고, 할 수 있는 건 감형 호소 정도라고 했다.

"괜찮습니다. 여기 들어와서 휴가 보내는 셈 치겠습니다."

조직에 들어온 첫해에 이미 마음의 준비를 했었다. 감옥에 가는 게 두렵다면 조직은 멀리해야 한다.

장래가 너무 암담했다. 가오후이가 죽고 나니 뒷받침해주는 사람이 하나도 없었다. 감옥에서 나가면, 이용 가치가 사라진 그에게도 조직이 일거리를 주긴 할 것이다. 하지만 중요하지 않은 잡다한 일을 던져주겠지. 아마 주차장 관리 요원이나 망꾼 정도이리라. 한창 패기만만하던 시절, 그가 무시하던 사람들처럼.

나이가 서른몇 살이 되어서야, 그는 삶의 도리를 하나 깨우쳤다. 사람을 무시하면 안 된다는 것이다. 언제 내가 무시했던 그 사람처럼 될지는 영원히 알 수 없으니까.

73

쓰우즈신은 하얀 가발에 하얀 모자를 쓰고, 검은 선글라스를 낀 다음 체크무늬 외투를 걸쳤다. 일부러 좀 나이들어 보이게 차려입었더니 팡위칭조차도 쉰 살은 넘어 보인다고 했다.

일월루가 무슨 별 다섯 개짜리 고급 요릿집은 아니라 해도 인테리어는 화려할 줄 알았는데, 현장에 가보니 그냥 고풍스러운 서민 요릿집이었다. 대형 수조 몇 개에는 손님들이 직접 고를 수 있는 신선한 해물이 들어 있었다. 입구에 서면 용과 봉황이 새겨진 들보와 기둥이 보이는 것이 딱 이삼십 년 전의 고풍스러운 스타일을 간직한 곳이었다. 유튜브에서 영상 하나 찾아볼 수 없는 게 이상하지 않았다. 밥 한 끼 먹겠다고 이런 곳까지 찾아오는 유튜버는 없으리라.

원후는 분명히 웃어른들 손에 이끌려 이런 식당을 찾았을 것이다. 지나간 시절에 푹 빠져서 지내는 게 낙인 그분들이야 옛 맛을 잊지 못하니.

즈신은 입구에 놓인 메뉴판을 들고 읽다가, 메뉴판에 아직도 '금룡토주'가 있는 걸 보고 놀랐다. 옆에는 '요리사 추천'을 의미하는 별 표시가 있었다.

"지금도 이 요리를 파나요?" 즈신이 입구에 있던 접대원에게 물었다.

"물론이죠. 왜 안 팔겠습니까?"

접대원은 마스크를 쓰고 있기는 했지만, 짙은 눈화장과 눈가 주름을 보건대 나이가 적지 않은 여성이었다. 낮게 깔린 목소리에서 골초라는 사실을 짐작할 수 있었다.

"쓰우 집안에서 사고가 난 뒤 아주 인기가 폭발해서 이 요리를 찾는 손님이 한둘이 아니랍니다. 저희는 출장 요리는 하지 않습니다. 특히 식자재 취급에 유의하고 있으니, 손님께서는 안심하고 드셔도 됩니다."

"물론 걱정하는 건 아닙니다. 예전에 쓰우 집안의 가장 되시는 분과 함께 여기 와본 적이 있거든요." 즈신이 말했다.

"맞습니다. 그분이 금룡토주를 자주 주문하셨어요. 내내 아무 문제가 없었는데 딴 데서 드시더니 사고가 터졌더라고요." 여자는 고소하다는 투로 말했다. 즈신이 좋아하는 입이 가벼운 스타일이었다. "예전에는 거의 매달 오셔서 친구분들과 귀빈실에 계시다 가셨지요. 선생님께서도 그때 오셨겠네요!"

"그렇긴 한데, 저는 두세 번 정도 와본 게 다여서요. 그래서 그분이 금룡토주를 가족 연회에서 처음 드셨다기에 의아했습니다. 제가 잘못 기억했나 싶더군요."

"높으신 분이니 일이 바빠 잠시 잊으셨나보죠. 저희 집 VIP 손님이셔서 그분이 뭘 좋아하시는지는 당연히 기억하고 있답니다."

접대원은 A4 크기의 커다란 사진이 잔뜩 붙어 있는 카운터 옆 벽으로 즈신을 데려갔다. 사진 속 사람들은 남녀를 불문하고 모두 웃는 얼굴이었다. 절친한 친구끼리 찍은 상반신 사진도 있었고, 십여 명이 함께 찍은 단체 사진도 있었다. 사진 속 사람들 앞 테이블에는 맛있는 음식이 담긴 접시들이 가득 놓여 있었다. 여자는 손톱에 크리스털 장식이 붙은 손가락으로 그중 세 장의 사진을 가리켰다. 즈신은 사진 속의 원후를 알아보았다. 원후의 외모로 보건대, 최소한 십 년은 지난 사진 같았다.

"휴대전화로 사진을 찍어서 확대해보시면, 이분들이 금룡토주를 들고 계셨다는 게 분명히 보이실 거예요. 아무리 여러 해 전 일이라 해도 본인이 뭘 드셨는지 모르시지는 않겠지요?" 여자가 말했다.

즈신이 여자만 들을 수 있을 정도로 목소리를 낮춘 채 말했다.

"여기 계신 분들이 폭로하지 않으셨으니 다행이지, 안 그랬으면 그분에게 아주 성가신 일이 생겼겠네요."

"물론이죠. 저희 VIP이신데요! 선생님 같은 그분의 친구분들도 아무 말씀 안 하시는데, 저희가 왜 저희 귀찮아질 일을 하겠어요? 공개되면 그분만 저희 집에 안 오시는 게 아니라, 선생님들도 오시지 않을 텐데요. 그게 얼마치 장사인지 아세요?"

"안심하십쇼. 저희는 계속 올 겁니다. 그 리사오룽이라는 요리사가 예전에 여기서 일했던 기억이 나는군요. 직접 나와서 저희와 인사도 나눴죠."

여자가 눈썹을 추켜세웠다. "그랬나요? 왜 저는 기억이 없죠?"

접대원은 드디어 이 남자가 원후의 친구가 아니라, 정보를 캐러 온 사람이라는 것을 눈치챈 듯했다.

"그래서 그 사람이 경찰에 체포되는데도 여기 분들은 수수방관하셨던 거군요."

"마지막에는 풀려났잖아요! 저희 처지에서 한번 생각해보세요. 저희는 그냥 월급 받고 일하는 사람들입니다. 먹여 살려야 할 가족이 딸려 있다고요. 그 많은 사람을 죽일 만큼 독하고 무자비한 사람이 있다고 쳐요. 저희가 뭘 할 수 있겠어요? 저희가 왜 화를 자초해야 하는데요? 저희한테 무슨 일 나면, 누가 저희 가족을 돌봐준답니까?"

74

다시 접견을 하러 온 조직폭력단 전담 변호사는 쩡상원에게 구치소 생활은 할 만한지 물은 뒤 본론으로 들어갔고, 십오 분으로 제한된 접견 시간 중 남아 있는 십사 분을 잘 활용했다.
"제 도움이 필요하신 일이라도 있습니까?"
쩡상원은 조직이 자신에게 특별히 관심을 쏟고 있는 게 아니라 법정에 설 사람이 입을 함부로 놀릴까봐 걱정하는 것임을, 그러므로 아직 자신에게 이용 가치가 있다고 판단하고 있음을 분명히 알았다.
자신과 쓰우 집안이 관련되어 있다는 사실을 확인한 뒤부터, 쩡상원은 내내 그 집안사람들의 동향을 예의주시해왔다. 주시하지 않을 수 없었다. 한가족이어서가 아니라, 본인이 강제로 쓰우 집안의 유전자를 갖게 된 사람이기 때문이었다.
쓰우는 사회적으로 조용히 사는 집안이어서 시사 뉴스에는 등장하지 않았다. 그러다가 일전에 집단 중독 사건이 일어나고 나서야 이 집안이 홍콩 카오룽반도와 신계 지역에 상당한 부동산을 소유하고 있다는 사실이 밝혀졌다.

그 일이 터지고 나서 두 달여가 지난 뒤, 이번에는 자신이 경찰 때문에 귀찮은 일에 휘말렸다. 이게 우연이라니, 그걸 다 믿을 수는 없었다.

"감옥에서 들었는데 일전에 일어난 쓰우 가문 집단 중독 사건이 꽤 흥미롭더군요. 관련 기사 좀 스크랩해서 보내주실 수 있겠습니까?"

교도관이 그와 변호사의 발언을 기록하고 있었으므로 둘은 매우 신중하게 대화를 나눴다. 쩡상원은 교도관이 자신의 말뜻을 알아들었으리라 생각하지는 않았다. 어차피 쓰우 가문은 그의 사건과 무관한 집안이었다.

하지만 변호사는 그가 한 말의 진짜 의미를 알아들었을 것이다.

'이번 일, 어쩌면 쓰우 집안사람과 관련되어 있을지도 모릅니다. 제대로 좀 찾아봐주십쇼.'

75

비록 병원에 누워 있는 처지이기는 해도 최고급 일인실의 창밖에는 탁 트인 풍경이 펼쳐졌고, 창을 통해 카오룽반도와 홍콩 전경을 내려다볼 수 있었다. 아침이면 새소리도 들리고, 매일 병문안을 오는 쓰우셰우이와 즈후이가 그를 데리고 햇볕을 쬐러 나가기도 했다. 그럼에도 쓰우원후는 자신이 감옥, 심지어는 지옥에 갇혀 있는 것만 같았다.

그는 사이위에 있는 집에서 고개를 들면 보이던 솔개가 그리웠다. 그가 동경하는 건 솔개의 자유로운 삶만은 아니었다. 먹이사슬의 꼭대기에 자리해, 누구도 대적하지 못하는 그 녀석들의 위치 또한 부러웠다.

나중에 쓰우즈신이 다이파이동 음식을 들고 한번 더 병문안을 왔다. 오랫동안 맛보지 못한 길거리 음식이었다. 세우이는 남편이 아무거나 입에 대는 게 싫다며 곁에서 같이 먹지 않고 자리를 떴다. 식사는 원후와 즈신 단둘이 함께했다.

"내가 대신 들어줬으면 하는 이루지 못한 소원이라도 있어?" 즈신이 친절하게 물었다.

"아주 단순한 건데, 네가 쓰우 집안으로 돌아와주면 좋겠다." 원후가 힘없이 말했다. "내가 예전에 쓰우 집안사람이 아니었다는 사실 알고 있니?"

"알아."

"그때는 정말 가진 게 없었어. 거리를 떠도는 아이들과 다를 바 없었지. 그러니 자연히 인생 목표라는 것도 없었는데, 쓰우 가문이 내 삶의 목표를 찾아줬어. 혼자 힘으로 이 잔혹한 세상에서 생존하는 건 너무 고생스러운 일이야. 비빌 언덕이 있어야 괜찮은 삶을 살 수 있단 말이지. 누구나 다 부러워하는 막강한 배경을 가진 쓰우 가문 사람으로 태어났으면서, 왜 이걸 포기하려는 거냐?"

즈신은 그 말에 회의적인 듯 보였다. "하지만 형의 세상에 있는 거라곤 가문뿐이잖아. 형 자신은 없지."

"쓰우 가문이 나고, 내가 쓰우 가문이야. 뭐가 더 필요하지?"

"형은 쓰우 가문의 우두머리라 그렇게 말하는 거야. 다른 쓰우 집안사람들은 모든 걸 쓰우 집안의 허례허식에 맞춰서 생각해야 해. 자기 자신이라고는 없이."

"그게 뭐가 나쁜데? 쓰우 가문 규율에 복종하면 평생 근심거리가 없어. 즈아이를 좀 봐라. 아무 걱정 없이 계속 진학해서 석사학위 받고 박사 과정을 밟고 있잖아. 다른 젊은 애들처럼 주거 문제로 골머리 썩을 일도 없고, 평생 일 같은 거 안 해도 여기저기 여행 다니면서 자유로운 인생을 살 수 있는데."

"즈아이가 경제적으로 자유로운 삶을 살 수 있다는 거, 동의해. 하지만 쓰우 가문엔 금전적 지원 외에는 아무것도 없어. 고급 음식을 제공하는 거대한 철제 우리와 다를 바 없다고. 모든 곳에 규율이 차고 넘쳐. 그러니까 쓰우 가문에 데릴사위로 들어온 남자들이 하나같이 불행한 거고, 애도 딱 한둘만 낳고 끝내는 거야. 이런 대가족이 어디 있어?"

원후와 즈신은 생각이 달라도 너무 달랐다. 그날 밤 두 사람은 불쾌한 기분으로 헤어지는 데까지 이르지는 않았지만, 헤어질 때 아쉬움이 남지도 않았다.

사흘이 지나갔다. 원후는 즈신의 그림자조차 다시는 보지 못했고, 즈아이도 병문안을 오지 않았다. 심지어 문자에 답변도 하지 않았다. 즈이가 그런다면 딱히 이상할 것도 없고, 아쉬울 것도 하나 없었다.

즈신과 즈아이의 행동이 심상치 않았다. 원후는 뭔가 이상한 낌새를 눈치챘다.

76

매일 밤 10시가 되면 쓰우즈신은 리오를 데리고 산책에 나선다. 요 털 뭉치 녀석은 정해진 노선 없이 주인이 가는 대로 뒤를 따른다. 그런데 다른 개를, 심지어 서로 엉덩이 냄새를 맡아본 적 있는 친구를 만나면 가던 길을 멈추고 상대와 인사를 나눈다. 그럴 때는 즈신도 리오가 가고 싶은 길을 선택할 수 있도록 녀석의 뜻에 따른다.

하지만 이날 밤 즈신은 리오의 뜻대로 노선을 바꿀 수 없었다.

치서우런이 검은색 자가용을 몰고 록킹완까지 왔다. 차는 즈신의 집에서 도보로 이 분 거리에 있는 눈에 띄지 않는 곳에 세워두었다.

와본 적 없는 곳이어서 그런지 리오는 걸음을 멈추고 여기저기 냄새를 맡으며 제대로 탐색해보고 싶어했다. 하지만 목줄에 강제로 끌려가고 말았다.

즈신은 자신과 리오가 같은 부류라고 생각했다. 둘 다 삶에 대하여 나름대로 주관이 있고 자신의 길을 가고 싶어한다. 그렇지만 결국에는 지금처럼 가고 싶지 않았던 방향으로 끌려가고 만다.

치서우런의 차 안에는 책을 읽을 수 있도록 조명이 켜져 있었다. 치서우런은 독서를 하는 와중에도 즈신과 리오가 오는 모습을 곁눈질로 보고는 차문을 열어주었다.

"자네, 뒷좌석에 앉아."

'둘'이 아니라 '자네'라고만 했다.

치서우런은 리오와 인사를 나누지 않았다. 즈신은 그가 동물을 좋아하지 않나보다 생각했다.

치서우런이 차문을 닫자, 차 안이 세상과 단절되었다.

"그날 진술 내용을 찾아봤는데, 쓰우원후는 분명히 일월루에 가본 것 같기는 하지만 기억나지는 않는다고 했어. 복어튀김을 먹어봤는지도 기억이 나지 않는다더군. 연회 업체 사장이라는 정진창인가 하는 사람도 그렇게 진술했고. 금룡토주는 자기가 원후한테 추천한 메뉴였다고도 했더라고."

즈신은 리오와 눈빛을 교환했다. 사람들이 반려동물을 좋아하는 이유는 그들은 사람을 속이지 않고 영원히 진심을 다하기 때문이다.

"방금 아는 요리사에게 가서 물어봤는데, 리사오룽은 일월루를 그만두고 나서 별 고민 않고 곧바로 정진창 사장의 연회 전문 업체에 들어갔대요. 업계 사람들은 스스로 자기 가치를 낮춘 것 아니냐며 다들 비웃었다고 하더군요."

"그러니까, 겉으로는 원후가 먼저 정진창 사장에게 연락했고 그 사람이 복어튀김을 추천한 건 맞지만, 복어튀김은 최근 몇 년간 사장이 고객들에게 자주 권하던 음식이었으니 원후의 예상 시나리오에 있었다는 거군."

"맞아요. 사실 이렇게 복잡한 계획을 세우려면 날짜와 장소를 정확히 알고 준비해야 해요. 그게 가능한 사람은 당연히 쓰우원후였을 거고요."

"나는 경찰이기 때문에 자네와는 달라. 누구에게서도 혐의를 쉽게 배제할 수 없어. 자네도, 원후도 포함되지. 다만 나는 여전히 쓰우원후가 살의를 품은 이유가 짐작되지 않아. 돈도 있고 권력도 있고, 쓰우 가문에서 그의 지위에 도전할 수 있는 사람도 없잖아."

즈신은 쓰우 집안에 밖으로 공개할 수 없는, 인륜에도 위배되는 일들이 산더미처럼 쌓여 있다는 사실을 치서우런보다 훨씬 더 잘 알고 있었다. 뿐만 아니라, 자기 자신이 그런 일에 발을 하나 걸치고 있다. 그러나 즈후이가 원후의 아들이 아니라 해도, 원후가 그 많은 사람을 죽여야 할 필요는 없었다.

물론 이 부분까지 치서우런에게 알릴 필요는 없다.

소거법을 이용한 뒤 최신 정보까지 더하면, 원후가 살인을 저지를 동기는 딱 하나만 남는다.

"자기 아버지의 만행을 숨기려고 쓰우 집안사람을 거의 남김없이 죽여버릴 사람은 아닙니다. 그건 합리적이지 않아요."

"무슨 말인지 알겠어." 치서우런이 무거운 숨소리를 내며 차문을 열었다. "자네는 개랑 산책이나 계속하러 가. 증거는 내가 찾을 테니."

77

쩡상원은 구치소에 이 주 넘도록 갇혀 있는 동안 규칙에 따라 매일 아침 6시에 일어나 밤 10시면 잠자리에 드는 생활을 하다보니, 보육원에서 보낸 어두운 나날이 떠올랐다.

어린 시절의 숨막히던 혈투장을 떠나 바깥세상에서 십수 년을 돌고 돈 끝에, 그는 결국 구치소로 보내졌다. 심지어 이보다 더 엄혹한 감옥으로 보내질 예정이었다. 자유를 잃어야만 하는, 어떻게 해도 도망칠 수 없는 운명을 타고난 것만 같았다.

교도관이 방에서 나오라고 했을 때, 그는 조직폭력단 전문 변호사를 만나게 될 줄 알았다. 그런데 교도관은 뜻밖에도 그를 회의실로 데려갔다. 그 안에는 한 남자가 앉아 있었다. 평상복 차림이었지만, 경찰 냄새가 나는 그 남자는 왼쪽 눈이 부자연스러워 보였다.

〈애꾸눈 명수사관〉은 텔레비전에서 재방영할 때마다 몇 번을 봤는지 셀 수 없을 정도로 많이 봤다. 이야기에 비합리적인 부분이 많기는 했지만, 쩡상원은 생사에 초탈한 의리파 주인공에게 무척이나 동질감을 느꼈다.

눈앞의 이 사람이 바로 그 유명한 영화 속 주인공의 실제 모델이라는 생각이 들었다. 하지만 이름은 기억나지 않았다. 내 사건이 어떻게 저 사람 손에까지 갔지? 저 사람은 최근에는 미제 사건만 수사하는 것 아니었나?

"정보과의 치 경위입니다." 형사가 자신을 소개했다.

"저 형사님 압니다. 애꾸눈 명수사관, 치서우런 형사님이시군요." 쩡상원은 문득 그의 이름이 머릿속에 떠올랐다. "어째서 정보과에서 절 찾아오셨는지요? 저를 다른 죄명으로 추가 고발하시려는 겁니까? 아니면 저와 뭘 교환하고 싶으신 건지요?"

쩡상원이 이런 질문을 던진 까닭은 경찰이 체포된 피의자에게 거래를 제안해올 때가 있기 때문이었다. 피의자가 경찰에 협조해서 소속 파벌 내부와 관련된 정보를 흘려주고 경찰이 폭력 조직의 고위급 인사를 체포하는 데 협조하면 감형을 얻어낼 수 있었다. 심지어 증인보호 프로그램의 도움을 받아 업계를 완전히 떠나서 이름을 바꾸고 해외에서 새로운 삶을 살 수도 있었다.

그렇지만 범죄 조직은 이런 첩자를 용인하지 않는다. 그들의 도덕 기준에 음란, 도박, 마약, 살인, 방화, 간음, 약탈은 받아들일 수 있는 행위지만 소속 파벌과 식구들을 팔아넘기는 건 극악무도한 짓거리다.

쩡상원은 애꾸눈 명수사관이 '소속 파벌의 정보를 흘려주면, 당신의 마약 밀매에 대한 고발 건을 취하하고 마약은닉죄로 바꿔주겠습니다. 빠르면 몇 개월 안에 보석으로 풀려날 수 있을 겁니다'와 같은 말을 해주기를 바랐다. 딱 한 번뿐이었지만, 경찰과 거래해본 경험이 없는 것도 아니었다. 하지만 그때 넘겨준 건 조직 내 적대적인 파벌에 관한 정보였다. 자기가 속한 파벌의 정보를 흘렸다가 들키기라도 하면 매우 심각한 결과가 초래될 것이다. 경찰의 증인보호 프로그램으로 영국에 보내지고도 현지 살인 청부업자의 손에 총살당해 결국 죽음을 면치 못한 내부 첩자도 있었다.

"우리는 그쪽을 의심하고 있습니다……" 애꾸눈 명수사관이 테이블에 구강 DNA 샘플 검사 키트를 올려놓더니 그에게 들이밀었다. "한 강간 사건 수사차 그쪽의 DNA가 필요합니다."

쩡상원의 눈이 휘둥그레졌다.

"뭔가 착오가 생긴 것 아닙니까? 난 내 물건 하나 통제하지 못해서 여기 들어와 있는 게 아니란 말입니다." 유흥업소 책임자이다 보니, 수단 방법을 가리지 않고 알랑방귀를 뀌는 인간이라면 남녀를 가리지 않고 차고 넘쳤다. "전 늘 여성을 존중해왔습니다. 제 발로 찾아온 여자들만 해도 부지기수예요. 키 165센티미터 이하와 허리둘레 26인치 이상은 제가 다 사양할 지경이었죠. 그런데 강제로 여자를 어떻게 할 필요가 있었겠습니까?"

"착오는 없습니다. 당신 이름은 쩡상원이죠. 이 사건의 피해자는 나이가 쉰이 넘은 여성이고요."

더는 가만히 있을 수 없었던 쩡상원은 자리에서 일어나 치서우런을 가리키며 욕을 퍼부었다. "이런 제기랄, 짭새 새끼들이 만만한 사람에게 죄를 막 뒤집어씌우는군. 내가 어떻게 할머니를 건드리나? 내 변호사나 불러와."

애꾸눈 명수사관은 두려워하는 기색이라고는 없이 꼼짝도 하지 않았다.

"당신 변호사가 지금 당신이 여기 있다는 사실을 알고 있다고 생각하나? 변호사가 당신을 만나러 시체안치실로 가게 하고 싶지 않으면 고분고분 협조해야 할 거야. 샘플 채취를 빨리할수록 빨리 돌아가서 쉴 수 있어."

제15장

78

후회에는 두 종류가 있다. 하나는 잘못된 결정을 내려 잘못을 저지른 것에 대한 후회. 다른 하나는 잘못을 저지른 것에 대한 후회가 아니라, 잘못을 저지르고 일을 제대로 처리하지 못한 것에 대한 후회다.

쓰우윈후의 후회는 두번째에 속했다.

삼십여 년 전, 윈후와 그의 아버지는 종종 황 선생과 함께 엘리베이터에 탔다. 그때마다 윈후의 눈에는 황 선생을 위아래로 훑어보는 아버지의 모습이, 특정 부분이 불룩 불거진 그의 바지가 보였다. 자신의 생각이 아버지로부터 유전된 것이라면, 아버지가 황 선생을 보며 무슨 생각을 하는지 대충 알 수 있었다.

아버지는 담배를 태운다고 매일 밤 9시면 밖에 나갔지만, 몸에서 담배 냄새가 나지 않은 지 오래였다. 집안에서 나는 담배 냄새는 아버지가 오랫동안 실내 흡연을 한 탓에 밴 것이었다. 아버지가 잡동사니를 치우면서 냄새를 쉽게 빨아들이는 점퍼, 옷가지, 침대 시트, 커튼 등을 하나하나 새로 바꾸자 냄새는 차차 사라졌다.

아버지는 뜬금없이 담배를 끊었다. 그건 잘된 일이었다. 원후는 더이상 간접흡연을 하지 않아도 되었다.

원후는 아버지에게 여자가 생긴 건 아닌지 의심했다. 남자가 담배 태우는 걸 싫어하는 여자들도 많기 때문이다. 그래서 원후는 아버지가 외출할 때마다 몰래 뒤를 밟았다. 아버지가 만나는 여자가 자기가 아는 사람인지 알고 싶었다. 설사 아는 사이가 아니라 해도 어떻게 생긴 여자인지, 어떤 사람인지 알고 싶었다. 원후는 죽치고 앉아서 마작이나 하는 계모를 맞이하고 싶지는 않았다. 학교에는 그런 엄마를 둔 친구들이 아주 많았다. 세상에 오로지 144개의 마작 패밖에 없고, 마작을 하면 남편과 아들딸과 모든 고민까지도 싹 다 잊어버릴 수 있는 그런 여자들.

원후는 매일 밤 8시 50분이면 집밖으로 나섰다. 다른 동에 사는 학교 친구네 집에서 복습하고 숙제를 할 거라고 핑계를 댔다. 천장이 있는 복도만 지나면 되니 우산도 필요 없었다.

"9시 반에서 10시 사이에 돌아올게요. 오는 길에 야식이라도 사다 드려요?" 원후가 아버지에게 물었다.

아버지는 고개를 내저었다. "너는 네 몸이나 잘 챙겨. 그것만 해도 나는 감지덕지다!"

문밖을 나선 원후는 7층과 옥상 사이의 계단실에 숨어 아버지의 행동을 조용히 관찰했다. 아버지도 같은 계단으로 이동해 6층과 7층 사이에 머무르고 있었다. 그런데 아버지는 담배를 태우는 게 아니었다.

원후는 아버지가 뒤를 돌아보더라도, 심지어 되돌아 걸어오더라도 자신을 발견할 수 없도록, 아버지와 거리를 유지했다.

아버지는 6층과 7층 복도를 오가며 걸어다녔는데, 6층 옆쪽 계단과 중앙 계단에 숨어서 제일 긴 시간을 보냈다. 아무 목적 없이 움직이는 것 같지는 않았지만, 그렇다고 또 무슨 목적이 있는 것 같지도 않았다.

며칠 밤을 기다렸지만 아버지가 누군가와 만나는 모습은 볼 수 없었다. 아버지 친구들이 리이 아파트에 적잖이 살고 있기는 했지만, 그중 6층에 사는 사람은 없었다.

그러나 6층에는 특별한 주민이 한 명 있다. 바로 '리이 아파트의 최고 미녀' 황 선생이었다.

설마 아버지가 황 선생을 찾고 있는 건가?

하지만 어떻게 아버지가 황 선생의 눈에 들었을 수가 있지? 아버지는 글자도 제대로 못 쓰는 무식쟁이인데.

아버지의 '담배 태우러 나가는' 습관은 바람이 불어도 비가 내려도 변하지 않았다. 장마철이 되어도 마찬가지였다. 복도에 찍힌 아버지의 신발 자국이 똑똑히 보였다. 물론 원후의 신발 자국도 찍혀 있었지만, 다행히 아버지는 이를 눈여겨보지 않았다.

어느 날, 원후는 쓰레기통에서 여성의 가느다란 다리 사진이 인쇄된 분홍색 스타킹 포장지를 찾아냈다. 하지만 원후의 집에 여자는 없다.

뉴스를 보면 흉악한 강도들이 범행을 저지를 때 스타킹을 머리에 뒤집어쓴다던데, 그렇다면 아버지가 강도질을 하려 한다는 뜻인가? 그건 불가능하다. 아버지한테는 AK-47 소총이 없다. 아버지한테 있는 거라고는 전동 드릴과 톱 등 강도질을 하는 데 도움이 전혀 안 되는 도구들뿐이다.

그러니 아버지의 행동을 근거로 추리해보면, 목표물이 될 가능성이 있는 건 6층에 사는 황 선생뿐이었다.

이런 미행이 두 달 넘게 이어지던 어느 날, 원후는 아버지가 7층에서 5층까지의 옆쪽 계단실에 달린 전구를 다 빼버리는 모습을 목격했다.

드디어 행동에 나설 거라는 신호였다.

6층과 7층 사이 계단실에서 숨을 죽인 채 몰래 훔쳐보고 있던 원후는, 아버지가 잠옷 차림으로 의식을 잃은 황 선생을 5층과 6층 사이 계단 쪽으로 질질 끌고 가는 모습을 목격했다. 아버지가 황 선생에게 무슨 짓을 하는지 볼 수는 없었지만 추측이 어렵지는 않았다. 초등학교 6학년생도 짐작할 수 있는 일이었다.

원후는 심하게 놀라지도, 아래로 내려가서 상황을 지켜보지도 않았다. 계단 난간을 한 손으로 꼭 쥔 채, 다른 손으로 입을 틀어막고 있었다.

마음의 준비를 하기는 했지만 행동에 나선 아버지의 냉정한 태도와 깔끔한 솜씨는 여전히 충격적이었다. 알고 보면, 아버지가 한 짓은 내장공사와 별다를 바가 없었다. 황 선생은 전동 드릴이나 톱처럼 아버지의 욕구를 만족시켜주는 도구에 지나지 않았다.

아버지는 순식간에 일을 끝냈다. 계단을 오르는 아버지의 그림자가 비치려는 찰나, 깜짝 놀란 원후가 저도 모르게 소리를 지르자 그림자가 잠시 멈칫했다. 그리고 즉시 아래쪽으로 빠르게 도망쳤다.

원후는 한동안 어둠 속에 우두커니 서 있었다. 겁을 집어먹었을 아버지의 표정을 생각하니 저도 모르게 웃음이 터져나왔다.

그러다 생각났다. 황 선생이 여전히 계단실에 있다는 사실이.

점차 긴장이 풀리고, 그 대신 죄책감이 뒤섞인 흥분이 찾아왔다. 그러자 곧장 아랫도리의 형상이 달라졌다.

원후는 어둠 속을 더듬으며 아래로 내려갔고, 칠흑 같은 어둠 속에서 여전히 의식을 회복하지 못한 황 선생을 찾아 손을 더듬었다. 처음 손에 닿은 것은 황 선생의 코였다. 이어서 뭔가에 틀어막힌 입과 가슴까지 끌어올려진 잠옷, 매끄러운 배, 두 다리 사이의 음모와 허벅지가 만져졌다. 이 감촉을 느끼고 있자니 함께 농땡이 치며 어울리던 여학생이 떠올랐다. 하지만 황 선생에게는 성숙한 여성으로서의 매력에 '리이 아파트의 최고 미녀'라는 명성이 있었다. 이 기회는 오늘밤을 놓치면 앞으로 다시는 찾아오지 않을 것이다.

그는 어둠 속에서 황 선생의 몸을 탐색했고, 몇 분 전 아버지가 한 짓을 했다. 원후에게는 오직 한 번뿐인 체험이었다. 그는 오감을 동원해 이 순간을 느꼈다.

한 달여 뒤, 황 선생은 다시는 학교에 나가지 않았다. 그의 어머니는 딸이 이사를 갔다고 했다. 이웃들 사이에서는 이런저런 소문이 떠돌았다. 몇 개월 뒤, 황 선생의 어머니마저 다른 곳으로 이사했다. 중국으로 거처를 옮긴다고 말했지만, 누구도 그 말을 믿지 않았다.

리이 아파트를 수놓았던 황 선생의 전설은 소리 소문도 없이 막을 내렸다. 진실을 아는 사람은 원후와 그의 아버지뿐이었다. 부자 모두 범인이었으니까. 그러나 그 아버지는 몰랐다. 원후가 아버지보다 더 많은 것을 알고 있다는 사실을.

다시 며칠이 지나고, 경찰이 리이 아파트에 포스터를 붙였다. 웬 강간범이 귀가하는 여대생을 성폭행했다는 내용이었다. 누군가 황 선생이 자취를 감춘 건 이 소식과 관련있을 거라고 말했다. 소문을 들은 황 선생이 자신이 목표가 될지도 모른다는 생각에 얼른 이사를 떠났을 거라는 말이었다.

황 선생이 바로 그 피해자일 거라면서, 경찰이 피해자를 보호하기 위해 일부러 거짓 정보를 퍼뜨리는 거라고 말하는 사람도 있었다. 그러나 황 선생 본인이 정말로 강간범의 사냥감이 되었으리라고 믿는 사람은 없었다. 그건 모두가 황 선생에게 품고 있던 아름다운 환상을 처참히 깨뜨리는 일이었다.

또 몇 주가 지나갔고, 경찰은 '화구룽'이라고 불리는 건달을 잡아들였다.

한편 원후는 황 선생의 행방을 알아볼 시간도, 그럴 능력도 없었다. 아버지와 함께 조상을 찾아 사이위로 가서 호적에 이름을 올려야 했기 때문이었다.

알고 보니 원후와 아버지 모두 돈 있는 집안에서 태어난 이들이었는데, 아버지는 첩의 아들이었던 탓에 그간 냉대를 당한 것이었다. 원래는 할아버지와 중매로 만나 결혼한 본부인이 낳은 아들, 즉 원후의 작은아버지가 원래는 쓰우 가문을 이어받아 가장이 될 예정이었다. 그러나 그가 방에서 목을 매고 자살하면서, 원후의 아버지가 할아버지에게 남은 유일한 아들이 된 것이다.

비록 원후의 아버지는 단 한 번도 쓰우 가문으로부터 인정받은 적이 없고 그를 정식으로 집안의 호적에 올리는 일 또한 집안사람들의 반대에 부딪쳤지만, 할아버지의 말 한마디면 끝이었다. 할아버지가 결정한 일에는 누구도 저항할 수 없었다.

◆

쓰우원후의 할아버지 쓰우바이司武白는 대나무처럼 키가 크고 깡마른 분이었다. 흰 당삼*을 걸쳤고 동작 하나하나마다 위엄이 서려 있었다. 그런 할아버지가 사이위의 대저택에서 쓰우원후와 그의 아버지를 기다리고 있었다.

저택의 홀에 들어서자 색이 짙은 중국식 목제 가구가 시야를 가득 채웠다. 원후는 이름을 채 알지 못하는 것들도 있었다.

원후는 곧 정교하고 아름답게 제작된 감실**에 시선을 빼앗겼다. 감실의 윗부분에는 원후 부자가 한 번도 본 적 없는 조상들의 흑백사진이 자리잡고 있었다. 각 사진 앞에는 커다란 향촉과 과일이 놓인 채였다. 향촉에서 피어오른 향이 방 전체를 가득 채웠고, 그 연기는 정교한 두루마리 족자를 거쳐 천장까지 올라갔다.

"조상님들 한 분 한 분께 알려드립니다. 아옌阿炎과 원후 모두 바깥에서 떠돌던 자손들입니다. 이제 조상님들을 뵙고 호적에 이름을 올리고자 돌아왔습니다. 집안의 자손이 번성하고 가문이 번창하도록, 이 두 사람을 보호해주십시오."

할아버지의 목소리에는 존경의 마음이 가득 깃들어 있었다. 할아버지는 두 사람에게 사진 앞에 하나하나 향을 올리고 엎드려 절을 하라고 지시했다.

사진 앞에서 절을 할 때마다 원후는 경건하게 고개를 숙였다. 쓰우 집안이 간직한 오랜 문화적 전통뿐만 아니라, 조상과 자신

---

*   만다린칼라에 매듭단추가 달린 중국 전통 의상.
**   사당 안에 신주를 모셔두는 장.

사이의 깊은 유대를 느낄 수 있었다.

의식이 마무리된 뒤, 할아버지는 둘을 서재로 데리고 갔다.

"쓰우 집안에 후계자가 생겼구나. 밖에서 들어온 탓에 식구들이 좋은 낯으로 반기지는 않을 것이다. 너희들을 싫어하겠지만, 그러면서도 두려워할 것이야. 그러니 그들을 무서워할 필요는 없다. 기억해두거라. 너희들이 진정한 쓰우 집안의 남자들이고, 앞으로 이 가족의 가장이 될 것이니 그들은 너희의 말에 반드시 순종해야 한다는 것을. 그러지 않는 사람이 있으면 가족회의에서 너희가 직접 쓰우 집안 밖으로 내쫓아버려라. 내가 정한 규칙이니, 모든 자손이 다 복종해야 할 것이다."

원후는 할아버지의 말에 몹시 놀라고 말았다. 원후는 평생 다른 사람에게 명령을 내리는 게 아니라, 다른 사람의 말에 순종하면서 살아온 사람이었다.

이어서 할아버지는 두 사람에게 비서와 변호사를 소개해주었다. 두 사람 모두 중년이었다. 비서는 언제든 중요한 지시를 받들 준비가 된 듯 손에 공책을 들고 있었다. 변호사는 눈빛이 날카롭고 기지가 넘치는 사람이었다. 두 사람 모두 자신감과 함께 전문가의 분위기를 풍겼다.

"두 사람은 긴 세월 쓰우 가문을 위해 일해온 아주 충성스러운 자들이다. 무엇이든 전부 잘 처리해줄 거다. 몇 년 후면 저들도 퇴직하겠지만, 그건 아엔 네가 가장 자리를 이어받은 다음이 될 게야."

"그건 언제쯤일까요?" 쓰우옌이 물었다.

"십 년 안에 그리될 거다." 할아버지가 두 사람에게 앉으라고 지시했다.

"제가 할 수 있을까요?" 쓰우옌이 물었다. 원후는 아버지가 이렇게 자신감 없이 말하는 모습을 한 번도 본 적이 없었다. 꼭 어린아이 같았다.

"너희는 내가 정해놓은 대로만 하면 된다. 우리 같은 계층의 사람들은 관계를 아주 중시한다. 특히 가족관계를 중시하지. 진짜 피로 이어진 관계든 의로 맺어진 관계든, 다 마찬가지야. 도와주는 사람이 없으면 어떤 일도 성공할 수 없는 게야. 그러니 사람이 처신을 할 때는 여지를 남겨두어야 하고, 능력이 닿는 범위 안에서 다른 이들을 도와야 하는 것이지. '덕행을 쌓은 집안은 그 복이 자손에게까지 미친다'고 했다. 기억해두거라."

원후와 아버지는 고개를 끄덕였다. 평상시에는 머리를 거치지도 않고 말을 내뱉던 아버지가 할아버지 앞에서는 말수가 줄었다.

"이제 더이상 예전의 너희가 아니야. 지금부터 새로운 삶을 얻는 게다." 할아버지의 눈빛이 매서웠다. 두 사람의 불복종은 용인하지 않겠다는 뜻이었다. "새로운 친구들과 알고 지내야 하고, 그들과 사귀기 위해 노력해야 할 것이다. 너희에게 도움이 되는 자들이 아니라면, 예전에 접촉했던 자들과는 관계를 끊고 과거는 전부 가져다 버려라."

원후와 원후의 아버지는 이때부터 그전과는 천양지차인 삶을 살게 되었다. 먹고사는 일을 걱정할 필요가 없게 되었을 뿐 아니라, 뭘 먹고 마시든 가격을 고려할 필요도 없어졌다. 하지만 다시는 본인이 살고 싶은 대로 살 수 없게 되었다.

원후의 아버지는 더는 여기저기 일자리를 찾아다닐 필요가 없었다. 할아버지는 사람을 소개해주기 위해 아버지를 수시로 데리고 나갔는데, 아버지는 세 사람만 참석하는 가족회의에서 끝도 없이 한숨을 쉬었다.

"그 사람들 앞에 있으면 나는 식견이라고는 하나도 없는 사람처럼 느껴지니, 원." 아버지가 불평을 늘어놓았다. 원후는 속으로 정말이지 쌤통이라고 생각했다. 그러게 누가 내장공사하는 기술자들하고만 어울리면서 헛소리나 하며 살라고 했나? 하지만 이는 원후가 앞으로 마주하게 될 난제이기도 했다.

"식견을 쌓는 데는 시간이 필요하다. 말실수할까봐 걱정되면, 가급적 말을 적게 해서 위엄 있는 이미지를 유지해라." 할아버지는 인생 경험이 풍부했고, 그 과정에서 보고 듣고 해본 일도 많았다. 그래서 한마디 한마디에 권위가 있었다. "너희가 만난 그 나이 많은 숙부들이 말이 적은 이유는 사실 다들 속이 텅 빈 늙은이들이어서다. 입만 열면 바닥이 보이지."

그런 거였구나! 원후가 말했다. "하지만 저는 '침묵이 금이다'를 실천하고 살 수는 없어요. 저같이 젊은 세대에게는 그런 게 통하지 않거든요."

"그렇지. 너는 영국의 기숙학교에 가서 공부를 좀 하거라. 지금 비서가 다 준비하고 있다." 할아버지의 말에 원후는 또 한번 놀라고 말았다. 영어도 못하는데, 어떻게 영국에 간단 말인가? 할아버지는 원후의 의견은 물어본 적도 없었다.

"저는 공부에 소질이 없는데요."

"공부는 꼭 해야 한다. 네가 뭘 공부할 건지는 상관하지 않겠다만 대학은 꼭 졸업해야 해. 공부를 하지 않으면 막돼먹은 놈과 다를 게 없어. 아무도 널 존중해주지 않아."

할아버지가 중학교도 졸업하지 못한 아버지를 빗대어 나무라는 것인지 알 수 없어, 원후는 아버지를 훔쳐볼 엄두도 내지 못했다.

1989년, 정치적 동요 속에서 홍콩의 정세가 불안해지자 많은 홍콩인들이 앞다투어 해외로 이민을 떠났다. 그러자 데이비드 윌슨 홍콩 총독은 로즈 가든 프로젝트*를 발표해 민심을 안정시키려 했다. 이 프로젝트에 2천억 홍콩달러의 예산이 동원되었다. 이 천문학적인 예산 규모는 홍콩을 놀라게 한 것은 물론 중난하이**를 격노하게 했다. 베이징에서는 홍콩 정부가 1997년에 홍콩을 넘겨받은 뒤 중국이 쓸 수 있는 돈을 한 푼도 남겨놓지 않기 위해 비축 예

---

* 홍콩국제공항 건설을 핵심으로 하는 방대한 기반시설 개발 계획으로, 1989년 천안문 사태 이후 홍콩의 미래를 불안하게 바라본 홍콩 시민과 국제 투자자들을 안심시키기 위한 프로젝트였다.
** 자금성 근처에 있는 옛 중국 황실의 정원을 가리키는 말이었으나, 이후 그 자리에 중국 정부 수반의 집무실과 거주지, 고위급 공직자들의 사무실이 들어서면서 '중국 최고위층'을 의미한다.

산을 전부 다 써버리려 한다고 생각했다. 결국 당시 영국 총리였던 존 메이저와 중국 국무원 총리였던 리펑이 '홍콩 신공항 건설에 관한 양해 각서 및 관련 질문'에 서명함으로써, 영국령 홍콩 정부가 미래의 홍콩 특구 정부에 남기는 비축 예산이 250억 홍콩달러 이하가 되는 일은 없을 것임을 밝혔다.

1992년 초, 원후는 경영학 학위를 들고 홍콩으로 돌아왔다. 란터우섬 북부의 개발이 가열되고 있었다. 앞으로 칭마대교가 란터우섬과 카오룽반도를 연결하면, 지하철도 섬까지 연결될 예정이었다.

그의 인생이 그러했듯이, 란터우섬뿐 아니라 홍콩 전체가 천지개벽의 변화를 겪고 있었다. 리이 아파트에서 일어났던 일을 포함한 어린 시절이 전부 한바탕의 비현실적인 꿈처럼 그에게서 점점 더 멀어져갔다. 특히 황 선생에게 한 짓은, 자신이 정말 그런 짓을 저질렀는지 혹은 그 일이 그저 머릿속에서만 존재하는 일장춘몽은 아닌지 의심이 갈 정도였다.

◆

아이는 모르는 게 많다보니 생각이 단순하다. 하지만 성인이 되고 나면 점점 더 생각이 복잡해지고 세밀해지며, 점점 더 겁이 많아진다.

사건이 벌어지고 여러 해가 흘렀어도, 경찰 내 법의학 부서가 유전자분석 기법을 사용해 현장에 남아 있던 정액을 분석하면 성폭행범을 특정할 수 있다는 사실을 원후가 뒤늦게 깨달았듯이.

듣도 보도 못한 이 방식에 원후는 기겁했다. 황 선생의 몸에 자신의 유전자를 남길 때, 원후는 과학기술이 어마어마하게 발전하게 되리라 예상하지 못했다. 경찰에게 잡히지만 않으면 감쪽같이 세상을 속일 수 있으리라 착각했다. 그러나 범죄를 저지르면, 경찰은 언젠가 범죄자가 생각하지도 못한 방법으로 그들을 찾아낸다는 사실을 뒤늦게 깨달았다.

천주교 계열 초등학교에서 교사로 재직했으니, 황 선생은 아마 천주교 신자였을 가능성이 크다. 그렇다면 그녀는 임신중절을 원하지 않았을 것이다. 당시 이사를 간 것도 아이를 편하게 낳기 위해서였으리라.

원후와 그의 아버지는 연이어 황 선생을 성폭행했다. 그렇다면 그 아이는 아버지의 유전자를 물려받았을까, 아니면 원후의 유전자를 물려받았을까?

생물 과목에서는 단 한 번도 낙제를 면한 적이 없었지만, 원후는 성인이 된 뒤에는 항상 생명공학기술 관련 뉴스를 눈여겨보았다. 특히, 유전자 정보를 이용해 용의자를 찾아냈다는 보도는 더 눈여겨보았다.

원후는 수혈도, 건강 검진도 감히 할 엄두를 내지 못했다. 자신이 알 수 없는 경로를 통해 정부가 그의 유전자 정보를 손에 넣기라도 할까봐 두려웠다.

여러 해가 지난 어느 날, 원후는 디스커버리 채널의 한 프로그램에서 줄곧 찾고 싶어했던 답을 찾아냈다. 음경이 버섯처럼 생긴 이유는 삽입 이후 다른 남성이 남겨둔 정액을 쉽게 긁어내서, 여성이 다른 이가 아닌 자신의 아이를 갖게 할 가능성을 높이기 위해서였다.

과학기술의 발전 수준은 이미 원후가 예상한 수준을 한참 앞질러 있었다. 인간의 범유전체 지도가 완성되면서 경찰은 친족의 유전자를 활용해 진범을 찾아낼 수 있게 되었다.

원후가 수혈을 하지 않더라도, 당시 저지른 짓이 들통나지 않으리라 확신할 수 없었다.

자신의 유전자를 물려받은 그 아이는 대체 누구일까? 남자일까, 여자일까? 지금 어디에 있을까? 황 선생 곁에? 아니면 황 선생이 고아원에 보냈을까?

황 선생의 이름을 모르니 더 알아볼 수도 없었다.

1980년대와 1990년대에는 사회가 미혼 출산을 용납하지 않았다. 황 선생은 틀림없이 아이를 어디론가 보냈을 것이고, 그렇다면 그녀에게 물어본다 한들 아이의 행방은 알 수 없을 것이다.

행방은 묘연하나 지금쯤 이미 성인이 되었을 그 아이는 자신의 출생의 비밀을 알고 있을까? 알고 있다면 추적에 나설까?

어디 있는지도 모를 쓰우 가문의 후손은 원후가 가장 걱정하는, 언제든 그의 인생을 폭발시킬 수 있는 시한폭탄이 되어버렸다.

쓰우원후는 또다른 평행 우주에서는 자신이 사건 당시 체포되었으리라 생각했다. 다만 그때는 18세 미만이었으니 아마 1997년 이전에 특별사면되어 출소한 뒤 새로운 삶을 살았을 것이다. 게다가 아들이 귀한 쓰우 집안의 특성상, 자신이 솔직히 잘못을 인정하고 고쳐나갔으면 집안에서는 그를 받아들여줬을지 모른다.

일찍 마주하면 할수록 좋은 과오도 있다. 그래야 비교적 쉽게 신분도 세탁할 수 있다. 중대 사건에는 공소시효가 적용되지 않는다. 그러니 일단 황 선생을 성폭행한 사실이 발각되면 최고의 변호사를 선임해도, 상대가 원후에게 죄를 인정하고 용서를 구하라고만 한대도 최소 오 년은 감옥에 있어야 할 것이다. 반백이 넘은 나이에 그는 가정과 명예와 사회적 지위, 이 모든 것을 남김없이 잃게 될 것이다. 누구도 더는 그에게 기회를 주지 않을 것이다.

그때 아버지나 자신이 황 선생을 죽여버렸다면, 일을 깔끔하게 마무리지었다면 뒤탈은 없었을 텐데.

어째서 둘 다 그렇게 독한 마음을 먹지 못했을까?

당시 벌어진 일을 들킬 수는 없는 노릇이었다. 원후는 진즉에 과거의 자신과 깨끗이 작별했다. 리이 아파트에서 굴러먹던 쓰우원후는 성과 이름이 같을 뿐인 다른 사람이다.

즈후이가 유전자 검사 키트로 가족의 유전자를 검사해보겠다고 했을 때, 그는 더 생각하고 말 것도 없이 일생에서 가장 큰 결정을 내렸다.

외부인들이 쓰우 가문의 유전자를 손에 넣는 일을 영원히 불가능하게 만들겠다.

본인 이외에 쓰우 가문의 유전자를 물려받은 이는 모두 죽어야 한다.

그는 모든 것이 돌고 돈다는 자연의 섭리를 믿지 않았다. 그건 고대 정치인들이 배운 게 없는 백성들을 어르고 달래기 위해, 분수에 맞게 살아야 한다고 그들을 세뇌하기 위해, 그들이 폭력적인 수단으로 문제를 해결할 길을 찾아나서지 못하게 하려고 써먹은 말이었다.

그는 가족 연회에서 쓰우 가문 구성원 대부분을 몰살하는 데 성공했다. 그러나 오랜 세월 놀란 마음을 안고 전전긍긍하며 산 탓에, 몸이 망가져 불치병에 걸리고 말았다. 남은 수명은 겨우 반년 뿐이었다.

79

서니베이 방파제에 차를 세운 쓰우즈신은, 차에서 내리지도 않고 등을 켜지도 않은 채 조용히 창밖 풍경을 응시했다.

바다와 하늘은 온통 칠흑같이 어두워 그 경계를 알아볼 수 없었다. 어쩌다가 한 번씩 날아가는 비행기와, 멀리서 반짝이는 작은 배의 불빛만이 이 끝없는 어둠에 한줄기 생명의 흔적을 선사해주었다.

이곳은 겨울밤이면 너무 추워서 여행객이 많지 않았다.

쓰우즈아이와 치서우런이 뒤이어 차를 몰고 도착했다. 두 사람이 즈신의 차에 오르며 파도 소리와 함께 들어온 차가운 공기는 문이 닫힘과 동시에 순식간에 사라졌다. 차 안의 고요하고 평화로운 분위기는 여전했다. 이건 지금 즈신에게 가장 필요한 것이기도 했다.

즈신은 몰래 녹음한 음성 파일을 휴대전화로 재생했다.

─이야기를 오래 나누시더군요.

아더의 목소리였다.

─그랬지. 하지만 의견이 갈렸어. 즈신이 쓰우 가문으로 돌아올지 생각중이야. 조만간 여자나 하나 소개해주려고 해. 장담하는데 그놈, 집안으로 돌아오면 바빠도 너무 바빠서 그 여자와 자고 나서 침대에서 기어내려올 기운도 없을 거야.

이 말을 듣고 즈아이는 웃음이 나왔지만, 즈신의 심각한 표정에 웃음이 쏙 들어가고 말았다. 즈신은 원후가 자신의 체력을 너무 과소평가한다고 생각했다.

─사립탐정인데, 귀찮은 일이 많아지지는 않을까요?

아더가 물었다.

─그럴 리 없어! 그렇게 똑똑한 놈 아니야. 연예부 기자나 하던 놈이라고. 유명인이나 연예인들 뒤꽁무니나 쫓아다니면서 추문이나 들추던 파파라치 말이야. 언론사가 망하고 나서는 할 줄 아는 것 하나 없는 놈이라 새 직장도 못 잡고. 사립탐정 노릇 한답시고 여기저기 어슬렁거리면서 사기나 치고 다녔지 대단한 능력이

랄 것도 없어. 우리 일 해주기로 한 폭력 조직 쪽은 어때?

—조폭들이 아마 며칠 내에 움직일 테니, 그자들도 공동묘지 밖으로는 나서지 못하게 될 겁니다.

—그건 그렇고, 모든 단서를 다 끊어버리도록 해. 내가 떠난 뒤에도 아무도 자네를 의심할 수 없도록.

—어르신, 챙겨주셔서 감사합니다.

즈신이 휴대전화를 내려놓자 즈아이가 호기심에 물었다.

"'공동묘지 밖으로는 나서지 못하게 될 겁니다'가 무슨 뜻이지?"

"아더가 조폭을 고용해서 가족 연회 때 독을 풀었고, 이제 그 비밀이 누설되지 못하도록 공동묘지에서 그 조폭들을 다 제거하려는 모양이군." 치서우런이 담담하게 말했다. "조폭들은 가족의 정이고 의리고 아무것도 없어. 돈만 되면 부모 형제도 다 죽일 수 있지."

즈신은 그날 일월루에서 원후가 복어튀김을 먹어본 적이 있다는 사실을 확인한 후, 치서우런이 개입해서 병원측으로부터 받아낸 쓰우원후의 혈액 샘플로 유전자분석을 했던 일을 조용히 돌이켜보았다. 환자의 프라이버시가 중요하기는 했지만, 애꾸눈 명수사관이 살인 사건을 조사하겠다고 나선 이상 병원장도 들어줄 수밖에 없었다.

결국 쩡상원과 쓰우원후가 확실하게 부자 관계라는 사실이 입증되었다.

진상을 안 즈신은 원후를 보러 병문안을 갈 마음이 사라졌다.

더는 그의 병세에도 신경이 쓰이지 않았다. 하지만 원후의 침대 밑에 도청 장치를 설치하고, 원후와 아더의 사적인 대화를 엿듣기 위해 여전히 병원을 드나들었다.

어느 젊은 사립탐정이 이런 일을 했다면 즈신은 그에게 '핵심 증인과 물증을 모두 확보한 상황에 도청까지 한다는 건 자신이 없다는 뜻'이라고 이야기해주었을 것이다.

그러나 탐정이 아닌 당사자라면 알 것이다. 쓸데없는 짓처럼 보이는 이 도청 행위는 추리의 정확성을 입증해줄 단서를 찾기 위해서가 아님을. 원후가 과거에 저지른 범죄 행위를 후회하는지, 심지어는 속죄할 마음이 있는지 확인하고 싶어서 한 행동이었다는 사실을.

그러나 원후의 건강 상태가 여전하듯, 그런 기적은 일어나지 않았다.

치서우런은 차문을 열고 나가 바닷바람 속에 조용히 서 있었다. 냉정을 되찾고 싶은 듯했다.

즈아이는 제자리에서 말 한마디 없이, 초점 없는 눈을 하고는 생각에 깊이 빠져들었다.

즈신도 더는 입을 열지 않았다. 다른 사람이 개입하지 않았다면 즈아이는 앞으로도 계속 원후의 거짓말 속에서 살았을 것이다. 독단적이기는 하지만 살 날이 몇 개월밖에 남지 않은 좋은 사람이라 여기며, 원후와의 이별을 안타까워했을 것이다. 지금 즈아이는 이 짐승만도 못한 인간을 미리 마음속에서 죽이고 있는 것이나 마찬가지였다.

80

쓰우윈후가 입원한 후, 쓰우셰우이는 휴대전화를 머리맡에 두고 언제든 병원에서 걸려온 전화를 받을 수 있게 마음의 준비를 하고 있었다.

그래서 잠도 아주 얕게 들었고, 휴대전화에서 맑게 '띵' 소리가 한번 나면 곧 잠에서 깼다.

하지만 오늘 아침 7시 반에 받은 메시지는 와츠앱 메시지가 아니라 문자메시지였고, 병원이나 원후에게서 온 메시지도 아니었다.

―전화 좀 해줘! 즈이.

이 메시지를 받고 덜컥 겁이 난 셰우이는 마음이 조마조마했다. 쓰우즈이는 이 번호로, 이런 방식으로 연락해온 적이 없었다.

셰우이와 즈이 사이의 비밀스러운 연락과 만남은 한 번도 중단된 적이 없었다. 계속 비밀에 부쳐졌을 뿐이다. 예전에 영화배급사에서 일할 때 보던 경우와 같았다. 당시 영화, 드라마, 노래 세 분야에서 모두 좋은 성과를 거두고 있던 젊은 여성 연예인이 공개적으로 남자친구와 헤어졌다고, 앞으로는 친구로 지낼 수도 없게 되었다고 밝힌 적이 있었다. 그러나 사실 두 사람의 관계는 호텔에서 만나는 고정적인 섹스 파트너 사이로 변했을 뿐이었다. 내내 그렇게 지내다가 여자가 새 남자친구를 찾고 난 뒤에야 둘은 갈라

섰다.

예전에는 이게 너무 위선적이라고 생각했다. 헤어지면 헤어지는 거지, 어째서 섹스 파트너로 남겨두려는 거지? 그저 생리적인 욕구를 해소하기 위해서? 셰우이는 나중에야 깨달았다. 생리적인 욕구가 너무도 중요하다는 사실을. 상대를 남자친구에서 섹스 파트너로 강등시켰다는 건 선을 긋는 것과 다름없었다. 우리는 그저 서로가 필요로 하는 것을 상대를 통해 가져가는 것뿐이고, 재결합할 일은 없어. 불꽃이 사그라지고 남은 재는 다시 타오르지 않고, 우리 앞에는 어떤 길도 놓여 있지 않으니 나의 앞날을 망가뜨리지 말아주렴.

셰우이와 즈이의 관계도 이러했다.

셰우이는 즈이에게 정말 좋아한다고 말하지 않았다. 즈이도 즈신처럼 대담하게 자유를 추구했지만, 즈이는 꼴 보기 싫은 친척들을 어떻게 대해야 하는지 즈신보다 더욱 잘 알고 있었고, 못되게 구는 법도 더 잘 알았다. 그는 그런 식으로 친척들이 알아서 거리를 유지하게 만들었다.

자신도 즈이처럼 치 떨리게 싫은 사람이 될 수 있기를 얼마나 바랐는지 모른다.

"무슨 일이야?" 셰우이가 즈이에게 전화를 걸었다. 셰우이는 처음부터 즈이가 쓰우 가문을 독살하는 경사스러운 짓을 저질렀다고 생각했다. 원후만 죽으면, 결국 즈이가 쓰우 가문의 가장 자리를 물려받게 될 테니까. 그의 껄렁껄렁한 성격과는 맞지 않지만,

그 성격이 진짜라고 누가 그러던가? 성격이 변하지 않는다고 누가 그러던가?

"당신, 즈후이와 함께 가급적 빨리 쓰우 가문을 떠나." 즈이의 말투가 너무도 다급했다.

"왜?"

"즈신이 알려줬어."

"네가 즈신과 연락을 했다고?" 셰우이는 즈이와 즈신이 서로를 언급하는 걸 한 번도 들어본 적이 없었다. 둘은 상어와 사자처럼 서로 다른 세계에 사는 이들이었다.

"응."

"즈신이 무슨 말을 했는데?" 저 둘은 내가 둘 모두와 관계를 가졌다는 사실을 알까? 셰우이는 황당무계한 그 일을 돌이키고 싶지 않았다. 그건 어쩔 수 없이 한 짓일 뿐이다.

"쓰우 가문 집단 중독 사건, 원후의 명령을 받은 아더가 조폭들을 움직여 벌인 짓이야."

"어째서?" 원후는 가문의 가장이다. 아무도 그의 지위에 도전할 수 없다. "너희 뭘 착각한 거 아니야?"

"착각한 거 아니야. 경찰이 곧 아더를 체포하러 갈 거야. 즈신이 즈후이한테 그런 꼴을 보여줄 수는 없다고 해서, 지금 내가 당신을 데리러 가려고 해."

쓰우셰우이는 얼른 즈후이를 불러 깨웠지만, 아이는 졸음을 이기지 못해 눈앞이 가물가물했다. 무슨 짓을 해도 일어날 생각이 없었다.

"오늘 토요일이니까, 좀더 잘래요." 즈후이가 불평을 늘어놓았다.

"안 돼. 당장 일어나."

오늘은 셰우이 인생의 또다른 중요한 날이 될 터였다.

즈이의 전화가 앞날에 대한 셰우이의 생각을 바꿔놓았다.

셰우이는 원후가 죽은 뒤에도 즈이와 떳떳하지 못한 방식으로 관계를 유지해나갈 생각이었다. 하지만 쓰우 집안사람들이 반대하든 말든, 셰우이는 즈이와 당당하게 함께하기로 방금 결정했다. 어차피 반대할 가족이라고 해봤자 즈아이 하나뿐이었다.

즈이와의 관계는 셰우이 인생에서 최대 비밀이었다. 이 비밀로 인해, 둘은 다른 사람은 상상도 할 수 없는 견고한 관계를 맺을 수 있었다. 그렇다보니 둘은 서로를 대하는 눈빛도 달랐으며 다른 이에게 발각되기도 너무 쉬웠다.

"어떻게 이런 일이 일어날 수 있지?" 즈이가 셰우이와 호텔 욕조 안에 있을 때 물었다.

"날 믿어. 여자는 이런 미세한 것들을 잘 느껴." 셰우이가 거품을 만들어 즈이에게 던졌다. "여자는 몸의 언어와 표정으로 아기가 뭘 원하는지 알아내야 하니까."

"말이 되는 것 같기도 하네. 즈아이에게도 그런 직감이라는 게 있으려나?" 즈이가 거품을 만들어 셰우이에게 되던졌다.

"당연히 있지. 아이를 낳아본 적은 없다 해도, 직감은 여자의 본능이니까."

그래서 즈이는 즈아이가 나타나는 장소는 될 수 있는 대로 피했다. 피하지 못할 상황이면, 싸움으로 숨겼다. 즈이는 셰우이를 믿었다. 셰우이가 온 힘을 다 쏟아부어 자신을 욕하고 모욕해도 개의치 않을 정도로 셰우이를 믿었다.

딱 한 번 예외는 있었다. 즈이가 생일에 젊고 예쁜 여자 파트너를 쓰우 가문의 대저택에 데리고 와서 놀자, 셰우이는 호되게 야단을 쳤다. 욕지거리를 퍼부었다고도 할 수 있을 정도여서 원후 또한 깜짝 놀랐는데, 그때는 즈이도 참지 못하고 셰우이에게 닥치라고 받아쳤다.

그날 밤늦게, 즈이가 셰우이에게 문자를 보냈다.

— 당신이 쇼하느라 그런다는 건 알고 있지만 아까는 욕이 너무 심했어.

— 네 생일을 축하해주는 나만의 방식이라고 여겨.

셰우이가 답 문자를 보내자, 즈이도 함박웃음을 터뜨리는 표정의 이모티콘을 셰우이에게 보냈다.

즈이는 그후 다시는 여성 파트너를 쓰우 가문의 저택으로 데려와 밤을 보내지 않았다.

셰우이와 즈이 사이에는 많은 비밀이 있었다. 가령, 그들은 아더를 '천씨 노친네' 혹은 '노친네'라고 불렀다. 아더처럼 비상식적으로 원후에게 무조건 복종하는 사람이라면, 틀림없이 원후의 수많은 비밀도 지켜주고 있을 것이다. 여자와 관련된 비밀뿐 아니라, 공개할 수 없는 많은 일들도.

셰우이는 겉으로 티를 내지는 않았다. 하지만 아더처럼 다른 이의 눈치를 잘 보는 사람이라면 셰우이가 그에게 호감 같은 건 갖고 있지 않다는 사실을 분명히 느꼈을 것이다.

81

"쓰우바이 선생은 내게 큰 은인이시다."

아더는 어려서부터 아버지에게서 이런 이야기를 들었다.

중국에서 홍콩으로 밀입국할 당시, 아더의 아버지는 대학생이었지만 광둥어조차 제대로 할 줄 몰랐다. 그러니 영어는 더 말할 것도 없었다.

십여 년 뒤, 고향 말투를 고치지는 못했으나 그는 광둥어를 아주 유창하게 말할 수 있게 되었다. 또한 고생을 참고 견디며, 피곤한 줄도 모르고 야간학교에서 열심히 학업에 매진한 덕에 간단한 영어를 읽고 쓸 수 있게 되었다.

어느 날 신광극장에서 홍콩 월극*계의 유명 배우 신마스쩡과 경극계의 대가 위안스하이가 합동 공연을 펼친 〈화용도〉를 보던 그는, 옆자리에 앉아 있던 또다른 관객과 잡담을 나누기 시작했다. 첫 만남인데도 뜻이 잘 맞았던 둘은 전화번호를 교환했고, 자주

---

*   광둥 지방의 전통극.

연락을 주고받으며 교유했다.

그 사람이 바로 쓰우바이 선생이었다. 재산을 많이 모은 그는 아더의 아버지가 배운 것도 적지 않고 여러 분야에 아는 사람도 좀 있다고 생각했다. 그래서 신문사에서 얼마 되지도 않는 월급을 받으며 편집을 하는 것은 재능을 썩히는 일이라며, 그에게 자신의 집사 겸 개인 비서로 일해달라고 청했다.

큰 공연을 보다가 일자리를 찾다니, 인터넷도 없고 보편적으로 학력도 높지 않았던 시절, 경제 고속 성장 덕에 인재를 찾아다니던 시절에나 일어날 법한 일이었다.

아더의 아버지는 개인 비서가 익혀야 하는 기본 과목들을 공부하면서, 집안의 온갖 잡무를 도맡아 처리했다. 아더는 당시 쓰우바이 선생이 처했던 상황을 돌이켜보았다. 누님과 누이동생이 각각 둘씩 있었으나, 이들 모두 유일한 아들인 쓰우바이 선생을 눈에 거슬려했다. 쓰우바이 선생에게는 믿을 만한 측근이 필요했다. 운이 좋지는 않았지만, 성실했던 아더의 아버지는 자연스레 자신의 가치를 알아보고 고용해준 쓰우바이 선생의 은혜에 보답했고, 일편단심으로 맡은 바 사명을 다했다.

쓰우 가문에서 일을 하기 시작한 뒤 집안의 경제 상황이 크게 개선되면서, 아더의 아버지는 식구들을 호텔 뷔페에 데리고 가기 시작했다.

아더와 그의 남동생 아항은 어려서부터 아버지의 일을 이어받아야 한다고, 쓰우 가문을 위해 일하는 것을 소임으로 여기고 쓰우 가문이 베풀어준 은혜에 보답해야 한다고 교육받았다.

아더보다 다섯 살 어린 아항은 아버지의 사고방식을 따르지 않았고, 그런 전통은 이미 시대에 맞지 않는다고 생각했다. 아항은 고등학교를 졸업한 뒤 장학금을 받아 영국으로 가서 진학했고, 그 후 다시는 홍콩으로 돌아오지 않았다.

장남인 아더는 전통을 쉽게 경시해서는 안 된다고 생각했다. 그는 옛것의 가치를 믿어 의심치 않았고, 거기에는 절대적 복종이 포함되었다.

업무 능력이 제아무리 뛰어나봤자, 현대사회에서는 기껏해야 참모밖에 될 수 없다. 충성심을 바탕으로 주인의 마음을 세심하게 헤아려 온갖 문제를 해결할 줄 알아야만 '심복'이 될 수 있다.

이것이 주인을 모시는 이가 올라갈 수 있는 최고의 경지이다.

쓰우원후는 늘 그에게 쓰우 가문의 유전자에 독이 있다고 불평했다. 즈신은 배신자이고, 즈아이는 말을 안 들어먹고, 즈이는 빈둥대며 놀고먹기나 한다고, 일가가 죄다 죄인들이라면서…… 원후의 생각에 전부 동의하지는 않았지만, 아더는 원후가 시킨 일은 한 번도 거스르지 않았다. 이유를 물어서는 안 되고 오로지 분부대로 행하는 것, 그게 그의 할일이었다. 이는 옳고 그름을 따지지 않는 맹목적인 충성이 아니라 주인의 이익을 최대화하는 길, 노력으로 최고의 심복이 되는 길이었다.

원후가 다른 쓰우 집안사람들을 제거해야 한다고 말했을 때도 그는 반대하지 않았다. 겉으로 드러내지는 않았지만, 아더는 쓰우 집안사람들 여럿이 자신에게 어떤 불만을 품고 있는지 똑똑히 알고 있었다. 그들은 아더가 사사건건 원후의 지시에만 복종하고, 원후를 존귀하게 떠받들고, 시키면 시키는 대로 절대복종하는 것에 불만을 품었다.

아더는 업계 동료를 통해 조폭을 하나 물색했다. 그자가 어느 중개인에게 연락했고, 뒷일은 다른 사람들이 처리했다. 층층이 이어진 이 연락망에 얼마나 많은 사람이 포함되어 있는지 아더 자신도 알지 못했다. 실제로 일을 벌인 사람이 잡힌다 한들, 원후와 본인까지는 추적하지 못할 터였다.

임무를 완수한 지 얼마 지나지 않아 원후의 몸이 망가질 거라고는 생각하지 못했다. 유서에 아더를 해고해서는 안 된다고 지시해두었다고는 하지만, 아더는 쓰우셰우이가 꼭 그 말대로 하지는 않을 거라고 생각했다. 월례 회의를 열 자격이 있는 쓰우즈이도 유서대로 행하지 않을 것이고, 월례 회의를 열 자격이 없는 쓰우즈아이조차 그에 따르지 않을 것이다. 가족 변호사야 자기가 살아야 하니, 틀림없이 저들의 말대로 자신을 희생시킬 것이었다.

아더는 늘 그렇듯 아침 6시에 잠에서 깼다. 쓰우원후의 심복인 그는 아침에 눈을 뜨자마자 화장실에 가는 게 아니라 휴대전화 메시지부터 제일 먼저 살펴본다. 특별히 원후가 보낸 메시지부터 확인하고, 그의 명령을 경청한다.

원후가 입원중이기는 하지만 쓰우 가문은 '특정 상황이나 변화에 얽매이지 않고 원래 하던 대로 한다는 원칙'에 따라 돌아가고 있다. 가령 원후의 친구 집안에 경조사가 생기면 챙겨야 할 예의와 격식을 빠짐 없이 챙기고 있다.

이날 아침 11시, 아더는 한 지역 유지의 장례식장에 가서 쓰우원후를 대신해 허리 굽혀 절을 하고 가족들을 위로해야 했다. 원후는 인간관계가 넓다. 경사에는 예의와 격식만 차리고 참석하지 않아도 되지만, 조사에는 반드시 참석해야 한다.

이것이 쓰우바이 선생이 남긴 가훈이었다.

'경사에 참석해서 자리를 더 빛내준 사람은 기억하지 못해도, 어렵고 힘들 때 도와주고 곁에 있어준 사람은 반드시 기억하게 되는 법이다.'

아더는 8시에 쓰우원후에게 전화를 걸어 그의 상황을 물었다. 만일 원후가 몸이 편치 않다고 하면 장례식 참석을 취소해야 했다.

"난 괜찮은데, 어찌 된 일인지 오늘 아침에는 아내가 문자메시지를 보내지 않았더군."

"깜빡하셨나봅니다. 아니면 아직 일어나지 않으셨겠지요."

"그게 말이 되나? 아침형 인간인데. 그리고 즈아이와 즈신도 스물네 시간이 넘도록 내 문자에 아무런 답이 없어."

암 판정을 받은 뒤 신경질적으로 변한 원후는 누군가 알 수 없는 방법으로 자신이 병에 걸리도록 해코지를 한 것은 아닌지 의심했고, 이상한 잠꼬대를 하기도 했다. "쓰우 가문 사람들은 죄다 죽어야 해." 다행히 들은 사람은 없었다.

"다들 바쁠 겁니다." 아더가 원후를 위로했다. 임종을 앞두고 자신이 잊힐까 두려워서, 친구와 친척 여럿에게 연락해 마지막으로 한 번 더 얼굴을 보려는 사람들이 있다.

갑자기 밖에서 차 소리가 나서 아더가 창밖으로 머리를 내밀어 보니, 쓰우즈이가 차를 몰고 도착한 참이었다.

저자가 이렇게 이른 아침에 무슨 일이지?

더 놀라운 점은 쓰우셰우이와 즈후이가 대저택 입구에서 즈이의 차를 기다리고 있다는 사실이었다.

쓰우즈이와 쓰우셰우이의 사이가 좋지 않다는 사실은 집안에서 모르는 사람이 없는데, 그런 쓰우즈이가 차를 몰고 와서 쓰우셰우이를 데려가려 하다니. 고양이와 쥐가 한 가족이 되는 것만큼이나 수상쩍은 일이었다.

쓰우즈이가 쓰우원후의 대저택 앞 공터로 천천히 차를 몰고 들어왔다. 즈이가 차문을 열어주었는데도 즈후이는 가만히 서 있었다. 쓰우셰우이가 아무리 차에 타라고 일러도 즈후이는 차에 타려고 하지 않았다.

"왜 삼촌 차를 타야 하는데?" 삐칠 대로 삐친 즈후이가 물었다.

"타라면 좀 타." 셰우이는 설명이라고는 없이 명령만 내렸다.

"엄마는 평상시에는 삼촌 욕만 하면서, 지금은 왜 삼촌 차에 타라고 하는 거야?"

이 말에 셰우이는 적잖은 충격을 받았다.

즈이를 욕할 때, 오늘 같은 날이 오리라고 생각이나 했겠나?

자신이 마주하고 있는 것이 바로 인과라는 것이었지만, 그건 너무 늦은 깨달음이었다.

즈후이를 낳지 않았다면 그냥 나 몰라라 하고 휙 떠나버릴 수도 있었을 것이다.

원후가 구제불능의 고집쟁이라는 사실을 깨달았을 때 즉시 결단을 내리고 이혼했다면, 혹은 즈신과 결혼했다면, 또는 계속 회계사무소에 남아 일했다면, 셰우이의 인생은 완전히 달라졌을 것이다.

쓰우셰우이가 아무리 등을 떠밀어도 통통한 즈후이가 꿈쩍도 하지 않자, 그녀를 도우려고 쓰우즈이가 차에서 내렸다. 그런데 셰우이의 시선이 즈이의 왼편을 향하고 있었다.

"사모님, 즈후이와 어딜 가시는지요?" 아더의 목소리였다.

여전히 파자마 차림인 아더가 차 앞쪽에 서서 힘있는 자에게 빌붙은 인간 특유의 표정을 지어 보였다.

"즈후이가 몸이 안 좋아서, 병원에 좀 데려가보려고 해요." 셰우이는 더 생각해보지도 않고 대답했다. 거짓말로 들리지는 않았다.

"왜 구급차를 부르지 않으셨습니까? 즈이 도련님을 부르지 않고 바로 병원으로 가시는 게 더 쉽지 않습니까?" 즈이를 향한 아더의 날카로운 눈빛에는 호의가 담겨 있지 않았다.

말만 번지르르하게 할 뿐 진심이라고는 찾아볼 수 없는 이 후레

자식이 늘 역겨웠던 즈이는, 오래전부터 이 인간을 흠씬 두들겨패 주고 싶다고 생각해왔다. 이 인간이 원후의 살인 도구였다는 사실을 알게 되었으니 더더욱 예의를 차릴 필요가 없었다.

"당신들이 무슨 짓을 했는지 우린 다 알고 있어." 즈이는 빙빙 돌리지 않고 말하면서, 그 김에 아더가 셰우이에게 접근하지 못하도록 시간을 끌었다. "원후는 벌을 받은 거야. 당신도 마찬가지 신세가 될 거고. 곧."

아더는 미간을 찌푸리더니, 잠옷 바지 주머니에 손을 집어넣어 총 한 자루를 꺼냈다. 그리고 양손으로 총을 쥐고 쓰우즈이의 명치를 겨누었다.

머리가 새하얘진 즈이는 순간 어떤 반응도 하지 못했다.

즈이가 막 '당신'이라고 말을 뱉으려는 순간, 아더가 방아쇠를 당겼다.

탕! 총성이 아더의 고막을 세차게 때렸다.

치서우런의 차는 쓰우 가문의 대저택에서 50미터 밖에 세워져 있었다. 쓰우즈신은 특수관계자 신분으로 조수석에 앉아 있었고, 그들 뒤편에서 대기중인 경찰차 세 대는 쓰우즈이가 쓰우셰우이와 즈후이를 데리고 떠나면 쓰우 저택 안으로 들어가 압수수색을 진행하고 집사 천더웨이를 경찰서로 압송해 신문할 예정이었다.

망원경으로 쓰우 집안의 동정을 살피고 있던 치서우런과 쓰우즈신은 천더웨이의 총격에 큰 충격을 받았다. 총기는 이들의 예상

밖이었다.

"총이 어디서 난 거죠?" 쓰우즈신은 손가락에서 힘이 풀려버렸다.

"모르겠어." 치서우런이 무전기로 동료에게 물었다. "봤나?"

"봤습니다. 하지만 저희는 방탄복이 없어서 증원을 요청해야 합니다."

"증원은 개뿔!" 치서우런이 액셀을 밟아 쓰우 저택으로 돌진했다. "내가 총에 맞고 나서 말이야, 어느 외국인 경정이 그러더군. '우리 경찰이 하는 일이나 군인이 하는 일이나 똑같아. 둘 다 죽음과 시민 사이에 서서 희생을 영광으로 여겨야 해. 안 그러면 농장의 동물만도 못한 존재가 되는 거야.'"

관성 탓에 즈신의 몸이 뒤로 쏠려버렸다. "총 갖고 계세요?"

"없어. 오늘 총이 필요할 거라고 생각이나 했겠어? 안에 조폭들도 없는데!"

즈신은 이대로 돌진하는 건 죽으러 가는 것과 다를 바 없다고 말하고 싶었다. "하지만 형사님이 돌아가시면, 형사님이 수사하고 계시던 미해결 사건 세 건은 어떻게 합니까?"

"별수 없지. 그 사람들에게 미안하다고 하는 수밖에. 지금 눈앞에 목숨이 경각에 달린 사람들이 있으니."

천더웨이는 쓰우즈이에게 세 발을 쏜 뒤, 앞을 가로막고 있던, 충격을 받아 얼굴이 새파랗게 질린 쓰우셰우이를 향해 총구를 겨눴다.

줄곧 자신을 꼴 보기 싫어하던 여자였다. 원후가 자신을 더 신뢰한다는 이유로.

주인 원후는 다른 쓰우 가문 구성원들도 전부 죽어야 한다고, 쓰우셰우이와 쓰우즈후이를 포함해 단 한 사람도 남겨서는 안 된다고 말했다.

옳은 일이든 악한 일이든, 아더는 주인이 하는 무슨 일이든 빠지지 않고 늘 함께했다. 경찰은 틀림없이 어떻게 해서든 자신의 자백을 받아내려 할 것이다. 자신에게 유죄를 선고하려 할 것이며, 형기 또한 짧지 않을 것이다. 그렇다면, 꼴 보기 싫었던 인간들까지 다 데리고 지옥으로 떨어지는 게 낫다.

"즈후이, 얼른 도망쳐!" 셰우이가 힘껏 즈후이를 밀자, 어린 즈후이는 고개 한 번 돌리지 않고 바로 대저택을 향해 뛰어갔다.

천더웨이가 쓰우셰우이를 향해 방아쇠를 당겼다. 세 발의 총성이 울린 뒤, 셰우이는 땅에 쓰러져 일어나지 못했다. 그녀의 몸에 생겨난 세 개의 구멍에서 피가 흘러나왔다.

천더웨이가 막 즈후이를 뒤쫓으려는 순간, 돌진해 들어온 승용차 한 대가 2미터 떨어진 곳에 급정거하더니 그의 앞길을 막아섰다.

순식간에 차 밖으로 내린 사람은 애꾸눈 명수사관, 반대편에서 내린 사람은 쓰우즈신이었다. 멀리서 경찰차 세 대도 쫓아왔다.

천더웨이는 그제야 쓰우즈이가 나타난 건 그저 경찰의 작전을 위해 길을 터주기 위해서였을 뿐임을 깨달았다. 하지만 돌이킬 수는 없었다.

주인의 말을 듣고 따르기만 하면 부귀영화를 누릴 수 있다고, 평생 아무 걱정 없이 살 수 있다고 한 번도 의심하지 않았던 그 믿음이 마지막 순간 그에게 지옥으로 향하는 문을 열어주리라고 예상이나 했을까.

탄창 안에 남은 총알은 겨우 두 발이었다. 애꾸눈 명수사관과 즈신에게 한 발씩 선사해줄 수도 있겠지만, 애꾸눈 명수사관은 총알로도 죽일 수 없다는 게 수십 년 전에 증명되지 않았던가. 애꾸눈 명수사관이 넋 놓고 총에 맞아 죽을 리도 없고, 그렇다고 총격을 가해 자신을 죽일 리도 없다. 그는 어떻게 해서든 자신을 체포하려 할 것이고, 경찰서로 압송해 자백을 받아낼 것이고, 법정의 피고인석에 세워 감옥살이를 하게 할 것이다. 무기징역을 선고받고 죽음이 찾아올 때까지.

얼마나 힘겨울까.

그 기나긴 고통이.

천더웨이가 총구를 자신의 입안으로 집어넣자 눈앞의 모든 이가 움직임을 멈췄다.

그들은 자신의 생사가 걱정되는 것이 아니라, 자신이 쓰우 가문의 모든 비밀을 다 떠안고 갈까봐 두려운 것이다.

쓰우 가문의 비밀이 자신의 목숨보다 더 중요해지기 시작한 건 언제부터였을까?

쓰우즈신은 아더의 머리 뒤에서 피가 솟구치는 모습을 보자마자, 땅에 쓰러진 즈이와 셰우이를 향해 뛰어갔다.

착한 사람은 오래 못 살고, 나쁜 놈은 천년을 산다는 말을 자주 들었다. 그래서 즈신은 머리끝부터 발끝까지 즈이의 모든 세포에 나쁜 놈의 유전자가 담겨 있기를, 그가 영혼 깊은 곳까지 악한 인간이기를, 자신이 아는 그 어떤 악당보다 열 배, 백 배, 천 배는 악한 인간이기를 바랐다. 하지만 아더는 잔인하기 짝이 없었다. 두 사람 모두 몸에 세 발의 총을 맞았고 그중 한 발은 머리를 꿰뚫었다. 형을 집행하는 방식이었다.

마지막으로 만난 쓰우셰우이와 불쾌하게 헤어졌던 일이 떠올랐지만, 그녀는 이렇게 죽어서는 안 되는 사람이었다. 셰우이와 함께 영화를 보고 잡담을 나누던 지나간 시간을 떨쳐버릴 수 없었다. 셰우이는 극적인 영화를 좋아했다. 셰우이의 인생도 영화처럼 극적이었다.

즈신은 숨이 붙어 있는 한 '셰우이'라는 여인을 영원히 기억할 것이다.

즈이와 함께 수영장에 갔던 시간도 잊을 수 없다. 몇 주 전의 일이 아니라, 즈이가 언급했듯 둘 다 어린아이였던 시절에 말이다. 그때 처음으로 수영장에 놀러갔다가 물집이 터지는 바람에 즈이는 울음을 터뜨렸다. 마음이 힘들 때도 기쁠 때도 울음을 터뜨리던 녀석은 시간이 흐르면서 그런 면을 감추어버렸고, 사람들에게는 희희낙락 히죽거리는 모습만 보여주었다.

쓰우즈신은 늘 자신이 즈이와 셰우이를 싫어한다고 생각해왔다. 그렇지만 이 순간, 그는 인생에서 중요한 두 가지를 잃었다고, 그 두 가지를 영원히 메울 수 없으리라 생각했다.

딱 한 가지 기쁜 일이 있다면, 즈후이가 머리털 하나 다치지 않았다는 사실이었다. 즈후이는 세우이 앞에 무릎을 꿇고 엎드려 엄마의 손을 잡은 채 목놓아 울었다.

"엄마, 앞으로는 말 잘 들을 테니까, 얼른 정신 차려요. 디즈니랜드에 데려가주겠다고 했잖아요……"

82

뉴스의 첫 소식은 쓰우 가문 총격 사건이었다. 보도에 따르면 이 사건으로 세 명이 사망했는데, 사망자는 38세의 집사, 쓰우 가문의 42세 여성과 35세 남성이었다. 사건 수사는 사이위의 강력수사팀이 맡았다.

두번째 뉴스도 어느 남녀가 해피밸리 묘지에서 피격당했다는 피비린내나는 뉴스였다. 남성 피해자는 45세, 여성 피해자는 39세였는데 두 사람 모두 폭력 조직 출신으로, 현재 경찰 내 '조직범죄 및 삼합회 조사과'에서 수사중이라고 했다.

침대에 앉아 있던 쓰우원후는 마음이 놓였다. 이제 자신을 지목할 수 있는 증거와 증인은 없다. 충성스럽고 믿음직스러운 아더는 목숨이 다하는 그 순간까지 일을 제대로 처리해놓으려고 노력했다.

원래는 아더가 귀찮은 일을 만들지는 않을 거라고 생각했다. 원후가 유서에 '나의 개인 계좌에서 현금 2백만 홍콩달러를 찾아 아더에게 증여한다'고 남겨놓은 것은 충성스러운 그에 대한 고마움의 표시였다. 물론 입막음 비용이라고도 할 수 있을 것이다. 원후는 주즈윈 선생이 그랬듯, 후대에 오명이 아닌 명성을 남기고 싶었다.

아더가 그 돈을 찾으러 갈 팔자가 아니었을 줄이야.

의료진이 일부러 찾아와 원후를 위로했다. 그는 양손으로 받쳐야 할 정도로 쓰라린 눈물을 줄줄 흘리는 척했다.

"저도 이제 곧 그 사람들과 다시 만나게 되겠지요. 어디로 가면 그들을 찾을 수 있을지 다 알고 있습니다. 천국이겠죠."

경찰이 그를 찾아와 신문했고, 자신은 아무것도 모른다고 대답했다. "말기 암 환자인 제가 여러분들을 속일 게 뭐가 있겠습니까. '인지장사 기선야선 人之將死 其言也善'이라고들 하지요. 사람이 죽을 때가 되면 말을 곱게 하는 법입니다."

경찰은 서둘러 철수했다. 해골과 이야기를 나누고 싶은 이는 분명 없을 것이다.

즈아이도, 즈후이도 오지 않았다. 원후는 14평이 넘는 일인실에 오랜 기간 혼자 머물렀다. 썰렁하기 그지없었다. 텔레비전을 끄면 방안에는 의료기기에서 나는 기계음뿐이었지만, 원후는 이미 익숙했다.

마지막에야 그의 주치의가 나타나 위로의 말을 건넸다. "드디어 선생님께 적합한 골수를 이식해주실 분을 찾았습니다."

놀랍기 그지없는 소식이었다. "지금 제 상태가 이런데도 늦지 않은 겁니까?"

"해보기 전까지 확실히 알 수는 없지만, 상황이 좀 복잡하기는 합니다. 선생님께서 그분을 꼭 설득하셔야 합니다."

"저한테 그런 건 일도 아닙니다."

쓰우원후는 돈에 무릎 꿇지 않은 사람을 본 적이 없었다. 어쨌든 원후에게 제일 부족하지 않은 게 바로 돈이었다.

쓰우즈신은 스스로에게 말했다. 이번이 원후와의 마지막 만남이 될 거라고.

얼굴을 보지 못한 이 주 사이, 원후의 낯은 이미 죽은 자의 그것이 되어 있었다. 목숨을 겨우 부지하고 있었다. 다리 한쪽은 이미 관짝에 들어가 있는 셈이었다. 공공병원밖에 갈 수 없는 일반인들은 열 명이 함께 쓰는 커다란 병실에서 사생활도 지키지 못하고 비좁게 지내는 것도 모자라 심지어는 복도에서 자기도 한다. 이 인간쓰레기는 매일 1만 홍콩달러가 넘는 돈을 써가며 일인실에 머물고 있었다. 팬데믹의 파고가 다섯번째로 들이닥쳤을 때는 의료 자원 부족 탓에 수많은 노인이 추위를 무릅쓰고 실외주차장에서 지내기도 했고, 더 끔찍하게는 이미 세상을 떠났으나 안치할 방법이 없어 둘둘 싸매놓기만 한 시신과 강제로 같은 병실에서 지낸 경우도 있었다.

쓰우원후는 양로원으로 보내져 외롭고 의지할 데 없는 노인들과 자리를 맞바꿔야 할 인간쓰레기였다.

"너, 나 엿 먹이려고 의사와 짜기라도 했냐?" 원후가 즈신을 보자마자 물었다. 그의 얼굴에는 죽음의 기운이 감돌고 있었다.

"그러고 싶었는데, 형 주치의가 동의하지 않더군." 즈신이 대답했다. "형을 속였다가 의사 면허 취소될까봐 그런 건 아니고, 그분이 '의사라면 부모의 마음을 갖고 있어야 한다'는 자애로운 정신을 고수하시는 분이다보니까, 형이 개자식일지언정 최선을 다해 구하려고 하시더라고. '아무리 흉악한 호랑이도 새끼는 잡아먹지 않는다'는 말도 있던데, 넌 정말 짐승만도 못한 새끼야."

"자연계의 동물들은 허기가 지면 새끼도 잡아먹는다. 호랑이도 마찬가지지. 너《내셔널 지오그래픽》좀 많이 봐야겠구나!"

"많이 보려고. 나야 새털같이 많은 날이 남아 있지만 넌 아니지. 넌 혼자 여기서 외롭게 죽게 될 거고, 곧장 화장터로 보내질 거야. 남은 뼛가루는 식환서*에 넘겨서 처리할 예정이고. 네 장례식 따위는 치르지 않을 생각이야. 널 쓰우 가문의 묘지에 묻지도 않을 거고. 조상들을 볼 낯도 없는 짓을 저질렀으니 쓰우 가문의 공원묘지에 가족과 함께 묻힐 자격도 없어."

"난 유언장을 작성했어!" 원후가 시체 같은 두 눈을 부릅떴다.

"그랬지. 하지만 셰우이가 죽으면서 즈아이와 내가 네 가족을 책임지게 되었어. 우린 네 장례위원회를 해산시킬 거고, 네가 저

---

*   홍콩 '식품환경위생서'의 약칭으로, 화장터와 납골당도 운영한다.

제15장

지른 그 대단한 짓을 즈후이에게도 알릴 거야."

"네가 감히? 즈후이는 아직 어린애야, 감당 못해."

"난 생각이 달라. 너와 네 아버지와, 네 할아버지처럼 쓰우 가문의 부계 유전자를 물려받은 인간들이 이끈 쓰우 가문에서는 모든 구성원이 다 애처럼 말을 들어야 했지. 가문의 규율 따위로 모두를 통제했고, 생활비로 모든 사람의 마음을 얽어매서 사회에서 필요한 생존 능력까지 잃게 했어. 난 그런 거 믿지 않아. 즈후이도 영원히 아이일 수는 없어. 즈후이가 열다섯 살이 되면, 걔가 받아들일 수 있든 없든 진실을 알려줄 거야. 걔도 이 집안에서 일어난 일을 알아야 해. 이 집안사람들이 얼마나 끔찍한 자들이었는지 알아야 하고, 네가 자신의 아버지가 아니었다는 사실도 알아야 하고, 자신의 친아버지는 사내대장부였다는 사실을, 엄마와 자신을 구하기 위해 기꺼이 목숨을 바쳤다는 사실을 알아야 해. 이 모든 걸 마주할 수 있어야만 즈후이는 성장할 수 있어. 난 자신 있어. 즈후이는 쓰우 가문에서 가장 뛰어나고 가장 정직한 사람이 될 거야."

"난 네가 지껄이는 헛소리에는 흥미도 없고, 그런 거 들어줄 시간도 없다." 원후는 손님으로 찾아온 즈신을 내쫓았다.

즈신은 자리에서 일어나, 죽음이 임박한 이 인간을 내려다보았다.

"쓰우 집안사람들 장례식에 참석해본 지 오래되기도 했고, 원래는 네 장례식에도 가지 않을 생각이었어. 그런데 이번만큼은 예외로 하기로 마음을 바꿨어. 널 제대로 활활 태워서 잿더미로 만들어버릴 거야."

제16장

83

쓰우윈후의 유골함이 쓰레기매립장에 버려지는 모습을 지켜본 후, 쓰우즈신은 회계사를 겸하고 있는 홍 변호사와 함께 쓰우 가문의 재산을 어떻게 나눠야 할지 계산기를 두드리기 시작했다.

원래 홍 변호사에게 즈신이 집안으로 돌아온 뒤의 일을 처리해달라고 지시했던 쓰우윈후는 나중에 이를 철회했다. 즈아이는 생활비를 받는 여성 구성원이었지만 월례 회의를 열 자격이 없었다. 즈후이는 돈을 받는 유일한 남성 구성원이며 장자이자 적손이었지만, 아직은 성년이 아니었다.

현재 쓰우 가문에는 월례 회의를 열 자격이 있는 가족 구성원이 하나도 없다. 이 사실만 떠올리면 즈신은 쌤통이라고 생각했다. 자손을 죽이는 가족에게는 앞날이 없다.

그러나 어쩌면 이 역시 원후가 일부러 싸질러놓은 똥인지도 모른다. 즈후이가 열여덟 살이 되어 월례 회의를 열 수 있게 될 때까지, 쓰우 가문을 우두머리도 없는 혼란스러운 오합지졸로 전락시켜놓으려고 말이다.

이 상황을 몇 년이 지나야만 해결할 수 있다니, 도저히 용인할 수 없다고 생각하고 있을 즈음 뜻밖에도 홍 변호사가 먼저 센트럴에 있는 사무실에서 보자며 전화를 걸어왔다.

"쓰우 가문의 규율은 함부로 바꿀 수 없습니다. 즈후이가 열여덟이 되어 변경하자고 제안할 때까지 기다려야 합니다. 하지만 가문의 규율이야 죽은 것이고 사람은 살아 있으니, 제가 여러분들을 위해 조치하도록 하겠습니다. 분명 잘 처리할 수 있을 겁니다."

이 말을 들은 즈신은 뜻밖의 기쁜 소식에 반색했다. "정말 그렇게 해주실 수 있겠습니까?"

"물론입니다. 저는 산 사람하고만 거래합니다. 쓰우원후 선생께서는 생전 마지막 달에 주식과 펀드, 부동산을 포함한 가문의 재산을 전부 헐값에 팔아넘기라고 지시하시면서 제게 처리 비용으로 1억 홍콩달러를 지급하겠다고 하셨습니다만, 전 동의하지 않았습니다. 그걸 승낙했다가는 저만 귀찮아지거든요. 차라리 앞으로도 몇십 년간 쓰우 가문과 거래하는 게 낫지요."

쓰우즈신은 홍 변호사의 속을 꿰뚫어보았다. 이 베테랑의 입에서 나온 '산 사람하고만 거래한다'는 말은 사실 부는 바람에 갈대 쓰러지듯 쓰러지겠다는 소리였다. 쓰우 집안의 우두머리가 바뀔

판이니, 그렇다면 당연히 새 사람을 지지하겠다는 의미다.

하지만 부는 바람에 갈대가 쓰러진다고, 그게 다 나쁜 일은 아니다. 쓰우즈신은 홍 변호사의 이번 결정이 아주 마음에 들었다.

"변호사님의 전문적인 서비스가 정말 필요한 상황인데, 이렇게 쓰우 가문의 자산을 지킬 수 있도록 도와주셔서 감사합니다." 즈신은 그렇게 말하면서도 본인에게서 나올 것 같지 않은 입에 발린 소리라 생각했다. 즈아이와 팡위칭이 이 말을 들었으면 분명히 폭소를 터뜨렸으리라.

"그게 제 일입니다. 하지만 참 유감스럽게도, 쓰우원후 선생께서 마지막에 저를 우회해 쓰우 가문의 사업을 적잖이 자선단체에 넘기셨습니다. 세상을 사랑해 마지않는 열정적이고 자애로운 자선사업가로 남기 위해 여러분의 이익을 희생시킨 겁니다. 민사소송을 통해 회수해보려 시도할 수도 있겠습니다만 승산도 없을뿐더러, 도리어 사회적으로 쓰우 집안에 대한 부정적인 여론을 일으킬 수도 있습니다. 신중하게 고려하신 뒤 결정하시기 바랍니다."

84

쩡상원은 라이치콕 구치소를 떠나 잠시 자유의 공기를 마시게 되었다. 머리 위로 흘러가는 흰 구름이 마치 얼굴에 웃음을 드러낸 여인 같았다. 특별히 믿는 종교가 없다보니 그 여인이 관세음보살을 더 닮았는지, 아니면 성모마리아를 더 닮았는지는 확신이 서지 않았다.
그를 보석으로 풀어줄 수 있는 자는 대체 누구일까? 꼭 제대로 감사 인사를 해야겠다 싶었다.
라이치콕 구치소 밖에는 같은 조직 내 형제들도, 조직폭력단 전문 변호사도 보이지 않았다. 대신 구치소 안 회의실에서 만난 적 있는 애꾸눈 명수사관 치서우런이 그를 향해 걸어왔다.
경찰이 구치소 밖에서 보석으로 풀려난 사람을 기다렸다가, 다른 죄명으로 다시 체포하는 건 흔한 일이다. 조폭들도 경찰의 이런 수법에 익숙하다. 쩡상원은 경찰이 이번에는 '성폭행'이라는 죄명으로 자신을 체포하리라 생각했다.
감옥살이는 두렵지 않았지만, 그는 자신이 저지르지도 않은 일 때문에 자유를 잃고 싶지는 않았다.
"어떻게 형사님 혼자 오셨습니까?" 그가 애꾸눈 명수사관에게 말했다. "제가 할망구도 그냥 두지 않는 변태라고 말하지 않으셨던가요?"
"그건 오해였고. 지금은 경찰 신분으로 찾아온 게 아니야." 더는 서슬 퍼런 말투로 몰아붙이지 않았지만, 치서우런은 여전히 남은 한쪽 눈으로 매섭게 그를 바라봤다. 그가 쩡상원의 어깨에 손을 올렸다. "따라오시지."
쩡상원은 경찰이 이렇게 수작을 부리는 게 싫었다. 그들의 이런 행동은 상대와의 우호적인 관계를 보여주는 것이 아니었다. 따라오기나 하라는 의미였다.

애꾸눈 명수사관은 그를 검은 미니밴에 태웠다. 앞좌석에는 운전기사와, 쩡상원이 만나본 적 없는 젊은 여성이 앉아 있었다. 앉은 모습으로 보건대 키가 적어도 170센티미터는 되어 보였다. 여자는 고개를 돌려 그를 흘깃 바라봤지만 별말은 하지 않았다. 두 사람 모두 마스크를 끼고 있었다.

차를 타고 가는 내내 아무 말이 없던 쩡상원은 차가 란터우섬으로 이어지는 칭마대교에 진입하자 그제야 입을 열었다. "사이위로 가는 겁니까?"

"그래." 애꾸눈 명수사관이 간단명료하게 대답했다.

"두 분은 쓰우 가문 분들이십니까?"

"그렇습니다." 운전대를 잡은 남자가 말했다. "현재 남아 있는 쓰우 가문의 성인 구성원은 저희 둘뿐이고, 당신이 본인과 쓰우 가문과의 관계를 확인했다는 사실을 알고 있습니다. 전 항렬 따지는 걸 원래 싫어하는 사람이니 그냥 '즈신'이라 부르면 됩니다."

"전 '즈아이'라고 부르면 되고요." 여자가 활달하게 웃었다. "제 이름이 촌스럽기는 해요, 그렇죠?"

쩡상원은 머리부터 발끝까지 한바탕 전기가 흐르는 것 같은 느낌을 받았다. 평생 처음으로 혈연관계인 가족과 나눈 대화였다.

그가 사건에 대해 알고 있는 건 조각조각 흩어진 부스러기들뿐이었다. 일단 쓰우 집안이 대학살을 당했고, 자신은 성폭행범으로 몰려 체포되었으며, 이후 쓰우 가문의 비서가 쓰우 집안사람 둘을 총살했고, 그 집안의 가장은 병사했다. 다사다난했다고 말할 수 있을 텐데 쓰우 가문의 이 두 사람은 너무도 평온해 보였다. 심지어 옆에 있는 애꾸눈 명수사관도 그러했다.

그는 머릿속에서 복잡하게 뒤엉켜 있는 실마리들을 이어보려고 애썼지만 잘되지는 않았다. 확신할 수 있는 건 이들이 악의를 품고 있지는 않다는 사실뿐이었다.

"무슨 일이 일어난 건지 이야기해주실 수 있겠습니까?"

"조금 있다가 처음부터 끝까지 하나하나 알려드리죠." 즈신이 대답했다. "질문에 최대한 대답해드리겠습니다."

즈신과 즈아이가 저택 홀에서 마스크를 벗자, 쩡상원은 그들의 외모를 자세히 뜯어보았다. 이들과 한 테이블에 앉아도 합석한 것처럼 보이지 않을 듯했다. 세 사람에게는 평균보다 키가 크다는 공통점이 있었다. 즈신의 경우에는 그와 키가 엇비슷했다.

즈신이 점심을 준비해왔다. "안심하십쇼. 복어튀김은 없습니다. 아마 모르실 텐데, 실은 제가 십여 년 만에 처음으로 이곳에서 식사하는 겁니다."

"어쩌다 그렇게 된 겁니까?" 쩡상원이 놀라 물었다. "쓰우 가문의 일원이 아니신가요?"

"아주 긴 이야기입니다. 먹으면서 이야기하죠."

탁자 위에 차려진 건 산해진미가 아닌 집에서 만들어 먹는 평범한 음식이었지만, 쩡상원은 가정의 따뜻한 기운을 느낄 수 있었다. 이 자리에 나타나서는 안 될 애꾸눈 명수사관만 빼면 그랬다.

즈신은 쩡상원에게 쓰우 가문의 삼엄한 규율, 자신이 쓰우 집안과 연을 끊었던 일, 쓰우원후가 과거 리이 아파트에서 저지른 범행을 숨기기 위해 몇 개월 전 자기 가족을 대상으로 저지른 소름 끼치도록 냉혹한 범죄를 포함해, 십여 년 사이에 쓰우 가문에서 일어난 일들을 요약했다.

쩡상원은 숨이 턱 막혔다. 즈아이와 애꾸눈 명수사관이 괜히 식욕이 떨어진 게 아니었다.

"치서는 그쪽에게 말해서는 안 된다고 했습니다." 즈신이 말을 이어나갔다. "하지만 전 그쪽이 쓰우 집안의 유전자를 물려받았든 아니든, 그쪽이 어떤 배경을 가진 사람이든, 솔직하게 털어놓고 사죄해야 한다고 생각합니다. 그게 도리니까요."

쩡상원은 그 호의를 받아들이지 않았다. "날 투항시켜서, 당신들을 도와 쓰우 가문의 자손을 번성시켜달라고 찾아온 모양이군요!"

"우리는 윗세대와는 달라요. 그런 생각은 하지 않아요." 즈아이가 서둘러 대답했다.

"맞습니다. 저도 아이를 낳아 키울 생각은 없습니다." 즈신이 말을 덧붙였다. "집안이 이렇게 만신창이가 된 마당에, 집안사람이 되어 조상을 모셔달라고 그쪽을 설득할 아무런 명분이 없네요. 하지만 도움이 필요하시다면 말씀해보시죠. 돈으로 해결할 수 없는 일도 참 많지만, 가급적 제 능력이 닿는 한 그쪽을 돕겠습니다."

"전 정말이지 쓰우 집안으로 들어오고 싶은 마음이 없습니다. 두 분으로부터 금전적 지원을 받을 생각도 없고요. 다만 한 가지 요구하고 싶은 게 있다면 감옥에 가지 않게 해달라는 겁니다. 전

누군가 가져다놓은 장물 때문에 죄를 뒤집어쓴 겁니다." 쩡상원이 자신의 요구 사항을 밝혔다.

즈신이 치서우런을 쳐다봤다. "도울 수 있는 일인가요?"

치서우런이 가볍게 고개를 내저었다. "좀 어렵기는 하겠지만 O기 쪽에 말은 넣어보지."

"도와주시는 데 조건이 있습니까?"

"조건은 없습니다. 전혀요." 즈신이 다급히 손을 흔들었다. "바라는 게 있어 하는 일이 아닙니다. 오히려 그쪽이 저희를 용서해주길 바랄 뿐입니다."

"용서하고 말고가 뭐가 있겠습니까. 두 분이 저지른 짓도 아닌데요." 쩡상원이 어쩔 도리 없다는 듯 말했다. "여러분도 이 집안의 피해자이신 셈이죠."

즈아이가 물었다. "조직을 떠날 수 있겠어요? 여기서 지내면, 매달 생활비를 받을 수 있을 거예요."

"조직은 테마파크가 아닙니다. 들어가고 싶다고 들어가고, 떠나고 싶다고 떠날 수 있는 곳이 아니에요." 쩡상원이 쓴웃음을 지었다. "그렇죠? 명수사관님?"

"그렇지. 조직에서 완벽히 벗어나는 게 감옥에서 나가는 것보다 더 어려운 법이지." 치서우런이 확신에 차서 대답했다.

"손을 씻고 개과천선하는 사람들도 있지 않나요?" 즈아이가 캐물었다.

"그 사람들은 개과천선한 게 아니라 세력을 잃은 겁니다. 다시 말해 이용 가치를 잃은 거죠." 쩡상원이 즈신과 즈아이를 바라보았다. "여러분과는 처음 만났을 뿐이지만 저를 찾아와 모든 일을 솔직히 털어놓아주신 점, 또 저를 기꺼이 받아들이고 도와주시려는 태도에 뭐라 말할 수 없는 기쁨을 느꼈습니다. 또 제가 외로운 사람이 아니라는 사실도 깨달았고요. 열몇 살 때 서로 연락이 닿았다면, 어쩌면 이것저것 더 고려해보지 않고 여러분의 제안을 받아들였을지 모릅니다. 하지만 저는 다른 길을, 되돌아올 수 없는 길을 택했습니다. 제가 그 집안 사람이 되어 조상을 모신다 해도 조직을 떠날 수는 없을 겁니다. 오히려 제 잇속을 챙기려고 저에게 들러붙는 사람만 더 많아지겠죠. 혈통 외에는 여러분과 그 어떤 식으로도 연관되고 싶지 않습니다. 절 이곳에 온 적도, 존재한 적도 없는 사람으로 생각해주십쇼. 그게 우리 모두를 위한 길입니다. 여러분까지 끌어들이고 싶지 않습니다. 제 생모를 끌어들이고 싶지 않은 것처럼요. 제 생모에게는 연락해보셨습니까?"

"정말 죄송합니다만, 연락해봤습니다." 즈신이 미안한 마음을 가득 담아 대답했다.

쩡상원이 미간을 찌푸렸다. "그분을 찾아가서 뭘 하셨습니까?"

"그냥 알려드렸습니다. 그때 당신에게 성폭행을 저지른 자를 찾았다고. 하지만 그쪽의 현재 상황을 밝히지는 않았습니다. 그분은 그쪽이 잘 지낸다고만 알고 계십니다."

"맞습니다. 전 잘 지내고 있어요. 저와 피 한 방울 섞이지 않은 형님이 절 친동생처럼 돌봐주셨습니다. 같은 핏줄인 가족들까지

가만두지 않았던 여러분의 가장, 조폭보다도 더 악랄한 그 사람과는 달랐죠. 하지만 제 형님도, 조직에서 연을 맺은 다른 형제들도 다 비명횡사했습니다. 제 앞에 기다리고 있는 건 피바람뿐입니다. 전 떳떳하게 밖에 나설 수 없는, 영원히 어둠 속에서 살아갈 수밖에 없는 인간입니다."

"아니에요. 당신 친어머니께서 말씀하셨어요. 당신이 어떤 사람이든, 본인의 자식으로 생각하실 거라고요." 즈아이가 울먹였다.

"말씀만 그렇게 하시는 걸 겁니다. 제가 이렇게 악한 사람이 되었을 거라고는 생각하지 못하실 거예요. 전 언제 감옥에 들어갈지, 심지어 언제 길에서 칼을 맞을지 알 수 없는 놈입니다. 그분이 지금 제 상황을 모르신다면, 저에 대해 아름다운 환상이라도 한껏 품으실 수 있지 않겠습니까. 살려니 용기가 필요하고, 그래서 그런 용기를 불어넣어줄 환상이 필요한 사람들이 많잖아요. 지우지 않고 낳은 아들이 이런 꼴이 되었다는 걸 그분께 보여드리고 싶지 않습니다."

"모두가 자기 인생을 선택할 자유를 부여받은 건 아니란다." 쩡상원의 뒤에서 한 여성의 목소리가 들려왔다. "내가 널 낳고, 널 내 곁에 둘 용기가 없었던 것처럼 말이야."

쩡상원이 곧장 고개를 돌렸다. 자애로워 보이는 한 초로의 여성이 관세음보살처럼 그곳에 서 있었다. 두 줄기 눈물이 뺨을 타고 흘러내렸다.

그는 인생의 수수께끼를 풀기 위해 긴 시간을 들여 백방으로 노력했지만, 그 끝에서 자신이 바로 어머니의 비밀이라는 사실을, 자신의 존재가 어머니의 인생에 오점을 뒤집어씌웠다는 사실을 발견하게 될 줄은 미처 생각하지 못했다.

어머니를 찾은 뒤, 그는 어머니의 뒤를 몰래 쫓아다녔다. 어머니와 함께 지하철을 타고 버스에 오르고, 패스트푸드점에서 어머니 근처에 자리를 잡고, 마트에서 장을 보는 어머니를 바라보고, 어머니의 일상의 조각을 하나하나 맞춰보고 어머니가 어떤 사람인지 이해하고 싶었다.

어머니와 함께 대화를 나눌 날이 오기를, 심지어 어머니와 서로를 알아볼 날이 오기를 얼마나 바랐는지 모른다. 하지만 어머니와 자신 사이에는 넘어갈 수 없는 투명한 벽이 있음을 너무나 잘 알고 있었다. 그렇기에 어머니와 단 한 번도 눈빛을 교환해보거나 대화를 나눠본 적은 없었다.

그는 그저 어머니가 잘 살아가기를, 젊은 시절 겪은 비참한 사건과 다시는 마주하지 않게 되기를 바랐다.

할 수만 있다면, 차라리 내가 세상에 태어난 적이 없다면 얼마나 좋을까. 그랬다면 어머니는 이렇게 외롭게, 아들딸 하나 없는 본인의 노년을 마주하며 살아가지는 않았을 것이다.

"내 인생의 가장 큰 한이 있다면, 그건 널 낳은 게 아니라 딱 한 번 흘낏 보고 널 놓아버렸다는 거, 사진 한 장 남기지 않았다는 거야. 얼굴을 한번 제대로 보여줄 수 있겠니?"

초로의 여성은 지난 삼십여 년 동안 그가 듣고 싶었지만, 들을 수 없었던 말을 단 한마디에 농축했다. 그 말 한마디로 두 사람 사이에 존재하는 삼십여 년의 공백을 메워버렸다.

쩡상원은 꿈을 꾸는 것 같았다. 드디어 어머니를 안아볼 수 있었고, 심지어 입을 맞춰볼 수도 있었다.

그는 어머니와 자신이 서로를 인정할 수 있게 되었으니, 죽어도 여한이 없는 인생을 살았다고 스스로에게 말했다.

마음 놓고 감옥에 갈 수 있게 되었지만, 감옥에 가기 싫기도 했다. 어머니 곁에서 오래 함께하고 싶었고, 어머니도 그러시리라 믿었다.

85

쓰우즈신은 쩡상원에게 집안 사람이 되라고 강요하지 않았다. 그러나 쩡상원이 거절하더라도 그를 영원히 포기하지 않을 것이다. 그의 어머니가 그러했듯이.

치서우런이 O기 쪽에 상황을 타진해보았다. O기에서는 쩡상원을 봐줄 생각이 없다며 거절했지만, 그가 경찰에 협조하겠다면 환영한다고 했다. 오염된 증인*이나 중대 정보 제공자가 되어 폭력

• 본래 피고인이었으나 죄를 인정한 뒤 검찰측 증인 신분으로 나서 다른 범죄자를 지목하는 자를 가리킨다.

조직에 관한 정보를 제공해준다면, 이를 대가로 감형이 가능하다고 했다.

"증인이 되지는 않겠습니다. 의리를 중시해서는 아니고, 출소한 뒤에 마음 졸이며 살고 싶지 않습니다." 쩡상원이 대답했다.

"증인 보호 프로그램을 통해 성과 이름을 바꾸고, 홍콩을 떠날 수 있게 도울 수 있네만." 치서우런이 덧붙였다. "누가 얼굴을 알아볼까 겁나서 그런 거라면 꽤 괜찮은 성형외과 의사를 소개해줄 수도 있어. 아마 본인도 본인 얼굴을 못 알아볼 정도가 될걸."

쩡상원이 웃음을 터뜨렸다. "됐습니다. 외국 생활에 적응하지도 못할 거고, 어머니 곁을 떠나고 싶지도 않습니다." 쩡상원이 깊이 숨을 들이쉰 뒤 말을 이었다. "여러분께서 따로 좀 도와주셨으면 하는 일이 있습니다. 여러분 능력 범위 내의 일일 겁니다."

화구룽은 여러 해에 걸친 고된 감옥살이 끝에, 끔찍이도 싫어했던 법정에 다시 섰다.

새로운 증거가 나왔으므로, 판사는 화구룽이 과거 일어난 성폭행 사건의 범인이라는 혐의를 벗을 수 있게 되었다고 선고했고, 이에 따라 법정에서 바로 석방되었다.

화구룽의 대표 변호사는 그에게 억울하게 옥살이를 한 피해자를 대상으로 정부에서 배상을 진행하는 특별 보상 시스템을 마련해두기는 했지만, 이 시스템은 거의 돌아가지 않는다고 알려주었다.

화구룽이 어떻게 할 수 있는 일이 아니었다. 감옥을 떠나 자유의

제16장

공기를 마실 수만 있다면, 단 하루라 해도 그는 더 바랄 게 없었다.

막 예순을 넘긴 화구룽에게는 가족도 친구도 없었다. 위풍당당한 보스가 되는 꿈을 꾸며, 한때 화구룽과 함께 어울리던 열 명 남짓한 건달들은 오랜 세월이 흐르는 동안 감옥의 단골손님이 되거나 길거리에서 혹은 약물 과다 복용으로 죽어버렸다. 어느 한 놈도 예외가 없었다.

한 명의 장군이 전쟁터에서 세운 공은 만 명의 병사가 비참하게 죽은 결과다. 감옥에서 자주 들은 말이다. 건달이라면 누구나 극히 드문 그 한 명의 장군이 되겠다는 희망을 품지만, 누구도 예외 없이 만 명의 병사가 되고 만다.

쓰우즈신은 방청객들 가운데서 판사의 선고 내용을 들었다. 다시 자유를 얻은 화구룽을 바라보고 있으려니, 속에서 복잡한 감정이 느껴졌다. 기쁘기 그지없었지만, 그러면서도 영문을 알 수 없는 공포가 밀려왔다.

화구룽은 다시 자유를 얻기 전 마음의 준비를 조금도 하지 못했다. 다시 자유의 세계로 돌아가는 지금, 그의 전 재산은 교도관이 편지봉투에 넣어준 몇백 홍콩달러의 노임이 전부였다. 모든 게 값비싼 홍콩에서는 저렴한 뷔페식 밥집에서 저녁 한 끼도 사 먹을 수 없는 금액이었다.

화구룽은 감옥에서 삼십 년을 넘게 보냈다. 신용카드, 휴대전화, 악터퍼스 카드, 인터넷…… 이중에서 그가 써본 건 하나도 없다. 그저 감옥에서 텔레비전을 통해 보기만 했을 뿐이다.

감옥의 규정에 익숙해진 이 사내가 너무나도 낯선 세상에 어떻게 적응할 수 있을까?

"다시 자유를 찾으신 걸 축하합니다." 쓰우즈신이 다가가 그를 맞이했다.

"사회복리서에서 나오신 분입니까?" 화구룽의 눈가에 웃음기가 어려 있었다. 하지만 이가 다 빠져버린 그의 잇몸이 즈신의 주의를 더 끌었다.

"아닙니다. 저희는 민간 자선 기구에서 나왔습니다."

즈신은 비영리기구를 하나 설립한 참이었다. 화구룽과 다른 사람의 의구심을 잠재우기 위해, 또 쩡상원이 던진 난제도 해결하기 위해.

자동차 조수석에 앉은 화구룽은 여행객처럼 차창 밖의 익숙하면서도 낯선 홍콩의 길거리 풍경을 지켜보다가 종종 고개를 돌려 어느 건물에 시선을 두곤 했다.

즈신은 화구룽을 데리고 딤섬집을 찾았다. 그는 음식만 게걸스레 먹는 게 아니라, 짧은 치마를 입은 여자들을 보는 시선도 그러했다. 옥살이를 한 삼십여 년 동안, 급변한 건 과학기술만이 아니었다. 바지와 치마 길이도 그러했다. 후자가 그에게는 더 큰 시각적 충격이었고, 어찌할 바를 모르게 했다.

즈신은 그의 흥을 깨뜨리지 않고, 구경할 만큼 구경하도록 내버려두었다. 여자들이 다 떠나고 나서야 화구룽은 제정신을 차렸다.

"세상은 참 많이 발전했는데, 저만 과거에 머물러 있군요."

"아주 빠른 속도로 세상에 적응하실 수 있으리라 믿습니다."

"그러기를 바랄 뿐입니다! 감옥에서 나오기는 했지만 인생이 망가졌으니, 누가 저처럼 전과 있는 사람에게 일자리를 주겠습니까? 가족도 앞날도 없는데, 앞으로 어떻게 살아가야 할까요?" 화구룽의 말에는 절망과 무기력이 가득 배어 있었다.

즈신은 속으로 생각했다. 그걸 해결하기 위해 오늘 자신이 나타난 거라고.

"란터우섬에 있는 한 대저택에서 일 년 전 심각한 살인 사건이 일어났는데, 그 바람에 그곳이 지금도 비어 있습니다. 들어보신 적 있나요?"

"당연히 알죠. 쓰우 가문이 소유한 곳이잖아요. 감옥에서 감방 친구들과 그 사건을 놓고 아주 열띤 토론을 벌였지요."

감옥처럼 쓰우 일가 한 사람 한 사람의 영혼을 가둬두었던 그곳의 용도를, 이제 즈신이 바꿀 생각이었다.

"괜찮으시다면 거기서 지내셔도 됩니다. 저희를 도와 그 저택을 관리해주실 수도 있겠네요. 선생님을 도와 일할 분들을 저희가 좀 더 고용할 수도 있고요. 그분들과 함께 그 저택에 밝은 기운을 좀 불어넣어주시면 좋겠습니다."

즈신과 즈아이는 쩡상원과 상의를 마쳤다. 화구룽은 다른 이들이 그렇듯 세상의 때라고는 묻지 않은 순수한 사람도 아니고, 그렇다고 극악무도한 악한도 아니었지만, 영문도 모른 채 쓰우 가문 사람 때문에 평생 감옥살이를 했다. 지금 쓰우 가문이 화구룽을 위해 해줄 수 있는 일은, 가진 거라고는 아무것도 없는 그가 사이 위의 쓰우 저택에서 지내며 너무도 낯설어진 이 사회에 서서히 녹아들 수 있게, 정상인의 삶으로 돌아갈 수 있게, 뒷일 걱정할 필요 없이 여생을 보낼 수 있게, 편안한 노년을 보낼 수 있게 돕는 것이었다.

"농담하십니까, 제가 무서울 게 뭐가 있겠습니까?" 화구룽이 청년처럼 밝게 웃어 보였다. "아무리 사람 죽어나간 대저택이라 해도 무섭기야 감옥이 훨씬 더 무섭죠."

화구룽은 자신의 가정을 이루고 싶어했고, 집이라고 부를 수 있는 곳을 갖고 싶어했다. 즈신은 화구룽이 안정을 되찾은 뒤 운이 좋으면, 적합한 사람을 만나 평생 한 번도 가져본 적 없는 가정을 꾸릴 수 있을지도 모른다고 생각했다. 그는 따뜻한 가정이 있는 삶을 누려도 되는, 기꺼이 함께 웃음을 나누고 싶어하는 가족을 가져도 되는 사람이었다.

모든 가족이 쓰우 집안처럼 괴물이 되어 구성원을 삼켜버리는 것은 아니다. 불행히도 그런 가정에 머물고 있는 이들이 있다면, 즈신은 그 사람들에게 말할 것이다. 두려워하지 말고, 용감히 저항하라고. 분명히 그 괴물을 거꾸러뜨릴 수 있을 거라고.

작가 후기
정권, 성性, 깊이 파헤칠 수 없는 비밀

    세계 각국에는 이상한 법률이 적지 않습니다. 인도에서는 연을 날리려면 반드시 허가를 받아야 하고, 스위스에서는 군집 동물을 한 마리만 키우는 것은 금지되어 있으며, 아랍에미리트에서는 공공장소에서의 키스가 금지되어 있다고 합니다.

    여성을 차별하는 법률과 관습들도 있습니다. 예를 들면, 한국에서는 남성 호주가 사망해도 가족 중 여성의 상속권을 인정하지 않던 호주제가 백여 년 동안 유지되어오다 2005년이 되어서야 비로소 폐지되었습니다. 사우디아라비아에서는 2016년이 되어서야 여성 운전 금지령이 해제되었습니다. 인도에서는 월경중인 여성을 불결한 존재로 보아 그 기간에 여성을 격리하는데, 자기 집에 머물지 못하고 반드시 밖에 있는 작은 집이나 풀숲에서 머물러야 합니다. 그러다보니 얼어죽거나 뱀에게 물려죽는 여성이 적지 않습니다. 여성을 대상으로 한 이런 불평등한 법률이나 낡은 관습이 21세기에도 여전히 존재한다니, 상상하기 어려운 일입니다.

    홍콩은 아시아에서는 여권 의식이 높은 편입니다. 여성이 결혼을 하더라도 더는 남편 성을 따르지 않고, 대기업의 고위 관리층으로 올라선 여성들도 적지 않습니다. 타이완에서는 '며느리가 참고 견디다 시어머니가 되어서야 한숨 돌리게 되는 경우'가 흔하다지만, 홍콩의 며느리들은 분가해서 시어머니와 따로 사는 경우가 대부분이라 그런 일은 눈에 잘 띄지 않습니다. 그렇지만 국제적인 대도시 홍콩에도 '정옥'이라는 성차별적인 정책이 있습니다.

'정권'이 신계 지역의 원주민에게 다른 홍콩인들보다 우월한 법적 지위를 부여하는 정책인지는 일단 논하지 않도록 하지요. 여러 이해관계가 얽혀 있어 홍콩에서는 민감하다못해 건드릴 수도 없는 이슈이지만, '정권'은 분명 여성차별적입니다. 어째서 아들은 집을 짓겠다고 신청하면 땅값을 내지 않아도 되는데, 딸은 내야 하는 걸까요? 딸은 살 곳이 필요하지 않기라도 한가요? 대영제국은 황위까지 여성에게 물려주지 않았던가요. 홍콩 사람이라면 누구나 다 정권에 대해 알고 있지만, 외국인 친구들 눈에는 정권이 정말 불가사의하게 보인다고 합니다. "말도 안 되는 일이야."

예전부터 늘 정권에 관한 이야기를 쓰고 싶었는데, 어디서부터 시작해야 할지 감을 잡을 수가 없었습니다. 그러던 2019년, '홍콩을 배경으로 한 이야기를 창작한다'는 기치를 내건 추리소설 앤솔러지 『탐정 카페偵探冰室』(2020)에 참여하게 되었습니다.

홍콩을 배경으로 한 작품이란 어떤 걸까요? 단순히 홍콩에서 사건이 일어나기만 하면 되는 걸까요? 홍콩 사람이 주인공이면 되는 걸까요? 저는 홍콩 추리소설을 쓰려면, 오로지 홍콩에만 존재하는 홍콩다운 요소를 제대로 포착해야 한다고 생각합니다.

1. 과거 영국의 식민지였던 홍콩에서는 중국과 영국 양쪽의 문화가 뒤섞인 독특한 문화가 출현했습니다. 이를테면, 홍콩인들은 광둥어로 말할 때도 영어를 섞어서 씁니다.
2. 차찬텡에서 제공하는 다종다양한 음식들처럼, 홍콩은 다원적인 문화를 핵심 가치로 봅니다.
3. 도심에 고층 건물이 즐비하고, 인구밀집도가 상당히 높으며, 집값도 심하게 비싸고 사회 리듬이 빠르다보니 홍콩 사람들은 오랫동안 심각한 스트레스 상태에 놓여 있었습니다.
4. 홍콩 사람들은 표준 운영 절차 SOP, Standard Operating Procedure와 전문성, 효율을 중시합니다. 그래서 종종 인정이 없다는 오해를 받곤 합니다.
5. 퇴직금이 없다보니 홍콩 사람들은 노년에 존엄을 지키며 살기 위해 돈벌이에 매진합니다. 돈은 홍콩 사람들이 떠받드는 신조일 수밖에 없죠.

물론 모든 홍콩 사람이 다 이렇다고 할 수는 없습니다. 이와는 다른 삶을 추구하는 태도를 가진 이들도 당연히 있습니다. 저는 이런 소수파의 이야기를 쓰는 데 더 흥미를 느낍니다.

저는 소재를 찾기 위해 많은 자료를 수집했고, 결국 홍콩중문대학교의 인류학 교수 고든 매슈스Gordon Mathews의 저작 『세계의 중심에 있는 빈민굴: 청킹 맨션Ghetto at the Center of the World: Chungking Mansions, Hong Kong』을 떠올렸습니다. 그는 129개의 서로 다른 국적을 가진 소수 민족이 공존하는 이 건물에서 아주 특별한 저가 휴대전화 중계운송업이 이루어진다고 지적합니다. 남아시아 출신 홍콩 상인들이 중국에서 저가의 휴대전화를 사와서 청킹 맨션에 있는 상점을 통해 도매로 파는데, 아프리카의 상인들이 불원천리 홍콩까지 찾아와서는 이 휴대전화 기기를 구매해 아프리카로 운송한 다음 다시 판매한다는 것입니다. 최고조에 달했을 때는 사하라사막 이남 지역 전체 휴대전화의 20퍼센트가 청킹 맨션에서 운송된 것들이라고 하더군요. 매슈스 교수는 이 때문에 청킹 맨션을 '저가 세계화low-end globalization'의 대표 사례로 봅니다. 자료를 찾아보니 2007년에 〈더 타임스〉는 청킹 맨션의 문화적 다양성과 다양한 민족 사이의 평등을 이유로 들어, 청킹 맨션을 '글로벌 통합의 가장 좋은 사례'로 선정기도 했더군요. 그런데 이 어마어마한 일을 홍콩 사람들은 대부분 모릅니다. 관심도 없죠. 자부심을 가질 만한 문화적 정수란 영미권과 유럽 지역 백인의 문화를 가리키는 것이지, 개발도상국과는 관련이 없다고 홍콩 사람들이 생각해온 탓입니다. 소수 민족에 대한 눈에 보이지 않는 차별이 확실히 드러나는 지점이겠죠.

저는 이를 이야기의 주제로 삼아, 홍콩 체류중 프리즘 프로젝트의 경과를 폭로했던 전직 미국 중앙정보국 요원 에드워드 스노든의 사례를 참고해서,* 혁명에 실패한 아프리카 반군 리더가 청킹 맨션에 숨어들어 암시장에서 요리사로 일하며 생계를 유지하던

---

* 스노든은 미국 국가안보국이 국가보안전자감시체계 중 하나인 '프리즘(PRISM)'을 통해 일반인의 개인 정보를 무차별적으로 수집, 도청, 사찰해왔다고 폭로해 엄청난 충격을 몰고 왔다.

중, 불원천리 홍콩까지 쫓아온 조국의 용병에게 살해당하는 이야기 「청킹 맨션의 아프리카 수사자重慶大廈的非洲雄獅」를 썼습니다. 십여 년의 작품 활동 끝에 처음 쓴 추리소설로, 원래는 습작용으로 쓴 작품이었는데 뜻밖에도 큰 사랑을 받았습니다. 많은 사람이, 특히 추리소설 문외한 중에 작품 속의 서술 트릭을 이해하지 못한 독자가 많기는 했지만 이 소설은 2023년에 홍콩에서 뮤지컬로 제작, 상연되었습니다.

『탐정 카페』가 시리즈화되면서 저는 각각 공공주택, 코로나 팬데믹, 지역 커뮤니티의 변천이라는 이슈에 탐정 맥스Max를 주인공으로 내세운 세 편의 작품을 이어서 선보였고, 이 작품들은 탐정 시리즈로 발전했습니다.

비록 네 편에 불과하지만, 사 년 동안 글을 쓰면서 점차 추리소설 창작 기교에 익숙해졌고, 심지어 저의 또다른 시리즈인 '고양이어 인간貓語人'과 결합해, 주인공이 타이완 남부 지방에서 홍콩으로 초청되어 수사에 협조하는 이야기를 쓰기도 했습니다. 단편에서는 충분히 능력을 발휘하기 어려웠던 탐정 맥스에게 더 넓은 공간이 필요했기 때문이었습니다.

마침 세기의 팬데믹이 찾아온 그 시점에, 저는 우울한 마음에 책을 적잖이 읽었습니다. 그중 두 권이 일본 작가 무라타 사야카의 『편의점 인간』과 한국 작가 조남주의 『82년생 김지영』이었습니다. 두 작품에 등장하는 두 명의 여주인공 모두 사회가 여성에게 덧씌운 온갖 성적 고정관념과 규제, 예컨대 분수에 만족하고 본분을 지키며 살아야 한다든가, 남성에게 복종해야 한다든가, 가정에서 제자리를 지켜야 한다든가 하는 것들과 마주하게 됩니다.

현실 사회에서 성 고정관념은 남성을 겨냥하기도 합니다. 가령 외향적이어야 한다든가, 남자다워야 한다든가, 일에 매진해야 한다든가, 여자를 이끌어야 한다든가. 여성에 대한, 남성에 대한 이런 성 고정관념은 세계 각국의 문화 속에 존재합니다. 학술적인 토론을 벌이고 싶지는 않았으나, 추리소설로 써볼 가치는 있는 소재라고 생각했습니다. 머릿속에서 오랫동안 똬리를 틀고 있던, 정권 이야기의 개요가 점차 또렷해지더군요. 등장인물의 외모와 이들의 기능도 하나하나 모습을 갖춰나갔습니다. 예전 동료 중에 정권을 가진 이들이 몇몇 있었습니다. 긍정적이었다고 할 수는 없겠지만, 이들의 경험과 성격이 적잖은 영감을 주었습니다. 정권은 예전부터 민감한 이슈였던 터라 큰 문제를 일으키지 않기 위해, 이야기의 배경을 란터우섬에 자리한 허구의 공간 '사이위'로 설정하고, 허구의 성씨 '쓰우'를 선택했습니다. 정권을 바탕으로 한 가족의 구성원으로 산다는 것이 어떤 것인지 입장을 바꿔 느껴보고 싶어서 자료도 제법 모았습니다. 이밖에, 구체적으로 어떤 부분인지 밝히기는 어렵지만 이 작품에 등장하는 상당수의 세부 묘사 역시 밝히기 곤란한 방법으로 모은 자료를 참고했습니다. 그러므로 허구로 보이는 이야기의 상당 부분이 실은 모두 실제 이야기를 기반으로 한 셈입니다. 원고를 넘길 때, 일부 자료를 볼 수 있는 링크를 본문에 삽입해 편집부와 공유하기도 했습니다. 그렇지만 어떤 세부 묘사가 진짜인지 물어보지는 말아주시기를, 대답하지 않더라도 너그러이 이해해주시기를 바랍니다. 제가 밝힐 수 있는 것은, 이름만 바꿨을 뿐 '록깅완'은 사실 제가 사는 동네라는 것입니다. 리오는 서양인 이웃의 애견으로 품종은 역시나 퍼그이며, 어린이들의 사랑을 한몸에 받으면서 여기저기 돌아다니며 사람들에게 먹이를 받아먹는 녀석이랍니다.

원래 이 소설의 주인공은 '탐정 카페' 시리즈의 주인공인 맥스였습니다. 하지만 이야기의 골격을 완성하고 나니, 맥스가 이 가족의 구성원을 겸하게 되면 그저 위임받고 조사해야 하는 사건이 아니라 자기 가족의 이야기가 되어버립니다. 게다가 본인이 의심까지 받게 되니 이야기가 주는 압박감이 엄청나게 커지겠다는 생각이 들었습니다. 하지만 가족과 관계가 좋지 않은 사람이라면 분명 '가족'과 비슷한 시스템이나 조직도 혐오할 것이고, 대기업이나 기율부대[*] 같은 곳에서 일을 하지는 않을 테니, 퇴직 경찰인 맥스는 이 이야기의 주인공으로 맞지 않겠더군요. 그래서 어쩔 수 없이 쓰우즈신이라는 인물을 따로 만들어야 했습니다.

자유를 추구하는 쓰우즈신은 심지어 직업도 체제를 고발하는 일을 원했고, 그렇기에 각종 문제를 수사하듯 취재하는 기자는 그에게 가장 이상적인 직업이었습니다. 즈신은 이후 재직하던 매체

---

[*] 홍콩의 치안, 사회 안전, 재해 대응 등을 책임지는 정부 조직 중 하나.

가 (다른 이유도 아닌 종이 매체의 쇠락이 원인이 되어) 망하자 그는 자연스럽게 사설탐정으로 직업을 바꿉니다. 현실에도 이런 일이 흔하다고 알고 있습니다. 반면 대기업의 관리직으로 옮길 수 있는 고급 경무직이 아닌 바에야, 맥스 같은 경찰들은 경호원이나 보안요원으로 업종을 바꿔 이직하는 경우가 대부분이고요.

그러나 또하나의 난제가 있었습니다. 이야기 속의 사건이 점점 더 복잡해지면서, 사설탐정 한 사람의 역할이 사설탐정 '업체'라도 대응할 수 없는 수준이 되고 말았고, 따라서 경찰의 도움이 필요했습니다. 그러나 그가 경찰이라는 시스템 속에서 만족하면서, 그 시스템의 규율을 지키며 사는 사람이라면 이야기의 주제와 배치될 상황이었죠.

그래서 이미 세상을 떠난 무미신탐 천쓰치[*]를 참고해 '애꾸눈 명수사관' 치서우런을 만들었습니다. 그는 경찰 제복을 걸치고 있고, 경찰의 자원과 인맥을 동원할 수 있기는 하지만 혼자 움직이며, 예상 밖의 패를 내놓을 줄 아는 사람입니다. 과거에 동료를 구하기 위해 범죄자들과 총격전을 벌이던 중 한쪽 눈을 잃었고, 그

---

[*] 1980년대 초반부터 2000년대 초반까지 활약한 홍콩의 전설적인 경찰로, 1992년에 용의자가 쏜 총에 맞아 심각한 부상을 입었다. 이후 여덟 차례에 이르는 수술 끝에 기적적으로 목숨을 구했으나 심각한 뇌손상으로 미각과 후각을 잃었으며 후유증에 시달렸다. 그럼에도 경찰직에 복귀해 여러 대형 사건을 해결했으며, 그 활약상이 영화와 드라마 소재가 되었다. '맛을 느끼지 못하는 훌륭한 형사'라는 뜻의 '무미신탐(無味神探)'은 이런 사연에서 비롯된 그의 별명이다.

덕에 동료들과 시민들의 존경을 받죠.

추리소설은 무엇보다 사람에 관한 소설이어야 한다고 생각하기에, 캐릭터 구축을 무척 중요하게 여겼고, 곧이어 일본 추리소설계에서 본격과 사회파라고 부르는 요소를 작품에 가미했습니다. 전자가 시대에 발맞춰 발전해가는 과학기술을 통해 추리에 재미를 더해준다면, 후자는 사회의 발전과 맞물리면서 시대의 맥박을 반영하지요. 저는 이 둘을 조합한 처방에 따라 추리소설을 씁니다. '탐정 카페 시리즈'에 게재된 제 단편들 모두 이렇게 조제해서 나온 작품들입니다.

『쓰우 씨는 다 죽어야 한다』도 예외가 아닙니다. 원래 이야기에는 지금의 제1부밖에 없었습니다. 하지만 원고를 완성하고 나자 인물의 입체성이 떨어지고, 이야기가 너무 빈약해서 의외의 재미나 즐거움을 느낄 수 있는 부분이 전무하다는 사실을 깨달았습니다. 이런 작품을 9만 자나 되는 장편소설로 써야 할 필요가 있을까요? 장편은 단편보다 글자 수만 많으면 되는 게 아니라, 단편에 비해 이야기가 기하급수적으로 깊어져야 한다고 생각했습니다.

한 달 넘게 고심한 끝에 제2부의 이야기를 구상했고, 1부도 대폭 수정해서, 1부에 등장한 수수께끼를 새로운 방향으로 비틀었습니다. 분량이 늘어나면서, 핵심적인 수수께끼를 더 깊이 파묻기 위해 훨씬 더 많은 분량을 할애했고, 주인공과 독자가 답을 거의 찾았다는 생각이 들 즈음이면 착오가 있었음을 거듭 깨닫도록 유도하는 방식으로 진상을 끊임없이 반전시켰습니다. 인물의 또다른 면모를 묘사하는데도 훨씬 더 많은 분량을 할애할 수 있게 되었는데, 특히 남녀관계를 묘사한 부분이 그랬습니다.

저는 전작 『멜로디 오브 더 나이트黑夜旋律』에서 인물들의 성생활과 성적 기호를 숨김없이, 그것도 아주 노골적으로 묘사한 바 있습니다. 그 작품을 읽은 뒤 자위를 해야 했다고 솔직히 밝힌 작가 친구들이 한둘이 아니었습니다. 인물의 욕망을 드러내야 하는 소설이었으므로, 함축적으로 쓰는 것이 오히려 위선이었습니다. 『쓰우 씨는 다 죽어야 한다』는 상대적으로 아주 함축적으로 썼는데, 이 장편소설에서는 섹스의 역할이 좀 다르기 때문이었습니다. 많은 사람이 처세를 위해 가면을 쓰고 살지만, 침대로 올라가 알몸으로 섹스를 할 때는 본성을 드러낼 가능성이 높습니다. 혹은 반대로 섹스를 이용해 상대를 속이거나 상대와 거래를 하기도 하죠. 섹스는 매우 은밀하면서도 매우 사적인 행위입니다. 그래서 성적 기호일 수도 있고, 신체 상태일 수도 있으며, 다른 이에게 알릴 수 없는 어떤 관계일 수도 있는, 한 인물이 가장 드러내고 싶어 하지 않는 비밀을 폭로하기에 아주 적합하죠.

'집집마다 힘든 사정 하나씩은 다 있다'라는 옛말처럼, 이 장편 추리소설이 폭로하고자 했던 것은 '쓰우 가문이 공개할 수 없는 비밀들'이었습니다. 독자 여러분이 본인이 나고 자란 가정에서 어떤 역할을 맡고 있든, 『쓰우 씨는 다 죽어야 한다』를 통해 중국인 사회에서 '집'의 기능과 의미를 생각해보실 수 있으면 좋겠습니다.

마지막으로, 『쓰우 씨는 다 죽어야 한다』는 '복수' 3부작의 1부로, 2부인 『복수 여신의 정의』는 이미 원고 수정 단계에 접어들었습니다. 3부도 반 정도는 완성한 상태인데, 2024년에 탈고할 수 있으면 좋겠습니다.

제가 글을 특별히 빨리 쓰는 편은 아닙니다. 그러나 세기의 팬데믹이 찾아온 첫해, 알 수 없는 미래 앞에서 반년이 다 되어가도록 늙은 부모님을 찾아뵙지도 못한 채 엄청난 정신적 스트레스를 견디며 지내던 시절, 유일하게 그 스트레스를 푸는 방법이 바로 소설을 쓰는 것이었습니다. 그렇게 해서 60만 자가 넘는 원고가 쌓였습니다. '탐정 카페' 시리즈에 게재한 단편은 계산에 넣지 않았는데도 말입니다.

출판이 붕괴하는 시대에도, 저는 여전히 책을, 특히 추리소설을 즐겨 읽는 사람들이 있다고 믿습니다. 저와 이 모험으로 가득한 여행을 함께해준 가이아 문화에, 특히 선위루沈育如 총편집장과 책임편집자 건건ㅍㅍ에게 고마운 마음을 전합니다. 세세한 부분에 집착하다보니, 때로는 저도 제 까칠한 성격이 꼴 보기 싫을 때가 있어서 더 그렇습니다.

이 작품이 마음에 드셨다면, 이 3부작의 여정이 더 멀리 나아갈 수 있도록, 친구에게 알려주시기를 바랍니다. 고맙습니다!

2023년 7월 29일
탐낌

옮긴이 우디
원문의 뉘앙스를 잘 살린, 그러면서 센스도 있는 번역을 하고 싶은 번역가. 『우리는 밤마다 수다를 떨었고, 나는 매일 일기를 썼다―어느 페미니스트의 우한 생존기』 『아이가 눈을 뜨기 전에』 『픽스』 등을 번역했으며, 「사형은 오늘밤에 집행한다」 「크리스마스이브의 기적」 「배드민턴 경기장의 망령」 「그해 여름 박람회장에서 생긴 일」 등 다수의 단편 추리소설을 번역했다.

쓰우 씨는 다 죽어야 한다

초판 발행 2025년 8월 22일

지은이 탐껌
옮긴이 우디

책임편집 김유진 | **편집** 한나래 김미혜 | **외주교정** 유혜림
디자인 고희주 | **저작권** 박지영 형소진 주은수 오서영 조경은
마케팅 정민호 서지화 한민아 이민경 왕지경 정유진 정경주 김혜원 김예진 이서진
브랜딩 함유지 박민재 이송이 박다솔 조다현 김하연 이준희
제작 강신은 김동욱 이순호 | **제작처** 영신사

펴낸곳 (주)문학동네 | **펴낸이** 김소영
출판등록 1993년 10월 22일 제2003-000045호

주소 10881 경기도 파주시 회동길 210
대표전화 031-955-8888 | **팩스** 031-955-8855 | **전자우편** elixir@munhak.com
인스타그램 @elixir_mystery | **X(트위터)** @elixir_mystery

ISBN 979-11-416-0208-6 (03820)

엘릭시르는 출판그룹 문학동네의 장르문학 브랜드입니다.

잘못된 책은 구입하신 서점에서 교환해드립니다.
기타 교환 문의: 031-955-2661, 3580

쓰우 가문은 결국 병적으로 가부장제의 논리를 따르다가 제 손으로 제 숨통을 끊은 것이나 다름없습니다.

탐껌은 인터뷰에서 "유교 사회에 관한 추리소설을 쓰고 싶었다"고 이 작품을 쓴 이유를 밝힌 바 있습니다. 『쓰우 씨는 다 죽어야 한다』는 홍콩의 식민지 역사 속에 등장해 이제 시대착오적인 차별의 상징이 되었지만, 여전히 사라지지 않고 남아 있는 '정권'을 이용해 물적 토대를 쌓고 강고한 가부장제를 통해 이를 대물림해온 한 가문의 파멸, 그 과정에서 드러나는 인간의 추악한 욕망을 적나라하게 그린 작품입니다. 홍콩에서 출발해 바다 건너 한국에 도착한 이 이야기를 한국 독자들이 홍콩만의 범죄소설이 아닌 한국의 현재를, 오랫동안 가부장제가 지배해온 한국 사회를 돌아보게 해주는 작품으로 읽어주시면 어떨까, 생각해봅니다.

마지막으로 이 작품의 한국어판을 출간해준 엘릭시르 편집부에, 특히 계약 과정부터 책이 나오는 마지막 순간까지, 초고가 나오고 교정지가 오가는 매 순간 최선을 다해준 김유진 편집자, 한나래 편집자, 김미혜 편집자에게 감사 인사를 전하고 싶습니다. 또 이 작품을 읽어주신 독자들께도 인사를 전합니다. 고맙습니다.

2024년 12월의 끝자락에서
우디

다는 바로 그 논리 탓에 파멸합니다. 이 파멸의 방아쇠를 당긴 사람은 당연히 이 모든 범죄의 시작과 끝에 서 있었던 쓰우원후입니다. 하지만 잘 들여다보면 정도의 차이가 있을지언정 쓰우 가문의 구성원들 모두 자기 위치에서 매 순간 각자의 방식으로 이 가문을 지배하는 질서에 반응하고 대응해왔으며, 그때그때의 선택의 결과가 모여 파멸에 이르렀음이 드러납니다.

거의 모든 사람을 피해자이자 가해자로 전락시키는 이 끔찍한 질서의 안팎에는 피해자와 생존자가 즐비합니다. 이 질서를 내면화하고 받아들인 대가라고 하기에는 너무 참혹하고 가혹한 방식으로 학살당한 쓰우 집안사람들도 결국 이 질서의 피해자이지만, 이들보다 더 끔찍한 폭력의 피해자이자 생존자가 된 이들도 있습니다. 황리전과 쩡상원이 그런 이들입니다.

그런데 가해자는 어떻게 되었을까요? 이 작품 속의 쓰우원후는 단죄받지 않습니다. 병에 걸려 얼마 앓지도 않고 곱게 죽죠. 심지어 자신을 자손으로 받아들이고 온갖 부와 권력을 한 손에 쥐여주었던 쓰우 가문을 다 도륙내고 죽습니다. 쓰우원후의 할아버지 쓰우바이가 아들을 잃고 대를 이을 사람이 없다는 이유로, 쓰우 가문의 혈통을 이어받은 남자 자손을 집착적으로 찾아다닌 끝에 오랫동안 집안의 인정을 받지 못한 채 밖에서 살고 있었던 아들 쓰우옌과 손자 쓰우원후를 집안으로 데리고 오지 않았더라면, 쓰우 집안은 이렇게 끔찍한 결말을 맞이하지 않았을 것입니다. 그러니 사람에게 임대해서 임대료를 받을 수도 있었습니다.

　세계에서 집값이 가장 비싸기로 악명이 높아, 시민 대부분이 평생을 집의 노예로 살아야 한다는 홍콩에서, 특정 지역 출신 남성들만 이런 막대한 특혜를 누릴 수 있다는 사실은 홍콩 내 타 지역 주민들의 반발을 불러올 수밖에 없었습니다. 또 무엇보다 18세 이상의 남성만 이 특혜를 누릴 수 있다는 점에서 명백히 성차별적 정책입니다. 정권 제도는 홍콩에서 비판의 대상이 된 지 오래이지만 2025년 현재까지도 폐지되지 않고 있습니다.

　그러니 일본 작가 무라타 사야카의 『편의점 인간』과 한국 작가 조남주의 『82년생 김지영』을 읽은 뒤, 홍콩을 배경으로 한 동아시아 유교 사회의 가족에 관한 범죄소설을 써야겠다고 생각하고 있었던 탐낌에게 이 '정권'보다 적절한 소재는 없었을 겁니다. 그래서 행정구역상 신계에 속하는 섬 '란터우'에 대저택을 짓고 살면서, 홍콩의 카오룽반도와 신계 지역에 상당한 물량의 부동산을 소유하고, 오랫동안 정권을 활용해 막대한 재산을 모을 수 있었던 것으로 보이는 쓰우 집안을 작품의 주요 무대로 구상한 것입니다.

　작품을 다 읽은 독자들은 이미 알고 계시겠지만, 쓰우 가문은 모든 부와 권력을 단 한 명의 남성이 독점하는 강고한 가부장제의 논리를 철저히 따르면서, 정권 제도의 혜택을 기반으로 부를 쌓고 사회적 지위를 획득했습니다. 그러나 이 집안은 아이러니하게도 바로 권력의 정점에 있는 단 한 명의 남성이 모든 것을 결정한은 낯선 란터우섬의 유지 집안 '쓰우' 가문에서 일어난 사건을 해결합니다. 그리고 그 과정에서 우리 눈에는 잘 보이지 않았던, 홍콩이라는 도시의 또다른 민낯이 드러납니다.

『쓰우 씨는 다 죽어야 한다』는 결국 유교적 가부장제와 정권 같은 성차별적인 공적 제도가 만나면서 완성된 가부장적 자본주의가, 가족이라는 공동체를 어떻게 파괴하고 개개인을 어떻게 수단화하는지 보여줍니다. 그와 동시에, 이런 강고한 가부장제가 지배해온 한 가문이 외부의 논리가 아닌 가부장제 고유의 작동 논리에 의해 파멸에 이르는 과정을 그리고 있다고 할 수 있습니다.

그렇다면 정권이란 과연 어떤 정책일까요? 어떤 역사적 맥락 속에서 등장하게 되었을까요? 1970년대, 홍콩섬과 카오룽반도가 개발 포화 상태에 이르자, 홍콩 정부는 미개발지였던 신계 지역에 눈을 돌렸습니다. 신계 지역을 개발하려면 당연히 토지가 필요했으므로, 당시 이미 신계에 거주하고 있던 원주민들의 지지를 얻어야만 했습니다. 그래서 당시 영국령 홍콩 정부가 내놓은 정책이 바로 '신계 지역 원주민들의 남성 자손이 18세가 되면 땅값을 내지 않고 일정 규모의 주택을 지을 수 있는 권한을 준다'는 내용을 골자로 한 '정권'이었습니다. 이 정책에 따라, 신계 지역 원주민의 남성 자손 중 정권을 행사할 수 있는 18세 이상의 성인은 싼값에 집을 지을 수 있었고, 집을 지을 돈이 없는 경우 이 정권을 돈을 받고 팔 수도 있었으며, 집을 지은 뒤 본인이 살 생각이 없으면 다른

역자 후기
쓰우 씨는 왜 다 죽어야 했을까
(작품의 스포일러가 포함되어 있습니다.)

『쓰우 씨는 다 죽어야 한다』로 한국에 처음 소개되는 탐낌은 원래 SF를 주로 쓰다가, 최근 몇 년 들어 장단편 추리소설과 범죄소설을 연달아 발표하며, 활발하게 작품 활동을 하는 홍콩 작가입니다.

찬호께이와 동시대에 작품 활동을 시작한, 혹은 그에게 영향을 받아 나중에 데뷔한 홍콩 출신의 장르 소설 작가들에게서는 한 가지 경향을 발견할 수 있습니다. 정치적, 사회적 격변 속에서 변화하는 홍콩의 현실을 놓치지 않고 홍콩인들의 삶을 생생히 담아, 홍콩 작가만 쓸 수 있는 오늘의 홍콩을 담은 작품을 내놓으려 한다는 것입니다. 탐낌도 그런 작가 중 한 명입니다. '탐정 카페' 시리즈에 실린 단편 추리소설을 보면, 주인공 맥스가 홍콩 전역을 돌아다니면서 홍콩의 공공주택, 코로나 팬데믹, 지역 커뮤니티의 변천 등과 관련된 사건들을 맡습니다. 사건들의 면면만 봐도 작가가 홍콩의 현실을 사실적으로 반영한 작품을 지향하고 있음이 드러나지요. 이번에 소개된 『쓰우 씨는 다 죽어야 한다』도 그런 맥락에서 이해할 수 있는 작품입니다. 이 작품에서 연예부 기자 출신의 사설탐정 쓰우즈신은 현직 경찰 치서우런과 함께 우리가 홍콩이라고 하면 떠올리게되는 홍콩섬이나 카오룽반도가 아닌, 약간